Die Deutsche Nationalbibliothek verzeichnet diese Publikation in der deutschen Nationalbibliografie; detaillierte bibliografische Daten sind im Internet über http://www.d-nb.de abrufbar.
22.44 schwindelfrei unterwegs, Gisa Feldmayer & Andrea Schmied
Der Kleine Buch Verlag, Karlsruhe

Alle Rechte vorbehalten.
Nachdruck, auch auszugsweise,
ohne Genehmigung des Verlags nicht gestattet.
Erschienen Oktober 2012
2. Auflage November 2012
Korrektorat: Martina Leiber
© Der Kleine Buch Verlag, Karlsruhe
Redaktion, Satz, Umschlaggestaltung:
Sonia Lauinger
Umschlagfotos: (Himmel) Sonia Lauinger,
(St. Jakob, Friedberg) W. Feldmayer,
(Auto, Schuhe, Kugel) Fotolia_40409503
Autorenfoto: 4creations.de – Christian Strohmayr
Gedruckt in Deutschland, Druckerei PRESSEL
ISBN 13: 978-3-942637-17-6
http://www.derkleinebuchverlag.de

GISA FELDMAYER
&
ANDREA SCHMIED

22.44 schwindelfrei unterwegs

ROMAN

DER KLEINE BUCH VERLAG

Das Buch

Der Spruch von Karl Valentin „*Hoffentlich wird's nicht so schlimm, wie's jetzt schon ist!*" macht es Valeska Kammermeier, genannt Walli, auch nicht leichter. Am Tag ihrer Hochzeit wird sie einfach sitzen gelassen!

Was nun? Walli ist sechsunddreißig und hält sich selbst für eine „Torschlusspanikerin".

Sie glaubt an Glückszahlen, ergreift die Flucht nach vorne und landet in einer Wohngemeinschaft von „Übriggebliebenen". Walli steckt mitten in einem Knäuel aus verworrenen Lebensfäden und nichts mehr ist so, wie es war.

Sie stellt fest, wie klein die Kreise sind, um die sich die Welt um Zufälligkeiten dreht und wie sich die Ehrlichkeit auf leisen Sohlen davonschleichen kann, wenn man in dieser traumverlorenen, liebesuchenden, abschiednehmenden Welt nicht aufpasst.

Ist dieses skurrile Sammelsurium von Menschen die Rettung? Führt diese magische Anordnung von Schnapszahlen zum Glücklichsein oder enden ihre Hoffnungen in Friedberg, Kolpingstraße 44?

Wie's kommt, so kommt's ...

Die gebürtigen Augsburgerinnen Gisa Feldmayer (*1962) und Andrea Schmied (*1967) lernen sich im Kindergarten ihres Nachwuchses kennen. Bevor sie sich jedoch aus den Augen verlieren, kam der Moment des Zufalls, manche nennen es auch Schicksal, ins Spiel.

Alles beginnt mit einem Kurs an der Volkshochschule, in dem die beiden Frauen ihre Leidenschaft fürs Schreiben neu entdecken und beschließen, ihre kreativen Ideen in einem gemeinsamen Buch umzusetzen, mit dem Ziel, ein Lächeln auf alle Gesichter zu zaubern und die Herzen der Leserinnen und Leser zu erobern.

Dieses Buch ist vom ersten Buchstaben bis zum kompletten Plot von den Autorinnen im gemeinschaftlichen Schreib-Wechsel erstellt worden. Der Rhythmus, die Gefühle und die Ereignisse in diesem Erstlingswerk sind beiden Frauen durch ihre Beobachtungen und die beschwingten Geschichten der Menschen in ihrer Umgebung zugeflogen und es wäre ihr größter Wunsch, wenn jedem Leser und jeder Leserin, wie im richtigen Leben, die Ecken und Kanten auffallen, sie sich amüsieren würden und für eine kurze Zeit die gute Laune vorhalten könnte.

Kurzbiographie von Gisa

Wer kennt dies nicht: Ein Traum lässt sie nicht los.
Gisa Feldmayer lebt mit ihrem Mann, zwei Töchtern, einem Sohn, der Glückskatze Lucy und drei chinesischen Baumstreifenhörnchen in Friedberg/Bayern. Seit sie einen Stift halten kann, erfindet sie mit Begeisterung Geschichten. Sie hat ihren Lieben versprochen, einen Bestseller zu schreiben, aber letztendlich steht für sie über allem nur dieser eine Gedanke: *Schreiben ist eine Art zu reisen – und der Weg kann wichtiger werden als das Ziel.*

Kurzbiographie von Andrea

Andrea Schmied wurde beim Mittagsläuten an einem Dienstag im Mai 1967 in Augsburg geboren und ist als Steuerfachangestellte tätig. Nach dem Motto „Lebe leidenschaftlich, denn das Leben ist prall und bunt und auch der Alltag birgt viele köstliche Momente, die es zu genießen lohnt" lebt und wurzelt sie mit ihrer Familie in Friedberg.

Freitag, 2. Oktober, 17.05 Uhr

Es gibt kleine, alltägliche Dinge im Leben, die schwierig zu bekommen sind: Jeans, die auf Anhieb passen und eine gute Figur machen, Lippenstift, der sich nicht im Lauf eines Vormittags unschön in all die kleinen Fältchen der Lippen setzt, und eine Parklücke, in die sich das Fahrzeug beim ersten Versuch rückwärts einparken lässt. Es scheint Glückssache zu sein, ob es mir gelingt, mein Auto in die Lücke zu manövrieren. In Anwesenheit anderer, die mir eventuell zusehen, werde ich nervös, was wiederum dazu führt, das ich rechts und links oder Gas- und Bremspedal verwechsele. Dieser Umstand hat mir schon manche peinliche Situation beschert und die Höhe meiner Versicherungspolice stetig ansteigen lassen. Ich kann mit Fug und Recht behaupten, eine Frau zu sein, die Aufsehen erregt, für Menschenansammlungen nicht geringen Umfangs sorgt und dabei die Lacher auf ihrer Seite hat.

Zu den definitiv schwierigen Dingen gehört, einen Einkaufswagen zu finden, dessen Rollen in eine Richtung laufen, schießt es mir durch den Kopf, als ich kurz vor der Kasse leichtfüßig mit meinem Korb eine entnervt wirkende Frau mit hoch aufgeladenem Einkaufswagen überhole.

Manchmal hat es etwas für sich, Single zu sein.

Allerdings sind die Momente, in denen ich so empfinde, selten, und wenn ich ehrlich bin, graut es mir davor, gleich meine Wohnung zu betreten.

Davor graut mir schon seit acht Wochen.

Heute vor exakt acht Wochen, am 7. August, hat Adam mich verlassen. Genau genommen ist er einfach nicht gekommen!

„Macht zweiundzwanzig Euro vierundvierzig, bitte."

Die Kassiererin schiebt den letzten Artikel meines Einkaufs, ein Päckchen Vollkornbrot, in meine Richtung und sieht mich auffordernd an. Schnell bezahle ich und räume die Lebensmittel in meinen Einkaufskorb.

22,44 Euro.

Ein gutes Zeichen! Lauter gerade Zahlen!

Schnapszahlen.

Als Kind habe ich immer mit mir selbst gewettet: Wenn es an Weihnachten schneit, bringt mir das Christkind das wunderschöne Barbie-Ballkleid, das ich seit Wochen in der Auslage des Spielwarenladens bewundere. Wenn es heute nicht regnet, schreibe ich eine Drei in der Mathearbeit. Eine Strategie, die sich bewährt hat und somit ein Grund dafür, warum ich als Erwachsene die Wetten mit mir selbst fortführe: Wenn ich mir auf dem Weg keine Laufmasche in die Strumpfhose reiße, bekomme ich den Job. Wenn am Tag meiner Hochzeit die Sonne scheint, wird alles gut.

Alles wird gut, wenn… wenn was?

Nur so viel: Die Wette mit der Sonne am Hochzeitstag habe ich nicht gewonnen. Nichts wurde gut. Nichts.

Aber heute, heute werde ich Glück haben! Ich habe es mir verdient. Nach acht langen Wochen in einer leeren, kalten Wohnung hat jeder ein bisschen Glück verdient.

Wie jedes Mal lese ich die „Suche" - und „Biete" -Karten am Schwarzen Brett an der Wand rechts vor dem Ausgang des Supermarkts. Sofort sticht mir eine Karte mit roter Schrift ins Auge.

Wohngemeinschaft der Übriggebliebenen sucht gleichgesinnte(n) Mitbewohner(in) Zimmer mit Bad, ca. 22 qm, in Friedberg, Kolpingstraße 44

Schnapszahlen. Da sind sie wieder!

Sofort nehme ich die Karte an mich, mein Herz pocht, jetzt oder nie!

Um Punkt zwanzig Uhr stehe ich vor der Klingelplatte aus Terrakotta mit fünf untereinanderliegenden Klingelknöpfen. Vier sind mit Namen versehen: Petersen, Steenbeeke, Wiesner, Zanollo.

An der Wand die grün-weiß-rote Flagge, daneben eine Landkarte aus Messing mit dem charakteristischen italienischen „Stiefel". Inmitten der Friedberger Altstadt ist ein Stück Italien zu Hause. Ich streiche mir kurz durchs Haar und drücke dann das italienische „Zanollo".

Siehe da, ein paar Sekunden später höre ich Geräusche und die Haustür öffnet sich. Er trägt ein kleines Handtuch um die Hüften geschlungen und wäre da nicht das Genussbäuchlein, könnte ich denken, Robbie Williams mit nassem Haar öffnet mir nach durchzechter Nacht die Tür.

Ich verdränge sofort den Gedanken an Strip-Poker und lächle ihn an. Sein Gesicht strahlt Lebenskraft aus und braune Knopfaugen mustern mich verwundert. Ich bleibe auf der obersten Stufe stehen und lausche dem Moment der Stille. Ein breiter Strahl Abendsonnenlicht verläuft über eine Wand und schimmert auf dem Goldrahmen eines Spiegels in der großen Diele. Meine Gedanken wirbeln durcheinander und ich sage:

„Hi – ich bin Valeska Kammermeier und komme wegen der Anzeige im Supermarkt."

„Oh …! Wie schön, Sie wolle bei uns Ordnunge schaffe."

Finger und Daumen der rechten Hand aneinander gedrückt, schüttelt er temperamentvoll sein Handgelenk. Seine Stimme klingt kraftvoll und herzlich zugleich, sodass es mir vorkommt, als habe er nur auf mich gewartet, und ich trete das erste Mal in meinem Leben ohne Aufforderung über die Schwelle eines Hauses. Ich recke mein Kinn in die Höhe und versuche eine gute Figur zu machen, während ich ihm mein schönstes Lächeln schenke, als er zur Seite rückt und mich durch die Diele winkt. Sein Akzent macht mir sofort klar, dass es sich hier um einen Bayern mit italienischen Wurzeln handelt.

„Schau Bella, warum ast vorher nickt angerufe? Jetzt abbe i bloß no klitzkleine Zeit for zeige de Dreck ier."

Er nestelt an den Enden seines Handtuchs und erklärt mir, wie pflegeleicht der Terrakottaboden in der Diele sei.

Soll ich jetzt etwas sagen? Dass es mich nervös macht, mit einem halbnackten, mir unbekannten Mann durch seine Wohnung zu wandern?

Auch wenn er mir meine Unschuld nicht mehr rauben kann und es mir seltsam erscheint, die Vorzüge eines Terrakottabodens angepriesen zu bekommen, wische ich schnell das aufkommende Unbehagen beiseite, indem ich mir meine positiven Erfahrungen mit Italienern in Erinnerung rufe: Eismann Antonio, der mit seinem umgebauten Piaggio Ape durch unsere Straße fuhr und „Gelati, Gelati" schrie. Ich war seine Stammkundin mit Vanille, Schokolade, Zitrone und Sahne. Manchmal reichte das Geld nur für eine Kugel, dann setzte Antonio einfach noch zwei oben drauf. „Für jedes deiner wunderschönen Augen eine", sagte er dann und lachte mich an. Auf der linken Seite blitzte ein goldener Eckzahn. Lange Zeit wollte ich Eisverkäuferin werden, weil ich glaubte, Antonio verdiene mit seinem Gelati so viel Geld, dass er sich sogar goldene Zähne davon leisten könne und im Winter nicht arbeiten müsse. Außerdem konnte er Eis essen, so viel er wollte. Als meine Hüften sich im Teenageralter schwungvoll entwickelten, wurde mir klar, dass mein Wunschberuf mit meiner Wunschfigur unvereinbar war.

Und es gab Pamela. Meine beste Schulfreundin, bis zur achten Klasse. Bis sie mit ihren Eltern nach Italien zurückkehrte.

Pam und ich waren unzertrennlich gewesen. Wir streiften durch unser Wohnviertel, drückten auf fremde Klingeln und rannten lachend davon. Wir hatten so lange Spaß daran, bis uns eines Tages der alte Jäger von Haus Nr. 7 erwischte und um ein Haar mit der Schrotflinte durchsiebte.

Oder wir saßen stundenlang in Pamelas Zimmer, hörten italienische Schlager und lasen die „Bravo". Meine erste heimliche Liebe war Pamelas Bruder Enzo. Leider war er damals schon 20. Ich fand ihn trotzdem wundervoll und begann schon in dieser Zeit, mich in die falschen Männer zu verlieben. Unglücklicherweise habe ich diese verhängnisvolle Eigenschaft bis heute nicht abgelegt. Obwohl ich Pamela nie wiedergesehen habe, ist die Erinnerung an sie und unsere Freundschaft so stark, als wäre sie erst gestern weggezogen. Als ich in diesem Augenblick ein riesiges Foto einer italienischen Großfamilie an der Wand entdecke, ist die Illusion perfekt und ich fühle mich wieder wie das kleine Mädchen, das liebend gerne zu Besuch bei Pamela und ihrer lauten, herzlichen Familie gewesen war.

Durch eine geöffnete Flügeltür entdecke ich einen wundervollen Wintergarten mit vielen blühenden Orchideen.

Von irgendwoher steigt mir das Aroma von frisch aufgebrühtem Espresso in die Nase. Verwundert stelle ich fest, dass ich begeistert bin, obwohl ich das Zimmer noch gar nicht gesehen habe. Enthusiasmus und schnelle Entscheidungen sind nicht mein Ding, aber mein Bauchgefühl ruft mir zu:
„Ja, ja, si, si!"
Und ich sage zu dem kleinen Italiener, der sich mir inzwischen als Giuseppe Zanollo vorgestellt hat, laut:
„Si, ich meine, ja, ähhmm, also, wenn der Rest auch so toll ist", ich mache eine ausholende Bewegung, „würde ich liebend gern hier einziehen. Ich bin Erzieherin im Kinderhaus hier in Friedberg."
„Ah, was schreisch du, ... Erziiieherin? Du bist koine Putzfrau? I denk, du kommsch wegen der Saubermachstell."
Jetzt steht er, wild mit den Armen fuchtelnd, vor mir und vergisst dabei das Handtuch, das sich sofort von seinen Hüften löst.
Mein Blick fällt auf das kleine Ding, das kurzerhand zum Vorschein kommt und dessen Gebrauch ich auf längere Sicht abgeschworen habe.
Ich bücke mich nach dem Frottee, und als ich ihm das Handtuch wiedergebe, rutscht es mir heraus:
„Da kann man sehen, wie klein die Welt ist."
Ich huste und räuspere mich verlegen. Hastig verhüllt er sich und ich reiche ihm die „Suche" -Karte vom Schwarzen Brett des Einkaufsmarkts.
„Da kannste sehen, wie kleine die Welt is?", wiederholt Herr Zanollo und blickt auf die Karte. „I änge Karte da bei Geschäft auf und an die gleiche Dag kommsch du?"
Es stellt sich heraus, dass er diese Karte erst heute aufgehängt hat, aber seit Längerem eine Putzhilfe sucht und dachte, ich wäre deshalb hier. Wir prusten gemeinsam los wie die beiden Alten aus der Muppets-Show, und ich werde immer zuversichtlicher, dass es mir hier gefallen könnte.
"I bin der Seppo."
Er schüttelt mir kräftig die Hand.

„Schauste erscht das Zimmer a. Kostet 220 Euro, meine, ganz warme. I zeig dir. Du kannst au no die Putzstelle abbe, wenn de des willsch?"

Er lacht mich an und ohne sich im Geringsten durch mich stören zu lassen, fasst er sich zwischen die Beine und rückt alles an Ort und Stelle. Ich werde nie verstehen, wieso Männer sich in allen Lebenslagen ungeniert in den Schritt greifen, während uns Frauen das im Leben nicht einfallen würde. Geduldig ertragen wir verrutschte String-Tangas oder knittrige Slipeinlagen, auch wenn das unangenehme Gefühl in der Körpermitte einen eleganten, in den Hüften wiegenden Gang schier unmöglich macht. Wir ertragen es und nehmen notfalls körperliche Blessuren in Kauf.

Atemlos vor Aufregung laufe ich hinter dem kleinen Seppo her. Jetzt wünsche ich mir, dass mein zukünftiges Zimmer auch so viel Flair versprüht wie das, was ich bereits gesehen habe. Unwillkürlich muss ich lächeln.

Ich plane auf längere Sicht. Mit 220 Euro Miete müsste ich mir über meine Finanzen nicht mehr den Kopf zerbrechen. Wie schlecht hatte ich deswegen die letzten Wochen geschlafen. Die Wohnung, die Adam und ich bis vor Kurzem gemeinsam bewohnt hatten, war für mich allein zu teuer. Eintausend Euro. Mein Erspartes wäre ruck, zuck! aufgebraucht gewesen, obwohl ich bereits die Heizung auf Stufe zwei heruntergedreht hatte und mit Bettflasche, Decke und vielen Tränen vor mich hinvegetierte.

Das wird sich ab heute ändern!

Ich gehe alleine die große Treppe nach oben. Seppo will sich schnell etwas überstreifen und ist im Erdgeschoss hinter einer Tür mit weißem Milchglas verschwunden.

Ich bin auf dem besten Weg, in einen neuen Lebensabschnitt zu steigen. Am Ende der Treppe angekommen, stehe ich in einer Galerie mit weißen Rattan-Sitzmöbeln und einem Fusselteppich. Ich drehe mich um meine eigene Achse und blicke in das geschwungene Treppenhaus nach oben.

Seppo ist wieder da. Er hat sich eine ausgewaschene Jogginghose übergezogen. Sein kurzärmliges Hemd scheint mir der Jahreszeit nicht angemessen. Sein Handy klingelt. Was soll ich sagen? Eigentlich brummt es, dann vibriert das Ding, um schließlich laut zu pupsen. Ob ich will oder nicht, bekomme ich das Gespräch zumindest akustisch mit, italienisch und laut.

Kurz angebunden verabschiedet er sich und sagt zu mir: "Mei Mamma. Ruft immer an, fragt mir ein Lock in de Bauck. Ruf sie zuruck, weil sie sonsch bös ist mit mir. Sie denkt, i kann ned allein lebe, i werde nix esse und erfriere."

"Wobei sie mit erfrieren nicht unrecht hat", sage ich und zeige auf sein offenes, kurzärmliges Hemd.

"Du gefallsch mir. Wie meine Mamma. Du kannst hier uberziehen."

"Einziehen, meinst du?"

Er nickt, öffnet eine Tür.

"Herzlichen Glückwunsch!", brülle ich in den Raum.

Seppo schreckt zusammen, erkennt aber gleich meine Verzückung.

"Dir gefällt es! Du aste ier alles gefliest, eine eigene Cucina ast du au. Und ier ist das Bad, naturlich at Pabba au alles gefliest. At ier in Deutschland für große Fliesegeschäft gearbeitet."

Ich sehe wirklich überall Fliesen. Den Boden bedeckt Terrakotta in einem warmen Erdton und das angrenzende Bad ist in mattem Weiß an den Wänden und in Anthrazit am Boden gehalten. Ich bin eher der Holzbodentyp, aber was solls? Wenn der "Pabba" in einem Fliesengeschäft gearbeitet hat! Und mit Teppich und Stoff, warum nicht? Sauber und neuwertig ist es und gemütlich könnte es werden!

Guter Dinge trete ich an die großen Fenster und öffne die Balkontür.

"Wieso die Wohngemeinschaft der Übriggebliebenen?", frage ich über die Schulter hinweg.

"Ist einfach: Mei Mamma und mei Pabba sind zuruck nach Italia, i bin ubrig. Von die beide Männer in oberschte Schtocke is eine Witwer, der andere wois i ned so genau, i glaub der hat Kummer. Weisch scho mit Amore. Ah ..."

Das breite Grinsen in Seppos Gesicht zieht sich von einem Ohr zum anderen.

„Die Lilli ... ist dolle Mädle. At Umor, ist unser Sonneschein. Studentin. At gewohnt mit andere Studentin, die is fortgezoge nach Amerika. Die Lilli ist au ubrig."

„Ah", sage ich.

Seppo blickt mich treuherzig an und fragt:

„Und du? Bisch au ubrig?"

Sofort sticht es in meiner Brust. Mit einem tiefen Atemzug pumpe ich Sauerstoff zu meinem verbrannten Herzen und blinzle schnell mit den Augen, damit meine Kontaktlinsen nicht weggeschwemmt werden.

„Braust nix zu sage, Mädle", meint Seppo mitfühlend und tätschelt meinen Arm. „Kannste sofort einziehe, wenn du magst, eh?"

Wenn mein Leben schon so lieblos ist, kann ich mich jetzt wenigstens über diese Zusage freuen.

Samstag, 3. Oktober, 9.15 Uhr

Manchmal, wenn ich aufwache und so wie jetzt aus meinem Fenster schaue, dann machen mir die Tage Angst, die vor mir liegen. Aber heute ist das anders. Fast erscheint es mir lächerlich, wie aussichtslos ich mein Leben gestern noch gefunden hatte. Ich werfe meine Kaffeemaschine an und schleiche an meinem Spiegelbild vorbei ins Bad. Es ist gestern noch spät geworden. Während ich meine Einkäufe in den Noch-Kühlschrank meiner Noch-Wohnung räumte, genehmigte ich mir ein Gläschen Wein und ein Telefonat mit meiner besten Freundin.

„Ich kann es kaum erwarten", sagte ich zu Pippa, nachdem ich ihr fast zwei Stunden vorgeschwärmt hatte, wie toll ich diese WG-Geschichte finde und wie spannend plötzlich wieder alles um mich herum scheint.

Philippa Rumpler, genannt Pippa, meine wunderbare beste Freundin, hörte mir ruhig zu und fragte dann mit ihrem eigenen, lieblich klingenden Singsang vorsichtig nach:

„Meinst du, dass das jetzt wirklich das Richtige für dich ist? Eine Wohngemeinschaft? Für ‚Übriggebliebene!' Versteh' mich bitte nicht falsch, aber Herzchen, du bist 36 Jahre alt! Ich meine, in unserer Studienzeit war das ja alles noch o.k., aber jetzt?"

„Pippa, glaub' mir, das ist das Richtige. Ich spüre es. Alles wird gut", hörte ich mich mit selbstbewusster Stimme sagen.

Doch plötzlich ist die Leitung tot. Hatte Pippa aufgelegt? Mein Handy fiedelte Lou Begas „Mambo Nr. 5" und ich sprang, wie ein Wall-Street-Broker auf Speed, links und rechts ein Telefon am Ohr, durchs Zimmer.

„Pippaaa? Ich habe so schlechten Empfang! Was hast du gemacht? Warum hast du aufgelegt?"

Im weiteren Verlauf stellte sich heraus, dass Pippa nicht aufgelegt, sondern kurzerhand versehentlich mit der Gartenschere das Telefonkabel gekappt hatte, als sie während unseres Gesprächs die Bastelarbeit für ihre Sternengruppe im Kindergarten fertigstellte.

„... weil du immer noch kein schnurloses Telefon hast!", maulte ich.

„Ich kenne wirklich niemanden, niemanden, der noch so ein kotzgrünes Teil mit Wahlscheibe in der Wohnung stehen hat!"

Seit zwanzig Jahren schlittert Pippa tollpatschig durch unsere Freundschaft und treibt mit ihrer Fähigkeit, in jedes Fettnäpfchen zu treten, ihre Umwelt an den Rand des Nervenzusammenbruchs.

So wie letzten Samstag, als wir zusammen im Kino waren. „Ich geh noch mal eben aufs Klo und hole mir Popcorn", raunte sie mir ins Ohr und drängte sich durch die Menschenmassen in Richtung Toilette. Nachdem sie fünfzehn Minuten später immer noch nicht neben mir saß, begann ich mir ernsthaft Sorgen zu machen. Der Hauptfilm lief schon, als sie sich völlig derangiert neben mich auf den Sitz fallen ließ. Sogar im Film atmete Til Schweiger kräftig durch.

„Wo warst du denn? Hast du den Mais für dein Popcorn selbst angepflanzt oder wie?", fragte ich flüsternd.

„Pah, kannst froh sein, dass ich noch lebe, die hätten mich fast gelyncht!"

Auf meine Nachfrage erklärte Pippa, dass sie in ihrer unbekümmerten Art in den erstbesten Kinosaal gestürmt sei und sich dann wunderte, wo ich nun war. Mit zwei Dosen Prosecco und einer Riesentüte Popcorn auf ihrem Schoß verteidigte sie mit Vehemenz „unsere Plätze". Alle Anwärter hatte Pippa aggressiv in die Flucht geschlagen, darüber hinaus die 500-g-Popcorntüte demonstrativ als Platzhalter auf meinen Sitz gestellt und die Beine über den Vordersitz gelegt, damit endlich klar war, dass die Platzkarten genau diesen Sitzen zugeordnet waren. Erst als die Werbung vorbei und ich immer noch nicht aufgetaucht war, der Hauptdarsteller reihenweise Ninjas niedergemetzelt hatte und darüber hinaus keinerlei Ähnlichkeit mit Til Schweiger zu haben schien, wurde ihr klar: Sie war im falschen Kinosaal!

Es sei entsetzlich gewesen, erzählte sie mir flüsternd. Die Besucher des Films hätten genauso gruselig ausgesehen wie der Hauptdarsteller und wollten nicht aufstehen, als sie ihren Irrtum feststellte und das Kino wieder verlassen wollte. Durchschlängeln hätte sie sich müssen und sei genau demjenigen auf den Schoß gefallen, dem sie vorher die Sitzplätze verwehrt hatte. Er sei sehr verstimmt gewesen als sie über sein rechtes Knie stolperte, der Prosecco sich schäumend über seine Hosenschlitz ergoss und Pippa versuchte, mit den Lippen den letzten Tropfen des herrlichen Sprudels zu erhaschen, bevor alles im Nirvana versickerte. Er sah sie entsetzt an, aber als sie ihm dann beim Aufrichten noch die halbe Tüte süßes Popcorn übers Haar schüttete, blickte er drein wie ein Ninja kurz vor dem Todesstoß. Drei Treppenaufgänge und fünf Stolperattacken später hatte sie mich, Gott sei Dank, endlich im richtigen Kino aufgespürt. Mit nur noch einer Dose Prosecco und einer halben Tüte Popcorn ließ sie sich mit Schweißrändern auf der Bluse neben mir nieder. Nachdem sie mir halblaut die ganze Geschichte erzählt und ich mich vor Lachen fast übergeben hatte, stellten wir verblüfft fest, dass die Leute vor und hinter uns ebenfalls laut kicherten. Allerdings nicht über Til Schweiger…

„Juhuuuu! Walli! Du bist ein Glückspilz."

Mein Spiegelbild strahlt mich glücklich an, obwohl ich ziemlich verkatert aussehe. Ich frage mich, wie es wohl sein wird, wenn man in einem Gemeinschaftsbad neben einem Fremden die Pickel ausdrückt?

Nachdem Pippa und ich über zwei Stunden am Telefon gequatscht hatten, ich so nebenbei eine ganze Flasche Rotwein auf mein neues Zuhause geleert hatte und selig auf der Couch entschlummert war, klingelte es irgendwann nach Mitternacht an der Haustür. Durch den Spion konnte ich einen riesigen Pizzakarton erkennen, hinter dem ein roter Haarschopf hervorlugte.

„Party, Party-Pizza, Wein und Schokoladeneis!", schrie es fröhlich und rumpelte an mir vorbei ins Wohnzimmer.

Ich kenne niemanden, dessen Nachname so treffend ist wie Pippas. Philippa Rumpler!

Schlaf- und weintrunken wankte ich hinter ihr her und ließ mich aufs Sofa fallen. Pippa hatte bereits Wein und Pizzakarton geöffnet und es sich schmatzend im Schneidersitz auf dem Boden gemütlich gemacht.

Es ist wahr und ich schäme mich dafür, aber ich bin ein biologisches Wunder. Noch bevor meine Augen sich komplett öffnen, mein Geist wach ist und mein Stoffwechsel die Arbeit aufnimmt, kann ich essen. Ganz egal, zu welcher Tages- oder Nachtzeit – ich kann immer alles essen.

Auch Matjes zum Frühstück und dazu ein Nutellabrot.

Eigentlich muss ich mir über ein Gemeinschaftsbad gar keine Gedanken machen, fällt mir ein, als ich prüfend die Mitesser an meiner Nase untersuche. Schließlich bin ich autark in meinem Zimmer, habe ein eigenes Bad und eine kleine Küche. Ich muss also niemanden sehen, wenn ich nicht will. Trotzdem ist es schön, zu wissen, dass man nicht allein ist. Hoffentlich sind die anderen Mitbewohner auch so nett wie Seppo.

Am Morgen danach steigt vom Nacken dumpfer, fieser Kopfschmerz Richtung Schädeldecke. Mehrere Gläser süßer Rotwein und auch noch einige von den selbst gedrehten Müsli-Zigaretten, die Pippa ab und an raucht, waren einfach zu viel gewesen.

Ich beschließe, eine heiße Dusche zu nehmen und gemeinsam mit Schmerztabletten und viel Wasser den Tag der Deutschen Einheit im Bett zu verbringen.

Samstag, 17. Oktober, 9.44 Uhr

An manchen Tagen würde ich am liebsten gar nicht aufstehen. Tage, an denen ich mich müde und schlapp fühle, kaum, dass ich die Augen aufgeschlagen habe. Tage, die grau und trüb durch die Rollladenritzen kriechen, obwohl es bereits halb zehn ist. Tage, die sinnlos erscheinen und sich schon am Morgen ewig anfühlen. Tage wie dieser.

Reglos liege ich im Bett und starre gegen die Decke. Früher mochte ich Samstage, an denen ich dienstfrei hatte. Samstage wie diesen. Adam und ich wälzten uns faul zwischen den Laken, tranken Cappuccino aus einer Tasse und lasen im Bett die Tageszeitung. Er von vorne, ich von hinten, weil ich den Heimatteil am liebsten mag. Meist gingen wir später zusammen einkaufen oder bummeln und im Sommer an den Friedberger Baggersee, abends zum Tanzen, ins Kino oder in die Kneipe, um mit Freunden zu klönen.

Aber Adam ging und ich blieb.

Ich blieb zurück. Starr und allein.

Und seitdem graut mir. Vor dienstfreien Wochenenden. Endlosen Samstagen und stillen Sonntagen. Vor der Leere grau wabernder Tage.

Meine Gedanken drehen sich im Kreis, drehen mich schwindlig, und ich bekomme dieses Gefühl in der Magengegend, das sich einstellt, wenn das Kettenkarussell sein höchstes Drehmoment erreicht. Dann, wenn die kleinen Gondeln weit nach außen schwingen. Mir wird ganz flau zwischen Herz und Magen. Irgendwie komme ich mit dem Gefühl, an Ketten zu fliegen, nicht zurecht. Auch jetzt nicht.

Eigentlich bin ich frei. Frei, zu tun, was ich möchte. Frei, mich neu zu verlieben. Etwas anderes zu tun.

Umzuziehen!

Und doch. Ich bin gefangen! Mein Herz ist an die Kette gelegt, und als Adam ging, hat er den Schlüssel mitgenommen. Seitdem rüttle ich. Feile. Versuche, die Ketten zu lösen. Ein Geduldsspiel.

Mal wieder.

Wie oft ist mir das schon so passiert? Dreimal, viermal? Jedes Mal hatte ich gehofft, es sei das letzte Mal. Bei Adam war ich mir sicher gewesen. Doch wie sicher kann man sich schon sein? Ich hatte gehofft, nicht mehr sägen, nicht mehr feilen zu müssen. Stunden, Tage, Monate zu warten, dass der Schmerz vergeht und die Ketten mein Herz freigeben. Warum tut diese Freiheit so weh?

„Freiheit beginnt im Kopf", las ich neulich in einer dieser bunten Frauenzeitschriften im Wartezimmer meines Frauenarztes. Eine ganze Seite widmet das Magazin den Lebensweisheiten seiner Leserinnen, deren Haushaltstipps und Kuchenrezepten, der wahren Lebensgeschichte und der ultimativen Blitzdiät. Es ist die Zeitschrift der Normalo-Frau, die weder figürlich noch finanziell in die Haute Couture passt, die in schicken Hochglanzmagazinen abgebildet ist. Die Zeitschrift für die Durchschnittsfrau, die Feng-Shui schon mal für ein Chinarestaurant hält und glaubt, der Hollywoodcut sei eine besondere Schnitttechnik für Kinofilme. Diese wöchentlich erscheinenden Alltagsbibeln tragen nicht irgendwelche glamourösen oder französischen Titel, nein, sie tragen die Namen ihrer Leserinnen – „Tina", oder deren Geschlecht – „Frau", meist versehen mit einem Zusatz, damit „Frau" auch weiß, wo sie sich befindet. Also in der Welt. Oder der Woche. Oder im Spiegel. Im Bild? Meine absolute Lieblingsseite in diesen Zeitschriften ist die Rubrik, in der Frauen von ihren sensationellen Diäterfolgen erzählen: „So habe ich es geschafft – von Größe 52 auf 38".

Wenn ich diesen Aufmacher beim Durchwühlen des Lesezirkels auf dem Wartezimmertischchen entdecke, hält mich nichts mehr. Geschickt verpacke ich die „Frau mit Zusatz" in ein intellektuelles, anerkanntes Magazin und schmökere hemmungslos. Und so antwortete ich meinem Frauenarzt neulich auf seine höfliche Aufforderung:

„So, alles in bester Ordnung, Sie können sich wieder anziehen, Frau Kammermeier!", mit „Moment noch, gleich bin ich mit dem Artikel fertig."

Er schenkte mir daraufhin die Ausgabe mit der Anmerkung,

dass es wesentlich günstiger sei, dem Lesezirkel das Heft zu ersetzen, als die Blockierung seines Arbeitsplatzes bei brechend vollem Wartezimmer zu riskieren. Die „Frau mit Zusatz" liegt auf meinem Nachttisch, die Seite mit meiner Lieblingsrubrik schlägt sich von alleine auf, weil ich den Artikel schon so oft gelesen habe. Cornelia Sch. aus W. hatte wirklich innerhalb eines Jahres fast zwei Drittel ihres Gewichts verloren. Aus der ehemals traurig blickenden, Sumoringer-förmigen Frau sei eine hübsche, lachende Grazie geworden, die sich „unsterblich verliebt" und ein „völlig neues Leben" mit einem „ganz anderen Beruf" in einer „fremden Stadt" in einer „ganz tollen Wohnung" begonnen hätte.

Grübelnd betrachte ich die Vorher-Nachher-Bilder und ziehe Bilanz. Ich habe auch ein völlig neues Leben begonnen, allerdings in umgekehrter Hinsicht. Nicht, weil ich mich unsterblich verliebt habe, sondern an Liebeskummer fast gestorben bin. Darüber hinaus habe ich dabei leider nicht an Gewicht verloren, sondern dank Rotwein und Schokolade drei Kilo zugenommen. Ich übe meinen Beruf noch immer aus in einer Stadt, in der ich schon von Kindesbeinen an wohne und die ich, wie meine Arbeit, sehr, sehr liebe. Und? Ich habe eine neue, ganz tolle Wohnung, was sage ich, ein Haus!

Das ist immerhin ein Anfang.

Apropos Anfang. Werde jetzt Pippa anrufen und mich mit ihr zum Sport verabreden. Wie schreibt Cornelia Sch. aus W.? Ohne Sport geht bei einer Diät gar nichts.

Nichts.

Gar nichts geht mehr.

Stunden später liegen Pippa und ich ausgepumpt auf meinem Sofa. Auf dem Couchtisch vor uns türmen sich McDonalds-Verpackungen und ich schleppe mich in die Küche und erwärme in der Mikrowelle zwei Kirschkernkissen, die wir uns auf unsere vollgefressenen Mägen legen.

Vier Stunden sind Pippa und ich kreuz und quer durch die Schwimmbecken der Königstherme gejagt, haben der Strömung des Wildwassers Herr zu werden versucht, uns juchzend die Rutschen hinunter gestürzt und sind im Eiltempo die Treppen nach oben gehechelt, wo wir uns vor weiteren Rutschpartien die Bikinihose in die Poritze stopften, um das Tempo zu erhöhen. Anschließend haben wir in der Saunawelt Chlor und Schlacken aus der Haut geschwitzt. Zu guter Letzt ließen wir uns die Cellulitis massieren, mit der Folge, dass das auf der Rückfahrt organisierte Sushi unseren Bärenhunger nicht stillen konnte.

„Schön, du warme Welt", kuschelt sich Pippa mit dem Kirschkernkissen auf dem Bauch zwischen mich und die Couchkissen und ich denke nur noch: „Es könnte so schön sein!" und schlafe sofort ein.

Samstag, 28. November, 9.22 Uhr

Umzug in ein neues Leben!
Endlich.

Ich hatte mit Paul und Jonas unseren Kinderhausbus vierzehn Mal bis oben hin vollgeladen und all mein Leben in dieses neue Zuhause verfrachtet.

Paul, oft Pauli gerufen, weil sein Gesichtsausdruck so empfindsam ist, dass jeder nur an die Verniedlichung seines Namens denkt, ist mit fast achtzehn Jahren einer meiner ältesten Zöglinge. Er staunte nicht schlecht, als er die Möbel zuerst durch die große Diele schleppte, um sie dann in meinem Privatzimmer im ersten Stock abzustellen.

„Sag mal, Walli, hast du in diesem riesigen Haus gleich ein eigenes Zimmer?"

Irgendwie hatte ich es verpasst, meinen Kids mitzuteilen, dass Adam in meinem Leben nicht mehr vorkommt, genauer genommen, zu unserer Trauung nicht gekommen war. Ich hatte verpasst, ihnen ganz beiläufig zu erzählen, dass meine Trauzeugin Pippa und ich das Standesamt in schwindelnder Angst verlassen hatten, in Krankenhäusern nach einem verlustig gegangenen Verlobten angefragt hatten, um letztendlich festzustellen, dass es sich ein gewisser Herr Geier einfach anders überlegt haben musste.

Ich finde es beschämend, dass in meinem Leben etwas so derartig schief läuft und ich selbst, die „allwissende" Erzieherin, keine Erklärung geben kann, warum alles so gekommen ist. Ich wollte doch so gerne einen Mann haben, mit dem ich durch dick und dünn gehen kann, mit dem ich am Sonntag durch den Siebentischwald jogge und danach beim trauten Mittagessen zu zweit über das gemeinsame Leben sinniere.

Gemeinsames Leben? Hach! Einsames Leben!

Ich hole tief Luft und sinke auf den letzten Karton. Immer wieder hat mich Pauli vorhin merkwürdig von der Seite angeschaut.

„Wo ist eigentlich dein Mann?", hat er gefragt.

Natürlich hätte ich ihm jetzt die Wahrheit sagen sollen. Pädagogisch richtig reagieren müssen. Schließlich ist es keine Schande, sich – auch – als Erzieherin eingestehen zu müssen, nicht perfekt zu sein, dem Leben ausgeliefert zu sein. Letztlich auch dem eigenen Partner. Doch ich konnte es nicht. Es fühlte sich so an, als klebte ein Makel an mir. Ich hätte unpädagogisch schreien müssen: „Dieses Arschloch ist einfach nicht gekommen!"

Aber in einem flüchtigen Augenblick, in einem Hauch von Zeit, entschied ich mich, zu schweigen. Was sollte ich zu einem Siebzehnjährigen sagen, der gerade beginnt, sich ernsthaft für Mädchen zu interessieren? Einem gut aussehenden Jungen, der eigentlich fast schon ein Mann ist?

Sollte ich sagen: „Mein Zukünftiger hatte es sich am Tag der Hochzeit anders überlegt." oder: „Er hat, während ich mir im Standesamt gemeinsam mit Pippa die Beine in den Bauch stand, unsere Wohnung ausgeräumt und ist auf Nimmerwiedersehen verschwunden."

Was sollte ich denn erzählen, wenn ich dieses dämliche „Warum" selbst nicht wusste und auch niemand anderer es mir erklären konnte? Pippa hatte damals gesagt, um mich etwas aufzufangen: „Er ist so ein Arschloch. Und das war er wahrscheinlich schon immer und du hast es bloß nicht bemerkt."

Manchmal darf man auch „ARSCHLOCH" sagen, wenn es die Wahrheit ist, und ich hasse Adam für das, was er mir angetan hat. Ich hätte es wissen müssen!

Adam! Schon dieser Name hätte mich stutzig machen sollen!

Hatte doch bereits Eva im Paradies mit ihrem Adam nur Ärger. Und so atmete ich tief durch und beantwortete Pauls Frage so ruhig wie möglich:
„Ja, Adam liest mir jeden Wunsch von den Augen ab. Das ist mein Zimmer und ich soll einen eigenen Bereich für mich haben, damit ich mich entspannen kann, wenn es im Kinderheim wieder mal gebrannt hat."
Und mit einem Augenzwinkern erinnerte ich Paul:
„Weißt du noch? Du hast den Rauchmelder samt Sprinkleranlage mit deinem Feuerzeug aktiviert, weil du nicht wolltest, dass ich nach Hause gehe und du im Kinderheim bleiben müsstest."
In Wahrheit habe ich mich damals sehr geschmeichelt gefühlt. Schon immer habe ich mir einen Sohn wie Paul gewünscht. Vielleicht lässt es die Zeit irgendwann einmal zu.
Pauli war hartnäckig und hakte erneut nach: „Es scheint, als hättest du das große Los mit diesem Typen gezogen. Hätt' ich nicht vermutet! Ich dachte immer, er sei ein Arsch!"
„Pauli!"
„Ist aber so."
Pauli steckte die Hände in die Hosentaschen und kratzte mit der Schuhspitze am Boden.
„Ich finde, du bist zu gut für ihn. Tief im Innersten ist der ein Arschloch, ich spür das!"
„Haaallo!", würgte ich. „Was soll das bitte heißen?"
Ich musste mich räuspern, mein Hals kratzte.
Er zuckte mit den Schultern, zog sein Handy aus der Tasche und tippte schnell auf den Tasten herum. Einmal, nur einmal, möchte ich das so schnell können! Wenn ich eine SMS schreiben möchte, zieht sich das Tippen derart in die Länge, dass ich komplett entnervt dann doch lieber den herkömmlichen Kommunikationsweg wähle und telefoniere. Unvermittelt hielt er mir das Handydisplay vor die Nase. Das Mädchen auf dem Bild lächelte strahlend in die Kamera.
„Hübsch! Blond! Jung?", fragte ich.
„Fast achtzehn, alt genug!"
„Ist sie deine Freundin?"

„Vielleicht?"
„Vielleicht? Willst du mich auf etwas Bestimmtes hinweisen?"
„Nö, eigentlich nicht."
„Und uneigentlich?"
„Sie ist nett! Und sie hat einen geilen Arsch!"
„Ach so! Wobei ich mir nicht sicher bin, ob sie die Assoziation so schmeichelhaft finden würde. Und sonst so ...?"
„Du meinst, ob wir schon ...?"
Paul machte ein eindeutiges Handzeichen für Geschlechtsverkehr. Mein Magen krampfte sich ein wenig zusammen und ich stellte mir die Frage, wohin dieses seltsame Gespräch eigentlich führen sollte.
Wollte er mich testen? Mich provozieren? Mir etwas anvertrauen? Natürlich sollte ich als seine Erzieherin die Situation richtig einschätzen und kontrollieren können, zu dumm nur, dass ich selbst in einer konfusen, frustrierten Phase war. Andererseits würde er bald volljährig, erwachsen sein. Und ganz bestimmt hatte er seine ersten Erfahrungen bereits gemacht. Doch was, wenn nicht?
„Ich meinte eigentlich, ob du verliebt bist in sie ... und mal angenommen, du bist verliebt und sie auch, wäre es nicht schön, sich ein wenig Zeit zu lassen? Sich gegenseitig kennenzulernen, zu entdecken, es nicht so eilig mit ‚hm, hm, hm' zu haben?"
Ich hob dabei bedeutungsvoll die Augenbrauen.
Ungeduldig strich sich Paul durchs Haar und antwortete plötzlich überaus erwachsen.
„Sina ist doch keine Schlampe! Ich weiß gar nicht, wie wichtig ihr Erwachsenen das ‚Poppen' nehmt. Sinas Stiefvater hat ebenfalls geplärrt, irgendetwas von Schwangerschaft und Aids, und mich ohne Vorwarnung bei einem Verabschiedungskuss fast umgebracht."
„Komm, beruhige dich. So schlimm war es bestimmt nicht!", versuchte ich Pauli zu besänftigen.
„Doch, es war schlimm! Verdammt schlimm sogar!"
Erneutes Schweigen.
„Mal abgesehen davon, ich kenne den Stiefvater von Sina nicht, aber offensichtlich hat er die Sache zwischen dir und ihr

falsch eingeschätzt, oder?", meinte ich.

„Kann schon sein. Ich hätte gute Lust gehabt, ihm eine zu ballern, aber dann musste ich plötzlich an meine Mutter denken und es schien mir, als würde sie mir beide Hände halten."

Er grinste schelmisch.

„Eigentlich wollte ich dir nur zeigen, dass es verschiedene Arten von Ärschen gibt. Geile und eben auch eine andere Sorte. Hoffentlich hast du nicht letztere als Ehemann erwischt!"

Bei meinem Kopfschütteln in seine Richtung kochte die Wut in ihm sofort wieder hoch: „Sinas Vater hat uns schrecklich angebrüllt und mich ein ‚Kuckucksei' genannt. Dabei ist er nicht mal ihr richtiger Dad. Ihre Mutter lebt getrennt von Sinas leiblichem Vater. Als ich mich vor Sina gestellt habe, hätte er mir beinahe eine gelangt, nur weil wir vor der Haustür ein bisschen geknutscht haben."

Ich musste grinsen.

„So isses! Aber so einfach lass ich mich nicht vertreiben, das kann der Typ sich abschminken!"

Ich holte tief Luft. Warum und vor allem wovon hat Adam sich vertreiben lassen?

Für einen Moment schlich die Einsamkeit wieder von hinten an mich heran, umklammerte schmerzhaft mein Herz und ließ meine Augen brennen. Die Frage, auf deren Antwort ich noch immer warte: sechzehn Wochen und einen Tag ohne Antwort.

Samstag, 28. November, 16.14 Uhr

Warum tut es mir überall so weh?

Weil ich mir nicht sicher bin, wo es genau schmerzt, weiß ich im Moment gar nicht, wo ich mich einreiben könnte, selbst wenn ich die gute Mobilatsalbe in einer der vielen Kisten finden würde. Wer hat mich nur so geschlagen? Und vor allem warum? Ich bin mir keiner Schuld bewusst.

So ein Glück! Die Kiste, auf der ich sitze, ist schnell inspiziert und ich halte meine herzförmige Bettflasche mit Samtüberzug in der Hand. Pech, mein Warmwasserboiler funktioniert nicht richtig und meine Töpfe stecken irgendwo in einer der anderen Kisten, die an der Wand gestapelt sind. Das bisschen heiße Wasser könnte ich doch eigentlich unten aus der Gemeinschaftsküche holen.

Weil ich noch nie sehr mutig war und, wie schon erwähnt, durchaus verfressen bin, habe ich die Fähigkeit des leise Anschleichens und schnellen Wegrennens perfektioniert. Wenn ich als Kind etwas Süßes wollte, war Schleichen angesagt. War ich nicht flott genug mit meiner Beute entkommen, hat mich meine Mutter erwischt und am Schlafittchen gepackt. Das prägt!

Ich werde also niemanden im Haus auch nur annähernd stören. Behutsam schleiche ich mich mit meiner Wärmflasche nach unten, behalte immer die Türen rechts und links im Auge und stelle erleichtert fest, dass außer mir niemand zu Hause ist.

Erst mal Licht anmachen, obwohl ich erst ab Dienstag den Strom verbrauchen darf. Ab 1. Dezember bin ich offiziell Mieterin in der Kolpingstraße 44 und kann mich hier im Haus überall frei bewegen, außer natürlich in den Privatzimmern der anderen Übriggebliebenen.

Aber das ist eh klar.

Ich drehe gerade das heiße Wasser auf, als ich das Aufsperren eines Schlosses höre.

Oh mein Gott! So einen ersten Eindruck möchte ich nicht hinterlassen. Ich trage meine ältesten Jeans, deren Knopf ich offen lassen musste, weil ich ihn sonst beim Bücken abgesprengt hätte. Meine Haare habe ich zu einem Dutt nach oben gezwirbelt und auf meinem rosa Sweatshirt, einem Abschiedsgeschenk einer meiner Gruppen, prangt in verwaschenen Lettern „Zicke".

Alles in allem sehe ich aus wie eine bucklige Vogelscheuche. Ich bin gerade nicht bereit für das Kennenlernen eines Mitbewohners!

Panisch sehe ich mich um. Der unbemerkte Rückzug in mein Zimmer ist nicht mehr möglich. Noch vor einigen Monaten wäre es für mich kein Problem gewesen, einfach meine Bettflasche zu füllen und dann mit einem kurzen „Hallo, ich bin die Walli. Ich wohne hier. Offiziell bin ich noch nicht da! Aber inoffiziell sage ich jetzt einfach: Schön, Sie vorab kennenlernen zu dürfen."

Aber das sind keine normalen Umstände!

Schließlich bin ich erst seit Kurzem „übrig", sitzen gelassen, einfach abgestellt. Ich weiß gar nicht, wie man sich in dieser neuen Situation benimmt.

Hastig drehe ich den Wasserhahn zu, damit nicht der Anschein entsteht, es könnte sich ein Einbrecher im Haus befinden. Dann schleiche ich lautlos zur Tür und erkenne durch den Spalt einen großen Mann mit schwarzem Mantel und Hut. Keine Ahnung, wie alt er ist.

Fast überwinde ich mich, so zu tun, als wäre es selbstverständlich, dass ich da bin, doch da zieht er sich Schuhe und Mantel aus und kommt direkt auf mich zu. Genau in dem Moment, in dem sich die Küchentür öffnet, verschwinde ich, gerade noch rechtzeitig, im nächstbesten Schrank, der sich als Vorratskammer entpuppt. Für kurze Zeit bleibe ich unbeweglich stehen und halte den Atem an.

Im Halbdunkel erkenne ich Regale mit ordentlich aufgereihten Marmeladengläsern, Nudeltüten, jede Menge Dosen mit passierten Tomaten, Flaschen mit asiatischen Gewürzsoßen und eine riesige Kühl-Gefrier-Kombination.

Aus der Küche höre ich fröhliches Pfeifen und geschäftiges Rascheln. Neugierig werfe ich einen Blick durch den kleinen Türspalt. Bestimmt ist es der Koch. Er hat ein verwittertes Gesicht und weißes, volles Haar. Als hätte er meinen Blick bemerkt, richtet er seine Augen auf die Tür, hinter der ich mit klopfendem Herzen stehe.

Seine Augen sind eisblau.

Brummelnd schiebt er seine Einkäufe auf der Arbeitsplatte hin und her, schichtet Paprika, Frühlingszwiebeln und Karotten vor sich auf und stellt zwei Töpfchen mit frischen Kräutern aufs Fensterbrett. Dann kommt er mit einem Fleischpaket in der Hand auf mich zu. Seine große Hand greift nach der Klinke.

Meine auch.

Ich lasse mein samtenes Wärmflaschenherz auf den Boden fallen und zerre mit beiden Händen an der Klinke.

„Ja, was ist denn des?", brummt es ungläubig von draußen.

Es rüttelt heftig an der Tür und fast muss ich nachgeben. So gut ich nur kann, ziehe ich mit meinem ganzen Gewicht nach hinten. Auch von außen wird die Anstrengung verstärkt und ich höre ein leises Fluchen:

„Himmel-Herrgott-Sakrament, was ist denn da los?!"

Ja, los ist eine ganze Menge. Und dann geht alles ganz schnell! Auf einmal macht es „Plopp" und ich sause mit der ganzen Wucht meiner Antonio-Eiskugel-Pfunde gegen die Kühl-Gefrier-Kombination in der Vorratskammer.

Ein stechender Schmerz zieht mir die Beine weg und ich sinke langsam an der weißen Außenfront des Kühlschranks auf den Boden. Zur gleichen Zeit ertönt in der Küche ein lautes Scheppern, gefolgt von einem dumpfen Schlag und einem erstickten „Ahhh!"

Oh. Mein. Gott. Hoffentlich habe ich den alten Mann nicht umgebracht! Vorsichtig, weil es stockdunkel ist und der Rücken schmerzt, krieche ich zur Tür. Ich taste nach der Klinke.

Wo ist das Türschloss?

Hektisch befingere ich den Bereich über dem Schloss.

Verdammt! Die Klinke ist weg!

Draußen stöhnt es leise. Durch ein winziges Loch erkenne ich, dass sich Hose und Hemd bewegen.

Gut. Er lebt.

Mit beiden Händen taste ich jetzt über den Fliesenboden nach der Türklinke. Das gibt's doch nicht! Das verdammte Teil muss hier irgendwo gelandet sein, so groß ist der Raum doch gar nicht. Im Dunklen stoße ich mir den Kopf an einem Regal an und ziehe ihn wie ein verschrecktes Huhn ein. Erneut gehe ich in Hockstellung. Es scheppert, klirrt, raschelt und ich schicke ein Stoßgebet zum Himmel, dass mir keine Konservendose auf den Kopf fällt.

Ich werde erhört!

Das, was auf meinem Kopf landet, ist keine Konservendose. Es ist leicht. Lange Splitter streifen mein Haar und ich ertaste eine knisternde Packung Spaghetti.

Die Türklinke bleibt unauffindbar und das Absuchen der Wand nach einem Lichtschalter erweist sich auch als nicht erfolgreich. Blind wie ein Maulwurf tapse ich mit beiden

Händen über den Fußboden und lasse dabei rohe Spaghetti knacken. Dafür habe ich mein Samtherz wiedergefunden. Ich setze mich neben die Tür und lausche angestrengt. Es stöhnt auf der anderen Seite der Tür.

„Hallo", sage ich zaghaft.
Keine Antwort.
„Hallo, sind Sie verletzt?"
Wieder keine Antwort.
Ich räuspere mich und klopfe gegen das Türblatt.
„Hallo, sind Sie verletzt?"
Stille.
„Hey!", schreie ich jetzt laut. „Hören Sie, es tut mir leid!"
„Ha!"
Endlich! Eine Antwort, wenn man „Ha" als Antwort zählen mag, ein unfreundliches „Ha" noch dazu.

„Sind Sie verletzt?", versuche ich es nochmals und lege mein Ohr an die Tür der Speisekammer, um eine Antwort, die über „Ha" hinausgeht, verstehen zu können. Vor der Tür raschelt es. Wieder Stille.

„Ist da jemand?"
Erschrocken reiße ich mein Ohr vom Türblatt, so stark vibriert die Bassstimme auf meinem Trommelfell. Gleichzeitig klopft es von außen.

„Hallo, ist da jemand?"
„Ja, ich", sage ich zaghaft.
„Wer ist denn ‚ich' um Himmels willen?", poltert es jetzt ungehalten.

„Walli Kammermeier."
Nur gut, dass die Kids jetzt nicht sehen können, wie ihre Erzieherin, als Vogelscheuche verkleidet, auf dem Boden einer finstern Speisekammer kniend, ein knallrotes Plüschherz gegen die Brust gedrückt, mit einer klinkenlosen Tür redet.

„Walli Kammermeier. Darf ich fragen, was Sie in meiner Speisekammer machen?", donnert es jenseits der Tür.

„Ich wollte eigentlich …", ich hole tief Luft, bevor ich weiterspreche: „Also das war so: Mein Kreuz tat nach dem Einzug in mein Zimmer hier und nach der Schlepperei der vielen

Kisten so weh, dass ich mir eine Wärmflasche machen wollte. Weil ich noch kein heißes Wasser bei mir in der Wohnung habe, bin ich in die Küche gegangen und dann ging die Tür auf, Sie kamen, und da habe ich mich hier versteckt."

Jetzt höre ich Wasserplätschern und klappernde Schubfächer.

„Dann haben Sie kurzerhand die Klinke abgerissen und versucht, einen alten Mann um die Ecke zu bringen. Netter Versuch übrigens, auch wenn es nicht gerade das ist, was ich von einer neuen Bewohnerin erwarte. Außerdem wäre eine Zugehfrau eher nötig gewesen."

Allmählich reicht es! Die sind hier schärfer auf eine Putzfrau als auf eine Mitbewohnerin. Das kann ja lustig werden!

Vor der Tür ächzt es, dann ein Rumpeln, und ich blinzle geblendet in helles Licht.

„Na, dann mal raus hier, Walli Kammermeier."

Wir haben beide nicht die geringste Ahnung, was uns auf der jeweils anderen Seite dieser Tür erwartet. Mein Herz beginnt, heftig zu pochen. Ich stelle sofort fest, dass die Küche nicht mehr so aufgeräumt aussieht wie noch vor einer kurzen Weile. Die gebückte Haltung in der Speisekammer war meinem lädierten Kreuz nicht besonders zuträglich und mich attackieren heftige Rückenschmerzen, als ich ins Licht blicke. Jetzt habe ich auch noch das Gefühl, als wäre etwas mit meinem Kopf nicht in Ordnung. Mir ist, als hätte ich in Nudeln geduscht und die Raumtemperatur sei um mindestens fünf Grad gestiegen. Zumindest glühen meine Wangen entsprechend, als ich, mein Plüschherz fest an mich gedrückt, vor meinem Mitbewohner stehe. Er mustert mich amüsiert, als er zur Seite tritt.

Es geht los! Bestimmt hält er mir gleich eine Standpauke!

Aber statt dessen starrt er mich an. Ein wenig zu lang, finde ich. So lange, dass ich es nicht mehr ertragen kann und wieder hektisch zu plappern beginne.

„Valeska Kammermeier, hallo! Eigentlich wohne ich heute noch nicht hier, sondern ..."

Tatsächlich verändert sich sein Gesichtsausdruck zusehends und wird freundlicher. Der in dunklen Zwirn gekleidete Herr wiederholt vorsichtig:

„Sondern?"

Mutig rede ich drauflos: „Sondern erst ab Dienstag wohne ich da oben im ersten Stock – Zimmer Nr. 4!"

Um meine Unsicherheit zu verbergen, gehe ich zur Küchentür und zeige auf den Treppenaufgang. Höchstwahrscheinlich denkt er jetzt, dass ich einen an der Waffel habe, denn er betrachtet mit hochgezogenen Augenbrauen abwechselnd die Treppe und den verwaschenen Schriftzug auf meiner Brust.

Ich recke also den Hals und versuche, so würdig es in den zu engen Jeans eben geht, Haltung zu bewahren, um die Misere nicht in ein Desaster abgleiten zu lassen. Für meine kurze Ansprache habe ich zwar keinen Applaus erwartet, aber als mein Gegenüber lauthals loslacht, bin ich irritiert.

„Valeska Kammermeier!"

Das Wiederholen meines Namens macht mich nicht ruhiger.

„Valeska Kammermeier, entschuldigen Sie, aber ich freue mich sehr. Auch wenn ich Sie offiziell erst Dienstag kennenlernen werde. Ihren Namen haben Sie völlig zu Recht!"

Er lacht lauthals.

Ein oller Witzbold, denke ich mir wütend. Jetzt wischt er sich sogar Lachtränen aus den Augenwinkeln.

„Ihre Frisur ist überaus kreativ. Ich liebe Nudeln! Und … Gott sei Dank …", er lacht immer noch und hat bereits Schwierigkeiten mit der Luftzufuhr. „Gott sei Dank brauche ich heute keines meiner Eier."

Mit einem blütenweißen, akribisch gebügelten Taschentuch wischt er sich über das Gesicht und betrachtet mich interessiert. Er sieht etwas, das ich nicht sehe. Die Spiegelfront eines Küchenschranks schafft Klarheit. Der Anblick bringt es auf Platz eins meiner schrecklichsten Momente der letzten Jahre. Es gibt keine Worte für mein Aussehen, jeder Erklärungsversuch kann nur dazu dienen, das Ganze irgendwie und irgendwann selbsttherapeutisch in den Griff zu bekommen. Schließlich bringt es mein Beruf mit sich, alles auch aus psychologischem Blickwinkel zu betrachten. Dass da mal nichts hängen bleibt!

Schließlich wird mir bei meinem Anblick auch schlagartig klar, warum ich eine „Übriggebliebene" bin. Die Spaghetti stehen in alle Richtungen aus meinem Haar heraus und es ist nicht übertrieben, wenn ich sage, es hätte wohl kein weiteres Pfund Nudeln mehr Platz gefunden. Dann sticht mir mein geplatzter Reißverschluss ins Auge. Schnell versuche ich meinen uralten, ausgeleierten, keck hervorlugenden Frotteeschlüpfer mit dem Plüschherz zu verdecken, präsentiere allerdings dafür nun das Prädikat „ZICKE" in Großbuchstaben.

Das alles wäre vielleicht noch zu ertragen, aber das bereits angetrocknete Eiweiß an meinem Hinterteil sieht aus, als ob mir ein unanständiger Kerl an den Arsch gewichst und ich auch noch eifrig, mit roten Wangen, dazu beigetragen hätte. Einen noch schlechteren ersten Eindruck kann man wohl kaum hinterlassen!

Aber Angriff ist die beste Verteidigung, deshalb drehe ich mich augenblicklich um und fauche:

„Na bravo, danke für den Hinweis! Sie dürfen mich jetzt Walli nennen, denn schließlich sind wir uns ja schon ziemlich nahe gekommen."

Immer noch wischt er sich die Lachtränen aus den Augen.

„Sicher, Walli, aha, Kammer... Aber ich hätte da noch eine Frage ..."

Contenance bewahren, Walli, Contenance! Anscheinend bin ich dazu verdammt, ständig Fragen zu beantworten. Fragen, die sich nicht unbedingt positiv auf mein Wohlbefinden und meine Laune auswirken. Ich habe ja als Pippas Freundin schon so einiges erlebt, aber einen derart peinlichen Auftritt habe ich noch nie abgeliefert. Pippa würde jetzt die Achseln zucken, dem alten Mann fröhlich die Hand schütteln und beteuern, sie sähe sonst um Längen besser aus und treibe sich selten bis gar nie in dunklen Speisekammern herum. Wobei in der guten alten Zeit ein Tête-à-Tête dort erwiesenermaßen sehr beliebt gewesen sei, da doch so manches Dienstmädchen schwanger aus dem Haus gejagt worden sei. Pippa hätte den Alten in Grund und Boden geredet und wäre dann, hoch erhobenen Hauptes, von dannen gezogen.

So würdig es nur geht, stütze ich mich mit einer Hand

auf die Arbeitsplatte und wedle zustimmend mit meinem Wärmflaschenherz.

„Bitte, fragen Sie!"

Es dauert noch eine kleine Weile, bis sich mein Mitbewohner von seinem jüngsten Lachanfall erholt hat, dann nimmt er jedoch Haltung an und sagt:

„Also, zuerst einmal möchte ich mich Ihnen vorstellen. Mein Name ist Adalbrand Petersen. Da Sie ja unsere Speisekammer schon genauestens unter die Lupe genommen haben, denke ich mir, Sie sind vielleicht auch Gaumenfreuden zugetan, auch wenn Sie es hin und wieder vorziehen mögen Lebensmittel auf dem Kopf und ...", er räuspert sich und deutet mit einer süffisanten Kopfbewegung in Richtung meiner Kehrseite. „Um 19 Uhr ist angerichtet. Bei dieser Gelegenheit können Sie Ihre Zimmernachbarin kennenlernen. Sie trägt übrigens auch gerne Kleidung dieser Art. Wenn mich nicht alles täuscht, besitzt sie sogar ein T-Shirt mit der Aufschrift „BEI MIR BUMST ES SO RICHTIG". Ich denke, das würde auch zu Ihnen passen."

Klar, er hat es nicht so gemeint, aber ich fühle mich fürchterlich elend und außerdem habe ich Hunger wie ein Wolf. Frostig antworte ich schnell:

„Ich nehme die Einladung gerne an, danke. Allerdings bin ich mir nicht sicher, ob ich an mein kleines Schwarzes herankomme, schließlich steckt noch alles in den Kisten, aber zur Not sind Sie ja schon an die „ZICKE" gewöhnt. Offensichtlich sind Sie tolerant und akzeptieren Ihre Mitbewohner so, wie sie sind. Dann werde ich mich mal dranmachen. ‚ES BUMST SO RICHTIG', Sie werden sich noch wundern."

Oh Pippa, du wärst stolz auf mich, ich habe mich wacker geschlagen!

Während ich hocherhobenen Hauptes hinter mir die Küchentür ins Schloss ziehe, höre ich bereits das Scheppern von Töpfen.

Zurück in meinem Zimmer atme ich erst einmal tief durch und krame in einem der Küchenkartons nach einer Flasche Prosecco.

Gläser? Finde ich nicht, egal. Vorsichtig trinke ich ein paar Schlucke direkt aus der Flasche. Danach ziehe ich in Windeseile meine neuen Jeans an und zerre meine Lieblingsbluse aus einem Umzugskarton.

Toll ist das schon!

Diese Umzugskartons sind wie kleine Kleiderschränke, mit Stangen und Bügeln. Vielleicht sollte ich mit dem Auspacken noch warten und die geniale Erfindung der Pappkartonkleiderschränke noch etwas nutzen. Wer weiß, ob es nach meinem misslungenen Start in der Wohngemeinschaft hier noch eine Zukunft für mich gibt.

Es ist schon erstaunlich, dass Adalbrand, Himmel was für ein Name, nichts Schlimmeres passiert ist. Lediglich die Karotten waren auf dem Boden verstreut und eine grüne Paprika komplett zerdrückt.

Adalbrand selbst trug das Haar etwas unsortiert, so wie Loriot in der Nudelszene, aber ansonsten: top in Schuss, der Herr!

Nach dieser „Stirb langsam in der Speisekammer-Aktion" hatte ich eigentlich mit Blutspuren gerechnet. Es ist, als hätte ich beim DVD-Gucken während der schrecklichsten Szene auf die Standbildtaste gedrückt. Immer wieder sehe ich Adalbrand an der Tür ziehen und dann ... Es war wirklich ein richtiger Bums!

Meine Güte, was für ein Tag, so etwas passiert doch normalerweise normalen Leuten unter normalen Umständen garantiert nicht!

Ich hasse es, wenn ich rot werde, und noch mehr hasse ich, wenn es jemand direkt mitbekommt. Es ist nämlich nicht so, dass mein Teint eine leicht rötliche Färbung bekäme, die mit einigen Haarsträhnen oder hinter vorgehaltener Hand vornehm zu verdecken wäre. Oh, nein! Wenn ich rot werde, dann pumpt mein Herz das gesamte Blutvolumen meines Körpers in Hals, Gesicht und Ohren. Der Rest meiner Epidermis bleibt gewissermaßen bleich und blutleer zurück, lediglich auf meinem Dekolleté lassen unregelmäßige Flecken das Vorhandensein von Durchblutung erahnen. Die Aufregung lässt die Errötung am oberen Körperende pulsieren, sodass ich gleich einer Warnblinkleuchte zwischen fröhlichem Hellrot und sattem Dunkelrot wechsle. Rudolf, das Rentier, würde seine Nase traurig im Schnee versenken und sofort um Rente bitten. Weithin wären meine roten Ohren durch den Schneesturm zu erkennen – folgt mir, ich weise den Weg. Blink, blink!

Schnell noch ein Schlückchen aus der Proseccoflasche.

Tief durchgeatmet und umgeblickt.

Trostlos.

Sehr trostlos sieht es aus.

An den Wänden stapeln sich die Umzugskisten und mein geliebtes Lümmelsofa steht schief und traurig mitten im Raum. Draußen ist es bereits dunkel, dafür leuchtet vor meinem nackten Fenster eine große Straßenlaterne ins Zimmer.

Auf meinem Bett steht mein Laptop und zeigt mir eine Mail-Nachricht an.

Von: Rumpelpippa
Betreff: Sitzt du immer noch auf deinen Kisten?
Datum: 28. November 18:05:16 MESZ
An: kammerwalli@t-online.de

Liebe Walli!
„Man hat im Leben die Wahl: Man kann allein bleiben und sich elend fühlen oder heiraten und wünschen, man wäre tot."

Du kluges Mädchen! Inzwischen hast du mich von der Weisheit der Entscheidung überzeugt, in eine Wohngemeinschaft von Übriggebliebenen zu ziehen. Allerdings ist es nicht besonders klug, sie deinen Schützlingen vorzuenthalten. Ja! Ich habe gerade Pauli getroffen! Er hat mir von deinem eigenen Zimmer erzählt in diesem wunderschönen Haus gleich hier um die Ecke. In das du heute eingezogen bist: mit deinem Mann?
Kannst du dir eigentlich vorstellen, was passiert, wenn sie erfahren, dass du gelogen hast? Ich glaube, du solltest darüber nachdenken, Süße!
„Denn man hat im Leben die Wahl ..."
Bestimmt hast du noch keine einzige Kiste ausgepackt,

und weil ich vermute, dass du es ohne mich nicht tun wirst, werde ich gegen einundzwanzig Uhr bei dir aufschlagen. Meine Mama lässt dich schön grüßen und wünscht dir alles Gute im neuen Heim. Außerdem habe ich heute eine superduper Bekanntschaft gemacht.
Was grinst du so? (Und ich weiß, du grinst!)
Natürlich über eine Internet-Agentur. Friend-Dating.
Ich passe genau zu ihm, aber leider, leider ist er weit weg ...
Sehr weit. Er lebt in Australien!
Na und!
Viele Menschen glauben, auf der ganzen Welt gäbe es nur einen einzigen, perfekten Partner, der auf sie wartet. In Wirklichkeit sind es 1,5 Millionen perfekte Partner für jeden von uns. Überall auf der Welt!
Genau das habe ich gerade gelesen.
Ist es nicht schrecklich, darauf warten zu müssen, entdeckt zu werden? Ich nehme das jetzt selbst in die Hand!
Australien ist fast perfekt.
Im Moment, so kurz vor Weihnachten, hätte ich eh keine Zeit zu irgendwelchen Treffen in irgendwelchen Restaurants mit Rose im Knopfloch und Tageszeitung in der Hand. Lieber hängt ein netter ER mit mir im Netz herum, bevor ich mich so allein fühle.
Sollte ich mir vielleicht lieber ein Haustier zulegen?
Einen Goldfisch im Glas oder einen Frosch mit Treppe, den könnte ich dann versuchen zu küssen, wenn ich ihn auf den Stufen erwische. Du weißt schon: Prinz und so ...?
Manchmal muss man eben mehrere Frösche küssen, ehe man seinen Prinzen findet, meint meine Mama.
Um deine Frage vorwegzunehmen:
Nein, ich habe ihm noch kein Bild von mir zugesandt.
Die Begründung: Valeska Kammermeier und ihr Misstrauen.
Hört sich an wie der Titel eines neuen Harry-Potter-Buches!
„Sende ihm ja kein Bild, sonst wird er dir auflauern und dich vergewaltigen."
Hallo Walli, vielleicht hätte ich gerne mal wieder Sex. Vielleicht würde ich gerne mal entführt werden. So, nun werde ich jetzt schnell etwas für meine Fitness tun und dann

bei dir einbrechen, um die verpackten Sachen zu befreien.
Manno, Walli, bin ich froh, dass es dich gibt!
Bis dann, Pippa
P.S. Ich versuche, leise zu sein :-D

Von: Kammerwalli
Betreff: Re: Sitzt du immer noch auf deinen Kisten?
Datum: 28. November 18:20:01 MESZ
An: RumpelPippa@web.de

Ach Pippa!
Wenn überhaupt, sitze ich nur auf einer Kiste, denn der Rest stapelt sich an der Wand, und zwar haushoch. Gut, sehr gut, dass du später noch vorbeikommst, mein Zimmer ist bisher noch nicht sehr gemütlich und ich habe auch schon den ersten Mitbewohner kennengelernt, ich war leider in nicht sehr vorteilhafter Verfassung und etwas demoliert.
Was treibst du nur wieder für einen Unsinn im Internet? Australien!
Was Dümmeres fällt dir wohl nicht ein! Es mag schon sein, dass 1,5 Millionen potenzielle Partner irgendwo auf dich warten, aber was bitte nützt es, wenn der Mann der Träume in Burkina Faso oder Novosibirsk lebt? Bestimmt wirst selbst DU nicht in einer kleinen Lehmhütte in Westafrika hausen oder dir in Sibirien den Arsch abfrieren, auch wenn du dabei einen wunderbaren Blick über den Ob hast. Ganz sicher nicht! Also komm mir nicht mit 1,5 Millionen männlichen Möglichkeiten.
Du meine Güte, wenn ich daran denke, dass mich ein russischer Adam irgendwo in der Taiga auf einem Standesamt sitzen gelassen hätte, bin ich schon froh, in Deutschland zu leben.
Spätestens seit „Küss den Frosch", du weißt schon, der Vorweihnachts-Kinderkinofilm, halte ich es für ein Risiko, überhaupt einen Frosch zu küssen, egal, was deine Mutter meint.
Früher oder später werde ich den Kids das mit Adam schon noch sagen, ich denke aber, eher später.

Ich habe schließlich auch ein Recht auf Privatsphäre!
Bis später.
– Wer zu spät kommt, den bestraft das Leben :o)
Prosecco ist kaltgestellt.
LG Walli

Samstag, 28. November, 18.45 Uhr

Habe ich erwähnt, dass ich in meinem Leben noch nie zu spät gekommen bin? Deshalb bin ich wohl auch schon ein paar Tage früher hier eingezogen. Um ja pünktlich auf der Matte zu stehen. Vielleicht ist es auch die übertriebene Angst vor dem Wahrheitsgehalt des Spruches: „Wer zu spät kommt, den bestraft das Leben!"
Alles in allem eine mich nachdenklich stimmende Situation.
Gratulation! Ich war pünktlich.
Und? Hat es mir genützt?
Der Liebeskummer ist anscheinend immer noch nicht vorbei, aber ich bin in die zweite Phase eingetreten, denn ich hoffe auf eine gerechte Strafe. Es darf gerne eine harte Strafe sein, ich hätte wahrlich nichts dagegen.
Noch immer kein Laut von meiner Zimmernachbarin.
Sehr seltsam. Es sieht so aus, als wäre ihr Pünktlichkeit nicht so wichtig wie mir.
Ich checke mein Spiegelbild. Mein Haar habe ich mit meinen wunderschönen Perlennadeln hochgesteckt und hoffe, dass der alte Herr bemerkt, dass es sich nicht mehr um die Spaghettivariante handelt. Ich sehe auf die Uhr. Es ist dreiviertel sieben und niemand wird es mir übel nehmen, wenn ich mich schon mal nach unten begebe. Außerdem habe ich gewaltigen Hunger.
Noch ehe ich die letzte Stufe der Treppe nehme, höre ich Adalbránds Stimme klar und deutlich durch die angelehnte Tür. Er hat eine weiße Schürze umgebunden und deckt gerade den Tisch.
„Und dann hat sie von innen die Türe zugehalten ..."
Mit wem spricht er? Ich kann durch den Türspalt niemanden entdecken.

„… natürlich habe ich auch gezogen. Wie ein Blöder … Was hättest denn du in so einer Situation getan? Die Polizei gerufen? Vielleicht gesagt, es sitzt jemand in der Speisekammer und hält die Türe zu? Die hätten mich ja wirklich zu Recht als unzurechnungsfähig eingestuft …"

Ich ertappe mich wieder, wie ich auf leisen Sohlen durch die Diele schleiche. Die frühkindliche Prägung sitzt tief.

„… ganz schön kräftig, die Dame. Ehe ich mich versah, schleuderte ich durch die Küche. Dank meiner täglichen, ausgedehnten Spaziergänge ist mir nicht viel passiert, abgesehen von dem langen Riss am Hosenboden. Aber den hat diese Walli nicht gesehen. Die war mit ihrer eigenen Kehrseite beschäftigt. Trotzdem habe ich ganz schön dumm geschaut, das kann ich dir sagen."

Na, und ich erst! In der Speisekammer und jetzt wieder! Schon wird mein Fauxpas breitgetreten und weitergetratscht. Hätte ich mir ja denken können!

„Schade, dass dir mein Aperitif nicht schmeckt! Er ist ganz mild! Hat dein Brandy selbst kreiert und fördert die Verdauung, meine Liebe …"

Meine Liebe …? Wer zum Teufel ist Brandy? Allmählich kapiere ich nichts mehr. Mit wem spricht Adalbrand Petersen bloß, während er geschäftig zwischen Küche und Esszimmer hin und her geht? Ich kann niemanden entdecken, obwohl ich ständig auf Zehenspitzen von einer Tür zur anderen husche. Liegt vielleicht jemand auf dem Boden? Robbt jemand durch das Zimmer? Nach der Aktion heute Nachmittag würde mich nichts mehr wundern! Schließlich hatte ich Ei am Hintern und Spaghetti im Haar. Jetzt trinkt Adalbrand einen Schluck aus seinem Sektglas. Ich wechsle wieder die Position und schleiche zur Esszimmertür.

„… also die Walli Kammermeier, die ist echt der Hit. Die ist dir fast etwas ähnlich! Als sie heute so vor mir stand, mit den Nudeln im Dutt, wie ein kleines Stachelschwein – hat sie mich an unser erstes Zusammentreffen erinnert. Auf dem Stadtmarkt. Weißt du noch? Du bist mit einem riesigen Korb um die Ecke gebogen, hast mich über den Haufen gerannt und uns unter mehreren Kilos Tomaten begraben. Wie bezaubernd du ausgesehen hattest, mit den Tomatenstückchen im Haar. Als ich dir beim Einsammeln half und dir ein paar Kernchen vom Blusenkragen zupfen wollte, hast du mich ziemlich forsch zurechtgewiesen und mir erst verziehen, als ich dir am nächsten Tag einen Kuchen vorbei brachte. Für Süßes warst du schon immer zu haben. Aber du hast sie ja bestimmt auch gesehen. Oder? Mein Gott, wann habe ich das letzte Mal so gelacht?"

Stille! Plötzlich ist es mucksmäuschenstill.

Höre ich vielleicht ein Flüstern oder bilde ich es mir nur ein? Wer war heute noch in der Küche gewesen? Hat mich in dieser beschämenden Situation wirklich noch jemand gesehen?

Furchtbarer Gedanke.

In der Speisekammer war ich auf jeden Fall allein. Oder?

Um drei Minuten vor sieben blicke ich auf meine Uhr. Meine Gedanken kreisen wild durcheinander. Ich werde zu spät kommen, denke ich noch, als mich plötzlich von hinten jemand um die Schultern fasst.

Ich erstarre.

Jemand packt mich im Würgegriff, hält mir den Mund zu und reißt mein Haar nach hinten. Kein Angstschrei möglich, nur weit aufgerissene Augen meinerseits.

Hinter mir zischt es: „Leise! Ich bin Lilli, deine Zimmernachbarin. Du bist neugierig, meine Liebe. Störe unseren Brandy nicht! Er spricht nämlich gerade mit seiner toten Frau."

Oh mein Gott! Sie hält mir eine meiner Perlhaarnadeln an den Hals. Mir gefriert das Blut in den Adern. Die ist ja total verrückt! Ehrlich gesagt wundert es mich nicht, dass die Putzstelle noch zu haben ist. Wer möchte schon in einem Irrenhaus sauber machen? Wo bin ich nur hingeraten?

„Du wirst leise sein, verstanden? Dann kann ich auch die Hand vor deinem Mund wegnehmen, bevor du mich total zusabberst."

Mit einem empörten Augenaufschlag stimme ich ihrem Vorschlag zu. Als sie mich loslässt, drehe ich mich wütend um und zische: „Sag' mal, spinnst du?"

Vor mir steht eine elfenhafte Schönheit, die mich aus großen

grüngrauen Augen durchdringend anschaut. Grinsend hält sie mir ihre rechte Hand entgegen und flüstert:
„Lilli Wiesner – Zimmer 3."
Ihre blonden Haare locken sich über die Schultern und ihr Lächeln zeigt kleine, weiße Zähne. Dann legt sie den Zeigefinger an die Lippen und macht eine deutende Bewegung in Richtung Küche. Ich schnappe kurz nach Luft und schlucke Adalbrand zuliebe meine Standpauke runter. Lilli zieht mich hinter sich her zur Treppe und macht mir gestenreich klar, ich solle, wie sie auch, laut die letzten Stufen hinuntergehen. Dabei pfeift sie fröhlich vor sich hin. Dann stößt sie schwungvoll die Tür zum Esszimmer auf und ruft:
„Hey Brandy, was hast du denn wieder Tolles gezaubert? Das riecht ja fantastisch! Oha, super Tischdeko! Advent, Advent, ein Lichtlein brennt!"
Auf dem schweren Holztisch liegt eine Leinentischdecke. Weiße Steingutteller, Besteck mit Perlmuttgriff und bunte Bleikristallgläser. Die Tischmitte ziert ein großer Adventskranz aus verschiedenen Koniferenzweigen mit dicken roten Kerzen.
„Richtig Lilli, morgen ist der erste Advent. Zeit für Plätzchenbacken und Geschenkebesorgen." Adalbrand Petersen hat das Zimmer betreten, im Hosenbund steckt ein sauber gefaltetes kariertes Küchentuch.
„Wie ich sehe, hast du dich bereits mit Walli Kammermeier bekannt gemacht. Bitte sehr." Mit diesen Worten reicht er uns je ein Sektglas mit einer zartrosa Flüssigkeit, in der ein Blatt schwimmt.
„Zum Wohlsein, die Damen."
Er nickt uns zu und erhebt sein Glas. Soll ich das jetzt wirklich trinken? Das Gebräu eines wunderlichen Alten, der Gespräche mit seiner unsichtbaren Frau führt und mit einem rabiaten Würgeengel in einem Haus mit losen Türklinken zusammenlebt?
Es schmeckt wunderbar. Süß, ein bisschen herb, mit einem feinen Minzaroma. Tja, was soll ich sagen?
Bis zur Vorspeise leere ich drei Gläser des Aperitifs und setze mich beschwingt mit dem rabiaten Engel an den Tisch. Sie hat

sich meine lange Haarnadel hinter das rechte Ohr gesteckt und greift beherzt nach dem Brotkorb.

Zuerst gibt es Feldsalat mit frischen Champignons, dazu knuspriges Baguette. Adalbrand füllt die Kristallgläser mit dunklem Rotwein – hach, ich liebe Rotwein! – und serviert anschließend Hähnchenbrüstchen in Currysoße mit Kartoffelgratin auf Gemüsestreifen. Es sieht köstlich aus und schmeckt einfach himmlisch. Während wir essen, erzählt Lilli von einem Kommilitonen aus dem Kurs für Acrylmalerei an der Uni.

„Also dieser Typ ist so skurril, aber trotzdem ein Gedicht, das könnt ihr euch nicht vorstellen", Lilli legt amüsiert das Besteck zur Seite und schiebt sich die Locken aus dem Gesicht. „Schulterlanges, dunkelbraunes Haar. Hey, der hat sooo eine Mähne", ihre Hände wedeln in einiger Entfernung neben ihren Ohren hin und her. „Seine Körperhaltung, stolz wie ein Flamencotänzer. Und Augen hat der, so dunkel wie Kohle. Unglaublich! Die Lippen sind wie ein Versprechen. Hach, ich würde sterben für einen Kuss von ihm."

Adalbrand schmunzelt und bevor er sich vorsichtig einen Bissen auf der Gabel zurechtlegt, fragt er:

„Hat der junge Mann neben Haarpracht und Lippen sonst noch Vorzüge? Humor, Verstand, Verständnis für Frauen, Begabung?"

„Ja, ja, denke, das hat er! Ach Brandy, ich glaube, ich bin verliebt!"

„Genau der Meinung bin ich auch, wenn ich dich so reden höre!", sage ich und nippe an meinem Glas.

Wir genießen das leckere Essen und hören Lillis Lobgesang auf den kohleäugigen Flamencotänzer weiter zu. Dann erzählt Adalbrand, dass die große Liebe nicht wie ein Donnerschlag ins Leben geplatzt kommt, sondern mitten im Alltag neben dich tritt und dir auf die Schulter tippt. Der Koch füllt erneut die Gläser und prostet mir galant zu. Aus seinen alten, getrübten Augen strahlt echte Romantik. Anscheinend kennt er sich aus.

„Wir sind hier alle per Du. Ich heiße Adalbrand, aber alle sagen Brandy zu mir."

Aha.

Etwas beschwipst durch die zahlreichen Gläser Alkoholika, greife ich nach meinem Getränk.

„Proscht Bräändy. Ich bin die Valeska, wenn du möchtest: Waaalli. Hicks, ... Schuldigung."

Dann geht Brandy Espresso kochen und es brennt nur noch eine einsame weiße Kerze auf dem Esstisch. Der rabiate Engel lotst mich auf die Couch. Sie schmeißt sich neben mich und breitet eine dicke Wolldecke über uns. Meine Frisur ist in Auflösung begriffen. Ich spüre, wie eine Haarnadel mich in die Rippen pikst. Muss erst noch mal was trinken, bevor Lilli unter der Decke über mich herfällt. Dem Würgeengel traue ich alles zu!

Mit einem Glas Wein sieht die Welt gleich wieder ganz anders aus, denke ich gerade, als sie auf das dunkle Fenster zeigt.

„Da ist jemand!"

Meine Güte, bin ich betrunken.

Es ist ruhig, ich höre nichts.

Ich kann nicht mehr klar denken.

Schnaufe wie ein Walross: „Wo isch jemand?"

„Da im Garten!", flüstert sie und rollt mit den Augen. Ich zucke die Schultern und nehme einen weiteren Schluck Wein. In diesem Moment kommt Brandy auf Zehenspitzen aus der Küche mit einer Bratpfanne im Anschlag. Er hält den Zeigefinger an die Lippen.

„Psssst!"

Er bläst die Kerze aus. Es ist stockfinster.

Da! An der Terrassentür kratzt etwas.

Ach du lieber Himmel!

„Schollön wir uns verstecken?", flüstere ich Lilli ins Ohr. „Schließlisch schind whihr viel schu jung sum Schterbnnnn!"

Sie zerrt mich vom Sofa und schiebt sich mit mir hinter die Couch, immer noch mit meiner Haarnadel in der Hand. Irgendetwas streift mich, kitzelt mich an der Wange. Hektisch wedle ich mit der Hand um mich. Womöglich sitzt in einer der Orchideen eine Vogelspinne, importiert aus den Tropen, die nur darauf wartet, mich anzufallen ... Grundgütiger!

Adalbrand huscht fast katzenhaft durchs Wohnzimmer, lediglich ein metallisches „Ping" seiner Bratpfanne verrät, dass er auf ein Hindernis gestoßen ist.

„Wer ist da?", ruft er jetzt mutig und flüstert noch etwas, das ich nicht verstehe.

Lauter Irre. Ich wusste es. Mir ist plötzlich übel. Man kann es kaum glauben, denke ich und ziehe mir die Decke über den Kopf.

An der Terrassentür wird jetzt mit erheblicher Gewalteinwirkung gerüttelt, ich kralle erschrocken meine Finger in Lillis überraschend muskulösen Oberarm und flüstere ängstlich:

„Vielleissscht solln wir uns tot schdelln?"

„Schschtttt ...", zischt Adalbrand.

Auf einmal ist alles in gleißendes Licht getaucht.

Aua.

Meine Augen protestieren. Sehen kann ich nichts. Ich blinzle so gut es geht, über den Rand der Wolldecke. Brandy steht wie versteinert hinter dem Vorhang und fasst im Zeitlupentempo an die Klinke der Terrassentür.

Ein Klappern, es kracht – dann ein mehrstimmiger Schrei. Eine überdimensionale Fledermaus mit Pelzmütze, riesigen Moonboots und einer großen Kiste im Arm durchs Glas der Terrassentüre.

Lilli schnellt hoch. Ihre Augen werden tellergroß.

„Batman ...", haucht sie fassungslos und sticht mit meiner Haarnadel in die Sofalehne. Mit dumpfem Aufprall rammt etwas Schwarzweißes den pelzbemützten Flattermann. Ich robbe etwa zur selben Zeit um das Sofa.

Beide gehen zu Boden.

Die Kiste auch.

Für einen Moment sind nur zappelnde Moonboots und Füße in schwarzen Schnürschuhen und Stulpen zu erkennen. Unter dem gewaltigen beigefarbenen Mantel hebt sich im Kampf hin und wieder ein Kopf.

Adalbrand kniet am Boden, die Pfanne im Anschlag, und seine Hand zuckt zweifelnd mal in die eine, dann in die andere

Richtung und schlägt irgendwann beherzt zu. Ein schallendes „Dong". Das „Aua" klingt weiblich, das darauf folgende „Ahhh" männlich tief, aber ein bisschen erstickt. Ich schließe mitfühlend die Augen und halte meine Hände zur Sicherheit auch noch davor. Zwischen den Fingern hindurch riskiere ich immerhin einen Blick auf den Inhalt der Kiste, der kreuz und quer auf dem Fliesenboden verstreut liegt.

Hammer, Nagelbox, pinkfarbene Kneifzange ... mein Werkzeug! Das hatte ich Pippa für den Aufbau eines Schrankes geliehen! Es ist zum Wahnsinnigwerden! Meine Pippa!

Schwerfällig krabble ich hinter der Couch hervor, robbe zu dem am Boden liegenden Knäuel, wühle im Stoffberg. Natürlich, das ist Pippas riesiges beiges Himalaya-Wollcape.

Endlich entdecke ich Pippas roten Haarschopf.

„Mensch Pippa! Was machsnnn duhu für Sachnnn ...?

Meine Freundin lächelt nur kryptisch und schiebt die Pelzimitatmütze von H&M gerade.

„Eure Türklingel geht nicht", meint sie lapidar.

„Oh, auaauhhhh ..."

Mit diesem Gejammer kommt ein weiterer Kopf unter dem Wollcape zum Vorschein.

„Seppooooo?!", schreit Lilli und stürzt hinter der Couch hervor.

„Seppo, du?", fragt Adalbrand entsetzt und rügt im gleichen Atemzug: „Du bist zu spät!"

„Seppo?", sagen Pippa und ich wie aus einem Mund.

Seppos Augen blicken anklagend in die Runde und er hält sich die Nase. Blut tropft auf sein weißes Hemd.

„Du blutescht ja!", schreit Lilli entsetzt.

„Ack ne", näselt der kleine Italiener. „Bekommst du mal eins mit der Pfanne ubergebrate, dann möckte i di mal sehn!"

Alle starren jetzt auf Brandy. Die Tatwaffe liegt in seinen Händen, seine Augen sind weit aufgerissen.

„Also das, ähm, tut mir wahnsinnig leid. Seppo, bitte entschuldige."

Wahnsinnig, hach wie passend!

Ich sage ihm, und schnäuze währenddessen in eine wunderschön gefaltete Serviette, er hätte früher kommen sollen, dann hätte es nicht so ein Durcheinander gegeben.

„Wer zu spät kommt, den bestraft das Leben!"

„Scho gud", nuschelt Seppo später mit monstermäßig angeschwollener Nase, die er auf der Couch liegend mit einem Eisbeutel kühlt, rechts und links flankiert von Lilli und Adalbrand, die ihn mit Pralinen – der Schock, der Schock! – und Cognac – zur Schmerzbetäubung – versorgen. Pippa schaut flehend von einem zum anderen und versucht die Situation zu erklären:

„Ich wollte doch nur Walli beim Auspacken helfen. Eure Klingel funktioniert nicht! Da dachte ich, geh doch einfach hinten rum, weil ich doch schon so spät dran war. Leute, die Kiste war richtig schwer. Ich hatte einfach keine Hand frei. Und dann hat es plötzlich hinter mir gepupst! Ich hab mich fürchterlich erschrocken, bin in Deckung gegangen und dabei an das Glas gedonnert und ..."

Aufmerksam verfolgen Brandy und Seppo Pippas Entschuldigungsversuche. Das Lächeln auf ihren Gesichtern wird immer breiter.

Betrunken versuche ich, zu erklären:

„Weischt, Pippa! Die Muddi vom Seppo pfurzt immer, wenn sie anruft."

„So, so!", sagt meine Freundin irritiert und betrachtet mürrisch das zerbrochene Fensterglas. Lilli schiebt sich eine Praline in den Mund und fragt kauend:

„Wer ischd die? Kann sie putzen, Geschirrspülen oder Staubsaugen?"

„Darf ich vorschtellen? Dahas isch meine Freundin Pippa Rumpler."

Ich winke ab und ein kleiner Rülpser überrumpelt mich, aber das macht jetzt auch nichts mehr aus.

„Sie is su meina Kisten-Auspack-Aktion gekommnnnn. Schie ist keine Putzfrau un schie is echt nett."

„Wirklich?", fragt Brandy.

Wir schweigen. Brandy räuspert sich, steht auf, bückt sich nach einem abgerissenen Orchideenstängel und sagt leichthin:

„Wenn Mademoiselle Pippa Rumpler kommt, dann bumst's so richtig."
Lilli und ich haben den Witz verstanden und brüllen vor Lachen.
„Wie bitte?!", kreischt Pippa.
Brandy zwinkert in Richtung Orchideenblüte mit dem Hinweis: „Ich hoffe, dass sich daraus noch heute Nacht ein Trieb entwickelt, sonst sehe ich grässlichen Ärger auf uns zukommen."
Nur weil es schon spät ist und ich vermutlich heute nicht mehr klären kann, warum ein dämlicher Pflanzenstängel Verdruss bringen soll, meine ich lapidar: „Schaag uns'rem Schven, wenn du ihn mal triffsch, schuufällig: Wer schu schpät kommt, den beschtraft das Leben."
Pippa schiebt sich ihre roten Locken aus dem Gesicht und schaut Adalbrand nach, der mit dem Geschirr auf dem Weg in die Küche ist.
„Hicksssschuldigung."
Ein kleiner Rülpser von Lilli.
„Sagt mal, ihr seid ja alle dicht und redet wirres Zeug! Das ist unglaublich! Noch keinen Tag hier und schon irre. Das kann ja noch heiter werden mit euch allen."
„Worauf du einen lassen kannst ... Ich heiße übrigens Lilli Wiesner und finde deinen Namen unglaublich passend ... Rumpler Pippa, unglaublich! Genial!"
Lillis helles Lachen bringt uns alle zum Prusten.
„Ihr habt ja ganz schön gewütet", sagt Pippa und schlägt mir die Pelzmütze um die Ohren.
„Angesichts der besoffenen Amseln hier, einem blutigen Italiener und einem Gentleman mit Bratpfanne mache ich mich mal nützlich und besorge frisches Eis und Wasser für den Blütenstängel. Außerdem hat Lilli das Sofa mit deiner Haarnadel erstochen, Walli."
Pippa schnappt sich den abgerissenen Orchideenstängel, Seppos Eisbeutel und steckt mir die Perlnadeln in meine demolierte Hochsteckfrisur. In der Küche scheppert es wieder. Lilli betrachtet nachdenklich die Küchentür und meint: „Schüüß

is er, unser Adalbrand. Kocht groschartisch. Ich glaub', in den könnt isch misch verlüben."

„Aaaaber ... bischd blöd, Lilli. Brandy schpricht mit seiner Frau, die nicht mehr lebt!"

Ich klopfe ihr mit der Hand an die Stirn.

„Ja, leeeeider, er isch vergeben!", seufzt sie.

„Ich hätt' ihn früha treffen müschen."

Ich verdrehte die Augen und wiederholte:

„Isch sag' ja, wer zu schpät kommt, den beschtraft das Leben."

Sonntag, 29.November, 7.22 Uhr

Unschön scheppert ein Wecker im oberen Stockwerk.

Irgendjemand hat mir eine Nachricht unter meiner Tür durchgeschoben. Ich finde den Zettel auf meinen Terrakottafliesen. Als ich mich danach bücke, kracht es in meinen Knien und mir wird ein wenig übel. Mühsam rapple ich mich vom Boden hoch, ich alte Frau.

Hausordnung

Liebe Mitbewohner!
Eingangsbereich und Treppen wischen! 1 x pro Woche
Saugen in den Gemeinschaftsräumen 2 x pro Woche
Abfalleimer!
Gemeinschaftsküche/Wohnzimmer/Esszimmer/Gästetoilette sind 1 x pro Woche gründlich zu reinigen, bis sich eine Putzfrau unserer erbarmt!

Bitte wöchentlich wie folgt Zettel weitergeben!
Adalbrand (Z 6) an Sven (Z 5)
Sven (Z 5) an Walli (Z 4)
Walli (Z 4) an Lilli (Z 3)
Lilli (Z 3) an Seppo (Z 2)

Euer Seppo

Ich lese die Zeilen und lächle.
Z 4. Ich bin Zimmer 4.
Ich heiße wie ein Sportwagen.

Während die Kaffeemaschine aufheizt, hänge ich den Zettel mit einem Magneten an den Kühlschrank und denke, dass dieser Moment wie geschaffen wäre, den mysteriösen vierten Übriggebliebenen kennenzulernen.

Sonntag, 29. November, 17.22 Uhr

„Ein Drama! Ein furchtbares Unglück hat dieses Z 5 heimgesucht", sagt Lilli. Vergleichbar dem Untergang der Titanic, dem Brand auf der Hindenburg. Ich habe ein Triebwerk seiner „Orchidee" brutal geschändet.

Lilli war zu mir ins Zimmer geschlüpft und hatte es sich im Schneidersitz auf meinem Lümmelsofa bequem gemacht, dabei erzählte sie wild gestikulierend weiter. Z 5 hatte sofort auf mich getippt, sagt Lilli.

Auf mich! Der Typ kennt mich doch noch gar nicht! Es war eben ein Unfall! Ein bedauerlicher! Ich konnte doch nicht ahnen, dass ein Stängel voller zugegebenermaßen wundervoller Blüten Anlass zu einer WG-Versammlung führen sein. Ja wirklich, je mehr ich darüber nachdenke, umso klarer wird es mir: Ich habe den Eisberg in dieser dunklen Nacht nicht bemerkt.

Nicht nur, dass ich in der Hitze des Gefechts kaum noch reagieren konnte. Nein, mein Allerwertester hatte sich aus Angst selbstständig gemacht und war an dem Blütenstängel hängen geblieben. Wenn du mit der Verlagerung deiner Körperteile beschäftigt bist und sich Batman, ein Koch und ein italienischer Barkeeper auf dem Wohnzimmerfußboden prügeln, dann kannst du keine Rücksicht auf eine dämliche Pflanze nehmen.

Lilli lehnt sich zurück und blickt sich im Zimmer um: „Richtig hübsch hast du es hier."

ooo

Pippa und ich hatten ganze Arbeit geleistet. Vor meinem Einzug hatten wir die Wände frisch geweißelt und eine Wand zartgrün gestrichen. Die weißen Bibliotheksregale und mein abgewetzter Ohrensessel aus braunem Leder machen sich richtig gut davor. Mein braun-beigefarbenes Sofa in Salz-Pfeffer-Optik stellten wir vor die große Fensterfront. Bei Segmüller hatte ich mokkafarbene Leinenschals gekauft und duftige weiße Gardinen, die ich bei Bedarf zuziehen kann.

Beim Verlassen des Möbelhauses war ich mit Schwung durch die Drehtüres des Friedberger Möbelhauses geschleust worden. Hätte auf der anderen Seite nicht eine schneckenlahme Siebzigjährige die Glasdrehtür durch ihre Handtasche gebremst, wäre ich noch heute – nicht mehr schwindelfrei – in diesem Hamsterrad unterwegs, denke ich schmunzelnd. Die alte Dame hatte Wanderschuhe von Lytos an den Füßen. Als gingen ihre Gedanken spazieren, erwähnte sie so ganz nebenbei, ohne jemanden direkt anzusprechen:

„So jetzt machen wir uns mal auf den Weg ins Restoorante."

Was für ein Leben! Sie macht sich also auf den Weg ins Restaurant, um an ein Mittagessen zu kommen? Ein paar graue Strähnen umrahmen ihr Gesicht und es liegt auf der Hand, dass ich nicht mehr über sie erfahren werde. Ja, so ist das wohl. Es vergehen die Jahre und man bleibt übrig zurück. Ich blickte dabei an die Decke und fragte mich, wie es wohl mit achtzig sein wird. Vielleicht mache ich mich auf, wie diese alte Dame in Wanderschuhen, und laufe spiralförmig die Stockwerke des riesigen Möbelhauses nach oben.

Ich schließe kurz die Augen und versuche mir vorzustellen, wie schmerzhaft all das für diese alten Menschen sein muss, doch es gelingt mir nicht einmal annähernd.

Im Möbelhaus nehme ich nicht den Aufzug, in dem eine freundliche junge Frauenstimme das Stockwerk ansagt, nein, ich wandere weiter, um die Zeit zu vertreiben, um sie totzuschlagen, in der vagen Hoffnung, dass es noch einmal Spannung gibt in dieser Einsamkeit. Langsam ziehe ich mich in diese schwindelnden Höhen hinauf, vorbei an modernen Wohnzimmern und unglaublich bequemen Ruhesesseln.

Endlich erreiche ich das letzte Stockwerk, das die Herzen der meisten Frauen höher schlagen lässt. Die Küchenabteilung mit allen Neuheiten der Technik. Ein Traum.

Nicht mehr für mich! Ich koche nicht mehr. Für wen denn?

Für was denn?

Ich halte mein Handy in der Hand und starre auf das Display, in der vagen Hoffnung, dass es mir vielleicht Antworten auf meine Fragen gibt.

Aber wie nicht anders zu erwarten, passiert nichts.

Meine 22 qm in der Kolpingstraße 44 warten auf neue Möbel und mit einem Male war die angespannte Angst aus meinem Kopf wieder verschwunden.

22.44 – Alles wird gut!

Mein Blick wandert weiter durch mein neues Zuhause. Das Herzstück des Raumes bildet mein antiker dunkelbrauner Esstisch, der auch gleichzeitig mein Schreibtisch ist. Im kleineren Teil meines L-förmigen Zimmers hatten wir eine Wand lila gestrichen, davor stellten wir mein Polsterbett. Gleich daneben geht es ins Badezimmer. An der Wand zur Küche fand meine asiatische Kommode Platz. Darüber hängten wir meine Fotografien von zahlreichen Urlauben auf. Die Bilder von Adam und mir warf ich in den Müll.

Nur eines habe ich aufbewahrt. Das Tuk-Tuk-Bild aus Thailand. Wir sitzen in diesem kleinen dreirädrigen Gefährt, es regnet Bindfäden und wir lachen unter einem riesigen schwarzen Schirm hervor. Der Tuk-Tuk-Fahrer schmeißt sich stolz in die Brust und lächelt direkt in die Kamera. Hinter uns ist das bunte Treiben des Wochenmarktes zu erkennen. Wenn ich jetzt an die Thais auf dem Marktplatz zurückdenke, finde ich auch heute nichts Witziges daran, wenn sie sich mit Plastikschalen und Knüppeln auf den Kopf hauen, aber alle lachen, auch Adam. Ich lache, als ihm eine wunderschöne weiße Taube aufs Hemd scheißt.

Er nicht!

Aber gut, schließlich definiert sich Humor bei jedem anders.

Ich ließ das Foto damals in Schwarzweiß entwickeln, damit man den Kot der Taube nicht so sieht, und es ist noch immer mein Lieblingsbild.

Trotz Adam! Schon allein wegen der Scheiße.

Wie gut er damals aussah! Wir waren so neugierig aufeinander, wollten alles über den anderen wissen, waren uns gegenseitig immer genug gewesen. Zumindest hatte ich so gefühlt.

Wann hatte es eigentlich aufgehört? Die Neugierde, die Lust, die ... Harmonie?

Wann? Damals glaubte ich noch, es würde nie, nie zu Ende gehen mit uns.

Jetzt höre ich wieder Lilli.

„... als Sven den abgerissenen Orchideentrieb in der Vase entdeckte, war Feuer unterm Dach! Der hat sich Adalbrand und Seppo ziemlich rau vorgenommen. Von wegen: Es ist die Hölle, wenn etwas durch Unachtsamkeit zerstört wird, das du jahrelang gepflegt hast, an dem dein Herzblut hängt."

Mir stockt der Atem. Au Backe!

Da habe ich ja wieder etwas angerichtet.

Und auch Seppos Versuch, Sven über das Ableben des Orchideentriebes hinwegzutrösten mit „Wer früher stirbt, ist länger tot", hätte sich eher als ungeschickt erwiesen, berichtet Lilli weiter. „Tot", soll Sven empört gerufen haben, sie könnten alle von Glück reden, wenn die Orchidee aufgrund der massiven Verletzung nicht eingehen würde, es sei schließlich die Orchidee des Jahres.

„Aber der Gipfel war dann, als er auf den Esstisch klopfte und baldige Aufklärung des Tathergangs verlangte. Seppo sagte, er habe dabei Anführungsstriche in die Luft gemalt.

„Weißt du", Lilli streicht sich mit beiden Händen das Haar aus der Stirn, „ich bin wirklich kein Lästermaul, aber der Sven ist schwierig, besonders wenn es um seine Orchideen geht."

Ich frage nach, wie ich mich jetzt nach diesem Malheur mit diesem Sven verständigen könne. Sie sieht mich bedauernd an und zuckt mit den Schultern. Immerhin muss eine neue Scheibe eingesetzt werden. So lange hat er die Pflanze an einem wohltemperierten Platz gestellt mit einem Schild „Ich töte für meine Pflanzen!".

Dieser Orchideen-Liebhaber! Kein Wunder, dass ihn seine Frau rausgeworfen hat, weiß Gott, wobei sie diesen Orchideen-Fetischist erwischt hatte.

Ich finde ein wenig Freude an diesen Gedanken.
Genüsslich schlürfe ich meinen heißen Kaffee.
Schlimm. Dieser Sven!
Ich stelle ihn mir vor wie Heinz Drache, der in diesen Edgar-Wallace-Schwarzweiß-Schinken mitgespielt hat. Heinz Drache, der reife Kommissar, der im Krimi „Das Rätsel der weißen Orchidee" dem Täter hartnäckig auf der Spur bleibt. Es ist wirklich an der Zeit ihn kennenzulernen. Sven Steenbeeke, das Phantom – vielleicht bist du auch nur so mutterseelenallein wie ich.

Montag, 30. November, 13.44 Uhr

Ich habe schon versucht, ihn zu Gesicht zu bekommen, aber er ist tatsächlich wie ein Phantom. Unsichtbar.
Ich bin auf der Hut!
Nur ab und zu nehme ich ihn durch Schritte im Hausgang wahr, zumindest nehme ich an, dass es seine sind. Ich kann nämlich Schritte lesen wie ein Indianer Spuren. Das habe ich mir während der Jahre als Erzieherin im Heim angeeignet und dabei festgestellt, dass es sich um eine außergewöhnliche Begabung handeln muss, da ich eine sagenhafte Trefferquote habe. Ich erkenne jeden Schritt meiner Schützlinge, sogar hinter geschlossener Tür. Außerdem ist es mir auch im Schlaf möglich, Schritte wahrzunehmen, um später zu analysieren, wer sich wann wo befand. Das wollte im Heim anfänglich keiner wahrhaben. Inzwischen bin ich deshalb gefürchtet, denn alle wissen, ich überführe sie auf jeden Fall.
Hier in dieser neuen Umgebung musste ich mich zunächst wieder einhören, um die verschiedenen Trittarten zu sortieren.
Der einfachste Schritt ist Adalbrands. Bereits unten im Hausgang erkenne ich ihn am Klang der Absätze seiner immer polierten Straßenschuhe. Wenn er sich dann in die gefilzten Hauspantoffeln schmeißt, ist er eindeutig am „Schlapplapp-Schlapplapp" zu erkennen. Und wenn Adalbrand vom Erdgeschoss in sein Zimmer geht, dreht er immer an der dritten

Stufe noch mal um und geht erneut in die Küche zurück, als ob er vergessen hätte, den Ofen auszuschalten.

Na, vielleicht überprüft er ja auch nur die Speisekammer, um sicherzugehen, dass sich kein neuer Mitbewohner oder eine vermeintliche Putze dort versteckt hält. Lilli und Seppo sind sich ziemlich ähnlich im Tritt, darum habe ich die ersten Tage auch immer durch einen kleinen Kontrollspalt meiner Tür meine Vermutung überprüfen müssen, bis ich die letzten Identifizierungsfehler ausgemerzt hatte. Beide ziehen nämlich ihre Schuhe nicht in der unteren Diele aus, sondern stürmen in Straßenschuhen durchs Haus. Lilli klackert dann die gefliesten Flächen entlang wie ein kleiner Papiertacker, Seppo ebenfalls, aber mit einem leichten Zwischenschlurf, so lange, bis sich auch sicher der letzte kleine Dreckkrümel unter der Sohle gelöst hat.

Ungeduldig spitzte ich also die letzten Tage meine Ohren, um auch die Schritte von Z 5 zu identifizieren. Bisher war er mir nur dreimal als Z 5 aufgefallen. Jedes Mal zu den unmöglichsten Uhrzeiten. Gestern erst habe ich extra bis Mitternacht in der Gemeinschaftsküche herumgetrödelt, damit es im Ernstfall so aussehen würde, als wäre ich unglaublich fleißig. Endlich hörte ich seine Schritte, aber bis ich in die Diele sprintete, war er verschwunden.

Puff.

Einfach weg.

Nur Stille. Vielleicht verfügen Piloten über eine irrsinnige Beschleunigung? So wie Erzieherinnen über lebenslangen Ammenschlaf und eine Schrittidentifizierungsbegabung. Sogar in die Speisekammer habe ich witzigerweise gelugt, hätte ja sein können, dachte ich. Frustriert ging ich ins Bett, ich konnte doch nicht bis zum Morgengrauen in der Küche herumhängen, nur um dem Schritt endlich ein Gesicht geben zu können. Sich in seiner Mansarde so vor mir zu verstecken, macht diesen Sven Steenbeeke zu einem Phantom und übt auf mich einen geheimnisvollen Reiz aus, den ich mir selbst nicht erklären kann.

In der vagen Hoffnung, er könne sich in seinen vier Wänden befinden, beschließe ich, gleich kurz bei ihm zu klopfen und mich einfach vorzustellen. So harmlos wie: „Hallo, mein Name ist Valeska Kammermeier. Ich habe Ihren Stängel abgerissen, aber es war Notwehr, definitiv nicht Absicht." Was meine Verfassung betrifft, fühle ich mich inzwischen neugierig genug, die Schritte nach oben zu Z 5 zu wagen. Aus irgendeinem Grund empfinde ich diese Geste als einschmeichelnder, als wenn ich ihm zufällig auf der Treppe begegne.

Nach Vollrestaurierung, will heißen, von Kopf bis Fuß gestylt, gehe ich mein Vorhaben tapfer an. Habe extra meinen neuen weißen Kaschmirpulli vorher mit System übergestreift, damit keine braunen Make-up-Streifen das Gesamtbild zerstören, und sogar meine Bio-Bequemschuh-Schlappen gegen hochhackige Pumps eingetauscht.

Gerade Frauen ab 30 finden an dieser Art von Schuhwerk früher oder später Gefallen. Insbesondere, wenn der eigene Vorteil erkannt wird, welche Vorzüge High Heels mit 15 cm hohen Pfennigabsätzen – es heißt tatsächlich immer noch so, kein Mensch spricht von Centabsätzen – haben. In gewissen Situationen, versteht sich. Keine Frage, 15 cm schummeln locker mal eben 4 Kilo weg. Aber jede Frau, die behauptet, das Fußbettpantolettenmodell würde ihr nie und nimmer in den Schuhschrank kommen, lügt. Bequeme Schlappen mit Fußbett sind unverzichtbar. Sie gehören zudem bei hühnereigroßen Blasen oder wundgescheuerten Fersen an das entsprechende Körperende. Darüber hinaus dienen sie als Türstopper oder Wurfgegenstand beim Hinauskomplimentieren ungebetener Gäste. Biopantoletten verhelfen zu sicherem Tritt bei der Arbeit in Haus und Garten, steht zumindest in der Rentner-Bravo, die ich regelmäßig aus der Apotheke mitnehme und unter den spöttischen Bemerkungen meines Kollegen Tobias während der Kaffeepause im Kinderhaus lese.

Ich stehe also vor Zimmer 5 und klopfe vorsichtig. Keine Reaktion. Ich klopfe noch einmal. Und wenn er noch schläft, stocksauer seine Türe aufreißt und mich anschreit?

Vor Z 5 steht ein Topf mit einer braunen Zimmerpflanze. Orchidee? Ganz trockene Erde! Verdurstet!

Aber sich wegen eines abgerissenen Triebs aufregen! Das sind mir die Liebsten. Tatsächlich finde ich mich bei genauerer Prüfung zwar nicht für die Ausführung der Hausordnung perfekt angezogen, aber zumindest könnte ich einen guten Eindruck bei Nummer fünf hinterlassen, weil mein Wonderbra unter dem Kaschmir ausgezeichnet puscht und somit ein herausragendes Ergebnis erzielt.

Ein Plüschtier hängt an einem der trockenen Stängel. Es sieht aus wie ein wuscheliger Engel. Seltsam!

Welcher Mann hängt kleine, weiß behaarte Engel an einen abgemagerten Blumenstängel? Vielleicht sollte ich dieses Pflänzlein bei dieser Gelegenheit mal gießen?

Da entdecke ich den Aufkleber am Blumentopf:

Wer mich gießt, stirbt!

Das kleine Plüschtier verharmlost die Drohung zwar ein wenig, aber ich zucke trotzdem kurz zusammen.

Edgar Wallace! Heinz Drache! Nein, der Fall darf nicht gelöst werden. Ich bin noch nicht bereit, zu sterben.

Man sieht mit den Augen, nicht mit den Fingern, sagte meine Mama immer zu mir, bevor sie mir auf die Finger klopfte, weil ich wieder etwas angegrapscht hatte, das ich nicht anfassen sollte. Aber ehrlich gesagt, wenn irgendetwas weich oder kuschlig aussieht, kann ich nicht anders. Ich knautsche vorsichtig das kleine Plüschtier und erschrecke mich fast zu Tode. Es haucht blechern:

„Du bist ein Geschenk des Himmels!"

Mein Kaschmirpulli ist wie elektrisiert und stellt jede Faser. Was ist das? Natürlich drücke ich das behaarte Teil erneut, um mich zu vergewissern, dass ich mich nicht verhört habe.

„So etwas Nettes wie dich gibt es selten!"

Hallo, das sind ja tolle Komplimente! Ich kann es immer noch nicht fassen und quetsche wieder den Wuschelengel.

„Bleib so, wie du bist!"

Stimmt! Ich bin nett. Herrlich, dass es endlich jemand ausspricht! Ich lächle und denke, dieser Sven kann gar nicht so schlimm sein. Wer seine Gäste so reizend empfängt, auch wenn er gar nicht da ist, muss nett sein. Vielleicht versteht er ja wirklich Spaß. Macht süchtig, das Ding! Ich drücke wieder, mal sehen, was es jetzt sagt.

Ruhe.

Hä?

Ich drücke fester. Wieder nichts. Ich reiße das Ding vom Stängel. Schüttle. Drücke. Nichts. Scheiße.

Es sind schon etliche Minuten vergangen. Das Ding macht immer noch keinen Mucks. Kaputt. Ich blicke mich ängstlich um und überlege, ob ich es wieder hinhängen soll.

Vielleicht besser! Werde bei Gelegenheit ein Neues besorgen, hoffentlich merkt Z 5 nicht, dass das kleine Ding nicht mehr funktioniert. Mir ist Heinz Drache auf der Spur. Ich habe Gänsehaut und wende mich zum Gehen. Hier steht in der kleinen Diele ein Schreibtisch aus dem 18. Jahrhundert, mit Computer. Mein erster Eindruck: altes Gerät, würde auf ähnliches Jahrhundert tippen, wüsste ich es nicht besser. Ich sehe einen Stapel weißes Papier und einen vollen Papierkorb mit diversem Inhalt. Die Verpackung eines Schokoriegels, die Klarsichtverpackung eines kurzärmligen weißen Hemdes. Und ... oh Mann, so typisch! Ein Kondom, unbenützt und noch ordnungsgemäß verschweißt. Ich kneife vorsichtig die Augen zusammen und lese die Aufschrift:

„Wie weiß man, dass ein Mann zum Sex bereit ist?"

Unter gar keinen Umständen überlege ich mir die Antwort und drehe das Kondom um. „Er atmet", steht da.

Stimmt! Das Kondom hat recht. Ich möchte sagen: leider.

Unwillkürlich denke ich wieder an Adam. In meinem Gedächtnis rumort es und wie kleine Blasen steigen die Erinnerungen an ihn hoch. Adam, der, mit einer Rose zwischen den Zähnen und einer Sektflasche in der Hand, um eine Verabredung bat, Adam und ich splitterfasernackt um Mitternacht im Baggersee, leidenschaftlicher Sex hinter einer Scheune, seine Liebesbeteuerungen in der Karibik. Es war unsere letzte Nacht, wir hatten uns gerade am Strand geliebt und der Vollmond hatte sich diskret hinter einer Wolke versteckt. Adam, der Sand über meinen nackten Bauch rieseln ließ und

sagte: „Ich möchte ein Kind von dir ..."
Was bin ich nur für eine dumme, sentimentale Kuh!
Gleich schwemmt es mir das mühevoll aufgetragene Make-up weg und jegliche Chance auf Wiedergutmachung mit dem schrecklichen Sven gleich mit. Z 5 ist sowieso nicht zuhause, da lasse mich doch lieber weiter auf die Tiefen des Abfalleimers ein. Eine leere Zigarettenschachtel! Marlboro-Sonderedition, mit Mann und Pferd auf der Spitze des Grand Canyon. Und der Spruch: „Rauchen kann die Spermatozoen schädigen und schränkt die Fruchtbarkeit ein". Überrascht betrachte ich die Schachtel. Na ja, ich persönlich bin der Meinung, dass das Rumgehottel den ganzen Tag auf dem Gaul den Spermatozoen auch nicht gerade zuträglich ist. Eigentlich ein Wunder, dass es im Wilden Westen Kinder gab, bei all den rauchenden, Spermatozoen-geschädigten Männern. Angeblich soll ja der Radsport auch..., gab es da nicht so ein Gemunkel über unfruchtbare, impotente Radprofis? Oder sind die einfach nur kaputtgedopt? Ich konnte diesen drahtigen, sehnigen Pedalisten noch nie etwas abgewinnen.
Obwohl? Welche Frau hat nicht schon davon geträumt, mal von einem Raubein, einem ganzen Kerl, so richtig verführt zu werden?
Mein Verstand ermahnt mich: „Schluss jetzt! Und wenn du nun auch noch das zerknüllte Papier durchstöberst, geht das eindeutig zu weit." Ich höre mich schließlich den Satz denken, den ich eigentlich verabscheue, aber schon viel zu oft selbst von meinen Kids gehört habe: „Wenn es geheim wäre, dann würde es hier nicht so herumliegen."
Und schon entwirre ich das Knäuel Papier.
Quickie schreibt! Aber hallo! Auf das Unanständigste gefasst, streiche ich das zerknitterte Blatt, so gut es geht, glatt, und beginne zu lesen.

Von: Quickie
Betreff: Weihnachten – ich vermisse ...
Datum: 04. Dezember 01:01:01 MESZ
An: Sven Steenbeeke@airlines.de

Lieber Sven,
Ich denke, wie immer um diese Zeit, an meinen besten Freund und frage mich, wie es ihm geht?
Du hast schon lange nicht mehr geschrieben. Ich habe von meiner Mutter erfahren, dass du dich von deiner Frau getrennt hast. Warum? Was hat nicht funktioniert?
Ich würde gerne wissen, ob du dich auch so einsam fühlst wie ich? Womit wir schon wieder bei deinem Lieblingsthema wären. Du bist ja nie einsam, hast ja deinen Job und bist meistens unterwegs. Die ganze Welt fliegt mit Sven und auf Sven. (Lach). STEENY, ein Pilot mit Leib und Seele.
Ich weiß und höre dich schon antworten:
„Ich bewege mich ständig zwischen Himmel und Erde, und da ist man nicht einsam, sondern nur manchmal etwas gestresst."
Ich fühle mich schon einsam, allein auf der anderen Seite der Weltkugel, und ich denke oft an unsere gemeinsame Zeit.
Weißt du noch, wie wir, du als Nikolaus und ich als dein treuer Erfüllungsgehilfe Knecht Ruprecht für leuchtende Kinderaugen gesorgt haben? Erinnerst du dich noch, als wir bei den Platzmanns bestellt waren?
Ich sehe es vor mir, als wäre es gestern gewesen. Alle saßen erwartungsvoll auf der Couch: Oma, Opa, Mama, Papa, Tante, Onkel und die Kinderlein.
Zuerst hast du die Kleinen zu dir geholt und sie tüchtig gelobt, ich wackelte nur pro forma ein bisschen mit der Rute. Richtig lustig wurde es jedoch, als du den Onkel zu dir gebeten hast. Nie werde ich das amüsierte Feixen der anderen Erwachsenen vergessen, die zu diesem Zeitpunkt noch dachten, das Ganze sei ein Riesenspaß.
Ich verstand nur Bahnhof, als du ihn ernst fragtest, was er denn die letzten Monate Donnerstagabends gemacht hätte.
„Ja, gekegelt", hatte er gebrummt.
„Hier", hast du gütig nachgefragt. „Alle zwei Wochen? Um zehn Uhr nachts?"
Schon war Gebrummel auf dem Sofa losgebrochen, Mama packte sich schnell die Kindlein unter den Arm und murmelte was von Schlafenszeit. Papa sprang, kaum dass Mama aus dem Zimmer war, wie von der Tarantel

gestochen auf und riss mir meine Rute aus der Hand. Tantchen bekam glasige Augen, Opa machte sich noch ein Bierchen auf und lehnte sich mit den Worten „Den hab ich eh noch nie gemocht" gemütlich auf der Couch zurück, Oma schlug entsetzt die Hände vor den Mund und sagte pausenlos „OhGottOhGottOhGott". Was sich im weiteren Verlauf in ein „MariahilfMariahilfOhGottOhGott" steigerte, als nämlich Papa mit der Rute auf Onkelchen eindrosch und wie entfesselt brüllte: „Saukerl! Immer wenn ich Nachtschicht ... dir werde ich geben ... von wegen hier mit meiner Frau ... rumvögeln ... du Sau, dich bring ich um!"
Du hast nur gütig genickt und mich mit den Worten „Und Friede sei auf Erden ..." hinter dir her auf die Straße gezerrt.
Was mir allerdings unklar ist und worüber du mich bis heute nicht aufgeklärt hast, ist: Woher wusstest du von dem Verhältnis?
Weihnachten ... ich vermisse es.
Es gibt hier zwar den Weihnachtsmann, aber mir ist es inmitten dieser Gluthitze echt zu blöde, mit Kostüm durch die Straßen zu ziehen. Die singen hier so Lieder wie „Six White Boomers". Dem Text zufolge tauscht der Weihnachtsmann seine Rentiere gegen sechs ausgewachsene weiße Kängurus ein. Während seiner Reise hilft er auch einem kleinen Känguru, seine Mutter wiederzufinden. Ich liebe dieses Lied, aber ich vermisse unser Christkind, „Stille Nacht, heilige Nacht" und die Schneeszenen auf den Weihnachtskarten. Mist auch, ich glaube, ich habe Heimweh.
Es sind drei Jahre vergangen seit dem Unglück ...
Bestimmt bin ich nur etwas sentimental ..., wie immer um diese Zeit!
Wie alt ist eigentlich deine kleine Tochter? Sechzehn oder ist sie vielleicht schon achtzehn? Feiert ihr zusammen Weihnachten? Wo wohnst du jetzt eigentlich?
Am liebsten würde ich mit dir Weihnachten feiern. Ich würde mir eine knusprige Ente wünschen, mit dir die Knödel rollen, das Blaukraut abschmecken, danach einen riesigen Schneemann bauen und bei einer Flasche Rotwein die alten Geschichten von damals ausgraben.
Wäre das nicht herrlich?

So geht ein weiteres Jahr zu Ende und ich wünsche mir, dass dich ein „Stop Over" oder ein langer, geruhsamer Urlaub zu mir rüberschwappt.
Lass von dir hören!
Quickie

Halb amüsiert, halb erschrocken lasse ich das Blatt sinken, wusste ich's doch, dieser Sven ist nicht zu unterschätzen.

Sonntag, 6. Dezember, 10.28 Uhr

Je länger ich an diesem mausgrauen Sonntagvormittag aus meinem Fenster blicke, desto klarer wird mir, ich muss sofort etwas unternehmen, das mir gut tut.
Ich fühle mich einsam. Ich möchte lachen. Menschen glücklich machen. Entschlossen wähle ich Pippas Nummer und hoffe auf ein bereits repariertes Telefonkabel und Zuspruch meiner besten Freundin. Es läutet. Mich trifft fast der Schlag, als sich eine jugendliche männliche Stimme meldet:
„Hallo! Hier ist der Anschluss von Philippa und Elsa Rumpler. Beide sind im Moment nicht zu Hause. Sollte es dringend sein, dann drücken Sie bitte die 1 und Sie werden weiterverbunden. Natürlich können Sie es später noch einmal versuchen, eine Nachricht hinterlassen oder einfach auflegen. Danke!"
Häh? Pauli? Das ist Pauls Stimme! Was zum Teufel ...?
Ich starre verdutzt auf meinen Hörer und drücke energisch die 1. Es klingelt genau zweimal, bis sich Pippa meldet:
„Philippa Rumpler, hallo!"
„Pippa?"
„Ja klar, habe ich doch gesagt!"
„Pippa, hier ist Walli!"
„Ja klar! Wer sonst! Ich sehe dich doch!"
„Was? Du siehst mich?"
„Mensch, deinen Namen auf dem Display! Was ist denn, Süße?"
„Was bitte hat Pauli auf deinem Anrufbeantworter zu suchen? Du hast eigentlich gar keinen Anrufbeantworter!"

Ich hasse es, wenn mich etwas derart irritiert, dass ich darüber mein eigentliches Anliegen beinahe vergesse.

„Pauli, wer? Ach Paul! Er hat mein Telefonkabel repariert, einen Anrufbeantworter besorgt und auch gleich besprochen. Wieso? Ist das verboten? Du, stell dir vor, es gab tatsächlich kein Gerät, das zu meinem Telefon gepasst hätte. Jetzt habe ich eine Telefonanlage", berichtet Pippa stolz. „Mit allem Schnickschnack. Toll, sage ich dir!"

Ich muss lachen und antworte:

„Blöde Kuh! Du glaubst doch wohl nicht, ich habe angenommen, Pauli hätte sich auf eine in die Jahre gekommene Frau eingelassen?! Das mit dem Telefon wurde auch Zeit, für das kotzgrüne Teil hättest du eigentlich von der Telefongesellschaft Schmerzensgeld bekommen müssen."

„Ich finde ... Was klopft da bei dir?"

„Es klopft gerade an meiner Tür! Keine Ahnung, wer das ist. Bitte ruf mich doch zurück, wenn du zu Hause bist! Ich möchte gerne heute Abend im Kinderhaus den Nikolaus organisieren."

„Okay ... ciao."

Ich öffne die Tür – und bin zum zweiten Mal an diesem Vormittag mehr als überrascht.

„Ho! Ho! Ho! Bin i ier bei Walli Kaaahammmermeier?"

Seppo hält in der rechten Hand eine riesige blecherne Schneeschaufel und in der anderen Hand einen Jutesack. Seine schwarze Brustbehaarung wird nur unzureichend von einem kurzen roten Bademantel mit weißen Plüschpuscheln an den Ärmeln verdeckt. Seine Verkleidung komplettiert Seppo mit einer albernen Nikolausmütze, deren Rand abwechselnd in Rot und Grün leuchtet, sowie schwarzen Schnürstiefeln. Es kommt mir vor, als hätte ich meine Gesichtsmuskulatur nicht mehr unter Kontrolle und jemand zöge mir meinen Unterkiefer nach unten und die Augenbrauen weit nach oben.

„Schätzele, i bins. Derrr ... Santa Claus! Von weit, weit komm i err und bring dir etwas errrliches err."

Mein Mund klappt wieder zu und der südländische Charme meines Mitbewohners umweht mich wie eine warme, italienische Meeresbrise. Ich muss unwillkürlich breit grinsen, vor allem, weil unter dem Bademantel knallrote Satinboxershorts hervorspitzen, an deren exponiertester Stelle ein pausbäckiges Weihnachtsmanngesicht prangt.

Hinter ihm steht Lilli in einem weißen Männerhemd, ohne Strümpfe und Schuhe, mit Adalbrands goldenem Schöpflöffel wedelnd. Das Hemd geht ihr knapp über den Po und ist so nachlässig zuknöpft, dass bei der nächsten Bewegung weitere Nacktheit zu befürchten ist. Meine Güte, was für ein herrlich improvisiertes Nikolaustheater! Santa Seppo Claus und sein süßer unanständiger Engel Lilli.

Innerhalb von Millisekunden schüttelt mich ein Lachanfall. Ich kneife die Pobacken zusammen, um nur ja nicht in die Hose zu machen, und halte mich an meinem Türrahmen fest. Als sie das Lied von Rudolf dem Rentier anstimmen, weine ich nicht nur vor Lachen. Ein warmes, geborgenes Gefühl breitet sich in meiner Brust aus und ich stimme fröhlich mit ein:

„*War einst ein kleines Rentier,*
Rudolf wurde es genannt.
Und seine rote Nase war im ganzen Land bekannt,
Dann an einem Nebeltag kam der Weihnachtsmann,
Rudolf zeige mir den Weg.
Führ den Schlitten sicher an.
Nun hat er viele Freunde, überall ist er beliebt,
Weil es nur einen Rudolf mit'ner roten Nase gibt."

Es ist ein seltsames Gefühl, wenn du dich gerade noch einsam gefühlt hast und im nächsten Moment ist alles anders. Ich meine, ist das zu glauben? Da kenne ich diese beiden erst seit ein paar Tagen und denke, ich hätte bereits ein ganzes Leben mit ihnen gelacht. Mein Herz fühlt sich gleichzeitig ganz voll und ganz leicht an. Und auf einmal kommen mir diese spärlich bekleideten Wesen tatsächlich wie Santa Claus und sein Engel vor.

Die Kombination ist wie eine Formel: 22.44.

Seppo greift in seinen Sack und überreicht mir ein Rentiergeweih aus Plüsch. Und ich tue etwas, das ich vorher nie und nimmer getan hätte, ich streife es mir ohne Kommentar über.

Dann schleiche ich hinter den beiden in das obere Stockwerk zu Adalbrand.

„Komm doch bitte in die erste Reihe, Walli", kichert Lilli, „dann kann Santa Claus das Rentier Rudolf in den Po kneifen."

Mir fällt auf, dass ich mich als Rentier eigentlich hervorragend eigne. Ich trage, rein zufällig, eine braune Flauschhose mit Kordelzug und ein Sweatshirt von S. Oliver mit goldenen Engelsflügeln auf dem oberen Rückenbereich. Wer derart farblich abgestimmte Accessoires um Rentiergeweih trägt, ist, finde ich, definitiv ein superduper Rudolf für einen etwas leicht bekleideten Santa Claus und einen tief dekolletierten Engel. Peinlich ist nur, dass Lilli mir ständig über den Po streichelt und flötet: „Rudolf, was du doch für einen samtigen Hintern hast. Du Rentier, du."

Unangenehm finde ich die Berührung nicht, liegt die Liebkosung meiner Kehrseite doch schon eine ganze Weile zurück. Allerdings muss ich annehmen, dass Rentierärsche nicht nur besonders flauschig, sondern auch besonders kernig, sprich entsprechend groß sind.

Aber die Situation entschärft sich sofort, als Seppo mit der Schneeschippe an Adalbrands Tür pocht. Gespannt und kichernd stehen wir da und hören, wie Adalbrand ruft:

„Bleib bitte im Bett! Ich öffne schon. Danach mach ich uns Frühstück!"

Aha, er spricht wieder mit seiner Frau. Dann öffnet sich vorsichtig die Tür. Adalbrand trägt einen dunkelbraunen Samtbademantel. Seine Füße stecken in beigen Cordschlappen und sein graues Haar steht wirr nach allen Seiten ab. Lilli schwenkt dirigierend den Schöpflöffel und wir stimmen das Rentierlied an. Brandy zieht erstaunt die Augenbrauen nach oben und fängt schallend an zu lachen. Seppo öffnet seinen Sack und reicht Brandy einen roten Umhang sowie eine große Rute und meint:

„Bist du eine perfekte Kneckt Rupreckt."

Singend ziehen wir zu viert vor die Tür des schrecklichen Sven, der wie immer nicht zuhause ist. Der kleine, haarige, für immer verstummte Engel hängt noch immer am Blumenstängel und sorgt für ein unbehagliches Gefühl in meiner Magengegend. Ich muss zugeben, ich habe ein wenig Angst, dass Sven mir auf die Schliche kommt und darüber hinaus feststellt, wer seinen Plüschengel zu Tode gequetscht hat. Ich muss unbedingt für Ersatz sorgen.

„So eine abbe i au", meint Seppo und will gerade danach greifen.

Ich halte seine Hand fest und sage warnend:

„Besser, du fasst da nicht hin, nach dem Gezeter wegen des Orchideenstängels."

„Aste du reckt, Walli. Geh ma frustucken."

Seppo dreht auf dem Absatz um und der ganze Nikolauszug wandert Richtung Küche.

Ich bin gerettet!

Werde nachher Seppo den Flauschengel abschwatzen. Alles wird gut.

Geschafft! Habe gerade den Plüschengel ausgetauscht. Konnte Seppo davon überzeugen, mir seinen zu leihen, weil ich etwas Ähnliches nächste Woche in der Stadt besorgen wolle. Für Pippa.

„Nimm ruhig", hatte Seppo gesagt. „I benutze ihn net, der ängt nur an meine Schranktür rum. Ist alte Erinnerung …"

Ich versprach, den Engel nächste Woche zurückzubringen. Wenn Seppo den Engel sowieso nicht benutzt, dachte ich mir, tausche ich die beiden einfach aus und es hat sich. Das Potenzial unserer Übriggebliebenen-WG hat mich auf eine reizvolle Idee gebracht. Nicht nur, dass wir alle etwas zu dieser Gemeinschaft beitragen, wir schwimmen in puncto Humor und Kreativität auf einer Wellenlänge.

Das muss doch genutzt werden.

Nikolaus, Engel, Rentier Rudolf, Knecht Ruprecht und das alles in einem Sack. Zwar haben wir den deutschen Nikolaus und den amerikanischen Weihnachtsmann etwas durcheinandergewirbelt, aber alle Figuren sind gleichermaßen bekannt und beliebt, wen stört das schon.

„Welches Kostüm hätte Sven bekommen, wenn wir ihn

angetroffen hätten?", fragte ich Seppo, als wir gemütlich beim Frühstück saßen.

„Kennst du den Film: „Eine noch schönere Bescherung, Santa Claus 2?"

Ich nickte mit vollen Backen.

„Abbe i eine Ober-Elfen-Kostum. Ist perfecto. Fast wie eine Uniform ... passt ervorragend zu unsere Sven."

Oberelf? In meinen Augen ist Sven eher der Aushilfs-Santa aus dem gleichnamigen Streifen, der als Revolutionär die ganze Weihnachtsfabrik auf den Kopf stellt und mit militärischen Methoden die Belegschaft in Schach hält.

„Wer mich gießt, stirbt!"

Das ist eindeutig eine Drohung. Der Kerl scheint wirklich nicht ungefährlich.

Eigentlich unvorstellbar, dass sich hier im Haus ein mir noch unbekannter Mitbewohner befindet, vor dem ich bereits ein bisschen Bammel habe, ja, mich fast geniere, ihn zu treffen. Und dabei bin ich erwachsen. Doch irgendwie komme ich mir seit meinem Einzug vor, als sei ich ein Stück Verantwortung losgeworden. Ich fühle mich geborgen, aufgehoben, wieder ein Stück weit Kind. Eine kaum wahrnehmbare Spur, eine Ahnung aus Kindertagen. Als ich mir noch nicht vorstellen konnte, wie rasch das Leben an mir vorbeiziehen wird und mich nicht schwindelfrei über Höhen und Tiefen schleift.

Sonntag, 6. Dezember, 18.30 Uhr

Punkt halb sieben, eine halbe Stunde zu früh, stehe ich vor dem Kinderhaus und zerre einen riesigen Jutesack aus meinem kleinen gelben Auto. Ich lächle und höre Pippa in Gedanken sagen: „Wo steht sie denn, deine Cellulitta?" Sie meint mein treues Gefährt: „So alt-So gelb-So praktisch-So voller kleiner Dellen", mich noch nie im Stich gelassen und mich überall hingebracht hat ohne zu mucken. Ach, wie muss es sich damals gefühlt haben, als ich ihm diese mächtige weiße Schleife auf das Dach geklebt und die weißen Rosen an die Türrahmen gesteckt hatte. Cellulitta und ich waren so wunderschön. So festlich, so romantisch, so voller kleiner Dellen ...

Ich am Arsch und Cellulitta an der Tür.

Ich liebe es! Mein Auto! Mein Haus! Mein ...? Nein! Kein Arschloch mehr!

Dong! Wieder eine Delle!

Der Sack hat sich verklemmt, ich werde ungehalten und entreiße das Ding dem Kofferraum mit blechernem Aufschrei. Ich zerre den Sack zum Hintereingang und schleiche mich die Treppen hinauf. Vielen Dank! Ist dieser Scheiß-Sack schwer! Ich benehme mich, als hätte ich keinen freien Platz im Schulbus bekommen, zicke herum und meckere leise vor mich hin. Warum eigentlich? Schließlich werde ich heute noch als Rentier Rudolf meine Schützlinge beschenken.

Ich sehe nervös auf meine Armbanduhr.

Im Sack habe ich kleine Beutel, gefüllt mit Mandarinen, Nüssen, Schokolade und für jeden einen kleinen Überraschungsgutschein. Habe alles heute Nachmittag liebevoll mit Adalbrand verpackt, der sogar noch ein paar seiner himmlischen Plätzchen beigesteuert hat. Die werden Augen machen! Ein ganz besonderer Nikolausabend!

Nachdem ich endlich den schweren Sack unbemerkt in mein Büro gezerrt habe, verstecke ich alles und gehe schnell hinunter in den Aufenthaltsraum. Alle wissen, dass ich, wie jedes Jahr am 6. Dezember, im Kinderhaus übernachten werde und Geschichten vorlese, bis sich auch die letzten Augen vor Müdigkeit oder vor Langeweile schließen.

Egal. Seit fünf Jahren arbeite ich hier und sie sind mir alle so ans Herz gewachsen. Mein ältester Schützling ist Paul. Er hat heute sogar Geburtstag. Unglaublich! Achtzehn Jahre! Für ihn habe ich ein ganz besonderes Geschenk. Einen Brief seiner verstorbenen Mutter. Ihr Wunsch war es, dass er ihn an seinem achtzehnten Geburtstag erhalten solle. In der Hoffnung, dass er erwachsen genug wäre, um ihre persönliche „Wahrheit" endlich zu erfahren.

Paulis Mutter starb, als er zwölf Jahre alt war. Seinen Vater hat er nie kennengelernt. Nichts treibt ihn mehr als der Gedanke an ihn. Seine Mutter hat geschwiegen. Sogar als sie im Sterben lag, verlor sie kein Wort über ihn, obwohl sie um Pauls Wunsch wusste. Sie hatte ihm liebevoll über das Haar gestrichen und nur gesagt, er solle fleißig lernen, damit er sich immer etwas zu essen kaufen könne. Dann war sie gestorben und Paul hat mir erzählt: „Sie hat einfach die Augen geschlossen und immer langsamer geatmet, bis es plötzlich ganz still war."

Es geht mir sehr nahe, wie einsam er sich fühlen muss. Und auch die anderen Kinder im Heim. Wie allein und übrig geblieben.

Ich habe nicht mehr viel Zeit. In einer knappen halben Stunde werde ich die Vordertür öffnen. Ich werde Nikolaus, Knecht Ruprecht und seinen Engel hereinlassen und lässig mein samtiges Rentiergeweih auf den Kopf stecken, in der Hoffnung, dass es ein schöner Nikolaustag und ein unvergesslicher achtzehnter Geburtstag für Paul wird.

Ich trete, wie immer am Nikolaustag, mit einem Buch unter dem Arm in den Raum. Zwanzig Augen blicken mich erwartungsvoll an. Ich überlege, ob sie mich schon durchschauen oder ob ich sie wirklich noch überraschen kann und bin, wie jedes Jahr erstaunt, wie hübsch alles dekoriert ist. Gute Güte! Wieder haben sie es geschafft!

Schon jetzt habe ich Tränen in den Augen.

Weihnachten steht vor der Türe, wie man hier kaum übersehen kann. Die zwei großen Esstische haben sie zu einer riesigen Tafel zusammengeschoben und in der Mitte stehen hohe Ständer mit langen roten Kerzen. Überall auf dem Tisch sind goldene Nüsse, kleine gehäkelte weiße Engel und rotbackige Äpfel verteilt. Sie haben eine weiße Papiertischdecke kunstvoll mit weihnachtlichen Ornamenten bemalt und in kleinen Buchstaben wiederholt sich immer wieder: WALLIChristkindWeihnachtsmannEngelWALLIChristkindWeihnachts ...

Ich bin gerührt und suche in meiner braunen Flauschhose vergeblich nach einem Papiertaschentuch. Jonas steckt mir eines zu. Die Zwillinge Tessi und Tina zünden die Kerzen an und der kleine Matze, gerade mal zehn, löscht das Licht. Auf der Eckbank sitzen, fast im Dunkeln und gespannt tuschelnd, Ruth, Sondra und Hatice. Ihre Ungeduld ist ihnen förmlich von den Lippen abzulesen: Was wohl gleich passiert? Was hat sie sich dieses Jahr für uns ausgedacht?

Jakob sitzt am Boden, hebt nervös die Papiertischdecke und zischelt etwas, was ich nicht verstehe. Erst dann entdecke ich Boris, auf allen Vieren unter dem Tisch an einer Steckdosenleiste hantierend. Beide sind fünfzehn, die Techniker der Truppe, äußerst akribisch, was Licht und Ton angeht.

Auch die Zickendelegation auf der Eckbank raunzt unter die Papiertischdecke:

„Hallo! Boris? Boris an Besenkammer! Kommst du endlich da raus?"

„Keiner hat eine Ahnung, aber jeder sagt mir, was ich machen soll", murmelt es ohne Emotion unter dem Tisch hervor, und im nächsten Moment ist das ganze Zimmer in wunderbar warmes Licht getaucht. Kleine Lichterketten an den Bodenleisten und in den Ecken machen das Ambiente perfekt.

„Gute Jungs! Super Mädels!", denke ich, entfalte in aller Ruhe das Taschentuch und schnäuze laut und eindringlich.

Das Buch hat mir Paul inzwischen abgenommen und schaut irritiert auf die leeren Blätter. Ich mag es nicht, wenn jemand in meine Sachen sieht, und entsprechend handle ich, indem ich ihm das Buch entreiße und den Buchrücken unsanft auf seine Schulter schlage.

„Ho, ho, ho! Walli, beruhige dich. Ich bin ja schon wieder artig. Lass mich leben!"

Alle lachen.

Eigentlich ist es meine Aufgabe, die Jungs und Mädchen in eine weihnachtliche Stimmung zu versetzen.

Ich schnäuze mich noch einmal, um etwas Zeit zu schinden, und blicke bei der Gelegenheit auf meine Armbanduhr.

Alle gucken mich an. Ach herrje, ich bin zu spät! Wer zu spät ist, den bestraft das ... 19 Uhr und 10 Minuten ...

Zehn Minuten zu spät! Noch nie ist mir das passiert! Es kommt mir vor, als sei die Atmosphäre im Raum auf einmal, fast andächtig. Alle blicken mit weit aufgerissenen Augen auf die Türe.

Es ist mucksmäuschenstill.

Ich drehe mich um. Da stehen sie hinter mir. Der heilige Nikolaus, im prächtigen roten Gewand mit einer Mitra auf dem Haupt, blickt mir ernst in die Augen. Adalbrand. Knecht Ruprecht klopft mit seiner Rute an den Türrahmen und ich erkenne Seppo unter der dunkelbraunen Kutte mit zotteligem Fellüberwurf und einem gewaltigen gehörnten Wikingerhelm. Bärtig, ohne Worte und mit einem Augenzwinkern winkt er mich mit der Rute zur Seite. Und dann entdecke ich, ganz weiß, klein, wie eine Elfe in einem kitschigen Weihnachtsfilm, Lilli hinter diesem riesigen Nikolaus und dem Angst einflößenden Knecht Ruprecht. Sie zwängt sich mit einem engelsgleichen Lächeln zwischen den beiden hindurch und flüstert in den Raum:

„Und?"

Kurze, andächtige Pause.

„Wer sind wir? Wo kommen wir her? Was haben wir dabei?"

Nicht nur mich überraschen die drei W-Fragen, aber nach einer kleinen Denkpause antworten die Zwillinge wie aus der Pistole geschossen:

„Na ja, der heilige Nikolaus, der Knecht Ruprecht und …"

„… sein Engel", schmettert Matze etwas versteckt hinter der Zickendelegation.

Adalbrand hat seine aufgeklebten weißen Wattebäusche über den Augen nach oben gezogen und verbessert in tiefster Tonlage:

„Nicht ganz. Einer fehlt! Genau der hat uns nämlich hierhergeführt!"

Keiner sagt etwas. Weihnachtliche Stille.

„Na, das kann ja wohl net so schwerrrr sein?" Mit hartem italienisch-bayrischem Akzent klopft Knecht Ruprecht wieder energisch an den Türrahmen.

„… es at ein Geweiii und zieht de Schlitte!"

„Das Rentier", brüllt jetzt Boris, am Boden sitzend, und Jakob ergänzt freudig:

„Rudolf heißt es – das mit der roten Nase halt …"

„Richtig! Genau das Rentier haben wir auch mitgebracht. Wollt ihr es kennenlernen?"

Begeistert brüllen alle im Raum:
„Ja!"
Lilli reicht mir das braune Samtgeweih und ich setze es stolz auf meinen Kopf. Nun gibt es kein Halten mehr. Schallendes Gelächter und tosender Beifall meiner Schützlinge. Walli als Rentier Rudolf, der Hit, der Clou, einfach nur geil! Jonas steht auf und verbeugt sich andächtig vor mir mit den Worten:
„Rudolf, du siehst wunderschön aus. Darf ich mal auf dir reiten?"
Ich zucke kurz, aber ich verzeihe ihm sofort die Zweideutigkeit seiner Worte, denn schließlich sagte er etwas wie „wunderschön".
„Junger Mann, wie alt bist du? Nenne mir deinen Namen!", befiehlt der heilige Nikolaus ernst.
„Jonas, Sir."
Hat er Adalbrand tatsächlich „Sir" genannt? Sir? Wie in einem alten Robin-Hood-Film. Oh, dass ich das noch erleben darf, vor allem aus der Sicht eines Rentiers. Toll! Ich schlage fast vor Begeisterung mit meinen Hinterläufen aus. Doch erst mal schlägt Knecht Ruprecht wieder mit der Rute an den Türrahmen.
„Jetz darf die Rut auf dein Osenboden schlagn, weil du so frech biste zu de Renntier."
Und schwingt mit der Rute über seine Pelzkappe.
Ruth springt freudig von der Eckbank.
„Wirklich? Das wollt ich schon immer mal. Rache, Jonas, Rache!" Und ihre Augen leuchten im Kerzenschein.
Seppo versteht nicht, was plötzlich in das vierzehnjährige Mädchen gefahren ist. Welch Glück, dass das Rentier Rudolf mit inzwischen nicht nur roter Nase die Situation klären kann.
„Lieber Knecht Ruprecht! Das ist Ruth! Sie heißt so", und ich deute auf das Mädchen.
„Also, warum willst du den Jonas schlage? Ah!? Warum meinste, at er Schläge verdient?"
Ruth stemmt die Hände in die Hüften und blickt Knecht Ruprecht tief in die Augen, die übrigens auf gleicher Höhe liegen.

„Jonas pupst immer, wenn ich meine Lieblingsserie angucke!"
„Oh! Jonas, was sagste du dazu, eh?"

Mit ernster Miene wendet sich der Knecht an Jonas, doch bevor er antworten kann, pupst es aus Ruprechts Hose.

„Oh!"

„Du pupst ja auch!"

Ruth reißt die Rute an sich und droht dem Gehilfen des Nikolaus. Lachend streckt Jonas Ruth seinen Hintern, und um der Szene schnell ein Ende zu setzen, bekommt er prompt ein paar Hiebe auf den Allerwertesten. Der Spaß ist grenzenlos und ich bekomme schier keine Luft mehr vor Lachen, weil es nach wie vor aus der Hosentasche des Knechts Ruprecht pupst und er schreiend zu erklären versucht: „I bin das net, is meine Mama!"

Der Spaß nimmt allmählich tumultartige Ausmaße an. Wie soll das nur enden?

Gott sei Dank! Der Engel übernimmt die Führung. Lilli entwaffnet Ruth und führt sie zurück an ihren Platz. Dann gibt sie dem Knecht die Rute zurück, der damit natürlich postwendend gegen den Türrahmen donnert. Wenn das so weiter geht, werden wir hier renovieren müssen. Lilli ermahnt Jonas nochmals mit erhobenem Zeigefinger und greift dann in den Sack.

„Also, ich hab da etwas für Jonas! Klar sind Nüsse drin, Schokolade und auch ein paar Plätzchen aus der Weihnachtsbäckerei. Aber! Das ist nicht alles! Es ist hier ein kleines Kuvert und das sollte eigentlich einen deiner Wünsche erfüllen. Möchtest du es gleich öffnen oder alleine in deinem Zimmer?

Alle brüllen:

„Jonas, gleich aufmachen, gleich aufmachen!"

Jonas zupft etwas scheu am Umschlag und öffnet. Er liest und seine Augen weiten sich überrascht. Er hüstelt nervös und sagt dann fast andächtig:

„Ich dachte mir, ich hätte das Probetraining in den Bavaria Filmstudios ziemlich vermasselt. Walli, danke, du hast versucht, mich aufzubauen: Wenn du denkst, es geht nicht mehr, kommt von irgendwo ein Lichtlein her. Meine Güte, so ein oller Poesiealbumspruch! Danke Walli, danke euch allen! Das Lichtlein ist gerade aufgegangen. Mann, wie ich mich freue."

Seine Augen weiten sich. Als Paul allen anderen laut den Text vorliest, entschlüpft mir eine kleine Träne.

„Was, ein Gutschein für Probeaufnahmen in einem Actionfilm!", brüllt die ganze Gruppe.

Matze schreit: „Juhu, Jonas darf zum Film. Er wird berühmt und nimmt mich mit nach Hollywood …"

„Mann, du Glückspilz!"

„Jonas wird ein Star. Er ist so cool!", schallt es durch das Zimmer. Jonas nimmt den Jubel ungerührt zur Kenntnis – oder tut zumindest so, nur ich entdecke den Glanz in seinen Augen.

Sonntag, 6. Dezember, 19.42 Uhr

Auch ich freue mich. Der Aufwand hat sich gelohnt, Gott sei Dank. Alle Überraschungsgeschenke in den Päckchen waren kostenlos. Spenden. Diese Aktion hat mich in den vergangenen Wochen viel Zeit und vor allem viel Überredungskunst gekostet. Deshalb bin ich natürlich begeistert, wenn sich meine Lieben freuen. Ich glaube, meinen Begleitern geht es nicht anders, wenn ich sie so beobachte.

Seppo streicht sich über den braunen Mantel und bumst nach ein paar Minuten mal wieder gegen den Türrahmen, damit endlich Ruhe ist.

Der kleine Matze steckt schon fast vollständig im Sack und kann es kaum erwarten. Der Nikolaus überreicht ihm ein kleines Päckchen und er reißt sofort wild an den Schnüren, lugt und wühlt zwischen Schokolade und Nüssen etwas hervor. Es ist ein kleiner, grüner Traktor. Fragend blickt er auf den Nikolaus:

„Was soll das sein?"

Stille. Denn nach Lage der Dinge ist inzwischen klar, dass sich hinter dem Traktor ein Geheimnis verbirgt.

Ein Blick in die Runde genügt, um festzustellen, dass die Spannung steigt. Auch wer gerade nicht beschenkt wird, folgt mit gespannter Aufmerksamkeit der wundersamen Bescherung.

„Ein Traktor!", wiederholt Matze und sieht das kleine

Gefährt zweifelnd an.

„Dieser kleine Traktor will dir etwas sagen!"

Prompt dreht Matze das Gefährt in alle Richtungen, um vielleicht einen Knopf zu entdecken, und hält es an sein Ohr. Vergeblich!

Engel Lilli macht die Spannung noch prickelnder und fragt interessiert:

„Matze, was war denn dieses Jahr dein schönstes Erlebnis?"

Ich fürchte schon, dass er sein schönstes Erlebnis vergessen haben könnte, und kratze mich ratlos an meinem samtigen Rentiergeweih. Matze steigen unvermittelt Tränen in die Augen und er streicht sich mit den Händen über den Kopf, dass ihm die Haare zu Berge stehen. Er lächelt schwach, versucht seine Gedanken zu verbergen.

„Dieses Jahr habe ich in den Ferien bei Simone und Max im Garten mithelfen dürfen. Wir haben ein Gemüsebeet angelegt und eine Blumenwiese gepflanzt. Das hat richtig Spaß gemacht. Sie haben zufällig den gleichen Familiennamen wie ich, und es war, als ob wir irgendwie verwandt wären. Ein schönes Gefühl eben!"

Jetzt zuckt Matze hilflos mit den Schultern und spricht mit belegter Stimme weiter:

„Wäre mir im Bad die Puderdose von Simone nicht versehentlich ins Klo gefallen, dann ...", er schnieft und versucht seine Tränen zurückzuhalten, „dann hätten sie mich vielleicht noch mal abgeholt."

Da bin ich echt platt! Er denkt tatsächlich, die Müllers seien ihm böse wegen des kleinen Missgeschicks. Er kann freilich nicht ahnen, dass sie sich seit Wochen darum bemühen, die Genehmigung für seine Adoption zu bekommen. Letztendlich wollten sie alles noch vor Weihnachten klären. Jetzt laufen mir zwei dicke Tränen über die Wangen und in meiner Kehle macht ein dicker Kloß jede stimmliche Äußerung unmöglich. Normalerweise müsste ich die Auflösung des Rätsels übernehmen, aber der Nikolaus erkennt meine Unpässlichkeit.

„Also, lieber Matze, tatsächlich wissen wir natürlich im Himmel von allen Wünschen und Sehnsüchten und deshalb werde ich dir jetzt erklären, was dieser Traktor zu bedeuten hat."

Der Nikolaus wedelt sich sein weißes Taschentuch um die rote Nase. Er schnüffelt gerührt. Lilli greift nach einer roten Serviette, in die sie sich kurz schnäuzt und hinter sich verschwinden lässt. Es ist mucksmäuschenstill. Pauli steht wie ein Zinnsoldat in der Ecke und zupft sich am Ohrläppchen, nur die Zwillinge Tessi und Tina können es nicht mehr ertragen:

„Was ist denn jetzt?"

Tessi trommelt mit zwei Fingern auf den Tisch,

„Los! Nikolaus, sag endlich …!", ergänzt Tina belustigt.

Knecht Seppo Ruprecht wendet sich mit gespielt tiefer Stimme an Matze: „Der Traktor ist ein Zeicken!"

„Ein was?", fragt Matze ungläubig.

„Ein Zeichen!", ergänze ich und schlucke den Kloß in meinem Hals energisch hinunter, unterbreche Seppo kurzerhand: „Matze, der Nikolaus hat einen ganz besonderen Brief für dich!"

Ich halte den blauen Umschlag in die Höhe.

„Es ist ein Brief von Simone und Max."

Kaum habe ich die Namen ausgesprochen, grinst Matze über beide Ohren.

„Soll ich dir sagen, was Simone und Max sich von Herzen wünschen würden?"

Matze nickt andächtig.

„Als Erstes wollen sie dich bitten, mit ihnen in den Sommerurlaub zu fahren. Sie würden sich sehr, sehr freuen. Und sie dachten, vielleicht hättest du Lust, auf einem Bauernhof mal auf einem richtigen Traktor mitzufahren?"

Matzes Augen beginnen zu leuchten, er schluckt.

Der Traktor in seiner Hand beginnt zu wackeln. Aber er wartet geduldig, bis ich weiter spreche.

„Außerdem steht in dem Brief auch noch etwas anderes …", wieder muss ich mich räuspern. „Sie wünschen sich nichts mehr auf der Welt als einen Sohn wie dich."

„Mich?"

Matze hält den Traktor an seine Brust gedrückt, sieht mich mit großen Augen an und wiederholt leise:

„Mich? Wirklich?"

Stille. Alle Augen sind auf Matze gerichtet.

„Sie würden gerne genau so einen Jungen wie dich für immer bei sich haben", ich atme kurz durch, „dem die Puderdose aus den Händen fällt und der so herrlich lachen kann, wie du es tust. Du brauchst ihnen nur noch zu sagen, ob auch du möchtest. Der Name passt ja auch schon."

Mein Herz macht Luftsprünge.

Fasziniert beobachte ich, wie Matze zuerst den Nikolaus, dann Lilli und schließlich Knecht Seppo umarmt.

„Für immer?", schreit er nun mit Tränen in den Augen.

Wahrlich filmreif sind seine Worte an den Nikolaus.

„Nikolaus! Jeden Tag vermisse ich meine Eltern. Ich frag mich so oft, warum sie bei diesem Unfall ums Leben gekommen sind und ich nicht. Ich stelle mir den Augenblick vor, in dem ich sie wieder in meine Arme schließen kann, bis mir einfällt, dass ich hier alleine zurückgeblieben bin. Seit ich Simone und Max kenne, vermisse ich sie zwar noch immer, aber es tut nicht mehr so weh. Es wäre schön, Eltern zu haben. Und Eltern als Nikolausgeschenk, das ist wirklich das Beste, was es auf dieser Welt gibt. Danke."

Räuspern und Schnäuzkonzert von allen Seiten. Sogar Paul blickt verschämt auf die Seite und versenkt dann sein Taschentuch in der Hosentasche. Wie rührend.

Und Nikolaus antwortet sanft:

„Wenn ich auf dem Heimweg bin, werde ich deinen Eltern ausrichten, dass du sie vermisst, es dir gut geht und dass es bald wieder Müllers geben wird, die auf dich aufpassen. Ja?"

Der Gedanke, dass diese Namensgleichheit schon ein seltsamer Zufall ist, kommt mir erst jetzt. Matze Müller wird adoptiert von Simone und Max Müller.

Unglaublich. 22.44.

Eigentlich wäre es schön, das ganze Jahr über als Rentier Rudolf den Menschen eine Freude zu bereiten, überlege ich. Wie fehl am Platz fühlte ich mich gerade in der letzten Zeit als Walli Kammermeier. Und wie sehr hat sich doch mein Leben in den vergangenen Tagen verändert. In diesem Augenblick wird es mir bewusst. Es ist, als ob man am ersten schönen Tag im Frühling die Fenster im Haus weit aufmacht, damit die Sonne herein kann, die für ein Versprechen auf Wärme im Raum steht und nicht zu Ende gehen wird, solange wir lieben und geliebt werden.

Was für ein Abend. So schön!

Ich genieße ihn und mir wird bewusst, dass dieser Abend für mich bedeutungsvoller ist als der Heilige Abend im Kreis meiner Familie.

Mein „Weihnachten"!

Pünktlich um 16.00 Uhr finden wir uns alljährlich zur Christmette in der Kirche ein: meine Eltern, meine Schwester nebst Mann und Kindern, Tante Gerda und ich.

Pünktlich jedes Jahr beginnt um 18.00 Uhr die Bescherung vor dem perfekt geschmückten Baum im Haus meiner Eltern.

Pünktlich um 19.00 Uhr kommt das traditionelle Weihnachtsessen auf den natürlich perfekt gedeckten Tisch: Sauerkraut und Bratwürstel.

Und pünktlich um 20.00 Uhr könnte ich jedes Mal kotzen, aber nicht wegen der Würstel und des Sauerkrauts. Ich könnte kotzen über das betuliche Verhalten meines Schwagers, die überkandidelte Art, wie meine Schwester mit ihren Kindern umgeht, und die missbilligenden Blicke, die sich meine Mutter und Tante Gerda über meinen Kopf hinweg zuwerfen. Es ist jedes Jahr der gleiche Mist. Wäre mein Vater nicht, würde ich den Weihnachtsabend liebend gerne mit meiner Truppe hier im Kinderhaus verbringen.

„Können wir jetzt endlich weitermachen? Sonst brennen hier noch alle Sicherungen durch!"

Das ist Boris. Er überprüft besorgt die Lichterketten.

Seppo fuchtelt wieder mit seiner Rute.

„Trau dich ja nicht, wieder gegen den Türrahmen zu schlagen", raune ich ihm drohend zu, während Lilli sich an die Geschenkverteilung macht.

„Also! Hier sind gleich vier Päckchen. Für Tessi, Tina, Jakob und Technikermeister Boris. Bitte sehr!"

Wie konnte ich nur Angst haben, dass es Neid und Ärger geben könnte? In den Augen meiner Schützlinge sehe ich freudige Erwartung und ehrliche Freude über die Geschenke der anderen. Schon hat Tessi ihr Überraschungsgeschenk ausgepackt. Ihre Verzückung ist klar zu erkennen, gekrönt von ihrem Lieblingsspruch:

„Supercalifragilisticexpialigetisch! Putz- und Scheuergeschwader hart Backbord – ich bekomm' ein eigenes Zimmer!"

Auch ihre Schwester Tina hat die Sprache wiedergefunden und zeigt ihren Zettel.

„Du kannst den Mund ruhig zumachen. Du bist kein Karpfen. Ich bekomme auch ein eigenes Zimmer. Sogar mit ganz neuen Möbeln!"

Begeisterte Rufe.

„Hach, Gänse seid ihr!", schreit Jakob gegen den Tumult an. „Ich darf in den neuen Anbau rüber. Und das Beste ist: Ich habe einen Internetanschluss im Zimmer!"

„Und iiich daharrf auch umziehen!"

Boris stottert fast vor Begeisterung.

„Besenkammer im zweiten Stock gefällig?"

Unglücklicherweise kann sich Jakob den Witz der Zickendelegation nicht verkneifen und bekommt sofort die Rute von Knecht Ruprecht zu spüren.

„Neihhn! Ich darf in das Zimmer neben Pauli – es ist gerade frisch gestrichen worden – meine Lieblingsfarbe – orange – und ich hab' jetzt sogar einen eigenen Fernseher."

Engel Lilli lächelt stumm in Boris' Richtung.

„Engel, wie soll es jetzt weitergehen? Haben wir denn überhaupt noch Päckchen?"

„Natürlich, Nikolaus! Hier steht zum Beispiel Hatice darauf. Ich denke, das ist eine der jungen Damen auf der Eckbank."

Hatice krabbelt schüchtern nach vorne und holt sich ihr Päckchen ab. Ihre Augen glänzen und ihre Freude ist jetzt schon groß. Der Nikolaus fragt nach:

„Was hast du dir denn gewünscht Hatice?"

„Nichts!", antwortet sie.

„Nix? Wieso aste du net eine einzigste Wunsch?"

Knecht Ruprecht hebt die Augenbrauen, „Nein, glaub i net!"
Nachdenklich runzelt Hatice die Stirn.
„Ich weiß einfach nicht, was ich mir wünschen könnte. Ich habe schon so ein Glück, dass ich hier bleiben kann ..."
Mir wird ganz schwummrig. Hatice ist eines meiner Sorgenkinder. Immer ganz leise und still. Stunden habe ich damit verbracht, die verborgenen Ängste des Kindes an die Oberfläche zu holen und ich weiß, dass es ihr sehr ernst mit ihren „Wünschen" ist. Sie hat wirklich keine.
„Aber Hatice, was würdest du mir denn zum Beispiel an Silvester wünschen? Oder so?"
Der Versuch des Nikolaus, Hatice aus der Reserve zu locken, klingt fast etwas verzweifelt. Ein Kind, das sich nichts wünscht! Pah!
„Also an Silvester würde ich dir vor allem Gesundheit wünschen", meint Hatice, denkt noch einmal kurz nach.
„Nein, eigentlich würde ich dir lieber Glück wünschen, noch vor der Gesundheit, mein ich, und wenn ich zwei Dinge darf, dann beides."
„Ja aber Hatice, warum würdest du Glück noch vor Gesundheit wünschen?"
Lilli ist fasziniert von der Ernsthaftigkeit des Mädchens, das mit seinen fast fünfzehn Jahren eigentlich eher wie eine Zwölfjährige wirkt.
„Na ja, meine Eltern waren ganz gesund, als sie der Lastzug überrollt hat. Hätte ihnen jemand Glück gewünscht, wäre ihnen vielleicht nichts passiert."
Ich muss sagen, dass ich die tragische Geschichte natürlich kenne, aber Hatice hier im Raum das erste Mal darüber sprechen höre. Und auf einmal kommt sie mir sehr erwachsen vor. Nicht zum ersten Mal spüre ich, dass Hatice froh ist und dankbar, nicht zurück zu müssen in ihre Heimat, die Türkei, wo sie die Sprache nicht versteht und ihr die Menschen so fremd sind. In Friedberg hat sie ihre Freunde, ihre Schulkameraden und wurde vor zwei Wochen sogar als Sängerin in die Schulband berufen. Wie viel ist das alles, wenn man niemanden mehr auf dieser Welt hat außer sich selbst.

„Oh!"

Seppo ist tief betroffen über das Schicksal des Mädchens und in mir keimen Schuldgefühle, weil ich meine Mitbewohner nicht vorbereitet habe. Jeder hier hat seine Geschichte. Lebensgeschichten, traurig und gar nicht kindgerecht. Geschichten, die Erwachsenenseelen zerbrechen lassen. Wie viel schneller bricht eine Kinderseele?

„Das mit deinen Eltern tut mir leid. Weißt, meine sind weggezoge und i weiß scho, wie es ist, wenn so gar niemand mehr da ist. Aber bei mir pupst wenigstens meine Mama manckmal!"

Ich könnte Seppo küssen! Der kleine Italiener hat die Situation feinfühlig gedreht. Hatice sieht ihn verwirrt an und versteht ihn erst, als er sein Handy aus der Tasche zieht.

„Weißt, bei mir pupst es, wenn mei Mama anruft und dann freu i mi manckmal, aber auch oft net, weißt, wie heut, als die Ruth glei schlagt mit de Rut. Aber mei Mama fragt, ob ich anständig gegesse abe oder so ..."

Adalbrand rückt seine Mitra gerade. Er fällt ihm ins Wort, bevor Seppo noch weiter ausholt und Geschichten über seine lauten, zahlreichen italienischen Verwandten erzählt.

„Na dann ist es höchste Zeit, etwas zu bekommen, obwohl du keinen Wunsch hast. Ich verrat' dir ein Geheimnis", er beugt sich zu Hatice und flüstert ihr ins Ohr, „es pupst auch! Wenn du möchtest und du einsam bist, kannst du UNS anrufen. Die Telefonnummer ist unter „W" wie Weihnachtsmann gespeichert."

Lilli überreicht Hatice ein Handy.

Stolz betrachtet das Mädchen sein Geschenk.

„Danke", sagt sie dann leise. „Was ich für ein Glück habe!"

„Sind wir denn schon fertig? Hat jeder ein Geschenk?"

Nikolaus Adalbrand hat seinen Augen auf die beiden Mädchen Ruth und Sondra gerichtet.

Die beiden schütteln langsam die Köpfe und wagen ein Lächeln.

„Na dann hab ich da zwei Päckchen ohne Süßigkeiten, nur mit Gemüse und Obst", scherzt Adalbrand.

Meine zwei Bohnenstangen erheben sich von ihren Plätzen und holen sich ihre Päckchen.

Sondra blüht auf, als sie im Sack einen riesigen Schokoladen-Nikolaus und eine monströse Marzipanstange entdeckt. Ruth ist sichtlich erleichtert, als sie die Plätzchen und die Gummibärchen inspiziert. Gerade als sich beide glücklich das erste Stück Schokolade in den Mund schieben, ruft Adalbrand:

„Ja ist denn das zu fassen! Ihr glaubt doch nicht im Ernst, dass der Nikolaus nicht auch eine Überraschung für euch zwei parat hat? Oder? Wie seid denn ihr drauf?"

Ich wusste gar nicht, dass Adalbrand die Sprache der Jugend kennt. Dieser Mensch überrascht mich immer wieder. Hoffe nur, dass er nicht auch noch seine Frau erwähnt.

„Natürlich weiß ich auch euren geheimen Wunsch."

Seppo steckt die Rute in den Sack und sagt:

„Ah, seid ihr beide gaaanz große Faaaan! Faaaan von AEV. Stimmt's?"

Ruth und Sondra nicken mit vollen Backen.

„Aber net von alle Spieler, stimmt's?"

Übereinstimmend schütteln die beiden Mädchen die Köpfe.

„Von eine bestimmte Spieler, stimmt's?", fragt Seppo listig.

„Nicki Frommelt", sagt Sondra leise mit roten Backen.

„Ahhh! Nickiii Frommelt ...", trompetet Seppo begeistert.

„Is eine tolle Torjäger! Mag i au sehr gerne!"

Lilli zaubert zwei Umschläge aus ihrem weißen Gewand und überreicht sie den Mädchen. Wenig später liegen sich die beiden begeistert johlend in den Armen.

„Wir sind VIPs beim nächsten Spiel und treffen Nicki Frommelt!"

Unter den Jungs macht sich fast ein wenig Neid bemerkbar. Nicki Frommelt ist der Held der Truppe, ein Underdog, der es in den Augen der Kids geschafft hat.

Jonas geht zu Ruth und Sondra hinüber und legt ihnen freundschaftlich den Arm um die Schultern.

„Hey Mädels, falls ihr Verstärkung braucht, ich bin euer Mann."

„Ha, bleib du mal schön zu Hause, Nicki ist Mann genug",

kichert Ruth.

„Genau, ich glaube, dich können wir nicht brauchen. Und schließlich sind wir ja schon große Mädchen", ergänzt Sondra keck und wedelt mit den Eintrittskarten.

Im Sack ist jetzt nur noch ein Päckchen und ich werde auf einmal ganz nervös.

„Pau ...Paul", sage ich leise. „Das ist für dich."

Er sieht mich eindringlich an, er merkt es, schießt es mir durch den Kopf. Schon den ganzen Tag rumort es in mir. Was es wohl mit dem Brief von Pauls Mutter auf sich hat? All die Jahre wurde das kostbare Schriftstück bei seinen Unterlagen aufbewahrt. Der Umschlag sieht schon ein bisschen vergilbt aus. In ungelenken Buchstaben ist Pauls Name auf die Vorderseite geschrieben. Ich hoffe, der Brief wird Paul nicht allzu traurig machen und ihm endlich die brennende Frage nach der Identität seines Vaters beantworten.

„Danke."

Paul nickt mir zu und geht zu den anderen.

Montag, 7. Dezember, 00.57 Uhr

Müde schleiche ich durch den Gang zu meinem Büro. Dort wartet für den Rest der Nacht ein bequemes Schlafsofa auf mich.

Was für ein Abend!

Nach der Geschenkeverteilung hatten Boris und Jonas Partymusik aufgelegt und aus den anderen Wohngruppen kamen Pauls Freunde herüber, um mit ihm seinen achtzehnten Geburtstag zu feiern. Nikolaus und sein Gefolge tanzten ausgelassen mit dem Jungvolk um die Wette, es wurden Unmengen von Cola, Chips und Gummibärchen vernichtet, bis ich um Mitternacht den Zapfenstreich blies. Meine Weihnachts-Gang machte sich auf den Weg in die WG und ich räumte noch schnell das Esszimmer auf.

Was ist das? Vor der Tür zu meinem Büro liegt, nein sitzt etwas am Boden. Mein Herz hüpft erschrocken. Am Ende des Gangs schimmert die Notbeleuchtung und ich kann trotz

Kontaktlinsen nicht erkennen, was sich da vor meiner Türe tummelt.

Vorsichtig schleiche ich mich heran.

Paul. Es ist Paul. Er sitzt auf dem Boden, den Kopf zwischen den angezogenen Knien. In den Händen hält er ein Stück Papier. Langsam rutsche ich mit dem Rücken an der Wand hinunter, bis ich neben ihm sitze. Unbewusst nehme die gleiche Haltung ein.

Eine ganze Weile sagen wir gar nichts. Nur unser Atem ist zu hören. Zuerst unregelmäßig, dann im Gleichklang.

„Von Mama ...", murmelt Paul irgendwann.

Ich sage nichts. Warte.

„Das ist irgendwie voll pervers."

Seine Stimme klingt rau. Er dreht den Kopf zu mir und durch die Notbeleuchtung kann ich das Funkeln in seinen Augen erkennen.

„Sie ist seit sechs Jahren tot und ich bekomme heute einen Brief, als wäre sie noch am Leben. Abartig ist das!"

Er drückt die Finger seiner rechten Hand an die Augen.

„Ich wünschte, sie wäre hier ..."

Es gibt Momente, für die es keine Sprache gibt, jedes Wort wäre zu viel und alles zu wenig. Für diese Momente gibt es keinen Trost. Minuten vergehen. Irgendwo schlägt die Kirchturmuhr eins. Mir ist eiskalt.

Paul reicht mir das zerknitterte Stück Papier.

Mein lieber Paul!
Du feierst heute einen ganz besonderen Tag. Bist jetzt achtzehn Jahre alt und erwachsen.
Ich wünsche Dir, dass Du Deinen Weg findest. Ich wünsche mir für Dich Liebe und Geborgenheit. Ich werde über Dich wachen und Dir den Weg zu einem erfüllten, zufriedenen Leben weisen. Immer. Auch wenn Du denkst, ich bin nicht für Dich da.
Die Ärzte machen mir wenig Hoffnung und haben mir geraten, meine Angelegenheiten zu ordnen. Ich wünschte, ich müsste Dir diesen Brief nicht schreiben.
Aber da die Dinge nun mal so sind, wie sie sind,

unabänderlich, gebe ich mein Bestes. In meinem bisherigen Leben habe ich versucht, besonnen zu bleiben, vernünftig zu sein.
Paul!
Du hast mich oft nach Deinem Vater gefragt! Und ich weiß, auch jetzt brennt diese Frage in Dir. Ich bin gestorben, ohne Dir deine Herzensfrage zu beantworten. Aber was sollte ich sagen?
Noch als Du klein warst, hast Du mich gefragt: "Wer ist mein Papa? Wo ist er?"
Die Antwort ist: "Ich weiß es nicht."
Es ist nicht gut, es nicht zu wissen. Es tut mir so leid. Ich schäme mich. Ich habe nicht die Worte gefunden, die Dir diese Situation erklären können.
Paul, allein der Gedanke, dass ich nie mehr etwas von Deinem Vater gehört habe, macht mich unendlich traurig. Er hat mich allein mit Dir zurückgelassen. Er wusste gar nicht, dass es Dich gibt.
Vielleicht verstehst Du mich heute!
Ein großer Junge bist Du geworden! Und ich bin stolz auf Dich, auch wenn Du es nicht spüren kannst.
Ich wünsche mir nichts mehr auf dieser Welt, als dass Du mir verzeihst, dass ich nicht mehr bei Dir sein kann.
Ich hatte keine Wahl!
Vielleicht hatte auch Dein Vater keine Wahl.
Sein Name ist Hendrik.
Das Einzige, was übrig ist von ihm, sind diese sieben Buchstaben.
Deine unglaublich blauen Augen hast Du von ihm.
Unsere gemeinsame Zeit war leider zu kurz.
Die Anstellung als Rezeptionistin im Hotel "Atlantik" in Hamburg feierte ich damals mit einer Arbeitskollegin in einer Bar direkt am Fischmarkt. Dort habe ich Deinen Vater kennengelernt. Er strahlte mich an und für mich war es Liebe auf den ersten Blick. Wir tanzten den ganzen Abend und als die Bar schloss, ging ich mit ihm. Er hatte als Chief Purser auf einem Kreuzfahrtschiff in die Karibik angeheuert, das am nächsten Tag auslaufen sollte. Wir hatten nur diese eine Nacht. Als wir uns am Morgen vor dem Hotel verabschiedeten, war

es noch dunkel. Ich gab ihm meine Adresse. Als er weg war, fiel mir auf, dass ich von ihm nur seinen Vornamen wusste.
Paul, in dieser einen Nacht habe ich den Kopf verloren, war nicht vernünftig gewesen – habe Dich dafür bekommen. Ich würde es immer wieder tun. Denn Du bist es wert, unvernünftig zu sein. Jedes Mal, wenn ich umzog, hinterließ ich meine neue Adresse in der Hafenmeisterei.
Von Hendrik habe ich nie wieder etwas gehört. Und darum, Paul, genau darum, konnte ich Dir all die Jahre nicht sagen, wer Dein Vater ist. Ich habe nie erfahren, was aus ihm geworden ist. Alles, was ich von ihm weiß, ist, dass er Hendrik heißt und zur See fuhr.

Ich liebe Dich so sehr. Ich höre zu. Ich lächle, wenn Du glücklich bist. Ich umarme Dich, wenn Du schläfst.
Ich bin bei Dir.
Für immer
Mama

Er beobachtet mich mit brennenden Augen, als ich ihm den Brief zurückgebe, dann fragt er heiser:
„Wirst du mir helfen, Walli?"
„Ja", sage ich leise.

Montag, 7. Dezember, 8.08 Uhr

„Ja, hier Kammermeier", mampfe ich in den Hörer, „Tschuldigung, habe gerade etwas im Mund."
Gott, wie peinlich, aber die Dame am anderen Ende der Leitung lacht. Ich schlucke kurz meinen Bissen hinunter, um gleich fortzufahren, „Ach, Frau Müller, ja er ist so glücklich, er hat fast die ganze Nacht kein Auge zugetan. Natürlich können Sie heute vorbeikommen. Er wartet bestimmt schon auf Sie. Schön, so bis um zwei ... ich sag Matze Bescheid ... Ja, Sie haben Recht, Matze ist ein ganz toller kleiner Kerl..."
Was für ein wunderbarer Abend gestern. Jede Sekunde habe ich genossen.

Während ich das dritte Marmeladenbrötchen verdrücke, lasse ich den Nikolausabend noch einmal Revue passieren. Ich schlürfe meinen lauwarmen Kaffee und streiche über mein Sweatshirt. Etwas knitterig, kein Wunder, ich habe mich heute Nacht gleich in meinen wohligen Rentierklamotten auf die Schlafcouch gelegt. Walli, das Rentier. Amüsiert erfinde ich eine Partnersuche-Annonce fürs Internet.

„36-jähriges Rentier mit dunkelbraunen Augen und langem brünettem Haar, dessen weibliche Figur in einem ausgewogenen Verhältnis zur Körpergröße nicht schlecht im Wald steht, sucht Elch zwecks Paartanzes."

Adam, du wirst noch an mich denken, während du dich durch die Schrittfolgen kämpfst und dich an meine erotischen Drehungen erinnerst! Keine intuitive Stimme mehr, nicht der leiseste Hauch von Inspiration. Du wirst mich vermissen.
Ich weiß: Du wirst mich vermissen!
Werde mir schnell meine lange Strickweste überziehen und zum Supermarkt hinüberhuschen. Für den Einkauf des Mittagessens in der Wohngruppe bin ich heute noch zuständig, dann wechselt meine Schicht und ich darf wieder zwei Tage ausschlafen. Ahhh, wie schön!
Im Radio läuft gerade „Jingle bells".
„Lahallla ...
Dashing through the snow
On a one-horse open sleigh,
Over the fields we go, Laughing all the way;
Bells on bob-tail ring, Making spirits bright,
What fun it is to ride and sing
A sleighing song tonight.
Jingle bells, jingle bells, jingle all the way!
O what fun it is to ride
In a one-horse open sleigh."

In meinem konfusen Zustand berührt mich diese Musik derart, dass ich eine Gänsehaut bekomme. Ich verharre einen Augenblick, als es klopft und Pauli den Kopf durch die Tür streckt.

„Wie hübsch, du singst?"
Er verzieht den Mund zu einem gezwungenen Lächeln.
„Guten Morgen, Paul. Wie fühlst du dich?"
„Es geht so."
Ich sehe ihn an. Er sieht so erwachsen aus. Seine Mundwinkel heben sich zuckend.
„Ich habe von Mom geträumt. Sie hat mir den Brief immer und immer wieder vorgelesen. Ich kann ihn jetzt auswendig!"
Fast mütterliche Besorgnis beschleicht mich. Dann platzt es aus ihm heraus:
„Ich verstehe nicht, wie es passieren kann, dass man mit einem Mann schläft, dann schwanger wird und den Typen niemals ausfindig machen kann. Der ist weg! Hat mich und meine Mom einfach zurückgelassen".
Er setzt sich auf den mir gegenüberstehenden Stuhl und fügt trocken hinzu: „Walli, ich will zurück zu meinem Traum. Ich möchte meine Mom wiederhaben! Und ich möchte wissen, wo mein Dad ist."
Ich murmle vor mich hin: „Es tut mir so leid, Paul! Wir könnten ihn vielleicht suchen?"
Oje, hab' ich das wirklich gerade gesagt? Seine Augen leuchten. Er ist nun ganz aufgeregt, beinahe glücklich.
„Ja, Walli, genau! Es muss doch einen Weg geben, meinen Vater zu finden oder irgendjemanden, der zu mir gehört."
Seine Stimme wird dann ganz leise, fast so, als würde er zu sich selbst sprechen.
„22.44, Walli – alles wird gut!"
Paul fährt sich wie abwesend durchs Haar. Das gerade noch erwachsene Auftreten ist einem verletzlichen, jungen gewichen.
Ich hole tief Luft und mache ihm einen Vorschlag:
„Hör mal, Pauli, ich habe das Wochenende frei und wir könnten uns zusammen auf Spurensuche machen. Was hältst du davon, wenn wir am Freitag nach Hamburg aufbrechen? Ich werde versuchen, bis dahin ein paar Informationen zu bekommen. Was meinst du?"
Pauli grinst übers ganze Gesicht und knufft mit seiner Faust leicht gegen meine Hand.

„Freitag ginge. Allerdings muss ich am Nachmittag im Supermarkt noch die Regale einräumen. Du weißt, ohne Moos nix los."

„Ja Pauli, ich weiß! Übrigens würde ich gerne Pippa fragen, ob sie uns begleiten möchte."

Er schiebt die Hände in die Hosentaschen und nickt.

„Klar, Pippa ist cool."

„Gut, alles gebongt! Jetzt werde ich mich mal auf den Weg zum Einkaufen machen. Übrigens, junger Mann, wieso bist du eigentlich noch nicht in der Schule, hm?"

„Hab heut erscht sur sweiten Schtunde...", nuschelt Paul mit vollen Backen und wedelt mit einer Marmeladensemmel.

„Aha", sage ich und schiebe meine Kaffeetasse zur Seite. Dann greife ich nach Block und Kugelschreiber und fertige meine To-do-Liste an:

- Lebensmittel für Mittagessen einkaufen
- Pippa anrufen
- Zugverbindung prüfen
- Im Hotel Atlantik nach Pauls Mutter fragen
- Schiff von Hendrik ausfindig machen

Entschlossen drehe ich mein Haar im Nacken zu einem Dutt und pfriemle die Kontaktlinsen aus den Augen. Nicht gut, die Dinger über Nacht drin zu lassen, denke ich, als ich meine roten Augen betrachte, an Augen Make-up ist jetzt nicht zu denken. Ich wühle in meinem Schrankfach nach meiner Ersatzbrille, die ich selten trage. Die Höhe meiner Dioptrien machen die Brillengläser nicht wirklich zu einem Schmuckstück. Draußen ist es schweinekalt, wie ich beim Gang zur Mülltonne bereits bemerkt habe, ich raffe daher die Strickjacke unter meinem Anorak zusammen, schlüpfe in meine Canadien Boots und greife nach Einkaufskorb und Geldbeutel. Zu dumm, dass ich gestern im Eifer des Gefechts meine Übernachtungstasche zu Hause stehen gelassen habe.

Zu Hause.

Montag, 7. Dezember, 11.22 Uhr

Eine gute Woche ist seit meinem Einzug vergangen und es ist, als hätte ich nie woanders gewohnt.
Schwungvoll gehe ich durch die elektronische Tür des Supermarktes. Belade meinen Einkaufskorb mit drei Köpfen grünem Salat, Zwiebeln und mehreren Päckchen Nudeln. Auf dem Weg zur Wursttheke versperrt mir ein großer Wagen mit Pflanzen den Weg.
Ein Wink des Himmels! Orchideen. Mehrere Dutzend Töpfchen. Blühend.
Interessiert betrachte ich eine der Pflanzen näher. Die Blüten sind klein und weiß. Wenn ich in den ramponierten Blumentopf eines dieser Pflänzchen einsetze? Ich meine, Sven ist sowieso nur alle heilige drei Zeiten mal im Haus, ich könnte ja sagen, ich hätte mich so gut um die verletzte Orchidee gekümmert, dass sie neu ausgetrieben habe. Begeistert von meiner genialen Idee suche ich gerade den Wagen nach einem besonders kümmerlichen Pflänzchen ab, nicht, dass Sven noch misstrauisch wird, als eine Stimme dicht hinter mir flüstert:
„Das würde ich nicht tun."
Wie vom Donner gerührt bleibt meine Hand in der Luft hängen. Ruckartig drehe ich mich um. Prüfend betrachte ich meine Umgebung. Eben schlurft ein altes Weiblein, mit Kopftuch und hunderttausend Falten um den eingefallenen Mund, an mir vorbei. Im Einkaufswagen liegen eine Packung blütenzarte Kölln Haferflocken und zwei Bananen. Niemals möge der Herr im Himmel den Tag kommen lassen, an dem ich zahnlos mit einer Breizutat in Friedberg durch den Supermarkt schlurfe! Aus der Gegenrichtung kommt mir ein Teenager mit tief ins Gesicht gezogener Mütze und hängender Hose entgegen.
Unverdächtig.
Hat mir mein Gewissen einen kleinen Mann ins Ohr gesetzt oder was? Das ist ein besonders kümmerliches Ding, vorsichtig strecke ich meine Hand danach aus.
„Wirklich, ich würde das nicht tun", sagt die Stimme wieder.

„Warum zum Teufel denn nicht!?", rufe ich erzürnt und zucke zurück, als hätte ich mich an dem kleinen Plastiktopf verbrannt.

Hinter dem Wagen taucht auf einmal ein Gesicht auf.

„Diese Pflanzen sind minderwertige Ware, an denen werden Sie nicht viel Freude haben."

„Ich will auch gar keine Freude daran haben, sondern nur ein kleines Malheur wieder gutmachen."

„Ach!" Die Augenbrauen meines Gegenübers, das inzwischen komplett hinter dem Wagen hervorgetreten ist, ziehen sich erstaunt nach oben.

„Mit einer minderwertigen Orchidee?"

Hektisch streiche ich mir ein paar Haarsträhnen aus dem Gesicht.

„Ja, es soll möglichst unauffällig sein."

„Warum?"

Unglaublich! Der mischt sich nicht nur in Angelegenheiten ein, die ihn nichts angehen, sondern fragt auch noch neugierig. Andererseits sieht er auf männlich markante Weise ziemlich gut aus. Und er hat mich angesprochen. Immerhin. Und ich bin Single.

„Naja, mir ist da etwas passiert …", beginne ich zögerlich. Allein der Gedanke an Sven und seine demolierte Orchidee des Jahres bereitet mir Hitzewallungen und ich ziehe den Reißverschluss meines Anoraks ein Stückchen auf. Teile meiner langen Strickjacke quellen hervor, wie lila Därme aus einer Bauchwunde. Eklig.

Wieder ernte ich einen erstaunten Blick der braunen, von kleinen Fältchen umrahmten Augen. Entschlossen öffne ich den Reißverschluss nun komplett und gebe meine heißgeliebte, schrecklich hässliche Strickjacke der Öffentlichkeit preis. Der braucht gar nicht so zu tun, schießt es mir durch den Kopf, immerhin ist er auch nicht perfekt. Er trägt eine verbeulte, ausgeblichene Hochwasser-Jogginghose und schwarze Halbschuhe. Außerdem hat er einen gewaltigen Zinken im Gesicht über einem, wie ich zugeben muss, sehr sinnlichen Mund mit geradezu unanständig vollen Lippen. Ich ertappe mich, wie ich mir mit der Zunge über die Lippen fahre und den Mund spitze, bevor ich zu erzählen beginne.

„Ich wohne seit Kurzem in einer WG ..."

Die Minuten verrinnen und wir haben es uns inzwischen bequem gemacht. Ein Käffchen wäre jetzt auch nicht schlecht. Er lehnt an einer Palette Waschpulverkartons und ich am Orchideenwagen. Fast so, als würden wir uns zu einer geheimnisvollen Choreografie bewegen, machen wir in Abständen gleichzeitig Platz, um Einkaufswägen, Gehhilfen und Mütter mit quengelnden Kleinkindern vorbeizulassen.

„Das ist ja wirklich unglaublich", kommentiert er amüsiert meine Erzählung und gibt mit einer lässigen Bewegung den Durchgang für eine hübsche junge Frau frei.

Betreten sehe ich an mir herab und fummle meine Brille zurecht. Wieder einmal verfluche ich die Gedankenlosigkeit, mit der ich manchmal aus dem Haus gehe. Wenn ich nur auf einen Sprung zum Bäcker muss oder so wie heute nur Kleinigkeiten brauche, ist es mir ziemlich egal, wie ich aussehe. Das muss ab sofort anders werden, beschließe ich und werfe einen neidischen Blick auf die Rückfront der jungen Frau, die in Rock und Pumps selbstbewusst an die Kühltheke stakst.

Ich beobachte unauffällig mein Gegenüber. Er wischt sich gerade die Lachtränen aus den Augen und hat keinen Blick für die Schöne, die soeben an uns vorbeigezogen ist und deren Parfum noch schwach zwischen den Regalen schwebt.

„In der Speisekammer die Türklinke abgerissen ...", meint er dann lachend und schüttelt den Kopf.

Ach, ich kann es selbst nicht glauben! Da habe ich doch glatt eine geschlagene Viertelstunde lang einem mir völlig Unbekannten von meiner peinlichen ersten Begegnung mit Adalbrand bis hin zu meiner verhängnisvollen Affäre mit einer Orchidee erzählt. Was ist nur in mich gefahren?

Aber er ist ein wundervoller Zuhörer und verfügt ganz offensichtlich über jede Menge Humor. Eine Eigenschaft, die ich an Männern sehr zu schätzen weiß und bei Adam immer etwas unterentwickelt fand.

„Also! Die Pflanze ist zwar wirklich ihr Geld nicht wert, aber die Idee ist sehr charmant. Vielleicht lässt sich Ihr Sven ja auf Ihren Versöhnungsversuch ein?"

Ich sehe ihn an. Er wirkt höflich und so vertraut.

„Ja, nicht wahr?", sage ich erleichtert und stopfe den Blumentopf zwischen die Salatköpfe.

Er sieht mich interessiert an. Ein ganzer Schwarm Schmetterlinge flattert in meinem Magen umher, gleichzeitig spüre ich seinen Blick. Verlegen streiche ich mir über das Kinn.

„Also dann ...", beginnen wir beide. Müssen lachen.

„Ja dann ...", ich schwenke meinen Einkaufskorb Richtung Ausgang.

„Ich muss dann mal, sonst wird das heute nichts mehr mit Mittagessen", füge ich hinzu und streiche eine Strähne hinter das Ohr.

„Ja, ich muss auch ..., dann einen schönen Tag."

Ich beneide ihn um diese elegante Lässigkeit – das ganze Gegenteil von mir.

„Tja dann, ... tschüss!", sage ich.

Er streckt mir die Hand entgegen. Wie in Trance ergreife ich sie. Sein Händedruck ist kräftig, seine Hand fühlt sich angenehm an, männlich, ohne hart zu wirken, trocken, aber nicht rau.

Walli, du spinnst! Es ist nur ein Händedruck, nichts weiter. Kein Grund, entzückt über eine fremde, männliche Hand zu philosophieren.

„Es hat mich sehr gefreut!"

Ach herrje, er hat einen so schönen Mund! Ich hätte wahrlich nichts gegen einen Abschiedskuss. Eine köstliche Minute lang spüre ich sogar ein Kribbeln auf den Lippen. Oh, mein Gott!

„Ja", sage ich, entziehe ihm meine Hand und drehe mich entschlossen um.

„Ach, übrigens", ruft er mir hinterher, als ich schon fast vor der Wursttheke stehe.

„Ich würde gerne wissen, wie die Geschichte weitergeht!"

Mein Herz beginnt zu wummern und ich versuche, einen gelassenen Blick aufzusetzen.

„Wenn Sie Lust haben, könnten wir Kaffee trinken gehen

und Sie erzählen mir, ob er Ihnen verziehen hat."

Er schreibt etwas auf einen kleinen Zettel, reicht ihn mir und streicht sich verlegen durchs braune Haar, das an den Schläfen grau meliert schimmert. Gleich beschlagen sich meine Brillengläser, so steigt mir die unvermeidliche Röte ins Gesicht.

„Oh!", hauche ich.

„Ja, also dann ...", sagt er, über beide Ohren grinsend, „hoffentlich bis bald."

Geschmeichelt sehe ich ihm hinterher. In meiner Brust beginnt ein Orchester von Streichern zu spielen und die Redewendung: „Der Himmel hängt voller Geigen" macht in diesem Moment für mich Sinn. Lässig schiebt er sich an einer hutzligen Omi vorbei, als trüge er einen Smoking und nicht Regenjacke und Jogginghose. Er lächelt der alten Frau charmant zu und es fehlt nur noch, dass er sagt: „Gestatten, Bond, James Bond!"

Zwischenzeitlich stehe ich vor der Wursttheke.

„Was kriag ma denn?"

„Becks ...", denke ich laut.

„Des ham ma vorn bei die Getränke", meint die Wurstverkäuferin unwirsch und sieht mich strafend an.

„Äh ...", verwirrt schaue ich die Frau mit dem weißen Kittel und dann den kleinen Zettel an. „Becks" steht drauf und eine Handynummer.

„No, was is jetzda? Werd des heit no was?"

„Ja, bitte 1000 Gramm gekochten Schinken!"

Becks. Welch' schöner Name!

Montag, 7. Dezember 15.00 Uhr

Tief aufatmend werfe ich Schuhe und Jacke auf den Boden und ziehe mich auf dem Weg ins Bad aus. Erst mal eine lange, heiße Dusche.

Eine Gesichtsmaske, Gurkenscheibchen auf die geschundenen Augen und eine Tasse Grüntee. Verjüngung von innen und außen. Schließlich bin ich wieder zu haben auf dem Singlemarkt. Und ich habe Chancen.

Habe ein Date. Fast zumindest.
Kampf den Falten. Jawohl.

Eine halbe Stunde später liege ich gemütlich auf der Couch und versuche via Internet den Nachtzug nach Hamburg zu buchen. Das Ganze gestaltet sich schwieriger, als ich zuerst dachte. Nicht nur, dass ich ständig aus der Buchungsseite fliege, hat mir doch die Hamburger Hafenmeisterei mitgeteilt, Auskünfte über Mitarbeiter, ehemalig oder nicht, würden nur persönlich und nach Vorlage geeigneter Unterlagen erteilt. Und es wäre überhaupt zweifelhaft, ob dies auch bei Vorlage des Briefes möglich sei, ... Laber Sabber, scheiß Datenschutz! Da wird ein Riesengezeter veranstaltet, aber wehe du bestellst nur einmal ein Buch über einen Versandhandel, dann kannst du sicher sein, die nächsten Monate von einem Callcenter penetrant dazu aufgefordert zu werden, Lotto zu spielen. Wo, bitte schön, bleibt hier der Datenschutz?

Bevor ich einen Herzkasper bekomme, schreibe ich noch schnell eine höfliche Anfrage an das Hotel „Atlantik". Hoffentlich bringt wenigstens das etwas!

Erschöpft lehne ich mich zurück und lege die Gurkenscheibchen wieder auf meine müden Augen. Bin gerade am Wegdösen, da klopft es an meiner Tür.

„Am Freitag is Restessen, kommst du au?", schreit es durchs Zimmer. Jemand zupft mir ein Gurkenscheibchen vom Auge und schaut mich an. Seppo.

„Ey, wie schaust du denn aus, eh?", fragt er lachend und frisst nebenbei mein Gürkchen auf.

Ich sehe ihn an wie ein entrüsteter Pirat, setze mich auf und sage so würdevoll, wie das mit einer grünen Avocado-Aloe-Vera-Maske im Gesicht geht:

„Es wäre erstens schön, wenn du meine Aufforderung abwarten würdest, bevor du reingestürmt kommst, ich könnte schließlich nackt sein, zweitens frisst du gerade meine Beautymaske auf und drittens fahre ich am Freitag nach Hamburg."

Seppo schmeißt sich unbeeindruckt zu mir aufs Sofa und schaut mich unschuldig an.

„Erstens abe i es eilig, muss glei in die Arbeit, und außerdem kenn i nackete Fraue, zweitens bist au schön ohne Maske und Gemüse, drittens ist des schade, weil Sven am Freitag au kommt und Restessen immer subber lustig ist. Und viertens, was mackste du in Amburg, eh?"

„Hamburg ist geheime Privatsache und jetzt raus, geh arbeiten!"

Ich schiebe ihn von der Couch und drücke ihm zum Abschied noch einen Kuss auf die Stirn, wo mein Mund einen grünen Abdruck hinterlässt.

„Ah, verrücktes Frauezimmer, du!"

Aha, Sven kommt am Freitag also auch, na vielleicht gelingt es mir vor unserer Abreise noch, einen Blick auf ihn zu werfen. Ob der wohl auch so aussieht wie der schreckliche Sven aus der Wickie-Serie? „Wickie und die starken Männer" war, neben „Pumuckl" und „Biene Maja", meine drittliebste Kinderserie. Was fand ich als Kind den „schrecklichen Sven" schrecklich! Seit ich vorhin heimlich das Supermarktpflänzchen in den Topf mit der ramponierten Orchidee gesetzt habe, schreckt mich unser WG-Sven nicht mehr. Die neue kleine Orchidee passt nämlich wie angegossen, was für ein Wortwitz.

Und die Geschichte mit dem Plüschengel hatte ich auch in Ordnung gebracht. Und ich habe ein Date mit einem Mann! Ich habe eine Telefonnummer und der Typ ist echt der Hammer.

22.44 – alles wird gut.

Freitag, 11. Dezember, 19.51 Uhr

Hamburg Abfahrt um 20.03 Uhr, Hauptbahnhof Augsburg, Gleis 5. Wir haben uns vor dem Monitor in der Bahnhofshalle aufgebaut und ich fummle an meiner Ersatzbrille herum. Sie hat einen dicken, schwarzen Rahmen und ich könnte damit problemlos als altjüngferliches spätes Mädchen durchgehen. Ist mir aber seit Neuestem gar nicht mehr so arg, denn immerhin habe ich trotz Brille eine Aufforderung für ein Date erhalten. Die vielen Abfahrtszeiten machen mich ganz wirr.

Pauli nestelt in seiner Manteltasche nach Handy und

Fahrkarte. Pippa ist wie immer völlig entspannt und blickt beseelt durch die belebte Halle. Unglaublich, wie viel Betrieb hier ist. Da kommt der Ausruf:

„Der ICE nach Hamburg fährt um 20:03 Uhr auf Gleis 5 ab."

„Oh, Pippa, schnell Gleis, 5"!

Ich packe meinen schwarzen Trolley und zerre ihn auf querstehenden Rollen durch die Pendeltür, gefolgt von Pauli, der lediglich einen kleinen grauen Rucksack dabei hat. Vor der Pendeltür sehen Pippa und ich uns ratlos um.

„Gleis 5, Gleis 5, Scheiß 5, wo ist dieses Scheiß Gleis 5! Das hört ja hier bei vier auf. Pippa, sieh doch, keine Fünf hier!"

Ich blicke wie ein gestresstes Huhn um mich.

„Vielleicht muss man wie Harry Potter durch diese Betonsäule rennen?" Pauli klopft lässig gegen einen Pfosten und schmunzelt über seine interessante Überlegung.

„Ach, du wieder! Eine Hilfe bist du auch nicht gerade! Wie sollen wir bloß in Hamburg deinen Vater aufspüren, wenn wir uns schon hier auf dem Augsburger Hauptbahnhof verlaufen?"

Hektisch sehe ich mich um und Pippa stellt konsterniert fest:

„Hier ist nix. Kein Schild, kein Schaffner, den man fragen könnte. Soll ich zurückgehen an die Info?"

„Bloß nicht, wir haben keine Zeit mehr ..."

„Meinst du, es ist eine Falle?"

Pippa ist manchmal schrecklich naiv, die vielen Kindergartenkinder färben halt ab.

„In jedem Fall, ist das nicht das richtige Gleis", meine ich sachlich und rücke meine Denkerbrille zurecht, entdecke – Gott sei Dank! – den Pfeil und sprinte los: „Hier die Treppen 'runter, Gleis 5, dann dem Pfeil folgend nach rechts ..."

„Bitte folgen ..."

Schon entschwindet Paul auf der Treppe nach unten. Pippa und ich hinterher, jetzt nur nicht den Zug verpassen!

Leichtfüßig springt Pauli vor uns die Stufen hinunter. Pippa und ich keuchen mit ratternden Trolleys hinterher. Im Galopp gelingt es mir gerade noch, die von der Nase rutschende Brille aufzufangen und sie in die Jackentasche zu schieben. Unten am Gleis angekommen streicht sich Pippa eine rote Locke aus dem erhitzten Gesicht und flüstert mir atemlos zu:

„Ich hab' Muskelzucken und wahrscheinlich gleich einen Kreislaufkollaps ..."

„Stell' dich nicht so an", keuche ich, so leise es geht, zurück und werfe einen schiefen Blick auf Pauls lässig voranschreitende Gestalt. Schwer atmend stützt sich Pippa auf mich und drückt eine Hand an die Rippen.

„Da!", schreie ich.

Endlich! Unser Zug nach Hamburg. Groß, lang und sicher schneller als zu Fuß. Ein Schaffner hat bereits seine Pfeife im Mund und mit einer ungeduldigen Handbewegung gibt er uns das Zeichen zum Einsteigen. Ich bin immer wieder erstaunt über meine beste Freundin. Mit rekordverdächtiger Geschwindigkeit nimmt sie die letzten Meter. Paul steht schon im Eingang, reißt der heranspurtenden Pippa den Koffer aus der Hand und zieht sie energisch in den Zug. Auch ich verdopple meine Anstrengungen und lege mächtig Tempo zu. Der Bahnsteig ist wie leer gefegt. Offensichtlich haben bereits alle Fahrgäste ihre Plätze eingenommen. Die Uhr zeigt 19.59 Uhr.

„Halt! Stopp! Halten Sie diese Frau auf!", brüllt eine männliche Stimme.

Ich werfe einen geringschätzigen Blick zurück und versuche vom Bahnsteig aus hektisch mein Gepäckstück in das Innere des Zuges zu hieven.

„... Kuh!"

Hat da jemand „blöde Kuh" gerufen? Ich höre einen schweren, abgehackten Atem hinter mir und da spüre ich Finger auf meiner Schulter, die mich festhalten.

„Geht schon mal vor, ich komme gleich", sage ich zu Pippa, schnaufe tief durch, ramme meinen Trolley auf den Boden und drehe mich um.

„Herr Schaffner, halten Sie diese dämliche Kuh auf! Sie hat meinen Koffer!"

Ich schnappe nach Luft.

„Ach wirklich!", protestiere ich.

„Da ..., der Aufkleber!", keucht er und zeigt auf mein Gepäckstück.

Ich fummle meine Brille aus der Jacke, setze sie auf und entdecke einen geschmacklosen Aufkleber. Eine Kängurumutter in vollem Sprint, während sich das Baby im Beutel die Seele aus dem Leib kotzt. Ich war noch nie ein Fan von Aufklebern. Ob „Baby an Bord" „Hier fahren Savannah und Luan" oder „Bitte nicht hupen – Fahrer träumt vom FCB" von dem ganzen Kram halte ich wirklich nichts. Schließlich muss doch nicht jeder Mitbürger darüber aufgeklärt werden, wie die eigenen Kinder heißen, welchen Fußballverein man favorisiert, ob man für Tiere bremst oder Atomenergie schlecht findet. Aber dieser Aufkleber ist die Krönung schlechten Geschmacks. Die Botschaft des Känguru-Kotz-Dings erschließt sich mir nicht, aber eines weiß ich sicher: Dies ist nicht mein Koffer!

Nach dem unerfreulichen Disput auf dem Bahnsteig schaffe ich es gerade noch, den Zug zu entern, bevor sich die Türen schließen. Pippa und Paul haben es sich schon auf ihren Sitzen gemütlich gemacht und starren mir erwartungsvoll entgegen, als ich wutentbrannt angerauscht komme. Natürlich mache ich meinem Unmut sofort Luft und berichte wort- und gestenreich von meinem Abenteuer.

„Er hat gesagt, ich zitiere wörtlich, hör gut zu, Pippa, dieser Vollidiot hat tatsächlich laut gerufen: ‚Schaffner, halten Sie diese dämliche Kuh auf! Sie hat meinen Koffer!'"

Jetzt prusten die beiden lauthals los. Als Pippa wieder Luft bekommt, meint sie:

„Ja, Walli! Du hattest ja auch seinen Koffer! Und er ist dir schließlich wie ein Irrer hinterhergerannt. Außerdem hatte er dein schweres Monsterteil dabei, er hätte es ja auch stehen lassen können."

„Ach, willst du damit etwa sagen, dass ich dem Idioten auch noch dankbar sein muss? Aufopferungsvoll hat er auch noch mein Gepäck geschleppt!"

Unschuldig zuckt meine beste Freundin mit den Schultern.

„Ha, das sagt die Richtige! Normalerweise hast du ja das Schild ‚absoluter Voll-Tollpatsch' umhängen, aber anscheinend hat sich deine Fettnapf-Treter-Gabe nach dem Kappen des Telefonkabels auf irgendeine geheimnisvolle Weise auf mich übertragen, anders kann ich mir meine ständigen Missgeschicke nicht mehr erklären."

„Aber die Sache mit dem Känguru ist klasse, Walli, das musst du zugeben", amüsiert sich Pauli und streckt seine langen Beine unter meinem Sitz aus.

„Nun setz' dich doch mal hin und erzähl' in Ruhe fertig", meint Pippa und rückt ihr mitgebrachtes Reisekissen zurecht.

„Ich entdecke also den Tierbabyquäler-Aufkleber und es durchzuckt mich heiß und kalt. Im gleichen Moment stürmt ein braungebrannter Typ auf mich zu. Stellt euch nur vor, er schleift meinen Koffer wie einen Sack hinter sich her! Sofort kann ich erkennen, dass die Rollen ab sind. Weg! Kaputt! Wütend reißt er mir sein Kofferteil aus der Hand, schmeißt mir meine Trolleyrollen vor die Füße. Ich fege mir vor lauter Schreck die Brille von der Nase. Da schaut euch das Malheur mal an."

Wieder ernte ich lautes Gelächter. Meine Brille hat einiges abbekommen, ein Glas hat einen Sprung und das Gestell hängt schief. Ich hoffe, meine Trolleyrollen lassen sich ohne Weiteres wieder montieren, sonst bin ich im weiteren Verlauf unserer Reise aufgeschmissen.

„Boah, ich kann euch sagen, den habe ich zusammengestaucht, der kann ab jetzt in einem Schuhkarton wohnen. Kurz bevor ich ihm eins mit meiner Handtasche überziehen konnte, ging der Schaffner dazwischen."

„Walli, du wolltest ihn doch nicht wirklich schlagen? Immerhin war er anständig genug, dir den schweren Koffer durch den langen Gang nachzuschleifen, um uns noch rechtzeitig vor Abfahrt des Zuges zu erreichen. Schließlich warst du es, die in ihrer Blindheit den falschen Koffer mitgeschleppt hat."

Es hat fast schon etwas Komödiantisches, wie sich Pippa für den ihr völlig unbekannten Mann einsetzt, und ich stelle ihr sofort die berechtigte Frage:

„Ach, hätte ich ihn K. o. schlagen sollen, damit du ihn in Ruhe beatmen kannst, oder warum verteidigst du ihn so? Außerdem wollte ich dich hören, wenn dir Soljanka Kontaktlinsen im Wert von 300 Euro das Waschbecken runtergespült hätte."

Soljanka ist unsere Raumpflegerin im Kinderhaus, sie hat am Tag nach Nikolaus beim Putzen des Waschbeckens meine Kontaktlinsen in die Friedberger Kanalisation gespült.

„Selbst schuld", erwidert Pippa mitleidlos. „So teure Teile lässt man erstens nicht über Nacht drin, sondern legt sie zweitens mit Reinigungslösung in das dazugehörige Döschen und drittens nicht einfach auf den Waschbeckenrand."

Na, wo sie recht hat ...

„Trotzdem ...", nöle ich weiter, „... hätte der seinen Koffer nicht einfach neben mich gestellt, dann wäre nichts passiert. Und selbst du musst zugeben, der schnellste Kofferjäger ist der echt nicht."

Ein energisches Kopfschütteln meiner Freundin. Ich kneife misstrauisch die Augen zusammen.

„Kennst du den vielleicht, weil du ihn so verteidigst? Das ist doch nicht normal, immerhin hat er deine beste Freundin öffentlich eine „dämliche Kuh" geschimpft. Eigentlich müsstest du ihn zum Duell auffordern!"

Paul grinst vergnügt vor sich hin, betrachtet uns interessiert von Zeit zu Zeit und schraubt weiter an meinem Koffer.

Schlagfertig gibt Pippa zurück:

„Erstens kenne ich ihn natürlich nicht und zweitens kannst du dich, glaube ich, selbst ganz gut verteidigen. Hast du nicht vorhin erzählt, du hättest ihn darauf hingewiesen, dass ein Känguru nicht springen kann, solange sein Schwanz nicht den Boden berührt?"

„Schon", gebe ich zu.

„Jetzt hört doch mal auf, ihr zwei Kampfhühner", mischt sich Paul ein.

„Walli, erzähl weiter, bitte!"

„Bitte ...", auffordernd macht Pippa eine ausladende Handbewegung in meine Richtung.

Ich werfe mich in Position und erzähle weiter:

„Ich stieg also in den Zug, er in seiner Wut hinter mir her. Da ging mir echt der Gaul durch und ich sagte: ‚Nicht genug, dass Sie Ihren Koffer unbeaufsichtigt neben meinem abstellen, obwohl jeder angewiesen ist, an Flughäfen und Bahnhöfen sein Gepäck nicht unbeaufsichtigt stehen zu lassen. Nicht genug, dass Sie über den gesamten Bahnsteig schreien wie ein Kleinkind, das seine Mama nicht findet, und mir jetzt auch noch hinterherklettern? Nein! Oh nein, alles nicht genug! Nennen Sie mich auch noch „dämliche blinde Kuh"! Sie selbstgefälliger, frauenfeindlicher, impertinenter ... OBERMACHO!'"

„Walli!", schreit Pippa entsetzt.

„Also, ich find's echt lustig", meint Pauli lachend und lässt stolz meinen reparierten Koffer hin und her rollen.

„Ich eigentlich auch", gestehe ich schmunzelnd ein. „Danke, Pauli, das hast du klasse gemacht. Stellt euch vor, der Schaffner hätte beinahe seine Pfeife verschluckt, als ich ihm zurief: ‚Blasen Sie bloß in Ihr Dingsda, damit der Zug endlich losfährt und ich diesen Blödhammel-Patriarchen wieder los bin!'"

„WALLI! Ich glaub's echt nicht. Ich erkenne dich gar nicht wieder!"

Stimmt, ich erkenne mich selbst nicht wieder! Früher hätte ich mich verschämt entschuldigt und wäre von dannen gezogen. Aber seit der Sache mit Adam lasse ich mir von einem Kerl nicht mehr so leicht den Schneid abkaufen. Jetzt nicht mehr!

Näher besehen hat Pippa immerhin nicht ganz unrecht, ich habe mich schon ein bisschen wie eine cholerische blinde Kuh benommen. Ich lasse mich auf meinen Sitz gleiten und krame in meiner Handtasche nach meiner Ersatzbrille.

„Hallo? Erde an Walli!"

Die beste Freundin von allen wedelt mit der Hand vor meinen Augen und sieht mich erwartungsvoll an.

„Jahaaaaa!", gebe ich widerwillig zu. „Ja, ich hatte unrecht. Egal! Ich sehe diesen Typen nie wieder, aber ich entschuldige mich hiermit bei meiner besten Freundin für mein ungehöriges Verhalten. Und ich schäme mich dafür, dass ich ihn fast noch aus dem Zug geschubst habe. Obwohl, letztendlich muss er mir

dankbar sein, sonst säße er jetzt im falschen Zug."
   Mit hochgezogenen Augenbrauen flüstert Pauli:
   „Ihr beide seid echt hart drauf. Wenn das so weitergeht, wird's in Hamburg sicher noch einige Überraschungen geben."

Freitag, 11. Dezember, 23.11 Uhr

Ich recke und strecke mich. Es geht mir so gut! Wir sind seit Stunden unterwegs und neben mir ist Pippa sanft entschlummert. Auch Paul hat die Augen geschlossen und wippt mit dem Fuß im Takt seines wummernden iPods.
   Wohlig seufzend ziehe ich meine Schuhe aus und richte mich mit Kissen und Decke auf die Nachtruhe ein. Dann stecke ich mir die Stöpsel des MP3-Spielers in die Ohren und höre Tangomelodien.
   Hingebungsvoll singt der Sänger von Sehnsucht, Liebe, Erinnerung, Hoffnung, Vergängnis. Tango, der Tanz, der mich zu lieben lehrte. Könnte jetzt einen Strawberry Margarita trinken, auf dem Tisch tanzen, selbstbewusst an meinem engen Kleid entlangstreichen und mich für unwiderstehlich halten.
   „Aufwachen, Frau Kammermeier! Wir müssen umsteigen."
   Ich muss eingeschlafen sein! Pippa reißt mir die Schlafmaske vom Gesicht und zieht mir die Ohrstöpsel aus den Gehörgängen. Gleichzeitig mit Philippa Rumplers Stimme kommt der Zug ruckartig zum Stehen.

Das Umsteigen bringen wir ohne weitere Zwischenfälle hinter uns. Müde lasse ich mich in meinen Sitz fallen, mittlerweile ist es halb zwölf Uhr nachts und für gewöhnlich habe ich an einem arbeitsfreien Freitagabend wie heute um diese Zeit meinen Schlafi und Kuschelsocken an und penne auf der Couch vor dem Spätfilm.
   Paul zieht die Abteiltür zu und setzt sich mir gegenüber. Mit uns ist noch eine ganze Reihe meist sehr braungebrannter Menschen in den IC nach Hamburg gestiegen. Ein wenig neidisch bin ich schon. Die erholten, gebräunten Gesichter malen Bilder von blauem Himmel, Sonne und Meer in das

triste Winterwetter Deutschlands. Pippa sagt gar nichts, packt Reisedecke und Kissen aus und rollt sich zusammen wie eine Katze. Einen Augenblick später gibt sie mit offenem Mund zischende Geräusche von sich. Diese Frau ist ein biologisches Phänomen. Sie kann immer, zu jeder Tages- oder Nachtzeit und überall schlafen. Vor Jahren machten wir gemeinsam am Plattensee Urlaub. Nach einem opulenten Mittagessen mieteten wir uns ein Ruderboot und paddelten gemütlich am Ufer entlang. Kurze Zeit später meinte Pippa, sie müsse ein wenig verdauen, und legte sich bäuchlings über ihr schmales Sitzbrett. Ich paddelte tapfer alleine weiter. Lautes Schnarchen verriet mir, dass Pippa tatsächlich schlief. Ihr Kopf hing völlig entspannt über der Bootskante und ihr Zopf zog fröhlich durchs Wasser.

Mit einem Blick auf meine röchelnde Freundin beugt sich Paul zu mir und bittet mich, ihm nochmals die E-Mails zu zeigen.

Meine Anfragen an die Hamburger Hafenmeisterei blieben erfolglos. Nur eine E-Mail des „Atlantik"-Hotels erhielt unsere Hoffnung aufrecht.

Von: Ute.Waller@Atlantik-Hotel.de
Betreff: Re: Ihre Anfrage vom 7.12. zu Sylvia Eichfelder
Datum: 08. Dezember 10:23:41 MESZ
An: Kammerwalli@t-online.de

Sehr geehrte Frau Kammermeier,

Frau Eichfelder war in unserem Hause vom 1.1.1991 bis zum 30.6.1991 beschäftigt.

Leider können wir Ihnen aus Gründen des Datenschutzes keine näheren Angaben machen.
Ihr Engagement für den Sohn von Frau Eichfelder finden wir sehr bewundernswert und haben uns daher dafür entschieden, Ihre E-Mail an eine Mitarbeiterin unseres Hauses weiterzuleiten, die damals mit Frau Eichfelder

zusammengearbeitet hat. Wir haben diese Mitarbeiterin gebeten, mit Ihnen Kontakt aufzunehmen, in der Hoffnung, dass sie Ihnen weiterhelfen kann.

Mit freundlichen Grüßen
Atlantik-Hotel
Personalleitung
Ute Waller

Die Kontaktaufnahme dauerte. Keine Mail, kein Telefonanruf, obwohl ich alle Nummern angegeben hatte. Am Donnerstag war ich soweit, die Reise abzublasen.
Aber dann – Donnerstagabend war alles ganz anders.

Von: AnitaRosenthal@web.de
Betreff: Sylvia Eichfelder
Datum: 10. Dezember 19:20:31 MESZ
An: Kammerwalli@t-online.de

Hallo Frau Kammermeier,

die Personalleitung hat Ihre Anfrage an mich weitergeleitet. Sie werden sicher verstehen, dass ich, ohne Sie persönlich zu kennen, keine Details aus Sylvias Leben preisgeben möchte. Aber ich würde mich freuen, Sylvias Sohn und Sie kennenzulernen. Am Samstag habe ich dienstfrei und wir können uns gerne im Café Pott, zwei Querstraßen von Ihrem Hotel entfernt, zum Frühstück treffen. Ich werde dort für 9.00 Uhr einen Tisch reservieren.
Mit freundlichem Gruß
Anita Rosenthal

Pauls Augen saugen sich an den Schriftstücken fest, fast körperlich sind seine Hoffnung und Nervosität zu spüren.
„Glaubst du, sie wird uns weiterhelfen können?"
Ich will ihm nichts versprechen, aber ich habe so ein Gefühl. Denke an 22.44.
Seit meinem Umzug in mein neues Leben habe ich Glück in Herzensdingen. Ich halte mich fest an dem Glauben, dass uns

Anita Rosenthal einen entscheidenden Hinweis geben wird. Ich möchte aber Paul nicht so viele Hoffnungen machen. Paul, der schon so viele Jahre hofft. Ich möchte nicht, dass er enttäuscht ist. „Paul, wir müssen abwarten. Manchmal sind es viele, viele kleine Schritte zum Ziel."

Samstag, 12. Dezember, 6.54 Uhr

Auf dem Gang drängen sich die ersten Zuggäste mit ihrem Gepäck an unserem Abteil vorbei. Ein paar Minuten später haben wir unsere Koffer aus dem Gepäckfach gezerrt und stehen an der Abteiltür. Der schmale Gang vor dem Ausgang ist voll mit meist schwarzen Gepäckstücken. Warum sind Koffer eigentlich meistens schwarz? Damit der Dreck nicht so auffällt? Weil es eleganter wirkt?

Sofort fällt mir wieder das kotzende Kängurubaby ein. Oh Mann, ich habe schon ein Koffersyndrom. Vom Koffer traumatisiert.

Ein lautes Pochen und Klopfen hinter der Toilettentür. Eine verzweifelte Stimme ruft, man solle doch bitte diese Tür öffnen.

„Ihre Türe, Madame, geht nach innen auf", sage ich amüsiert. Schnell schieben wir ein paar schwere Gepäckstücke zur Seite und eine ältere, braungebrannte Dame stürmt aus der Toilette. Der verängstigte Ausdruck in ihren Augen verrät, dass sie sehr erleichtert ist, dass sich die Türe nach innen öffnen lässt. Getreu dem alten Pfandfindermotto – „Jeden Tag eine gute Tat" – helfe ich ihr dann noch beim Aussteigen, als der Zug hält, und klettere dann mit meinem und ihrem Koffer auf den Bahnsteig.

Was für ein beeindruckender Bahnhof! Das über dreißig Meter hohe Mittelschiff der Bahnsteighalle überspannt mit seiner Stahl-Glas-Konstruktion acht Gleise. Ich sehe mich begeistert um, sofort eingebettet in einen Tagtraum, in dem ich in einem Vierziger-Jahre-Kostüm mit Hütchen und Handschuhen im Dunst der Dampflook von meinem Liebhaber, der auffallende Ähnlichkeit mit Brad Pitt hat, Abschied nehme.

Die befreite, braungebrannte Urlauberin reißt mich mit ihren Dankesbekundungen zurück in die Realität und erzählt mir, sie und ihr Mann wären gerade aus einem fünfwöchigen Mallorca-Urlaub zurückgekommen und es sei wunderbar gewesen. Als sie schließlich eine Sprechpause macht, entgegne ich ganz entspannt:

„Keine Ursache! Das ist doch selbstverständlich. Schließlich ist es nicht einfach, mit Koffer aus dem Zug zu steigen, so schwer, wie der hier ist."

Den Bruchteil einer Sekunde später merke ich: Etwas stimmt nicht, denn die Frau sieht mich merkwürdig an und sagt erstaunt:

„Das ist nicht mein Koffer, meine Liebe. Das Gepäck hat mein Mann. Ah, da ist er ja ... Alfons! Auf Wiedersehen, gute Reise noch!"

Sie winkt heftig in die Richtung eines haselnussbraunen Mannes mit grauem Schnauzbart, der zwischen zwei roten Reisetaschen steht.

Ich traue meinen Ohren nicht! Anscheinend habe ich sie eben nicht richtig verstanden.

„Das ist nicht Ihr Koffer?", rufe ich hinter ihr her.

Eine Antwort bekomme ich nicht, denn die beiden Malle-Rentner sind schon verschwunden.

Oh, nein! Bitte nicht! Ich habe tatsächlich einen fremden Koffer aus dem Zug geschleppt. Oh nein!

Ich sehe mich vorsichtig um. Stelle mir vor, jemand irrt nun durch den Zug, sucht verzweifelt sein Gepäck. Womöglich befinden sich lebenswichtige Medikamente darin, du meine Güte! Womöglich habe ich bereits jetzt einen Toten auf dem Gewissen! Grauenhaft!

Okay! Walli, tief durchatmen und das Ganze logisch durchdenken. Es gibt immer mehrere Auswege.

Möglichkeit Nummer eins: Werde den Koffer einfach unauffällig auf dem Bahnsteig stehen lassen. Mich kein einziges Mal umdrehen und so tun, als ob ich nichts gesehen habe.

Möglichkeit Nummer zwei: Ich gehe mit den Koffern zum Zeitschriftenstand und gestehe. Nach erneutem Lachanfall werden meine Freunde mich für einen Dödel halten, aber gemeinsam zu einem Uniformierten gehen, ihm die Situation schildern und auf professionelle Hilfe hoffen.

Ich entscheide mich für Möglichkeit Nummer zwei. Der Mann in Uniform hat Mitleid mit mir und entschuldigt sogar mein Verhalten.

„Man sollte auch einen Koffer nicht unbeaufsichtigt stehen lassen. Aber machen Sie sich mal keine Sorgen! Wir werden die Meldung an den ICE weiterleiten und den Koffer an den Reisenden im Zug nachsenden. Schlimmer wäre gewesen, Sie hätten das Gepäckstück einfach stehen gelassen."

Ausgelaugt von den körperlichen Anstrengungen des noch jungen Tages und von dem schrecklichen Dilemma, das gefühlt nicht enden will, beteuere ich vehement:

„Na, das hätte ich nieee getan!"

„Gut so, denn sonst hätten wir die Polizei und Hundestaffel einsetzen müssen. Bombenanschlag und so, Sie verstehen. Allerdings würde man per Videoüberwachung den Verursacher feststellen und dann wäre", er holte tief Luft „die Kacke ordentlich am Dampfen!"

„Nein, das würde unsere Walli nie tun, sie ist ja soooo ehrlich!"

Pippas Stimme hat einen erzieherisch tadelnden Unterton und ich ahne, worauf sie hinaus möchte.

„Nieee!", schwöre ich und werfe meiner Freundin einen bitterbösen Blick zu.

Es ist so schrecklich kompliziert. Wann hört es endlich auf? Würde sich nicht jede verlassene Frau jenseits der Dreißig, die ständig in alle vorhandenen Fettnäpfchen tritt, die sich quasi unschuldig in ein Netz ungewollter Unwahrheiten verstrickt, würde sich so eine Frau nicht fragen, ob es nicht besser sei, aus dieser Welt zu scheiden? Wenn das so weitergeht, werfe ich mich vor einen Zug und bitte um ein neues Leben. Es kann doch nicht wahr sein, dass mein Karma mich so bestraft!

Was mich jedoch motiviert, ist die gute Laune meiner Mitreisenden. Sie gackern und lachen, rennen auf dem Bahnsteig umher und zeigen auf jeden Koffer:

„Wie wär's mit dem? Oder vielleicht nimmst du doch lieber einen unauffälligen Rucksack?"

Interessiert bleibt Paul auf einmal stehen, er hat die Ansprache eines Uniformierten mitbekommen, der gerade einen Jugendlichen mit Irokesenschnitt zurechtweist.

„Hallo Jung, komm mal in die Puschen. Is nich mit Rumlungern hier. Du bist in Hambuich und da jehts so steifnackigen Feffersäcken wie dich, die ümmer Sperenzien machen, an den Krachen."

„Oh Mann, wieso lässt der Spießer ihn nicht in Ruhe? Der tut doch niemandem etwas", will Paul wissen.

Ich deute auf eine Gruppe Punks, die hinter einer Infotafel auf dem Boden sitzen.

„Die schnorren sich hier Geld für Essen und Stoff zusammen. Das wird nicht gerne gesehen. In Augsburg wird das auch nicht anders gehandhabt."

Paul sieht mich mit großen Augen an und mir wird wieder einmal klar, auf welcher friedlichen, scheinbar unberührten Insel wir in Friedberg leben.

„Wie schnorren?"

„Oft sind die von zu Hause abgehauen, leben auf der Straße, schlafen mal bei Freunden oder auch im Freien. Du hast schon recht, die meisten von ihnen sind wirklich friedlich. Viele haben jedoch ein massives Alkohol- oder Drogenproblem. Mit Schnorren halten sie sich über Wasser. Nur manche lassen Hilfe durch Streetworker zu. Während meiner Ausbildung war ich eine Zeit lang mit einem Streetworker in München unterwegs. Weißt du, viele haben eine schwierige Phase hinter sich, sind misstrauisch, vor allem Erwachsenen gegenüber. Das Leben dieser Punks scheint vogelfrei, ist aber knallhart. Wirklich hart."

Hinter der Infotafel wird auf einmal laut gelacht. Ein paar Bierflaschen kreisen. Die Gesichter sind blass, die Haarschöpfe bunt und verfilzt. Stumpfe Augen. Kinderaugen.

„Noch keine sechzehn ... und schon ganz unten", meine ich traurig.

Vor dem Bahnhofsgebäude bläst uns ein kalter Wind entgegen.

„So ein Mist!" Ich schlage den Kragen meiner Jacke hoch und streiche mit klammen Fingern eine hartnäckige Haarsträhne aus dem Gesicht.

„Ein Scheißwetter haben die hier! Kein Wunder, dass denen die Haare zu Eiszapfen nach oben frieren."

Das war Pippa, die tapfer den zerrenden Regenschirm umklammert. Ein Geburtstagsgeschenk von mir: dunkel-grün mit weißen Punkten und einem Griff in Form eines Hühnereis.

Samstag, 12. Dezember, 7.36 Uhr

Vierzig Minuten später stehen wir vor einem zwielichtig wirkenden Hotel. Die Fassade sieht mehr als renovierungsbedürftig aus und der Schriftzug des Hotelnamens hängt schief.

„Zur Kajüte"?

Paul liest den Namen zögernd vor und sieht mich fragend an.

„Auf dem Foto sah es deutlich besser aus", murmle ich schuldbewusst.

„Die haben echt auf Reservierung mit Vorkasse bestanden? Ich fasse es nicht", spottet Pippa und drückt die schwere Eichentür auf.

Dafür sieht die kleine Empfangshalle auf den ersten Blick gemütlich aus, gerade so, als betrete man das Haus einer Kaufmannsfamilie um die Jahrhundertwende. Eine rundliche Frau mit hochgestecktem Haar begrüßt uns freundlich. Wir hätten Glück, unsere Zimmer seien schon gestern frei geworden.

Während wir mit unseren Koffern auf einer Holztreppe mit ausgetretenen Eichenstufen den zweiten Stock erklimmen, ernte ich böse Blicke von meiner besten Freundin, gefolgt von einem deutlich hörbaren, aber nicht direkt an mich gerichteten Gebrummel.

„... die ganze Nacht kein Auge zugetan ... so eine Absteige ... Zimmer, pah, ... wahrscheinlich so fürchterlich, dass die geflüchtet sind ..."

Vor der Zimmertür drehe ich mich ärgerlich zu Pippa um und sage scharf:

„Du hast die ganze Nacht geschlafen wie ein Murmeltier und dabei geschnarcht wie ein kanadischer Holzfäller, außerdem ist gerade Messe und so gut wie kein Zimmer zu kriegen, es sei denn, du zahlst ein Vermögen für eine Nacht, und schlimmer als im australischen Busch oder in Burkina Faso wird es schon nicht werden!"

Pauli ruft uns durch den schmalen Gang zu:

„Also mein Zimmer ist o. k.! Ein Balkon für Raucher, supi!"

„Hoffentlich", denke ich und drehe beherzt den Schlüssel um. Wenn Pippa bereit ist, sich aus dem World Wide Web einen Partner zu suchen, wird sie wohl mal eine Nacht in einer Absteige verbringen können.

Das Zimmer ist hübsch. Schlicht, aber gemütlich. Weiße Holzmöbel, weiße Stuckdecke und eine Blümchentapete in Pastellfarben. Das Badezimmer ist neuwertig und blitzsauber. Wir lassen uns zufrieden aufs Bett fallen.

„Hast du gut gemacht, Walli."

„Finde ich auch", sage ich und donnere ihr mein Kopfkissen aufs Gesicht.

Um zehn vor neun Uhr stehen wir vor dem Café Pott.

Paul trippelt nervös mit den Füßen und zippt den Reißverschluss seines Parkas auf und ab. Pippa inspiziert drinnen bereits die Kuchentheke und ich beschwöre meine Glückszahlen.

„Frau Kammermeier?"

Ich drehe mich um und vor mir steht eine große, sehr schlanke Frau mit kurzem, dunklem Haar. Sie streckt mir eine feingliedrige Hand entgegen.

„Anita Rosenthal. Ich habe Ihnen geschrieben."

Fast feierlich schütteln wir uns die Hände. Ihre dunklen Augen mustern Paul neugierig, dann nickt sie zufrieden.

Das Innere des Cafés ist modern und originell eingerichtet und schon gut besucht. Frau Rosenthal hat einen Tisch etwas abseits reserviert. Die ersten Minuten unseres Gespräches ziehen sich schleppend hin und wir sind alle froh, als unser Frühstück serviert wird.

Anita Rosenthal isst nur wenig und betrachtet Paul immer wieder interessiert.

„Sie sehen Ihrer Mutter wirklich ähnlich", meint sie dann,

„bestimmt hören Sie das ständig."

Paul legt bedächtig seine Semmel auf den Teller zurück.

„Eigentlich nicht. Ich habe keinen Kontakt zu jemandem, der meine Mutter kannte."

„Das erstaunt mich. Wollte Ihre Mutter nicht zurück nach Friedberg ziehen, weil dort Ihre Familie wohnt?"

„Meine Oma. Sie ist gestorben, als ich vier war."

„Oh."

Verlegen streichen Anitas Hände über die Tischdecke. Dann schaut sie Paul direkt in die Augen und fragt:

„Paul, was genau wollen Sie wissen?"

„Hat Ihnen meine Mutter jemals irgendetwas über meinen Vater erzählt? Wo er wohnte, wo sie ihn kennengelernt hat? Irgendetwas?"

Anita Rosenthal nimmt einen großen Schluck Tee und legt die Fingerspitzen aneinander.

„Sylvia begann am 2. Januar 1991 im ‚Atlantik' zu arbeiten. Ich sollte sie einweisen, wir waren uns von Anfang an sympathisch. Sie war neu in Hamburg und so zeigte ich ihr die Stadt und wir verbrachten einen großen Teil unserer Freizeit miteinander. Ende Februar feierte ein Freund von mir seinen Geburtstag in einer Tanzbar und ich nahm Sylvia mit. Sie tanzte für ihr Leben gern. Die Männer waren fasziniert von ihr, ihrer ganz eigenen Art, sich zu bewegen, ihren funkelnden Augen, ihrem blonden Haar. An diesem Abend lernte sie Hendrik kennen. Es war wie Zauberei zwischen den beiden, sie hatten nur Augen füreinander und haben den ganzen Abend zusammen getanzt. Sylvia wurde nicht müde. Ich ging dann alleine heim. Ein paar Tage später hatten wir gemeinsam Dienst an der Rezeption und sie erzählte überglücklich, sie hätte sich unsterblich verliebt. Hendrik sei schon am Tag nach der Party mit einem Passagierschiff in die Karibik gefahren, er habe als Chief Purser angeheuert und versprochen, sich, sobald es ging, zu melden. In den folgenden Wochen war im Hotel sehr viel Betrieb und wir mussten Überstunden machen, weil eine Kollegin operiert worden war. Mir fiel auf, dass Sylvia bedrückt wirkte. Auf meine Nachfrage sagte sie nur, sie sei oft hundemüde in letzter Zeit, wahrscheinlich die viele Arbeit. Ende April hatte sich Hendrik noch immer nicht gemeldet und ich merkte, dass es Sylvia schlecht ging. Sie hatte wirklich Liebeskummer. Erst als sie immer blasser wurde und sich während der Arbeitszeit öfter im Waschraum übergab, wurde ich misstrauisch. Ende Mai berichtete sie mir, sie sei beim Arzt gewesen und erwarte ein Baby. Sie würde nach Friedberg zurückkehren, es sei für sie als Alleinerziehende dort einfacher, weil ihre Mutter ihr bei der Betreuung helfen könne. Anfänglich hatten wir noch Kontakt, telefonierten und schrieben uns. Sie schickte mir sogar ein Babyfoto von Ihnen. Sylvia muss dann wohl umgezogen sein, die Telefonnummer stimmte nicht mehr und meine Briefe kamen zurück."

Anita Rosenthal zuckt bedauernd die Schultern.

„Der Kontakt riss ab ..., ich weiß nicht, warum, die Distanz war vielleicht zu groß, die Arbeit, der Alltag ..."

Nachdenklich nimmt Anita einen Schluck Tee. Pippa und ich sitzen angespannt auf der Stuhlkante. Pauls Gesicht ist konzentriert und verschlossen.

Anita greift nach ihrer Handtasche und nimmt einen Umschlag heraus.

„Auf der Party habe ich viele Fotos geknipst, aber meine Kamera ging im Getümmel irgendwie verloren. Erst viele Monate später brachte sie mir mein Freund samt den entwickelten Bildern vorbei. Bekannte von ihm hatten sie versehentlich eingesteckt und den Irrtum nicht gleich bemerkt."

Sie schiebt den Umschlag langsam zu Paul hinüber.

„Es sind Bilder von Sylvia und Hendrik", sagt sie leise.

Zögernd greift Paul nach dem Umschlag. Meine Güte, wie er sich jetzt wohl fühlen mag, wenn er gleich zum ersten Mal seinen Vater sieht? Ich halte die Anspannung kaum noch aus und beginne nervös an meinen Nägeln zu kauen. Pippa trinkt hastig den Rest ihres Orangensafts und starrt mit großen Augen über den Rand ihres leeren Glases.

Wie in Zeitlupe öffnet Paul den Umschlag. Es sind fünf Bilder. Paul betrachtet sie. Bild für Bild.

Sagt aber nichts.

Nach dem Treffen mit Anita fühlen wir uns, als hätte uns jemand durch die Mangel gedreht. Pippa dirigiert uns durch die Stadt, damit wir den Kopf freikriegen, wie sie sagt. Der ungemütliche Wind bläst den Gedankensalat tatsächlich weg und wir betrachten versonnen, wie an den Landungsbrücken graue Wellen mit Schaumkronen über die Planken rollen. Hafenrundfahrten finden heute nicht mehr statt und die flachen Kähne liegen schaukelnd im Wasser.

Samstag, 12. Dezember, 12.44 Uhr

Pippa drückt mit beiden Händen den Jackenkragen gegen ihre Ohren. Aufatmend lassen wir uns auf eine windgeschützte Bank hinter einer Imbissbude sinken. Ich rücke dicht an Pippa heran, sie hält den Schirm schützend über unsere Köpfe. Die Punkte machen mich ganz wirr. Pauli muss sich mit seiner Anorakkapuze begnügen, ich kann nur seine Nasenspitze sehen.
„Ich erinnere mich noch genau an die Zeit in Hamburg. Es war am 2. Oktober 1981, an meinem siebten Geburtstag. Meine Mutter organisierte die Ballett-Gala zur Eröffnung des Theaters am Spielbudenplatz. Das ist auch nicht weit von hier!"
„Du hast in Hamburg gelebt?"
Paul sieht Pippa überrascht an.
„Ich bin sogar in Hamburg geboren! Aber speziell erinnere ich mich an meinen siebten Geburtstag. Und als Mädchen, das seinen Vater auch nie kennengelernt hat, ähnlich wie du, Pauli, war es mir eigentlich ziemlich egal, wer mich gezeugt hat."
„Was ist an diesem Tag denn passiert?"
„Ich durfte an meinem Geburtstag natürlich mit ins Theater. Meine Mutter arbeitete zu der Zeit als Choreografin im St.-Pauli-Theater am Spielbudenplatz, direkt am Kiez. Ich genoss es, hinter den Kulissen Verstecken zu spielen. Der olle Wilhelm musste während der Vorstellung auf mich aufpassen. Ein komischer alter Mann war das. Wilhelm hatte immer einen weißen Metzgerkittel an und steckte in furchtbaren Schuhen, die wie zwei schwarze Champagnerkühler aussahen. Er besaß ein silbergraues Frettchen mit Namen Friederike und

dieses kleine Vieh hat an diesem Abend so ganz nebenbei die Teppichfransen vom echten alten Perser in Mamas Garderobe angefressen. Na egal, dieser olle Wilhelm jedenfalls schloss mich oft in die Ankleidekammer ein, damit ich keinen Unsinn machen konnte, und vor Langeweile habe ich mich dann in ein stattliches Gewand geworfen. Ein hübsches Kleid aus dem Theaterfundus. An diesem Abend hatte er vergessen, die Tür beim Rundgang abzuschließen."

Ich betrachte versonnen meine durchnässten Schuhspitzen und schüttle den Kopf. Paul interessiert die Geschichte sehr, denn er ist ganz eng herangerückt, um alles genau hören zu können.

„Mensch, mir rutscht noch heute das Herz in die Hose, wenn ich an die Abende mit Wilhelm denke. Meine Mama hatte oft bis spät in die Nacht im Theater zu tun und ich war in dieser Ankleide mit Wilhelm alleine. Ihr glaubt es nicht, aber er hatte sich seinen Schnauzbart eingeölt und in ein Netz gepackt, damit er dann in Ruhe auf dem Kosmetikstuhl meiner Mutter schlafen konnte, bis sie mich nach der Vorstellung endlich abholte. Wenn er sich abends so zurechtgemacht hatte, durfte ich ihn nicht mehr ansehen. Natürlich habe ich ihn angesehen, wenn er tief eingeschlafen war. Schließlich ist es ein Naturgesetz, dass ein Kind die Neugierde besonders packt, wenn ihm etwas verboten wird. Stellt euch vor, der lag da wie tot! Ich stellte mich vorsichtig auf seinen schwarzen Champagnerkübel und konnte ihm genau in seinen offenen Mund schauen. Am schlimmsten fand ich aber seine Zähne, die standen nämlich in einem Glas auf dem Schminktisch. Fürchterlich! Ein zahnloser, eingefallener Mund, mit zwei abgesägten Stümpfen wie bei einem Flusspferd. Ich sag' euch, das ist wirklich nicht lecker. Kein Wunder, dass sich eine glänzende Fleischfliege in seine zahnlose Mundhöhle verirrte und er beinahe an ihr erstickt wäre, hätte ich ihm nicht mit dem Teppichklopfer aus der Ecke auf den Rücken geschlagen."

Paul ist entsetzt und sagt:

„Oh Scheiße aber auch! Wie hast du denn das so hingekriegt?" Gleichzeitig schielt er interessiert hinter seinem

Jackenkragen hervor.

„Caramba! Ich hatte das mal in einem Stück gesehen, in dem die Ehefrau dem Ehemann mit dem Teppichklopfer eins übergebraten hatte, sodass das Halsbonbon in hohem Bogen aus dem Mund des Mannes schoss und am Türrahmen kleben blieb."

Ich betrachte belustigt den grauen Himmel. Meine Pippa! Dramatische Lebensumstände, kann ich da nur sagen!

„Pippa, ist ja nett mit deinem Wilhelm, doch erstens ist mir kalt und zweitens habe ich Durst. Du nicht, Pauli?"

Paul reibt sich die rot gefrorenen Hände und zeigt jetzt auf die kleine Hafenkneipe an der Ecke.

„Kommt, da kippen wir uns jetzt einen Grog hinter die Kiemen und genehmigen uns einen Matjes. Aber ich möchte noch wissen, wie dein Geburtstag im Theater war!"

„Unvergesslich, Paul, unvergesslich."

Pippa erhebt sich und wir schlurfen über das Kopfsteinpflaster zur gegenüberliegenden Kneipe.

„Als ich mir dieses hellblaue Taftkleid übergezogen hatte, wollte ich mich in dem riesigen Spiegel vor der Tür anschauen und schlich deshalb aus der Garderobe. Anschließend versteckte ich mich hinter einem monströsen Scheinwerfer, der auf zwei großen Rädern stand. Plötzlich fing das Ding an, sich zu bewegen."

„Und?"

Gespannt bleiben wir mitten auf der Straße stehen.

„Tja, und dann ging gleißendes Licht an und ich sah erst mal nichts."

„Und dann …?"

Ach, ich liebe meine Freundin! Ich fände es großartig, wenn wir vor lauter Erzählen mitten auf einer Kreuzung überfahren werden würden, und ziehe beide weiter.

„Ja! Und dann, meine Lieben. Dann erkannte ich Marika Rökk, wie sie in ihrem Revuekleid über die Bühne wirbelte."

„Marika Rökk?", entfährt es mir und ich habe bei diesem Namen sofort eine Schwarzweiß-Fotografie vor Augen.

„Ja, Marika. Ich erinnere mich noch ganz genau! Der

Johannes Heesters hatte Marika gerade aufgefangen und beugte sich über sie. Ein toller Mann, sag ich euch."

Paul versucht, das Ganze abzukürzen, denn wir stehen inzwischen auf dem Mittelstreifen der Straße.

„Dann hat er sie geküsst und sie lebten glücklich bis an ihr Lebensende!"

„Na, nicht direkt, Pauli! Ich kauerte mit meinem blauen Taftkleid hinter dem Scheinwerfer und mir wurde erst nach ein paar Minuten bewusst, dass ich mich mitten auf der Bühne befand."

„Typisch Pippa! Immer sitzt oder fällt sie auf!"

Ich kann mir diese Bemerkung nicht verkneifen, schließlich steckt meine Freundin meist in irgendwelchen Schwierigkeiten oder fällt über Bordsteine.

„Na, auf jeden Fall hat mich die Rökk mitten in einer ihrer berühmten Pirouetten entdeckt und dadurch Konzentration und Balance verloren. Im Fallen riss sie dem armen Jopi Schal und Zylinder vom Leib, schaffte jedoch, dass es so aussah, als geschähe es aus purer Leidenschaft. Eilig wurden ich und mein Scheinwerfer von der Bühne gezogen. Hätte ich nicht dieses auffällige Taftkleid getragen, wäre ich sicher nicht aufgeflogen."

„Ein toller siebter Geburtstag!"

„Unvergesslich. Und das Tollste war: Am nächsten Tag stand ich sogar in der Zeitung! – St.-Pauli-Theater steht Kopf! Kleines Mädchen bringt die Rökk zu Fall! – Mein Gott, ich war über Nacht berühmt geworden, dank Wilhelm, der mich voll verschlafen hatte. Sozusagen."

„Kein Wunder, ein Auftritt der besonderen Klasse. Hilfe, ich bin ein Star. Holt mich hier raus! Sozusagen!"

Pauls trockene Bemerkung bringt uns zum Lachen.

Es hat tatsächlich zu regnen aufgehört. Wir haben endlich die andere Straßenseite erreicht und das Schild über der Bar sticht uns sofort ins Auge: „Zum Schellfisch".

Schon beim Eintreten riecht es nach altem Fett und bitterem Bier.

„Ich liebe diese alten Hafenkneipen!" Pippa schleudert gegen die Pendeltüre und zieht schwungvoll ihre Handtasche durch die Türöffnung. Meine Brillengläser beschlagen sich, dadurch ist die Sicht aprupt weg. Genervt nehme ich die Brille von der Nase und stecke sie in die Manteltasche. Just in diesem Moment schwingt die Türe, soeben noch verhakt an Pippas Tasche, mit voller Wucht zurück gegen meine Stirn und dann gegen ihren Hinterkopf! Aua!

Die Bar ist leer. Ein alter Mann steht hinter dem Tresen und trocknet Gläser.

„Auf den Schreck erst mal een Schluck", sagt er ohne aufzuschauen.

Er hat sich das Geschirrtuch über die Schulter geworfen und stellt zwei Pils und zwei Klare vor uns auf den Tisch.

„Und? Darf der Jung auch schon?"

„Wie? Ich bin achtzehn!", entrüstet blickt Paul auf den Alten.

„Oh! Na dann, Jung, 'tschuldigung. Die gehn aufs Haus, Prost!"

„Unverwechselbar, ein Hamburger", feixt Pippa und sieht ihn bewundernd an.

„Oh ja, einen Hamburger würd ich auch nehmen!"

„Wie? Hamburcher? Wir ham kene Hamburcher! Aber nen Matjes mit Brot!"

„Siehste, Matjes ham se! Die ham kene Hamburcher!"

Pippa schwelgt im Hamburger Dialekt und Pauli schaut irritiert von der einen Seite zur anderen.

Der arme Jung! Ich glaube, dass er spätestens nach Pils und Korn keinen Weg mehr findet, sondern nur noch ins Bett will. Paul trinkt, leckt den Schaum von seinen Lippen und grinst uns spitzbübisch an.

Trotz des ungemütlichen Wetters trägt er nur ein weißes T-Shirt über den ausgewaschenen Jeans, sein Karo-Hemd hängt offen darüber. Sein Oberkörper hat bereits den Ansatz für das richtige Muskelvolumen und aus dem kleinen Jungen scheint mir fast über Nacht ein junger Mann geworden zu sein.

Warum fällt mir das jetzt plötzlich auf? Vertrage ich den Korn nicht oder hat uns der Alte eine Droge ins Glas gemogelt?

Seufzend lehnt sich Pippa zurück und klemmt ihre Beutelsache zwischen Hinterkopf und Wandvertäfelung.

„Was machen wir jetzt?"

Ich betrachte prüfend meine schlappen Gefährten.

„Ich würde mal sagen, ähm… Wir fahren jetzt zum Restaurant ‚Zum brandigen Gerd' und …"

Pippa unterbricht mich: „Zum brandigen Pferd', sagte Anita doch. Glaub ich wenigstens!"

Nachdem Paul die Bilder seiner Mutter und seines Vaters stumm betrachtet hatte, berichtete Anita, dass sie Hendrik Jahre später wiedergesehen hätte. Die Teestunde im „Atlantik" sei beliebt und der Tee-Sommelier über die Stadtgrenzen hinaus bekannt. Hendrik und ein grauhaariger Mann seien Gäste zum Nachmittagstee gewesen. Ein Kellner hatte Anita berichtet, die beiden wären im Verlauf ihres Gesprächs immer erregter geworden, hätten gestritten. Beim Verlassen des Hotels durch die Lobby wurde der Streit lauter, mehrmals sei der Name des Restaurants gefallen, erzählte Anita, und sie sei den Eindruck nicht losgeworden, dass es um viel Geld ging.

„Ne, Dern, des hesst ‚Zum brandigen Herd'."

Der Alte trocknet seine Hände am Geschirrtuch ab und lehnt sich über die Theke.

„War eens der besten Restaurants, gleich in der Nähe der Landungsbrücken. Is geschlossen worden! Sehr schade um des fesche Lokal! Die Bude war über Jahre immer rappelvoll. Als der Besitzer wechselte, gings nur noch bergab."

„Wie hieß denn der neue Besitzer?", frage ich hoffnungsvoll.

Der Alte zuckt die Schulter.

„Keene Ahnung, so en Schicker, sagte man. Hab ihn selbst nie gesehen, der ließ sich im Restaurant auch nie blicken. Hat immer nur die Sahne abgeschöpft, wie man so schön sagt. Ja, dann war es aus und vorbei. Der Jung hat das Restaurant in kurzer Zeit in den Ruin getrieben. Solln Vater und Sohn gewesn sein. Der Alte sei vor Kummer gestorbn, munkelt man. Wissn tuts niemand so genau, … war ne dubiose Sache damals … der Jung soll Schulden bei ner Kiezgröße gehabt habn."

„Oh, ne." Paul und ich schauen uns enttäuscht an.

„Hoffentlich war der Weg hierher nicht umsonst", seufze ich

und kippe mir den Klaren in den Rachen.

„Hambuich is nie umsonst, mei Dern. Wat so los weer, zwische Elbe un de Alster, genau da liegt Hambuich. Moin, Moin, tönt es von Altona bis Wandsbek, übern Fischmarkt und die Reeperbahn. Kiek mol rin und ihr findet des Platt richtig scheen!"

„Ich versteh nur Bahnhof...", Paul trinkt den letzten Schluck Pils und findet den Dialekt immer befremdlicher.

„Ich versteh das schon! Dabei is des nich mal echtes Plattdüütsch."

Pippa natürlich wieder mit ihrem Klugscheißergeschwätz! Ich kann mir Zeit lassen – schließlich wird sie sich jetzt noch ausführlicher mit dem alten Barkeeper über das „platte Deutsch" unterhalten und darum bestelle ich für mich und Pippa noch zwei Pils, indem ich mit Zeigefinger und Mittelfinger Richtung Theke deute.

Während der Alte den Zapfhahn bedient, sagt er:

„Gut, dann hab ich een Witz für euch! Passt uf, was wir unter unser Düütsch verstehn:

Dor weer mol so'n jung Gautbesitter,
de kümm in'n lütt Provinzstädtchen gerieden
un seggt to'n Buer an't Trottoir:
‚Holl mi mol dat Peer fast!'
Fröcht de Buer:
‚Bitt he?'
De Gautbesitter gnatzig:
‚Ich sagte: Halt er mir mal das Pferd fest!'
Darop de Buer:
‚Un ich seggte: Beißt es?'"

Nun ja, Pippa jedenfalls hat den Witz verstanden. Während Paul und ich uns nur fragend ansehen, geben Pippa und der Kerl hinter dem Tresen pferdeähnliche Laute von sich. Zwischen den donnernden Lachsalven kann ich sogar erkennen, dass meine Freundin keine Weisheitszähne mehr besitzt und der Alte ein vielversprechendes Gebiss, so weit reißen die beiden vor lauter

Heiterkeit ihre Münder auf.
Ich räuspere mich verlegen.
„Na, ist wohl jetzt genug mit den Witzen. Wir werden uns jetzt mal auf den Weg machen." Wir müssen ja noch zum ‚brandigen Pferd' ähm … ‚Herd'."
Dieser Versprecher löst bei den beiden Hamburgern wieder ein lautes Gewieher aus.
Armer Paul, worauf hat er sich da nur eingelassen? Lauter Verrückte!

Samstag, 12. Dezember, 15.07 Uhr

Noch vor zwei Monaten hätte ich beinahe einen Typen wie Adam geheiratet, wäre er nur auf dem Standesamt erschienen. Inzwischen bin ich fast versucht, die nette Standesbeamtin anzurufen, um ihr mitzuteilen, dass ich darüber hinweg bin. Sie würde sich sicher freuen.

Wir lassen uns von dem Alten noch die Adresse geben und machen uns auf den Weg.
„Warum müssen wir ausgerechnet zu Fuß gehen? Im Taxi hätten wir uns bequem bis vor die Tür fahren lassen können", mault Pippa angetrunken vor sich hin.
„Weil ich Angst habe, du bekommst wieder diesen Wieher-Anfall und Taxis haben keinen Pferdeanhänger."
„Ja, ja, weiß gar nicht, was ihr habt …", hustet Pippa. „Macht ja einen super Eindruck, wenn ihr so unfreundlich guckt, bei so einem guten Witz."
„Bis morgen hast du ihn sicher vergessen und übermorgen ist dir auch nicht mehr peinlich, dass du gelacht hast wie Jolly Jumper, der Gaul von Lucky Luke."
„Sehr lustig", gibt Pippa beleidigt zurück. „Ich kann nicht mehr."
„Jetzt stell dich nicht so an, man muss doch ein Gespür für so eine Stadt bekommen!"
„Ich bin hier geboren, falls du dich erinnerst. Mehr Gespür geht nicht!"

Begeistert blättere ich in meinem Reiseführer und drehe den herausklappbaren Stadtplan.

„Hier wurden früher die Güter entladen, bevor die Kaufleute sie in die Speicher brachten. Da hinten", ich wedle mit dem Arm vage über ihrem Kopf hin und her, „da hinten in der Speicherstadt sind sie gelagert worden. Seide aus China, Gewürze aus dem Orient, Kaffee aus Afrika, Tee aus Ceylon. Stell dir doch nur mal vor, in den Kneipen rund um die Brücken herrschte buntes Treiben. Seeleute aus aller Welt, große blonde Männer aus dem Norden, ebenholzschwarze Matrosen aus der Karibik, leichte Mädchen ..., Pfeifenrauch, Rum ..."

Mitfühlend streichelt mir Paul übers Haar und sagt:

„Mein Gott, dich hat's ja auch schlimm erwischt. Der Korn – da war was drin!"

„Ein bisschen mehr Sinn für Kultur bitte", sage ich würdig und schiebe Pauls Hand weg, da entdecke ich das windschiefe Schild: „Zum brandigen Herd"

- Geschlossen wegen Renovierungsarbeiten -.

„Geschlossen. Na toll! Der Weg war umsonst! Supi!"

Das sagt Pippa. Verzweifelt rauft sie sich die roten Locken und lehnt sich an einen Laternenmast. Ich sehe mich kurz um und entdecke den Wischmopp an der Tür, der Gute, der Beste von Overheit, oder so ähnlich, der halt immer in der Werbung kommt. So etwas lässt man doch nicht allein vor der Tür stehen. Ganz sicher gehöre ich nicht zu den Frauen, die schnell aufgeben, schon gar nicht, wenn sie sich in der Kälte die Zehen blau gefroren haben. Rau rüttle ich an Pippas Arm und zische:

„Stell dich gefälligst gerade hin oder willst du, dass die Leute meinen, du bist eine betrunkene Hafendirne?"

Dann mache ich zwei Schritte auf den Wischmopp zu, greife nach dem Stiel, stochere damit vorsichtig an der Eingangstür herum und rufe laut:

„Halloooo ... jemand zu Hause?"

FEHLER! Böser Fehler!

Niemals sollte man einen fremden Wischmopp einfach so anfassen.

Die Tür geht auf und ein fetter, erboster Mops erscheint zähnefletschend im Türrahmen. Paul und Pippa flüchten in den nächsten Hauseingang und lugen vorsichtig um die Ecke. Der fette Köter meint es wirklich ernst. Aus ihrem sicheren Versteck bekomme ich prima Tipps meiner lachenden Mitreisenden.
„Gib's ihm, Walli! Aber mach es bitte pädagogisch!"
Ein Lastwagen hupt, ich zucke, Pauli empfiehlt:
„Brat dem Mops mit dem Mopp eins über ..."
Im nächsten Moment brülle ich:
„Maul halten und Platz!"
Und siehe da! Ruhe. Dem Köter fällt regelrecht die Zunge aus dem Maul und nach einem schiefen Blick auf den Wischmopp legt er sich beleidigt vor meine Füße. Aus dem Versteck höre ich Pippa flüstern:
„Und? Was macht er?"
Paul antwortet leise:
„Ich glaube, sie hat ihm mit dem Mopp eins verpasst. Er bellt nicht mehr."
Selbstbewusst werfe ich mich in Pose, elegant auf den Wischmopp gestützt.
„Ihr könnt jetzt rauskommen", sage ich großspurig.
„Konrad, komm!"
Konrad? Ich beuge mich ein bisschen näher zur Türöffnung und frage dümmlich:
„Bitt ... he? Der Hund?"
„Nee, de bitt net", sagt eine tiefe Stimme im dunklen Hausgang.
Pippa übersetzt: „Er beißt nicht, sagt sie!", und steckt dabei grinsend ihre Hände in die Jackentaschen.
In der Türöffnung erscheint ein unförmiger Schatten. Langsam mustere ich die seltsame Gestalt von unten bis oben. Die Füße stecken in gefütterten, quietschgelben Gummistiefeln, die wie eine Ziehharmonika aussehen, weil sie vom Umfang der Waden nach unten gedrückt werden. Darüber kann ich dicke Beine in braunen Wollstrumpfhosen erkennen. Eine gemusterte Kittelschürze endet knapp über den Knien. Komplettiert wird das Outfit von einer roten Strickjacke, deren Wollfäden sich

im Laufe der Jahre zu unzähligen Knubbeln verdichtet haben. Das ganze Ensemble erscheint mir durchaus weiblich, umso irritierter bleibt mein Blick am Gesicht der kuriosen Gestalt hängen. Dicke, rot geäderte Backen drücken die dunklen Augen zu Schlitzen zusammen, auf der Oberlippe glaube ich Bartstoppel schimmern zu sehen und im Mundwinkel klebt eine qualmende Zigarette. Die Frisur ist eigentlich nicht definierbar, grauschwarze Haarschnüre hängen auf Doppelkinnhöhe und wäre die Kittelschürze nicht, hätte ich geschworen, einen Mann vor mir zu haben. Die tiefe Stimme verstärkt meinen Eindruck.

„Wie bitte?"

Das Mannweib hat mich etwas gefragt.

„Was willste?", wiederholt die Kittelschürze, ohne die Zigarette aus dem Mund zu nehmen.

Meine Mitreisenden haben sich zwischenzeitlich aus ihrem Versteck gewagt und hinter mich aufgebaut.

Konrad wirft ihnen einen scheelen Blick zu und beginnt zu knurren.

„Halts Maul!", herrscht die Alte den Hund an. „Männer und Hunde muss man eng führn, sonst tanze se eem ufm Kopp rum. Der hier ist wie mein Oller, Gott hab ihn selig. Dick un laut, immer uff Streit us, drum heeßt er och Konrad", fügt sie erklärend hinzu. Womit das Geschlecht meines Gegenübers nun eindeutig geklärt scheint.

„Also, was willste?"

Ich räuspere mich und erkläre, dass wir auf der Suche nach dem früheren Besitzer des Restaurants sind.

„Der Willi sitzt im Bau ...", kommt die lapidare Antwort.

„Willi? Ne, wir suchn de Hendrik, weeßte nit wo der is?"

Pippa hat sich vorgewagt und unterstreicht ihre Frage mit einer herausfordernden Kinnbewegung und im einwandfreien Dialekt der Gummistiefelfrau.

„Was'n fürn Hendrik?"

„Na, de Hendrik, ... der des Lokal von sein Vater übernommn hat."

Nachdenkliches Saugen am Zigarettenstummel, eine Rauchsäule steigt auf und die Alte kneift den rechten Augenschlitz nun endgültig zusammen. Nach einer Weile sagt sie langsam:

„Des is aba schon n paar Jährchen her, seid de Hansen Jung den ‚brandigen Herd' gehabt hat ..."

In mir beginnt es zu frohlocken und Paul atmet hörbar auf. Umständlich kramt die Alte ein Päckchen Zigaretten aus der Kittelschürze und zündet sich mit dem rauchenden Stummel einen neuen Glimmstängel an, den sie prompt wieder in den rechten Mundwinkel hängt.

„Is bestimmt acht Jahre her, meen Konrad war schon unter de Erde, wenn nich sogar neune ..., des Ding hier lief gut, warn imma Gäste da, Künstler un son Zeuchs, die Hansen hatte des voll im Griff un ihr Mann stand in de Küche. Hätte fast mal n Stern gekriecht, hat es geheeßen. Dann isse krank gewordn, die Hansen, un ihr Mann is mit ihr ins Ausland, sone besondere Therapie, hats geheeßn ... den Ladn hamse ihrm Sohn überlassn. Anfangs lief noch alles gut, aber dann is de Jung ins Milieu abgerutscht, Weiber, Suff un Spiel, die Stammgäste bliebn weg, hattn keene Lust zwischn den Lottls und de Nutten zu sitzn. Uff eenmal hatte der 'n Arsch voll Schuldn, de ham ihm den Ladn dicht gemacht und de Jung war verschwundn."

Sie schüttelt den Kopf, die Haarschnüre wippen traurig und das Doppelkinn schlackert.

„Ewig schade drum ... danach hat de Willi das Ganze übernommn, is ne richtige Spelunke gewordn ... vor drei Monate hamse den Willi eingebuchtet, hat eens seiner Pferdchen krankenhausreif geschlagn. Der Kiez ist heut och nich mehr des, was er mal war, früher warn die Zuhälter noch nich so brutal, die ham uff ihre Weiber noch aufgepasst ..."

Hinter mir nestelt Paul an seinem Parka. Aufgeregt reicht er der Alten ein Foto.

„Ist er das? Hendrik, meine ich?", fragt er tonlos.

„Klar, den erkenn ich sofort wieder. Hübscher Kerl war et damals. Die Kleene kenn ich nich. Die is nie hier gewesen, des wüsst ich. Bin hier schon seit zwanzich Jahren Hausmeisterin. War bestimmt keen Pferdchen, keine Nutte meen ich."

Im gleichen Ton fügt sie noch hinzu, dass sie jetzt keine Zeit mehr hätte, und tritt ohne Vorwarnung mit ihren quietschgelben Gummistiefeln gegen die Türe, die daraufhin hart ins Schloss fällt.

Ich erkläre daraufhin Pauli, dass Erwachsene vor allem Möglichem Angst hätten: vor dem Altwerden, vor dem Sterben, Angst vor Krankheiten, manchmal sogar Angst vor Menschen, die zu viele Fragen stellen. Ich schlage vor, ein paar Schritte zu gehen. Paul tritt auf die Straße und bleibt auf einmal stehen.

„Mein Vater ist ein Loser, ein Spieler, ... einer, der sich mit Nutten rumtreibt, kein Wunder, dass er sich nie für mich interessiert hat! Dem war doch alles scheißegal!"

Pippa und ich schauen ihn betroffen an. Wir hatten nicht daran gedacht, dass unsere Nachforschungen auch unschöne Wahrheiten ans Licht bringen könnte.

„Entspann dich, Paul", sagt Pippa sanft. „du kennst die näheren Umstände nicht, manchmal schlittern die Menschen in Situationen hinein, die nicht vorhersehbar sind. Sie verstricken sich in etwas, aus dem sie aus eigener Kraft nicht mehr herauskommen."

„Der hat sich nicht gekümmert, nicht um seine Eltern, nicht um meine Mutter und nicht um mich!"

„Er wusste doch nicht, dass es dich gibt!"

„Hätte der Scheißkerl sich bei meiner Mutter gemeldet, wüsste er es!"

Außer sich vor Wut donnert Paul seine Faust gegen ein Straßenschild. Die Haut an den Fingern platzt sofort auf. Er betrachtet nachdenklich das tropfende Blut.

„Blut ist dicker als Wasser", sagt er dann.

„Hätte er es nicht spüren müssen, wie verzweifelt sich meine Mutter nach einer Nachricht von ihm sehnte?" Tränen laufen ihm über die Wangen, „...dass da noch mehr ist?"

„Du weißt nicht, was damals passiert ist, Paul", versuche ich ihn zu trösten und wickle mehrere Taschentücher um seine blutende Hand.

„Vielleicht hat er ihre Telefonnummer verloren? Hat deine Mutter genauso verzweifelt gesucht wie sie ihn? Er ist bestimmt kein schlechter Mensch – deine Mutter hat sich schließlich in ihn verliebt."

„Los, wir fahren." Paul winkt einem Taxi und versinkt traurig auf der Rückbank.

„Mach deine Augen auf und schau dir die Fotos noch mal an", sage ich leise. „Die schönen Erinnerungen muss man sorgsam bewahren. Präge dir die sanften Augen deiner Mutter und den sehnsüchtigen Blick deines Vaters gut ein. Das wird deine Meinung irgendwann ändern. Ich bin mir ganz sicher."

Und ich wünsche mir nichts mehr, als recht zu behalten. Wir geben nicht auf.

Samstag, 12. Dezember, 19.16 Uhr

Meine Augen brennen und ich fühle mich ausgelaugt.

Zwei Stunden haben wir in den Bücherhallen verbracht, haben zu dritt in allen möglichen Archiven und Datenbanken gestöbert, um irgendwelche neuen Erkenntnisse über Hendrik Hansen zu bekommen.

Nichts. Nach der Pleite war er spurlos von der Bildfläche verschwunden. Wenigstens hat Paul sich wieder beruhigt, es hat ihm gut getan, zwischen den Buchseiten nach Anhaltspunkten zu suchen, den Druck abzubauen.

Ein Teil seiner brennenden Fragen ist ihm heute tatsächlich beantwortet worden: „Wer ist mein Vater?"

Nun kennt er den Namen, weiß, wie er aussieht. Die Geschichte hinter dem Menschen Hendrik Hansen war unglücklich und ist geheimnisvoll. Und obwohl Paul im ersten Moment von den Erzählungen über seinen Vater geschockt war, hat er schnell realisiert, dass die Fehler seines Vaters ihn als Sohn nicht automatisch abwerten.

Vor mir sitzt Pippa und brummt dem Taxifahrer etwas wie „Zielstraße" zu.

Routiniert lenkt er sein Fahrzeug durch den dichten Verkehr. Er blickt kurz in den Rückspiegel und ich tue so, als würde ich schlafen. Aufmerksam betrachtet Paul meine Stirn und tippt grinsend mit den Fingern auf die pochende Stelle, die Folge meiner ungestümen Begegnung mit der Schwingtür.

„Aua!", schreie ich auf.

Ich bin mir sicher, der rote Knubbel auf meiner Stirn würde verdammt mehr wehtun, hätten nicht zwei Pils und ein paar Gläschen Korn ein wohltuendes Taubheitsgefühl ausgelöst. Oder liegt meine Schmerzlosigkeit an Konrad, der Bestie, deren Auftritt eine Flut von Adrenalin durch meinen Körper gepumpt hat?

Es ist doch immer wieder erstaunlich, mit welcher Selbstverständlichkeit sich meine Freundin über mich lustig macht, denn Pippa dreht sich zu uns um, fasst sich an den Hals, verdreht die Augen, windet zuckend ihren Körper auf der Vorderbank des Taxis und verharrt schließlich regungslos mit heraushängender Zunge an der Schulter des Taxifahrers.

Paul lacht lauthals und ich erhasche den fragenden Blick des Taxifahrers im Rückspiegel. Das macht eine Frauenfreundschaft aus: sich immer gegenseitig im unpassendsten Augenblick über die andere lustig zu machen. Wer den Schaden hat, braucht für den Spott nicht zu sorgen.

Der Fahrer setzt den Blinker, biegt ab und bremst abrupt. Ich gefalle mir gut in der Rolle der schweigsamen, hin und wieder lächelnden Frau auf dem Rücksitz. Während Pippa zwölf Euro fünfzig bezahlt, versuche ich, unauffällig in meine Schuhe zu schlüpfen. Meine beste Freundin von allen klatscht in die Hände, dreht sich schwungvoll zu uns um und sagt:

„Hach, was bin ich hungrig! Jetzt ein leckeres Essen und ein Pils und dann reläääxen!"

„Seht euch nur diese wunderbaren Jugendstilhäuser an."

Mein Blick wandert an den von Straßenlaternen beleuchteten Fassaden hinauf und unwillkürlich flüstere ich Paul zu:

„Na bravo, das ist ja wirklich ein außergewöhnlicher Revuetitel."

In großen Lettern, angestrahlt, steht zu lesen:
N E U – Auf der Reeperbahn
Für Sie demnächst die ST. PAULI REVUE
„Nachtgespräche mit meinem Kühlschrank"

Meine Verzweiflung hat mich reif gemacht und ich bin so glücklich, dass ich die Nachtgespräche mit unserem

Kühlschrank nicht alleine führen muss. Ich habe plötzlich Heimweh. Nirgendwo fühle ich mich geborgener, getrösteter, so eins und nicht mehr so übrig wie in der Kolpingstraße 44.

Sonntag, 13. Dezember, 4.54 Uhr

Auf einmal bin ich wach!

Die wohlige Bettschwere nach vier Pils, zwei Korn, einer riesigen Portion Fisch mit Bratkartoffeln sowie Vanilleeis mit heißen Himbeeren ist wie weggefegt. Neben mir prustet Pippa wie ein Wal, das Gesicht im lockigen Haarkranz eingebettet, mit weit geöffnetem Mund.

Ich kann nicht mehr einschlafen. Es ist kurz vor fünf.

Eine blöde Zeit. Im Sommer kein Problem, da wäre es wenigstens schon hell, aber so?

Trotz der innerstädtischen Lage unseres Hotels „Zur Kajüte" ist es ganz ruhig. Kaum ein Laut dringt durch das gekippte Fenster. Ich wälze mich herum, ziehe die Bettdecke bis an die Ohren. Wenn mir richtig warm wird, schlafe ich vielleicht wieder ein, hoffe ich. Immer wieder drängen sich die Gesprächsfetzen des vergangenen Tages in mein Hirn, Pauls blutige Hand, das St.-Pauli-Theater, Männer im Kühlschrank, ... oder wie?

Höre Pippas Schnarchen zu. Remple sie an. Keine Reaktion.

Nach einer halben Stunde gebe ich auf, suche im Dunklen nach meinen Turnschuhen. In meine Bettdecke gehüllt, öffne ich das Fenster und trete auf den winzigen französischen Balkon hinaus.

Ich falle vor Schreck fast in Ohnmacht.

Dicht neben mir steht Paul auf dem angrenzenden Balkon, ebenfalls in seine Bettdecke gewickelt, eine Zigarette rauchend. Wortlos zündet er noch eine an und reicht sie mir herüber. Irgendwo bellt ein Hund und auf der Straße unter uns fährt ein Auto vorbei.

„Ich glaube", sagt er nach einer ganzen Weile, „ich glaube, es ist gut. Jetzt weiß ich zwar, wie er aussieht und wie er heißt, aber auf einmal spielt es keine Rolle mehr. Er war nie ein Vater für mich, wird es auch nie sein. Jetzt weiß ich endlich ...", er macht

eine Pause, unterbricht den Satz und flüstert: „Es ist gut."
Er schnippt die Zigarette über die Balkonbrüstung und geht zurück in sein Zimmer.
Ich fühle mich, als hätte sich das hier alles jemand nur ausgedacht. In Gedanken übersetzte ich seinen Satz: „Jetzt weiß ich endlich, dass ich ganz alleine bin."

Sonntag, 13. Dezember, 9.25 Uhr

Vor der grau schimmernden Außenalster leuchtet die weiße Jugendstilfassade durch das trübe Nachmittagslicht, das sich schon fast wieder verabschieden möchte, um einer ungemütlichen Dämmerung Platz zu machen. Ein dunkelgrauer Teppich mit rotem Emblem weist vor dem Fünfsterne-Hotel „Atlantik" den Weg durch eine Glasdrehtür ins Innere. Pippa sieht sich mit großen Augen in der Hotellobby um, die den gediegenen Charme traditionsreicher Hotellerie versprüht. Gegenüber der Drehtür schwingt eine breite Marmortreppe nach oben, die sich auf dem oberen Drittel nach links und rechts teilt. Unter der hohen Kassettenstuckdecke funkeln riesige Kristalllüster, an den zartgelben Wänden, durch Stuckleisten gegliedert, hängen große Landschaftsgemälde. Links neben dem Eingang befindet sich die in dunklem Holz und Marmor gehaltene Rezeption, auf deren Theke prachtvolle Blumengebinde stehen. Daneben öffnen sich gerade die breiten Messingtüren des Aufzugs und entlassen einen Teil der elitären Gäste des Hotels.

Beim Frühstück in unserer kleinen, schlichten Unterkunft haben wir beschlossen, uns zum Ausklang unseres Hamburg-Trips ein wenig Luxus zu gönnen und im Gedenken an Pauls Mutter im „Atlantik"-Hotel die berühmte „Teestunde" zu genießen. Angesichts des luxuriösen Ambientes fühlen wir uns reichlich deplatziert, reisefertig angezogen, mit Turnschuhen und Jeans.

Erstaunlicherweise scheint dies hier niemanden zu stören.

Rechts neben dem Eingang, zwischen drei imposanten Marmorsäulen mit Goldverzierung und riesigen Palmen, stehen englisch anmutende Ohrensessel aus braunem Leder, gruppiert um kleine runde Tische. Die Plätze vor der Glasfront, die Ausblick auf die vorbeiflanierenden Passanten und die Außenalster gibt, sind bereits besetzt. Ehrfürchtig lässt sich Pippa in einen Sessel mit Blick auf die Hotellobby sinken.

„Psst, Walli, ich fühle mich wie ein Promi!", flüstert sie mir zu, als ich versuche, meinen Trolley elegant neben mir abzustellen. Ein Kellner eilt hilfsbereit herbei und bietet an, unser Gepäck in dem dafür vorgesehenen Raum unterzubringen.

Wenig später berät uns der Tee-Sommelier bei der Auswahl unserer Getränke. Er ist eindeutig indischer Herkunft, seine Haut hat den graubraunen Ton jener Menschen dunklerer Couleur, die längere Zeit die Sonne gemieden haben. Seine feingliedrigen Hände flattern wie kleine Vögelchen durch die Luft, als er uns das Prinzip des ayurvedischen Teegenusses erklärt.

Ayurveda bedeute die Wissenschaft vom Leben, sie möchte die Einheit von Körper, Geist und Seele stärken, die sogenannten Doshas ins Gleichgewicht bringen. Mit den erlesenen Gewürzmischungen werde das Wissen der traditionellen indischen Philosophie in die Tassen der Gegenwart transportiert.

Wir lauschen fasziniert den Ausführungen des Sommeliers. Seine dunklen Augen beobachten uns aufmerksam und schließlich rät er Pippa zu einer süßlich-zitronigen Mischung aus Kräutern und Gewürzen, deren sanftes Aroma die Lebenskraft fördert und den Mut zum Handeln stärkt. Für Paul empfiehlt der Sommelier eine belebende Mischung aus Kardamom und acht verschiedenen Kräutern, welche die Seele stärkt, die Geduld vertieft und inneren Frieden schenkt.

Endlich bin ich an der Reihe und warte gespannt auf meine Mischung. Fast kommt mir der exotische Mann vor wie ein indischer Weiser, ein Guru, herauskatapultiert aus den Höhen der Nilgiri-Berge, mitten hinein in die europäische Kultur unerleuchteter Nichtgläubiger. Ausgerechnet mich betrachtet der Tee-Guru besonders intensiv, was mich sehr irritiert, besonders, seit ich heute Morgen neben meiner Beule einen Pickel biblischen Ausmaßes auf meiner Wange entdeckt habe, der noch schmerzhafter pocht als der Kuss der Kneipentür.

Nach schier endlosen Minuten empfiehlt er mir eine feurig-würzige Mischung, die Leidenschaft entfacht und deren süßlich nachklingende Note mich auf den Weg der Erkenntnis führen wird. Beinahe berauscht von den außergewöhnlichen Aromen, die aus unseren bauchigen Teekannen aufsteigen, und den hervorragenden Petit Fours, die wir uns dazu bestellt haben, genießen wir das gedämpfte Treiben um uns herum. Ich seufze wohlig und bin heilfroh, dass wir doch noch Zeit gefunden haben, uns diesen Luxus zu leisten. Nun sitzen wir also gemütlich vor unserem Tee, harren der Wirkung, die uns der weise Mann aus dem Süden Asiens vorhergesagt hat. Auf einmal deutet Pippa aufgeregt mit ausgestrecktem Zeigefinger Richtung Rezeption.

„Da ... dahaaa!"

Schon macht sie Anstalten, sich aus dem Sessel zu hangeln.

„Was ist denn los? Wo willst du hin?", frage ich und halte den Tisch fest, der angesichts Pippas temperamentvollen Gebarens bedrohlich zu wackeln anfängt.

„Na da, die Frau vom Bobbele!"

„Bobbele?", will Paul mit vollen Backen, kleine Krümel über den Tisch prustend, wissen. Ich höre, wie er deutlich vernehmbar Luft holt.

„Boris Beckers Lilly!"

Pippa deutet mit einem strahlenden Blick in Richtung der Herrschaften am Aufzug. Boris vermeintliche Frau runzelt die Stirn und sieht Hilfe suchend zu einer Frau am Empfang hinüber.

„Wenn das mal gut geht", meint Paul und greift nach seiner Teetasse.

Pippa erreicht den Aufzug gerade noch und huscht mit durch die Türe ins Innere. Wenige Sekunden, nachdem sich die Aufzugtüren geschlossen haben, dringt ein lautes Signal durch die Lobby und über der Stockwerksanzeige blinkt hektisch ein rotes Licht. Hat jemand den Notrufknopf gedrückt? Empfangsdame Nummer eins marschiert aufgeregt zur Anzeigetafel des Aufzugs; das Klacken ihrer Absätze hallt durch die Halle. Ich stoße langsam die Luft aus, die ich angehalten habe.

Was ist passiert?

Empfangsdame Nummer zwei, elegant gekleidet, telefoniert hektisch und deutet auf die Aufzugstür. Der Haustechniker, ein kleiner, untersetzter Mann mit Glatze, öffnet einen Sicherungskasten und stellt die Verbindung zu den Gästen im Inneren des Aufzugs her. Oje, mir schwant Schreckliches. Hinter den bequemen Sesseln in der Lobby hat sich bereits eine kleine, neugierige Menschenmenge versammelt. Der Techniker beruhigt über Lautsprecher die Gäste im Aufzugsinneren. Nun hallt Pippas Stimme über den Lautsprecher: „Sind Sie nicht die Lilly? Die Frau von Boris Becker?"

Ich nehme schnell einen Schluck Tee aus Pauls Tasse, Geduld und Seelenfrieden kann ich in dieser Situation gut brauchen, und eile zum Aufzug. Ich denke gerade, ob es wirklich gut ist, wenn ich mich einmische, als ich bereits in den Lautsprecherkasten spreche.

„Pippa! Bleib ruhig, du bist hier gleich raus, bleib bitte ganz ruhig!"

Dabei verfluche ich Pippa innerlich dafür, dass sie mich immer in solche Situationen bringt.

„Walli? Bist du das? Du glaubst nicht, mit wem ich hier im Aufzug stecke!"

Meine Gedanken nehmen Reißaus. Ich fühle, wie sich meine Muskeln anspannen, und hoffe, es kommt nicht ganz so schlimm, wie es sich jetzt schon anfühlt.

„Du, Walli! Es ist die Lilly von Boris Becker! Ist das nicht toll?"

Meine Pippa hat eine klassische Nase. Sie hat die schönste Nase, die ich kenne, spitz, aber nicht zu spitz, und ich weiß genau, wie sie die Nase nach oben hält, wenn sie an einen Promi gerät.

„Darf ich Sie mal was ganz Intimes fragen? Ist es für Sie immer noch schlimm? Sie wissen schon, dass Ihr Mann ein ‚Besenkammerkind' hat?"

Gott sei Dank fasst mich Pauli gerade noch unter, sonst wäre ich ohnmächtig zusammengesackt.

„Hey, Walli, ich geh mal eben aufs Klo! Das kann hier ja länger dauern!"

Jetzt bücke ich mich, greife in Pauls Rucksack, der an einer edlen Granitvase lehnt, führe eine E-Zigarette zum Mund und nehme mechanisch einen Zug. Jetzt höre ich durch den Lautsprecher eine angenehme Frauenstimme antworten: „Nein! Es gibt Schlimmeres. Finden Sie nicht?"

Sie lacht!

Wieder beschleunigt sich mein Puls.

Pippas Stimme schreckt mich erneut auf.

„Oh, Sie haben eine tolle Frisur! Wirklich großartig. Ich bin bei Hugo & Klaus in Friedberg. Nicht billig, aber richtig gut, der Laden."

Auf einmal meldet sich eine weitere weibliche Stimme zu Wort:

„Ach! Und wann waren Sie das letzte Mal da?"

Ich hole tief Luft und nehme einen weiteren Zug. Meine Güte, war das etwa ironisch gemeint? Meine beste Freundin antwortet lässig. Ein leiser Tadel schwingt in ihrer Stimme mit, was mir verrät, dass sie sich ärgert. Aber dann der nächste radikale Stimmungsumschwung.

„Mensch, Simone und Jopi Heesters! Das nenne ich Schicksal! Jopi, ich bin es, Pippa Rumpler! Ballett-Gala!"

Stille. Meine Wangen glühen tiefrot.

Ich ziehe jetzt im Zwei-Sekunden-Rhythmus an der E-Zigarette und traue meinen Ohren nicht.

„Herr Heesters? Ich bin's! Sie lagen auf Frau Rökk, als wir uns das letzte Mal gesehen haben."

Ein Raunen geht durch die Menschenmenge in der Halle.

„Ihren Schal und Ihren Zylinder waren Sie los! Aber sonst ist nichts passiert! Walli hätte gesagt: 22.44. Alles wird gut."

Ich muss zugeben, dass ich mir in diesem Moment vor Anspannung fast auf die Lippen beiße. Aus dem Lautsprecher dringt eine tiefe Stimme:

„Na so was. Unglaublich! Philippa Rumpler. Die Kleine mit dem blauen Taftkleid, die mir fast die Show gestohlen hätte, ist nach so vielen Jahren hier mit mir im Aufzug."

„Johannes Heesters. Junge, Junge, der älteste aktive Künstler der Welt sitzt hier im Aufzug mit einer Verrückten fest", faucht ein älterer Herr neben mir.

Meine Aufregung wächst mit jeder Sekunde.

Pippa fragt leise, fast rauchig: „Herr Heesters, sind sie glücklich, so alt zu sein?"

Jopis Stimme klingt amüsiert:

„Glücklich? Ich stelle mir diese Frage nicht mehr. Ich bin über hundert Jahre alt und genieße einfach jeden Tag."

Er lacht lauthals.

Die anderen auch.

Ich glaube, allmählich wird da drinnen der Sauerstoff knapp, soll ja zu nicht kontrollierbaren Reaktionen führen.

„Das blaue Taftkleid, ich erinnere mich genau!", prustet Jopi Heesters.

Ich höre Pippa jubeln: „Wie schön! Es war der tollste Geburtstag, meines Lebens."

Heesters Stimme hat einen lächelnden Unterton: „Es gibt Augenblicke im Leben, die vergisst man nicht. Und du warst so ein Augenblick."

Der Techniker und ich sehen uns fassungslos an.

In der Hotellobby haben sich eine Menge Zuhörer versammelt. Der Techniker legt ein paar Kabelstränge auf die Seite und folgt gespannt weiter den Worten durch den Lautsprecher. Heesters erzählt gerade, dass sein vollständiger Name Johan Marius Nicolaas sei und dass er nach Beendigung seiner Schulzeit ursprünglich katholischer Geistlicher werden wollte.

Dann beginnt er zu erzählen, wie er seine Simone das erste Mal getroffen hat.

„Hey, du plauderst aber jetzt nicht aus dem Nähkästchen?", versucht ihn Simone einzubremsen.

„Geschichten sind dazu da, um erzählt zu werden", meint Jopi und fährt ungerührt fort. Vor dem Aufzug applaudieren die ersten Zuhörer. Manche haben es sich auf dem Boden bequem gemacht, um alles in Ruhe verfolgen zu können. Dann beginnt

Lilly Becker zu erzählen! Frau Becker ist gar nicht mehr zu bremsen und berichtet, dass Boris nach zwei Jahren, einen Tag vor seinem 40. Geburtstag, die Beziehung per SMS beendete, worauf Pippa aufgeregt erwidert: „Oje, aber das ist ja noch gar nichts! Meine Freundin wurde von ihrem Typen sogar vor dem Standesamt einfach stehen gelassen!"

Ich bemühe mich um eine ausdruckslose Miene, doch ich spüre, wie sich die Muskeln in meinem Bauch zusammenziehen und ich fast ohnmächtig werde vor Scham.

„Was hat sie dann gemacht?"

Jopi Heesters' Stimme klingt ernst.

Ich vergesse einen Moment lang zu atmen. Scheiße! Scheiße! Scheiße! Ich habe das Gefühl, alle Menschen um mich herum schauen auf mich. Ein Wispern geht durch die Menge.

„Ruhe!", sagt jemand von weiter hinten.

„Nun ...", sagt Pippa leichthin.

„Sie ging einkaufen, bezahlte 22,44 Euro und alles wurde gut."

Der Techniker nickt, während er fragend vor sich hinmurmelt: „22.44?"

Ein Knacken im System. Und schon setzt sich etwas Mechanisches in Bewegung. Zustimmendes Gemurmel vor und hinter den Aufzugstüren. Gott sei Dank ist Pauli gerade auf die Toilette verschwunden und hat nichts mitbekommen.

Jetzt sagt Lilly Becker noch amüsiert: „22.44! Alles wird gut! Wie heißt gleich wieder Ihr Friseur, meine Liebe?"

„Hugo & Klaus in Friedberg! Aber rufen Sie vorher an. Die sind nämlich meist bis oben hin voll!"

Pippa erzählt frei von der Leber weg noch von einem Australier, von Liebe, von besonderen Zufällen, von Glückszahlen, von der Kolpingstraße 44 und dass sie sich demnächst von Hugo umstylen lässt.

Vereinzelt geht jetzt Raunen durch die Lobby und Männer stopfen ihren Frauen galant Kissen unter den Hintern. Mittlerweile hat sich der Aufzug zwei Stockwerke nach oben bewegt und öffnet sich in einem anderen Stockwerk. Fast bin ich versucht, es in Worte zu fassen wie Karl Valentin damals:

„Hoffentlich wird's nicht so schlimm, wie's jetzt schon ist."
Donnernder Applaus reißt mich aus meinen Überlegungen. Bin mir allerdings nicht sicher, ob das Klatschen dem Techniker gilt, der den Aufzug endlich repariert hat, gilt oder den erzählten Geschichten. Es ist ein großer Auftritt, als Pippa die Treppe nach unten kommt und viele Augenpaare auf sie gerichtet sind. Amüsiert hält sie mir zwei Visitenkarten unter die Nase und fragt, bevor ich die Schranke zwischen Mund und Gehirn herunterklappen kann: „Weißt du, von wem die sind?"

Für Pippa ist Schweigen nicht Gold. Als sie mir jedoch gegenübersteht und meinen eisigen Blick bemerkt, schweigt sie und senkt die Augen.

Montag, 14.Dezember, 14.15 Uhr

In meiner Tasche vibriert es. Mein Handy. Oh!

Im Gegensatz zu meinem Bankkonto ist meine Handtasche mächtig schwer. Ist dieses blöde Handy unsichtbar?

Ich wühle wie eine Wahnsinnige, überlege, wo es sich versteckt haben könnte. Die Dame an der Drogeriemarktkasse zieht gelassen eine Packung Tampons, WC-Reiniger, Wimperntusche, eine Antipickelsalbe, eine Großpackung Klopapier und Enthaarungscreme samt Spatel über den Scanner. Hektisch versuche ich, das Handy aus meiner Handtasche zu fischen.

„Ist alles in Ordnung?", fragt die Verkäuferin entspannt.

Ich schätze sie auf Anfang sechzig. Sie hat gewelltes, auftoupiertes Haar und einen schiefen Mund.

Natürlich ist im Moment nichts in Ordnung.

Die gute Frau ahnt wahrscheinlich nicht, dass eine vibrierende Tasche einen wichtigen Anrufer, einen potenziellen Dating-Partner, ankündigt. Zu einer Antwort komme ich nicht, offensichtlich erwartet sie auch keine mehr.

„Das macht 33,96 Euro!"

„33,96!", wiederhole ich und fummle das Kleingeld passend aus meinem schweren Geldbeutel. Hinter mir hat sich bereits eine lange Schlange gebildet. Schnapszahl und alle Zahlen durch drei teilbar, schießt es mir durch den Kopf. Wieder ein Zeichen?

Seit meiner Rückkehr aus Hamburg habe ich mir vorgenommen, mich gewissenhaft auf ein Date mit Becks vorzubereiten. Sobald meine Beule und mein Monsterpickel auf der Backe abgeheilt sind, werde ich ihn anrufen. In einem Anfall geistiger Umnachtung und sexuellen Notstands, gepaart mit schierer Verschwendungssucht, habe ich mir heute schon, mal rein vorsorglich, ein aubergine-farbenes Ensemble mit Spitze gekauft. Der Wonderbra vergrößert meine Oberweite um mindestens zwei Zentimeter und ist somit definitiv für eine Verabredung hervorragend geeignet.

Es vibriert wieder.

Erneut durchwühle ich, mit der Großpackung Klopapier unter dem einen und dem Einkaufsstoffbeutel von Greenpeace unter dem anderen Arm, meine Tasche.

So ein Sch ... ding. Tobend durchsuche ich jeden Winkel und höre plötzlich eine leise Stimme.

Meine Tasche spricht!

Nein, besser: Pippa spricht. Ich blicke verstört in meine Handtasche und kann beim besten Willen kein Handy entdecken. „Hallo?"

Mir ist alles egal. Ich stehe vor dem Drogeriemarkt, drücke meine Handtasche ans rechte Ohr und rufe:

„Pippa, hörst du mich? Ich rufe dich zurück, sobald mein Innenfutter der Handtasche mein Handy freigibt. Hörst du? Nein, ich bin dir nicht mehr böse! Nein, ich habe es niemandem erzählt, weil es mir sowieso keiner glauben würde."

Die seltsamen Blicke der Passanten blende ich aus und das Grüppchen Kinder, die mich wie eine Verwandte von E.T. aus tellergroßen Augen mustern, ignoriere ich geflissentlich. Aus meiner Handtasche schreit Pippa irgendetwas von einem „Quickie" in Australien und ich fange an, mir ernsthaft Sorgen um meine eher prüde Freundin zu machen. Erstaunlich, was so alles in einem steckt, denke ich, als ich endlich mein Handy unter dem zerrissenen Futter ertaste mache und meine Freundin wegdrücke. Ein Quickie mit einem Australier? Hat sie wirklich

„Quickie" gesagt? Ich drehe die Lautstärke etwas nach oben und schüttle den Kopf. Ich muss Vorbereitungen für mein Date treffen und darf mich jetzt nicht ablenken lassen. Wann werde ich ihn anrufen? Heute? Morgen? Pippa hat gesagt, der ist verheiratet und hat mindestens ein Kind, aber das will nicht unbedingt etwas heißen. Und das nur, weil er ein Päckchen Kölln-Müsli „Weiße Schokolade Mandel", Feuchttücher und eine Großpackung Papiertaschentücher im Einkaufskorb hatte. Ich hatte zum Beispiel neben drei Köpfen grünem Salat, Zwiebeln und mehreren Päckchen Nudeln noch ein Päckchen Kondome geladen. Da hätte er ja auch Wunder was denken können.

Ich stutze!

Drücke die Großpackung Klopapier gegen meine Brust und frage mich einen Moment lang, ob ich mich jetzt nachträglich noch schämen soll. Auf der anderen Seite waren die Dinger auch nur als praktische Anschauungsobjekte für meine Schützlinge gedacht. Unter moderner Erziehung versteht man heutzutage nicht nur die pädagogische Betreuung von Kindern und Jugendlichen über Tag und Nacht hinweg, sondern die individuelle Förderung von Alltagserleben durch pädagogische und therapeutische Angebote. Im aktuellen Fall: Aufklärungsunterricht mittels geeignetem Material zur Empfängnis- und Aidsverhütung. Kein Wunder, dass er mir sofort seine Handynummer gegeben und nicht zurückhaltender reagiert hat.

Irgendwie verständlich, ziemlich sogar.

Typisch Mann eben.

Ich stelle mir folgende Szene vor: Stehe vor dem Gemüsestand, rieche an Melonen und Basilikum und ein Mann flüstert mir ins Ohr, ob ich mit ihm schlafen wolle – jetzt gleich, in seinem Mercedes oder auf dem Fußballplatz nebenan. Ich gehöre wahrscheinlich zu den 98 Prozent meiner Geschlechtsgenossinnen, die sofort mit „Nein" antworten würden. Wäre ich jedoch ein Mann, würde die Antwort in vier von sechs Fällen mit einem eindeutigen „Ja" ausfallen.

One-Night-Stand! Na gerne! No Problem!

Was also passiert folgerichtig, wenn eine Frau in den besten Jahren, gerade dick genug – um es mit den Worten von Karlsson vom Dach zu sagen – mit einem Päckchen Kondomen im Supermarkt vor einem Ständer Orchideen steht? Richtig! Es flüstert ihr jemand ins Ohr:

„Das ist ein besonders kümmerliches Ding!"

Habe ich mir wirklich eingebildet, dass es sich bei diesem schicksalhaften Zusammentreffen um Liebe auf den ersten Blick handeln könnte?

Die Bilanz der letzten paar Minuten kann ich nur als katastrophal bezeichnen. Nur mit Mühe kann ich mich auf dem Weg zur Tiefgarage mit einer Quark-Kirschtasche von meinem Lieblingsbäcker beruhigen. Gedankenverloren wische ich mir einen Krümel aus dem Mundwinkel. „So alt-So gelb-So praktisch-So voller kleiner Dellen" steht einsam auf dem Frauenparkplatz und erwartet mich. Freudlos öffne ich die Fahrerseite, will gerade einsteigen, als jemand von hinten seine Hand auf meine Schulter legt.

Ich zucke zusammen!

Adam!

Im Grunde will ich gar nichts sagen. Ich bin aber drauf und dran, zu hyperventilieren und ohnmächtig zu werden. Mir fällt partout nicht ein, was ich sagen könnte. Ich schnappe nach Luft und mein Magen verkrampft sich. Ich schürze die Lippen und denke: „Arschloch!"

Ich starre auf meine Schuhspitzen, als ich merke, dass ich feuerrot werde. Die Situation wird langsam peinlich. Sein Gesichtsausdruck verrät nichts. Das Herz schlägt mir bis zum Hals. Er blickt mich mit seinen dunklen Augen an, und wie üblich habe ich keine Ahnung, was er denkt oder fühlt.

„Du siehst gut aus, Valeska. Hast abgenommen? Steht dir wirklich gut."

„Danke!", erwidere ich und versuche, seine Hand abzuschütteln.

Wieso kann ich nicht mit ironischen Bemerkungen glänzen? Wieso ist gerade jetzt mein Hirn so leer?

„Valeska, bitte verzeih mir! Ich muss mit dir reden! Irgendwann, irgendwo! Ich lass dir alle Zeit der Welt. Aber bitte gib mir eine Chance, etwas klarzustellen."

„Etwas klarzustellen? Du hast mich klar vor dem Standesamt stehen lassen und in der Zwischenzeit unsere gemeinsame Wohnung ausgeräumt. Du hast alles ziemlich klargestellt, Adam! Klarer geht es eigentlich nicht!"

Oh, ich wünsche mir, er würde sich auf dem Absatz umdrehen und gehen. Ich wünschte, ich wäre eine dieser heißblütigen Südländerinnen, die ohne zu zögern ihre Ehre mit Leib und Leben verteidigen. Ich wünschte, ich wäre ein Mann und könnte ihn zu Brei schlagen. Ich wünschte, es würde nicht immer noch so verdammt wehtun!

Trotzdem – mein Bauchgefühl spricht: Sei froh, Walli, sei froh! Er beugt den Kopf herunter und murmelt:

„Neue Schuhe?"

„Ja! Neue Schuhe und ein neues Leben. Adam, wie du siehst, es geht mir gut!"

Ich dränge mich an ihm vorbei und möchte gerade in mein kleines gelbes Auto einsteigen, als eine Gruppe Jugendlicher auf uns zukommt.

Jonas winkt sichtlich albern und ist nicht zu übersehen. Ich falle in eine Art Schockstarre. Nur leise nehme Adams Stimme wahr:

„Valeska! Ich bin diese Woche in Rumänien, aber kurz vor Weihnachten könnten wir doch mal telefonieren?"

Ohne ihn aussprechen zu lassen, kneife ich die Augen zusammen und umarme Adam überschwänglich. Jonas und die ganze Gruppe haben uns im Visier und ich kann und will nicht, dass sich mein Geheimnis in einer Tiefgarage offenbart. Adam zieht überrascht die Luft ein und flüstert mir leidenschaftlich ins Ohr:

„Oh Valeska, wie ich dich vermisst habe!"

Er versucht, mich zärtlich zu küssen. Seine Mundwinkel zucken, ob belustigt oder erleichtert, weiß ich nicht. So schnell ich kann, schiebe ich ihn zur Seite, lächle wie ein Pferd, setze mich ins Auto, starte ohne zu zögern durch und fahre rückwärts

aus der Parklücke. Schon höre ich durch den Spalt des geöffneten Fensters Jonas rufen.
„Muss Liebe schön sein! Nimmst du mich mit?"
Keine angenehme Lage, in der ich mich befinde. Und während ich den Vorwärtsgang mit dem Rückwärtsgang verwechsle und Adam fast über die Schuhe fahre, beschließe ich, Jonas einsteigen zu lassen.
„Los, rein!", rufe ich ihm hektisch zu.
Im Rückspiegel sehe ich gerade noch, wie Adam auf seine Schuhspitzen blickt, mir eine Kusshand zuwirft und hinter einem weißen Pfeiler verschwindet. Energisch wische ich mir über meinen Mund, als hätte mich sein Kuss erreicht. Jonas stöpselt sich den iPod aus dem Ohr und hopst auf dem Sitz auf und ab. Der Beifahrersitz wippt und „So alt-So gelb-So praktisch-So voller kleiner-Dellen" ächzt in den Federn. Ich rufe:
„Vorsichtig, mein Lieber, das ist kein Panzer!"
„Tschuldigung! Dein Typ legt sich ja mächtig ins Zeug für dich!"
„Mmh ...", murmle ich. Es fällt mir richtig schwer, zu improvisieren.
Jonas reagiert zunächst gar nicht, als ich ihm sage, dass wir uns gerade nicht besonders einig waren, um es vorsichtig auszudrücken.
„Aha? Es sah so aus, als wärt ihr das sehr wohl. Ich dachte schon, ihr vereinigt euch hier in der Tiefgarage."
Ich schaue Jonas wütend an.
„Wie meinst du das denn?", frage ich. Jonas zuckt die Schultern.
„Und?"
„Und was?"
„Und worüber wart ihr euch nicht einig?"
„Na ja. Also, das ist so eine Sache."
Ich brettere mit Vollgas durch die Ludwigsstraße. Denn ich brauche Zeit um die richtige Antwort zu finden. Im Vorbeirasen bemerke ich, dass ich viel zu schnell durch die Innenstadt fahre und unseren Herrn Bürgermeister beinahe vom Fahrrad kicke,

als ich eine Kurve scharf anschneide. Jonas pfeift durch die Zähne als Zeichen, dass er meine Fahrweise absolut cool findet. Im Rückspiegel sehe ich gerade noch, wie unser Bürgermeister sportlich vom Rad springt und verstört meinem verbeulten gelben Blitz hinterherblickt. In diesem Moment bringt mich ein anderer Autofahrer mit wildem Hupen zurück in die Wirklichkeit. Ich bin zwar auf seine Fahrbahn gekommen, aber deshalb muss er sich doch nicht gleich so aufregen! Natürlich bremste ich ab, habe ja ein Kind im Auto.

Zum Glück. Denn jetzt schießt die Knöllchentante samt Fahrrad um die Ecke.

Friedberg. Ludwigsstraße. Rechts vor links, lese ich gerade noch in ihren ängstlichen Augen, bevor ich um die nächste Kurve biege, ohne die Geschwindigkeit zu reduzieren. Denn jeder weiß, dass Frau Knöllchen auf ihrem Fahrrad sogar einen Ferrari in Höchstgeschwindigkeit überholen würde, um einen Strafzettel anzubringen.

Jonas schweigt ungefähr gefühlte fünfundfünfzig Sekunden und erklärt dann, dass wohl Frau Knöllchen gerade dem Tod von der Schippe gesprungen sei.

In aller Eile, so, als könne ich der Frage von vorhin entkommen, fahre ich den Friedberger Berg hinunter, bis Jonas wiederholt:

„Worüber wart ihr euch nicht einig?"

„Ach, ja. Ich feiere Weihnachten bei uns zu Hause und Adam würde gerne zu meinen Eltern und zu meiner Schwester fahren."

„Oh, ungewöhnlich. Schon ein bisschen abgefahren! Frisch verheiratet, das erste Weihnachtsfest, und du möchtest gern mit eurem Koch, dem Gärtner und der Putzfrau feiern!" Beim Blick in den Rückspiegel stelle ich mir die durchaus berechtigte Frage: „Wie können diese Augen so schrecklich lügen?"

Ich zupfe Jonas vorsichtig am Jackenärmel und wir prusten beide los. Danach gebe ich tüchtig Gas und biege scharf um die Ecke. Jonas hat Schweißperlen auf der Stirn und bittet mich, an der nächsten Ecke anzuhalten. „So alt-So gelb-So praktisch-So voller kleiner-Dellen" legt eine showreife Bremsspur hin und ich sehe im Rückspiegel, wie Jonas erleichtert hinter mir herwinkt, während ich mit quietschenden Reifen in die nächste Kurve biege. Taschenalarm! Und diesmal finde ich mein Handy aufs erste Mal. Ein Blick aufs Display verrät mir: Pippa ist es nicht.

Montag, 14. Dezember, 14.25 Uhr

„Valeska Kammermeier!"
„Hallo ..."
Oh mein Gott: Er ist es! Die Nase, der Kerl mit dem fantastischen Mund, hinter dem Orchideenwagen!
„Becks? Woher hast du ..., haben Sie meine Nummer? Aha! Im Kinderheim haben Sie angefragt! Habe ich erwähnt, stimmt."
Ich bin fast starr vor Schreck und kann nur bruchstückhaft folgen.
„Hast du heute Abend schon etwas vor?"
Herzklopfen. Schlagartig beschließe ich, neuen Schwung in mein Leben zu bringen.
„Äh, Moment, ich muss ganz schnell in meinen Terminkalender schauen ..."
Ich brummle geschäftig und blättere mit der rechten Hand im Aldi-Prospekt, während ich mit der linken Hand versuche, mein Auto zu lenken. Das Handy habe ich zwischen Schulter und Ohr geklemmt. Die Brille ist mir im Weg, ich bekomme jene Genickstarre, die nur wir Frauen haben, wenn wir vor einem Schaufenster ruckartig bremsen, weil wir das 50-Prozent-Rabatt-Schild entdeckt haben.
„Sieht so aus, als könnte ich mich freimachen."
„Oh. Schön! Das sind ja richtig gute Aussichten!"
„Ah. Ja.", ich bemühe mich, gelassen zu bleiben.
„Darf ich dich zum Essen einladen?"
Schwungvoll biege ich in die Bucht einer Bushaltestelle. Ich hole tief Luft und bemühe mich um einen neutralen Ton.
„Gerne, wo wollen wir denn hingehen?"
„Wie wäre italienisch?"

„Perfekt! ‚La Piazetta' um halb acht?"
„Großartig! Wo darf ich dich abholen?"
„Kolpingstraße 44. Freu mich. Ciao."
Meine Güte. Ich hatte einfach aufgelegt, nicht, dass er es sich noch einmal anders überlegt. Ich habe ein Date, ein richtiges Date! Ruhig Walli, ganz ruhig. Das ist unglaublich. Das ist großartig. Das ist supercalifragilisticexpialigetisch!

Vom Nacken her macht sich bereits das Misstrauen auf den Weg ins Großhirn und versucht hinterrücks, meine Glückshormone durcheinanderzubringen, indem es gellend schreit: „Alarm!"

Er ist nett, sieht gut aus! Achtung!

Der Mann ist ein Verrückter! Vorsicht!

Er verfügt über intime Informationen!

Das ist ein Perverser! Morgen ist in der Bildzeitung zu lesen, dass eine Erzieherin missbraucht und mit Handschellen an einen Heizkörper gefesselt aufgefunden worden ist – nach einem Blind Date!

„Quatsch!", rufe ich laut und starte energisch meinen „So alt-So gelb-So praktisch-So voller kleiner Dellen" – Heute Abend wird ein wundervoller Abend. 22.44. Ich habe es mir verdient. Zum Teufel mit Adam!

Gute Güte! Ich habe ab jetzt noch fünf Stunden Zeit, um in Topform zu kommen. Das heißt: Ich muss sofort nach Hause unter die Dusche. Die Bikinizone, Beine und Achselhöhlen rasieren, Volumen ins Haar föhnen, mir die gesamte Haut rosig bürsten und anschließend meinen Körper mit Bodylotion verwöhnen. Dabei natürlich laut Musik hören und ein Gläschen Prosecco trinken.

Und ich werde tun, was Frau in derartigen Fällen immer tut: die beste Freundin anrufen. Brauche dringend Zuspruch, Beratung bei der Kleiderauswahl und einen Schnellabriss der aktuellen politischen und weltwirtschaftlichen Ereignisse, schließlich will ich ja auch intellektuell beeindrucken.

Montag, 14.Dezember, 15.45 Uhr

Sitze in ein Handtuch gehüllt auf dem Sofa. Das erste Glas Prosecco habe ich schon geleert.

Mist! Pippa ist nicht zu Hause.

Ich habe ihr aber aufs Band gesprochen und dringend um Rückruf gebeten. Ich bin ziemlich nervös und versuche mit kräftigen Bewegungen und jeder Menge Anti-Cellulite-Creme die Haut an Po und Schenkel straff zu massieren. Ob er mich gleich am ersten Abend auf einen Kaffee zu sich einladen wird? Straff wird auf die Schnelle nicht klappen, aber im Falle des Falles werde ich für schummrige Beleuchtung sorgen.

Meine Güte. Ich fass' es nicht! Habe ich gerade ernsthaft einen One-Night-Stand in Erwägung gezogen? Immerhin bin ich mit meinem auberginefarbenen Ensemble bestens dafür gewappnet ... Schluss jetzt!

Mal überlegen. Ich werde mein schwarzes Strickkleid und die hohen Schaftstiefel anziehen. Er ist groß! Wohl viel größer als Adam?

Still! Die Haustür fällt ins Schloss. Das ist nicht Adalbrand! Seppo auch nicht! Sven Steenbeeke?

Ich habe keine Zeit, nichts an außer einem Turban und dieser senfgrünen Algenlotion, die höllisch brennt und meine Problemzonen tiefrot gefärbt hat, sonst würde ich jetzt schnell die Türe öffnen und mich vorstellen.

Grabesstille während der nächsten Minuten. Dann klebe ich mit meinem Ohr am Türblatt und höre die Schritte, leise, aber ich höre sie. Seltsamer Mensch! Ein Phantom auf Zehenspitzen?

Ich kratze verzweifelt am juckenden Ohrläppchen und versuche, mit Blick auf das Kruzifix eine Schrittfolge zu definieren. Mit klopfendem Herzen öffne ich meine Zimmertür einen klitzekleinen Spalt und sehe ...

Nichts!

Das Sperren des Türschlosses oben bestätigt mir, dass es ihn gibt. Ich bin mir jetzt fast sicher, dass dieser arrogante Lackaffe versucht, mir nicht nur aus dem Weg zu gehen, sondern sogar auf dem „Gang" zu entkommen.

Ich bemühe mich, die Fassung zu bewahren, klebe aber mit meiner Gesichtsmaske am Türrahmen, gekrümmt, aschfahl, als ich wahrnehme, wie das Phantom den Topf der vertrockneten Orchidee leicht dreht und der Wuschelengel zu sprechen beginnt.

„So einen Blödmann wie dich gibt es selten!", höhnt eine blecherne Stimme.

Oh mein Gott! War ja klar, dass Seppo die unverschämte Version des Engels besitzt! Wünschte, ich wäre ganz woanders. Tot vielleicht?

Er drückt ein zweites Mal.

„Versuch dich nicht zu ändern! Blödmänner sterben einsam!"

Ihr Himmelsmächte, steht mir bei! Alles aus. Nie wird Z 5 mir das verzeihen. Und das zu Recht.

Ich beschließe, nicht mehr darüber nachzudenken, was ich ständig vermassle und warum, wessen Schuld es ist und wie ich die Sache wieder gut machen könnte.

Verzweifelt wähle ich noch mal Pippas Nummer und bin nicht überrascht, als mir Elsa mitteilt:

„Nein! Sie ist nur kurz nach Hause gekommen, hat ihre E-Mails gecheckt und ist wie von der Tarantel gestochen aus dem Haus gerannt. Hat irgendetwas von Drogeriemarkt und Friseur gerufen und weg war sie."

Friseur? Drogeriemarkt? Klingt gar nicht nach Pippa.

Was hat sie zu diesem außergewöhnlichen Sprint veranlasst? Das Gespräch von heute Vormittag mit meiner Handtasche fällt mir wieder ein. Quickie? Australien?

Hektisch rase ich in meinem Zimmer umher, werfe einen prüfenden Blick in meinen Kleiderschrank. Nehme das schwarze Strickkleid heraus.

Schwarz. Geheimnisvoll. Elegant.

Macht alt. Macht schlank.

Ich überlege, ob ich heute Abend lieber schlank oder jung aussehen möchte. Probeweise nehme ich noch mein Paar Lieblingsjeans, eine weiße Wickelbluse und meinen weinroten Samtblazer aus dem Schrank. Abwechselnd halte ich mir Blazer und Kleid vor die Brust und betrachte mich kritisch im Spiegel.

Dann durchzuckt es mich heiß und kalt. So ein Mist! Auf meiner Stirn prangt noch immer die Beule, die mir die Kneipentür verpasst hat, und durch die großzügig verteilte Antipickelgesichtsmaske leuchtet rot die Spitze meines Monsterpickels. Außerdem: Diese neuen Kontaktlinsen machen mir zu schaffen. Soll ich nicht doch lieber absagen? Behaupten, ich hätte einen Migräneanfall bekommen? Mir die Brustwirbel gebrochen?

Frustriert lasse ich mir ein duftendes Entspannungsbad ein, außerdem ist es höchste Zeit, die Anti-Cellulite-Lotion loszuwerden, sonst werde ich heute Abend im Falle des Falles aussehen wie ein Pavian mit Spitzenunterhöschen.

Begleitet von einer großen Tasse grünem Tee, zwei dicken Kerzen und einem Obstteller mache ich es mir in der Wanne gemütlich und höre die erotische Geige von Westerdoll. Die ätherischen Öle meines Ylang-Reis-Bambus-Badezusatzes wabern durch die dampfige Luft und machen mich angenehm schläfrig. Ich gleite dahin, schwerelos, durch warmes, schummriges Licht. Sanfte Hände streichen durch mein Haar, gleiten an meinem Rücken entlang, streifen die Träger meines auberginefarbenen Spitzenbüstenhalters ab, sinnliche Lippen bedecken meine Schultern mit Küssen, ich räkle mich, gebe mich ganz der Umarmung hin. Zwei Körper, die perfekt zueinanderpassen. Sein Mund nähert sich dem meinen, wie von selbst öffnen sich meine Lippen, ich will ihn nicht enttäuschen, ich beuge mich vor ...

Pfui Teufel! Man sollte meinen, Reis-Bambus-Extrakt sei angenehmer im Geschmack.

Herrje! Ich bin wohl eingeschlafen. Die Apfelschnitze auf meinem Obstteller haben eine unappetitliche braune Farbe angenommen und meine Handflächen sind komplett runzlig. Energisch entstöpsle ich die Badewanne und brause mich kalt ab.

Ich habe einen Entschluss gefasst.

Die Türklingel geht.

Montag, 14. Dezember, 19.35 Uhr

Während ich den ganzen Nachmittag damit beschäftigt war, in Topform zu kommen und Pippa zu erreichen, habe ich nur vage wahrgenommen, dass meine Mitbewohner eine Riesenkochaktion gestartet haben. War fast versucht gewesen, wegen der fantastischen Gerüche, die durchs Haus in mein Zimmer zogen, mein Abendessen in der Küche bei Adalbrand einzunehmen, aber meine Mitbewohner sind nicht auf die Idee gekommen, mich zu fragen. Gegen Viertel nach sieben hörte ich Seppo und Lilli durchs Haus tackern, gefolgt von Adalbrands Geschlurfe und einem unregelmäßigen Schritt, den ich Sven Steenbeeke zuordne. Im Vorbeigehen schrie Seppo gegen meine Zimmertür, er wünsche mir einen schönen Abend, er ginge jetzt zur Arbeit, Krankheitsvertretung, es würde spät werden.

So, so, denke ich noch amüsiert.

Dann tackerte Lilli vorbei und rief mir zu, sie habe ein Date mit ihrem Kommilitonen, dem mit den wilden Locken, und heute sei die Nacht der Nächte. Hemmungsloser, heißer Sex, etwas anderes würde sie heute nicht akzeptieren.

Aha, denke ich und rolle mit den Augen.

Zehn Minuten später klopft Adalbrand, öffnet meine Tür einen Spaltbreit und brummelt etwas von einem Spaziergang zum Wittelsbacher Schloss in Friedberg und einem Schachspiel mit einem Bekannten.

„Viel Spaß", rufe ich ihm nach. Ein Blick auf die Uhr und das Läuten der Türglocke bestätigen meine Annahme, dass auch Becks auf Pünktlichkeit bedacht ist. Ich betätige die Lautsprecheranlage und bitte ihn die Treppe hinauf nach oben.

Atme noch einmal tief durch, werfe einen prüfenden Blick in den Dielenspiegel und zähle leise bis zehn, dann öffne ich.

Becks steht grinsend vor mir mit einem Geschenk in veilchenblauem Packpapier.

„Hallo, Valeska", sagt er und streckt seine Arme nach vorne.

„Sie mag es hell, nicht zu kalt und immer schön feucht."

Ich nehme das Papier ganz ab und stelle den Blumentopf beeindruckt auf den Dielentisch. Die Orchidee ist voller kleiner, dunkelroter Blüten und duftet verführerisch. Es macht mich schwindelig und trotz der Tatsache, dass ich mich mit Orchideen nicht auskenne, bemerke ich den Unterschied zu den Pflanzen im Supermarkt. Er macht einen Schritt und bleibt im Türrahmen stehen. Ich werde ihn noch nicht hereinbitten.

„Es ist schön, dich wiederzusehen, Valeska."

Langsam beugt er sich vor und küsst mich ganz sanft auf die Wange. Er riecht so gut!

Verlegen räuspere ich mich.

„Hallo Becks, danke für diese großartige Orchidee. Ich freue mich auch sehr, dich wiederzusehen."

Ich greife nach meiner Handtasche, galant bietet er mir seinen Arm an und wir verlassen das menschenleere Haus. Becks fährt einen großen dunklen Wagen. Ich muss höllisch aufpassen, denn draußen ist es glatt, es hat geschneit und ich trage meine Stiefel mit hohem Absatz. Trotzdem! Ich bin noch ein gutes Stück kleiner als Becks.

Meine Sicht ist ohne Brille und Kontaktlinsen etwas verschwommen, deshalb werde ich mich heute Abend auf meine anderen vier Sinne verlassen müssen.

Als wir pünktlich um halb acht vor dem Restaurant parken, stelle ich fest, dass mein Lieblingsitaliener ein Schild in groß geschriebenen Buchstaben an die Türe geheftet hat.

„LA PIAZZETTA
HEUTE WEGEN FAMILIENFEIER
GESCHLOSSEN".

Becks dreht sich auf dem Fahrersitz in meine Richtung und meint etwas betreten:

„Ich wollte anrufen. Aber so Anfang der Woche, da dachte ich, es sei für uns zwei bestimmt noch was frei."

Es reimt sich, und ich frage belustigt:

„Was tun, sprach Zeus? Wir improvisieren!", und füge hinzu, weil er ein gar so schuldbewusstes Gesicht macht: „Ich habe eine Idee."

Seine Erleichterung ist ihm deutlich anzumerken.

„Ich werde uns jetzt ein Picknick zusammenstellen. Du wartest hier und ich gehe schnell um die Ecke."

Becks lächelt mich an.
Oh, du meine Güte! Schmetterlinge im Bauch.
Ich renne wie eine Verrückte durch den Supermarkt und treffe tatsächlich die alte Dame vom Möbelhaus mit den Wanderschuhen. Sie lächelt mich an. Es ist kurz vor Geschäftsschluss. Ich finde zwei Teller aus Porzellan, mit zwei cremefarbenen Engelsflügeln bemalt, schließlich ist Weihnachtszeit und das Design saisonabhängig. In dreißig Sekunden habe ich den richtigen Käse zum Brot gefunden. Einen leichten Rotwein aus zwei Pappbechern zu trinken, würde nicht stören und ein Messer musste ausreichen. Ein Stück weiter im Regal greife ich zu einem überdimensionalen Teelicht, einem samtweichen Serviettenpäckchen und einer Schachtel Herz-Pralinen.

Das Blut pocht in meinen Schläfen vor Aufregung, als ich vollbepackt mit einer Tüte an der Beifahrertür stehe und die Kirchturmuhr 8 Uhr schlägt.

Er steigt aus dem Auto, kommt leichten Schrittes auf mich zu und hält mir die Tür auf. Als ich mich auf den Beifahrersitz setze, hält er für einen kurzen Augenblick inne. Dann nimmt er schnell seinen Platz hinter dem Steuer ein und sagt:

„Ehrlich gesagt: Ein bisschen aufregend ist das Ganze ja schon. Eine alte Dame in Wanderschuhen hat hier gerade an die Scheibe geklopft und mir einen ‚besonderen Abend' gewünscht. Wundersam, findest Du nicht auch?"

Und dann flüstert er mir ganz leise ins Ohr:

„Es ist schon lange her, dass ich ein Rendezvous mit einer schönen Frau hatte."

Sein Lächeln wird breiter.

„Ich glaube, dass ich mich gerade besonders glücklich fühle."

Mein Herz beginnt zu rasen und schlägt bei seinen Worten fast einen Salto. Kurz bevor sich mein Verstand verabschiedet und ich mich auf ihn stürze, sage ich mit scherzhaftem Unterton:

„Gib jetzt Gas, sonst wird unser Essen kalt."

Becks lacht und streicht sich durch die Haare. Er tut das auf eine ganz eigentümliche Art, und zwar vom Nacken beginnend, entgegen der Wuchsrichtung bis zur Stirn. Das Ergebnis ist im wahrsten Sinne des Wortes haarsträubend.

Er greift nach meiner Hand, küsst sie und schaut mir tief in die Augen. Mir bleibt die Luft weg. Mehr als Scherz, um die Spannung zu lockern, frage ich: „Funktioniert die Masche immer, ich meine, das mit dem Supermarkt?"

„Du hast mich durchschaut. Es ist meine Spezialität, im Supermarkt fremden Frauen aufzulauern, um ihnen ihre tiefsten Geheimnisse zu entlocken."

Ich bewundere die Art, wie er mich sofort in eine heitere Stimmung versetzt, wie er seine Worte in eine Ehrlichkeit verpackt, die ich gerade deswegen nicht anzweifeln will, weil er mir mit seinen blauen Augen ein Gefühl der Geborgenheit vermittelt.

Eine Art Aura mischt sich in die wärmende Standheizung des Fahrzeugs, als Becks den Wagen unmittelbar vor dem Friedberger Schloss parkt und mit einem erstaunten Blick auf die leeren Parkflächen blickt.

„Warum sind hier keine verliebten Paare und genießen diese außerordentliche Stimmung wie wir?", fragt er.

Eingebettet zwischen alten Eichen und riesigen schneebedeckten Tannen, in ein unwirkliches, sanftes orangefarbenes Licht getaucht, präsentiert das alte Schloss seinen Charme.

Flüsternd beginne ich, zu erzählen:

„Seit meinem zehnten Lebensjahr liebe ich diesen Ort. Mein Vater erzählte von Gespenstern, die in diesen Gemäuern ihr Unwesen treiben, von Menschen, die tot sind, aber gelegentlich auf die Welt zurückkommen. Mein Vater meint, es sind gute Geister, die helfen wollen. Sie zeigen einsamen Menschen den Weg."

Becks antwortet bestimmt:

„Dein Vater ist ein weiser Mann. Soweit ich weiß, ist es um 1257 vom Wittelsbacher Herzog Ludwig II. gegründet worden und wurde mehrmals zerstört und immer wieder aufgebaut. Die alten Gemäuer haben nicht aufgehört zu existieren, vermitteln eine Botschaft. Setzen ein Zeichen für eine Stadt, weisen den Weg und man erzählt sich, dass dort Geister wohnen."

Er steckt mir ein Stück leckeren Feigenkäse in den Mund und

lächelt mich an. In diesem Augenblick huscht eine Windböe durch die Tannenspitzen und wie kleine Glassplitter fallen gefrorene Nadeln auf die Windschutzscheibe.

„Schau nur! Unheimlich, oder? Ich frage mich, ob sie uns hören können", sagt er.

„Ja tatsächlich, unheimlich schön", betone ich und zeige auf die kleinen Glassplitter auf der Windschutzscheibe, die sich, wie es scheint, zu einem Herz formieren und sogleich festfrieren. Ich werde das winterliche Picknick im Auto vor diesem wunderbaren Schloss zu einem unvergesslichen Abend machen. Die Blicke, die ich ernte, als ich die feinen Speisen auf unseren Tellern verteile, sind gar nicht mehr zu steigern. Draußen beginnt es, in ganz feinen Flöckchen zu schneien.

„Also, nun spann mich nicht länger auf die Folter! Wie ging es denn mit Z 5 weiter?"

Ich ruckle mich im Sitz zurecht und halte ihm ein Brot und Kräuterziegenkäse entgegen.

„Seppo hat einen Wuschelengel, der exakt so aussieht wie der von Sven. Ich nenne ihn jetzt Phantom, weil er wie ein Phantom durch den Gang schleicht."

Becks bricht ein Stück Weißbrot ab und hält es kurz zwischen seinen Lippen. Seine Nase ist zwar groß, aber mit einem Stück Brot im Mund fällt sie kaum auf.

„Also habe ich mir das Ding von Seppo ausgeliehen und an den verdorrten Orchideentrieb gehängt. Was passiert? Dieser Mann kommt nach Hause, schleicht nach oben."

Ich lächle, während ich Becks eine Kaper in den Mund stecke und anmerke: „Mir ist keine Schrittidentifizierung möglich, der Mann ist wie ein Düsenjet mit Tarnkappe und drückt tatsächlich auf den Wuschelengel."

Becks prustet vor Lachen los und haarscharf schießt die Kaper an meinem linken Auge vorbei und prallt an die angelaufene Seitenscheibe.

Was ist jetzt daran lustig, frage ich mich?

„Nein, Becks, es wird nicht witzig. Es wird jetzt richtig schlimm!", ergänze ich und gebe ihm einen Knuff an die rechte Schulter. „Na, das Phantom drückt also auf das Wuscheldings.

Aber was höre ich da: So etwas wie „Blödmänner sterben einsam" und so ein Lackaffe, wie er könne sich gar nicht ändern. Großer Gott, sage ich dir! Düsenjetstaffel mit Tarnkappe, alles nur wegen dieses blöden Wuschelengels. Das verzeiht mir der doch nie. Meine Güte, da hätte ich besser den kaputten Engel hängen lassen sollen!"

Becks grinst.

„Du lachts!"

„Aber das ist echt witzig", prustet er jetzt erneut los.

Schon habe ich mich in Rage geredet, knöpfe meinen Mantel auf und nehme den Schal ab.

„Dieses Phantom ist ein interessanter Fall. Ich weiß auch nicht, aber irgendwie habe ich das Gefühl, dass dieser Mann für mich noch sehr wichtig werden könnte. Ich möchte mich mit ihm verstehen, ich möchte ihn endlich kennenlernen, ich möchte die Situationen klären, verstehst du? Und ich möchte seine Schritte endlich definieren können!"

Auch Becks hat es sich bequem gemacht und seine Jacke ausgezogen und irgendwie werde ich das Gefühl nicht los, dass er trotz meiner Ernsthaftigkeit immer noch schmunzeln muss.

Die Windschutzscheibe ist mit Schneeflaum bedeckt. Mir fällt nun sein bräunliches ungeknöpftes Karo-Hemd auf und durch sein weißes T-Shirt darunter zeichnet sich ein trainierter Oberkörper ab.

„Wie, Schritte definieren?", fragt er neugierig.

Ich erkläre ihm meine außergewöhnliche Gabe und schildere ihm die Schrittfolgen meiner Mitbewohner in allen Einzelheiten. Er ist beeindruckt.

„Quid pro quo! Ich habe dir ein Geheimnis von mir erzählt, eigentlich sogar mehrere. Jetzt bist du dran."

Spielerisch stupse ich ihn gegen die Brust. Becks zuckt die Schulter und meint:

„Ich habe keine Geheimnisse, zumindest keine wirklichen."

Da kommt er mir aber so leicht nicht davon und ich frage: „Warum hattest du seit zwanzig Jahren kein Date mehr?"

„Ganz einfach! Vor zwanzig Jahren lernte ich meine Frau kennen, das heißt, eigentlich kannten wir uns schon vorher, waren aber kein Paar. Noch heute frage ich mich, wann es zwischen uns Liebe wurde. Ob es jemals Liebe war oder einfach nur Gewohnheit, Vertrautheit, Bequemlichkeit? Wir heirateten, als sie schwanger wurde. Was soll ich sagen, wir bekamen eine wunderbare Tochter, kauften ein Haus und ich pflanzte einen Baum. Aus dem Vorsatz, auch noch einen Sohn zu zeugen, wurde nichts."

Er lacht bitter auf.

„Vor über drei Jahren begann meine Frau wieder zu arbeiten. Sie hatte eine gute Stelle als Sekretärin in der Kinderklinik. Dann kam der Tag, an dem auf den Philippinen der Taifun „Durian" eine Schlammlawine ausgelöste und mindestens tausend Menschen in den Tod riss. Ich war zu dieser Zeit vor Ort, um unsere Kollegen von der Flugsicherung zu schulen. Vier Tage haben wir bei den Bergungsarbeiten geholfen. Es war schrecklich, kaum zu ertragen! Noch immer träume ich nachts von schreienden Menschen, den vielen Verletzten, den Toten. Meine Frau hatte, während ich weg war, nichts Besseres zu tun, als mit ihrem Chef, einem Kinderarzt, eine Affäre zu beginnen. Zwei Jahre später beichtete sie mir ihren Seitensprung, nachdem ich zufällig eine fremde Männerhose in der Wäsche gefunden hatte. Wirklich prickelnd! Ich kam mir vor wie der Protagonist in einem schlechten Roman, das darfst du mir glauben. Und ich dachte wirklich, unsere Ehe sei in Ordnung. Ich zog letztes Jahr aus dem gemeinsamen Haus aus und der Kinderarzt ist kurz darauf zu meiner Noch-Frau und Tochter eingezogen. Die letzten Monate habe ich versucht, mein Leben neu zu ordnen. Der Kontakt zu meiner achtzehnjährigen Tochter ist schwierig. Im Moment will sie mich nicht so oft sehen, wie ich es will, und ich fühle mich deshalb als einsamer Vater und bin ziemlich unglücklich darüber. Wir telefonieren manchmal und ich spüre, dass sie mich braucht und sie sich bei ihrer Mutter und dem Typ nicht wohlfühlt, aber sie erzählt nichts und ich komme einfach nicht an sie ran."

Er verstummt und fährt sich wieder durchs Haar.

„Oh Becks", entfährt es mir. „Da hast du aber auch eine

richtige Scheißzeit hinter dir. Glaub mir, ich kann es dir gut nachfühlen. Es ist so ein mieses Gefühl, wenn der Partner das Vertrauen missbraucht."

Wir schweigen. Wie von selbst haben sich unsere Hände ineinander verschränkt und ich habe meinen Kopf an seine Schulter gelehnt.

Wir sitzen bereits Stunden im Auto, schalten die Standheizung mal an, mal aus und ich habe bereits wieder Appetit.

Die Scheiben des Autos sind inzwischen komplett beschlagen und meine Füße eiskalt. Langsam kriecht die Kälte zu meinen Knien hoch.

„Duhu ... Becks", flüstere ich in die Stille.

„Hmmm."

„Hättest du nicht Lust ...?"

Kann ich ihn das fragen? Sofort rumort im Hinterkopf die Stimme meiner Mutter: „Männer ziehen mit Mädchen, die leicht zu haben sind, um die Häuser, heiraten tun sie die anständigen." Sofort lege ich eine Hand auf mein Dekolleté, meine Mutter achtete stets darauf, dass mein Ausschnitt ja nicht zu viel preisgab, schimpfte die Tochter unserer Nachbarn ein Flittchen, nur weil sie im Sommer einmal ein Trägershirt ohne BH getragen hatte. Aber heute möchte ich nicht, dass sich meine Mutter in mein Leben drängt. Heute bin ich Valeska, die Singlefrau, die ihr Leben selbst in die Hand nimmt, die Verführerin, die Unwiderstehliche.

Ich nehme die Hand vom Ausschnitt, drehe mich zu Becks und frage direkt:

„Hättest du Lust, mit mir nach Hause zu kommen, eine Tasse heißen Tee zu trinken und noch etwas weiterzuerzählen."

Überrascht zieht Becks eine Augenbraue nach oben und nickt sehr erfreut. Ich öffne die Autotür und schüttle die Brösel von meiner Kleidung. Jetzt entdecke ich drei Paar Fußabdrücke direkt vor meinem Seitenfenster.

Ich lächle und sage überrascht zu Becks:

„Anscheinend hatten wir Besuch und wurden durch das Fenster beobachtet."

Becks lächelt und zieht mich auf:
„Entweder das Phantom oder die Geister des Schlosses waren uns auf der Spur!"
„Ja", sage ich, „auf – es ist bald Geisterstunde!"

Dienstag, 15. Dezember, 00.00 Uhr

Die Kirchturmuhr schlägt 12-mal.

In der Küche ist es warm und ich inspiziere Kühlschrank und Speisekammer, in der Hoffnung, dass meine Mitbewohner von dem köstlich duftenden Essen etwas übrig gelassen haben. In der Kühl-Gefrier-Kombination der Speisekammer werde ich fündig. Auf einer Platte sind Saltimbocca, Bohnen im Speckmantel und Prinzesskartoffeln angerichtet. Sogar einen Rest gedeckten Apfelkuchen gibt es noch und einen kleinen Teller Vitello Tonnato auf dem ein Zettel klebt:

Für unsere Walli,
lass dir das Menü schmecken!
Adalbrand

Ich serviere Adalbrands köstliches Essen in meinem Zimmer. Becks hat inzwischen meine Stereoanlage begutachtet, argentinische Tangorhythmen aufgelegt und den Rotwein entkorkt.

„Auf das Leben, die Liebe und wunderbares Essen", sagt er und prostet mir zu.

„Auf Glückszahlen, blühende Orchideen und nicht zu brave Mädchen", erwidere ich und stoße mit ihm an.

Unsere Nervosität scheint wie weggeblasen, denn wir verputzen Adalbrands Essen bis auf den letzten Krümel. Auch den Apfelkuchen, zu dem wir die zweite Flasche Rotwein öffnen. Nebenbei erzählen wir uns Geschichten aus unserem Leben, für die wir uns abwechselnd das Stichwort geben.

„Okay, ich bin dran", sage ich. „Peinliche Begebenheiten ... fällt dir dazu was ein?"

„Oh! Na ja, also ...", Becks überlegt und trinkt nachdenklich einen Schluck. „Dazu fällt mir der Zelturlaub mit meiner

Exfrau ein. Obwohl wir uns schon lange kannten, war es die erste, gemeinsame Nacht für uns. Ich hatte alles durchdacht. Schließlich sollte es ein romantischer Abend werden. Ich hatte ihren Lieblingswein gekauft, Käse, Wein und Erdbeeren besorgt. Das Zelt mit vielen Decken und Kissen gemütlich ausgelegt. Wir saßen auf unseren Schlafsäcken vor dem Feuer, das ich gemacht hatte, und rösteten Brotstückchen über den Flammen. Die Nacht war sternenklar und der Vollmond spiegelte sich im See vor uns. Das war wirklich traumhaft." Becks schaut sehnsuchtsvoll ins Leere. „So etwas würde ich wirklich gerne wieder erleben."

Oh.

Während er weitererzählt, regt sich in mir der Verdacht, er könne seine Exfrau noch lieben. Sein Blick fällt auf mein bedröppeltes Gesicht und er beeilt sich, zu sagen:

„Versteh' mich bitte nicht falsch, ich meine das Ambiente. So eine Nacht an einem See würde ich gerne noch einmal erleben. Kennst du den Geruch einer Wiese, wenn sich in der Nacht der Tau darauf legt? Das Rascheln im Gras und das Wispern der Blätter, wenn Wind über dem Wasser aufkommt?"

Dieser Mann verzaubert mich, ich weiß nicht, wie er es anstellt, aber ich fühle mich, als säße ich in diesem Moment genau an diesem See und nicht auf meinem Lümmelsofa.

„Der Zauber einer Sommernacht ... ich kann dich gut verstehen", seufze ich und wünsche mir, wir hätten nicht Advent, sondern Juli oder August.

Meine romantischen Überlegungen werden jäh unterbrochen, denn ...

„Ausgerechnet, als wir es uns gerade im Zelt gemütlich gemacht hatten, musste ich hinter die Büsche. Natürlich hatte ich extra für den Anlass dreilagiges Toilettenpapier besorgt, schließlich sollte sie nicht denken, ich spare am Papier."

Er grinst ein wenig schief und ich muss mir Mühe geben, nicht laut loszuprusten. Becks schenkt mir Wein nach, mein Glas leert sich beständig, weil ich immer wieder nervös daran nippe. 3-lagiges Klopapier? Er denkt wirklich an alles. Für seine Angebetete hat er sogar an weiches Papier gedacht.

„Ich marschiere also mit meiner Rolle Klopapier los und steige ins dichte Unterholz, damit auch ja kein Ton zum Zelt durchdringt. Heutzutage ist das ja anders, da gibt es Pupsen schon als Klingelton fürs Handy, aber ich empfand, empfinde das schon peinlich, oder?"

Ehrlich gesagt sitze ich wie auf heißen Kohlen, denke eher an Wölfe, giftige Schlangen, Spinnen, Zecken und Fallgruben ... Nippe schnell wieder etwas Wein. Ich an seiner Stelle wäre bei meinem momentanen Hang zur Tollpatschigkeit wahrscheinlich zuerst von einem Wolf erschreckt worden und auf meiner Flucht in eine Fallgrube gestolpert, wo schon eine riesige Spinne auf mich gewartet hätte. Danach wäre ich, hilflos, weil unter Schock, dagelegen und giftige Schlangen, blutgierige mit Borreliose und FSME-verseuchte Zecken hätten sich über mich hergemacht.

Wah!

„Tief gebückt kroch ich wieder durch das Unterholz zu unserem Lager zurück. Stand im Schein des Feuers vor dem Zelteingang und Susanne lächelte mich erwartungsvoll an ..."

Becks füllt wieder unsere Wassergläser und nimmt einen langen Schluck.

Jetzt bin ich aber mal gespannt! Wahrscheinlich hatte er den Kopf voller Blätter oder Reisig, so wie ich letztens Spaghetti im Haar trug. Oder eine eklige, fette Spinne saß auf seinem Pulli. Hach ich weiß! Er hatte seine Hose nicht richtig zu, sein Dödel schaute heraus, riesig, drum grinste die auch erwartungsvoll ...

„Wo war ich stehengeblieben?"

Korrekt formuliert versuche ich, alles wiederzugeben.

„Susanne lächelte mich erwartungsvoll an ..."

„Gut aufgepasst! Eins! Setzen!"

„Wenn man spannende Dinge erzählt, sollte man dafür sorgen, dass man nicht den Faden verliert. Also, wie ging's weiter?"

„Eigentlich war es so, dass Susanne mich nicht anlächelte, sondern belächelte – und als ich so an mir heruntersah, wusste ich auch schnell, warum. Es ist nämlich gar nicht so einfach, in völliger Dunkelheit, tief im Unterholz, in gebückter Haltung die

Hose nach oben zu ziehen. Ohne mich noch mal umzudrehen, war ich also zurückgegangen. Tja, was soll ich sagen? Tatsächlich hatte sich Klopapier im Bund der Hose eingeklemmt und ich zog mindestens 10 Blatt durch das Buschwerk bis zu meiner Liebsten."

Oh nein! Wie peinlich! Eine Schleppe mit „Scheiße" dran, sozusagen.

Ich pruste los, kann mich gar nicht mehr beruhigen. Immer wenn ich Becks anschaue, sehe ich die Szene vor mir, wie er die lange, weiße Schlange Klopapier hinter sich herschleppt und stinkt wie ein Büffel. Diese muntere Anekdote aus seinem Leben lässt mich wieder aufgeregt an meinem Rotwein nippen. Eigentlich ganz schön mutig, diese Story gleich beim ersten Date zu erzählen. Imponiert mir, bei aller Heiterkeit.

„Oh! Und was dann? Gelächter? Entsetzen? Auf Wiedersehen? Das war's?", will ich amüsiert wissen.

„Nein! Ich griff mir meinen Waschbeutel und bin zum See. Sie kam hinterher und der Abend wurde noch sehr aufregend. Sie hat mich trotzdem geheiratet! Hielt mich zwar lange für einen Blatt-Verschwender, weil ich der mindestens 3-Lagen-Typ bin und kein Einblatt-Ökopapier-Putzer."

Das Letztere sagt er mit einigem Sarkasmus.

„Was hast du gegen Einblatt-Ökoputzer?"

„Der Kinderarzt ist so einer. Und es scheint, ihr reicht jetzt auch eine Lage Klopapier. – Hast du schon mal nachts im See gebadet? Bei Vollmond?"

Adam. Immer wieder Adam. Ob ich will oder nicht, immer wieder stoße ich früher oder später auf ihn. In Gedanken, Erinnerungen oder in der Tiefgarage. Das regt mich auf, es stört mich. Andererseits war Adam eine lange Zeit Teil meines Lebens. Ich kann ihn nicht einfach löschen, wie einen unliebsamen Tintenklecks im Heft, einen Virus auf der Festplatte. Gäbe es für Herzschmerz doch auch einen Fleckenentferner, so wie für schmutzige Wäsche. Eine Kernseife gegen Liebeskummer.

Ich wüsche mir das Leid vom Herzen, aus dem Gedächtnis und könnte noch einmal alles zum ersten Mal erleben. Den ersten Blick, den ersten Kuss. Das erste Mal nachts im See baden ... mit Becks.

Becks nimmt meine Hände und schüttelt sie leicht.

„Hallo, Valeska ... Erde an Valeska ... du bist dran. Jetzt möchte ich deinen Beitrag zum Stichwort hören."

Huch, ich glaube, ich schiele ein bisschen. Irritiert glotze ich ihn an und mache: „Hicks!"

Becks lacht: „Ich glaube, wir sollten ein bisschen mehr Wasser trinken, oder?"

Er reicht mir das Wasserglas.

„Ganz austrinken, komm."

Brav kippe ich das Wasser hinunter und unterdrücke ein lautstarkes Rülpsen.

„Besser?"

„Hicks."

„Schon gut ... Also, ich bin ganz Ohr!"

„Nun ... so etwas Ähnliches habe ich auch auf Lager. Lehn dich zurück und lausche!"

Ich setze mich bequem hin und sage:

„Meine Geschichte ist, glaube ich, noch besser. Pass auf! Es trifft die Sache wohl ganz gut, wenn ich sage, dass ich frü... hicks ...her immer dachte ich hätte zu wenig Oberweite. Ständig stopfte ich mir irgend... hicks ...welche Pölsterchen in meine Körbchen und fühlte mich nur mit den kleinen Kissen wo... hicks ...hl."

Becks grinst und beugt sich nach vorne, anscheinend überprüft er jetzt die Fülle meiner Möpse. Er greift zur Flasche Rotwein und schenkt nach.

„Echt? Erzähl!", stupst er mich an.

Mich hat der Schluckauf erwischt. Schrecklich laut und äußerst unangenehm. Wer wohl an mich denkt?

„Hickssss!"

Becks schaut mich an und meint pragmatisch:

„Soll ich dich erschrecken? Ich könnte dir ja an den Busen fassen?"

„Sorry, hicks ... tut mir leid ..., hicks ..., aber ich glaube nicht, dass mich das besonders erschreckt ..."

Überflüssigerweise klopft er mir sanft auf den Rücken und

fragt dabei besorgt:

„Geht's noch?"

„Nei... hicks ...n", antworte ich wahrheitsgemäß.

Gefühlte 20 Minuten und etliche Wassergläser später habe ich endlich den „Hicks" überstanden und mein Aufnahme-Level ist deutlich überschritten. Auf der Toilette sitzend, ziehe ich mir die Lippen nach. Es überkommt mich plötzlich eine Unruhe, die ich sonst nur von mir kenne, wenn mich Amors Pfeil getroffen hat. Beim Blick in meine Augen stelle ich fest, dass ich lieber weiter mein Wasserglas füllen sollte, um meinen Wortwitz kontrollieren zu können. Um charmant zu wirken und interessant, denn eines ist klar: Becks hält auf den zweiten Blick alles, was er auf den ersten nicht versprochen hat. Es ist total verrückt: Gott allein weiß, warum, aber mir kommt es so vor, als würde ich ihn schon Jahre kennen, als hätte ein Teil meines Gehirns bereits Informationen über diesen Mann sorgfältig abgespeichert. Er erzählt und alles kommt mir vertraut vor. Ich wasche mir die Hände und zupfe sorgfältig mein auberginefarbenes Ensemble zurecht. Auf meine Frage, was ich als Letztes erzählt habe, antwortet er lächelnd:

„Hicks", und dann „irgendwelche Polster, die du oben reingestopft hast, weil du dachtest, du hättest zu wenig drin ..."

Ich erwidere erleichtert: „Stimmt! Ich stand also am Kopierer vor der Unibilllioothek und wartete auf den Typ, der gerade hinter einer Türe verschwunden war. Billioothek kann ich heute noch nicht aussprechen. Zu dumm eben für diese Welt. Adam Geier studierte Medizin, er war toll und wahnsinnig intelligent. Der Schwarm aller weiblichen Kommilitonen. Auch meine Freundinnen fanden ihn super. Und damals dachte ich noch, es würde sich lohnen, auf ihn zu warten."

„Lohnte es sich denn nicht?"

Ich schüttle energisch den Kopf und trinke mein Glas Rotwein in einem Zug aus. Ich versuche, mich zu konzentrieren. Die Erinnerungen wirbeln wild durch mein Hirn und mein Zimmer dreht sich ganz leicht.

„Ich,... Ich stand also da, strecke mich und schob meinen Wonderbra in die rischtige Poschition. Und ..."

Ich muss mich räuspern, ringe um Fassung.

„... und es öffnet sich die Tühüre. Adam geht durch den Raum. Ich werfe mich in Schtellung. Etwa so ..."

Ich rapple mich hoch, streiche mein Kleid glatt, knicke im rechten Knie ein, schiebe die linke Hüfte nach außen, ziehe dabei gleichzeitig den Bauch ein und recke meine Oberweite nach vorn. Alles ein bisschen wacklig, aber Becks betrachtet mich bewundernd.

„Adam schaut mich an. Er kohmmt auf mich su. Unglaublich! Sagt: ‚Du bist doch die Freundin von Heike' und dann drückt er mich. Siemlich fest. Uhund dann schaut er plötzlich aufn Boden, bückt sich. Er streift mihr eine Haarsträhne ausm Gesicht und sagt: ‚Duhu ... du hast dein Schulterpolster verloren.' Es war aber nicht mein Schulterpolster, sondern – du ahnst es – meine wattierte Oberweite."

Becks prustet los.

„Der hatte meine linke Bruscht in der Hand! Gib dir das mal! Ich strich meinen Minirock glatt, nahm ihm das Kisschen aus der Hand und sagte: ‚Danke.'"

Becks wirft sich auf die Seite und lacht laut in meine Couchkissen. Als er sich wieder gefangen hat, wischt er sich die Lachtränen aus den Augen und will wissen, ob Adam mich danach nicht gleich geheiratet hat.

„Wir wollten eigendddlisch schon, zwar nicht gllleich, aber schon ...!"

Ich schweige. Der Rotwein verwirrt meine Sinne.

Becks nickt verständnisvoll und lässt das Grinsen.

„Aber? Was ist denn passiert?"

„Er hist einfach nicht gekommn. Hat mich ohne Kommentar am Standesamt auf ihn warten laschn und ist ausgezogn und ich weiß bis heut nicht, warum!", schniefe ich nun.

„O Valeska", flüstert er sanft. „Das tut mir sehr leid! So ein Arschloch!"

Fürsorglich legt Becks seinen Arm um mich, zieht mich an sich und streichelt tröstend meinen Arm. So sitzen wir eine Weile. Dann beginnt er, mir von seiner Sandkastenliebe zu erzählen. Von den vielen Sandkuchen, die er ihr gebacken hatte, sogar sein Lieblingsförmchen habe er ihr geschenkt. Wie glücklich er gewesen sei, als sie ihn auf die Backe geküsst habe und ihre Kinderschokolade mit ihm teilte. Und dann sei alles aus gewesen, vorbei. Und nur, weil sie in sein superduper Buddelloch gefallen sei und sich furchtbar erschrocken habe.

„Hör auf, bitte ... ach, ich kann nicht mehr", rufe ich kichernd und halte Becks den Mund zu. Mein Schwips ist verflogen, meine Melancholie wie weggefegt.

Auf einmal ist es ganz still zwischen uns. Seine Augen halten meinen Blick fest, tauchen in mich ein, nehmen mich mit in sein Innerstes.

Sofort muss ich an die Legende der Kugelmenschen denken: Früher gab es drei Geschlechter von Menschen. Die Mann-Männer stammten von der Sonne, die Frau-Frauen von der Erde und die Frau-Männer vom Mond. Die Kugelmenschen besaßen entgegengesetzte Gesichter auf einem Kopf, vier Hände und vier Füße. In ihrer Stärke und Schnelligkeit wurden sie den Göttern gefährlich. Und so zerschnitt der Göttervater Zeus jeden von ihnen in zwei Hälften, um sie für ihren Hochmut, es den Göttern gleich zu tun, zu strafen. Seitdem sind die Kugelmenschen auf der Suche nach ihrer zweiten Hälfte, ihrem zweiten Ich, um sich wieder zu vereinen.

Die Seele wieder ganz zu machen, denke ich.

„Tanz mit mir", sagt Becks rau und zieht mich so fest an sich, dass ich kaum atmen kann. Er tanzt nicht so gut wie Adam. Aber er tanzt mit Leidenschaft. Er fühlt Tango.

Nie, niemals hat mich Adam so geführt. In keinem unserer tausendfach getanzten Tänze. Mich niemals so dicht gehalten, dass unsere Herzen im Gleichtakt schlugen. Kein einziges Mal hat er das Gefühl in mir geweckt, dass ich mich bedingungslos ausliefern kann und will mich hingeben, völlig treiben lassen. Nie die Erregung und Erotik der Musik auf unsere Körper übertragen, um sie vor Lust vibrieren zu lassen.

Ich atme schwer, bekomme kaum noch Luft und spüre, Becks geht es ebenso. Die Musik, die so leise, fast harmlos begonnen hat, steigert sich orgastisch in den Schlussklängen und endet mit einem gewaltigen Akzent, zu dem mich Becks über seinen Arm Richtung Boden beugt. Langsam zieht er mich zu sich hoch. Als ich spüre, wie seine Finger nach den Knöpfen meines Kleides tasten und sie langsam, ganz langsam, einen nach dem anderen zu öffnen beginnen, wissen wir beide, wie diese Nacht für uns enden wird.

Dienstag, 15. Dezember 5.10 Uhr

Leise tapse ich durch das dunkle Zimmer, sammle meine Kleidung für den heutigen Tag zusammen. Die Bettdecke ist völlig zerwühlt und Becks hält das Kissen fest umarmt. Lege eine Notiz aufs Kopfkissen und hauche ihm zum Abschied einen Kuss auf die Schulter.

Lieber Becks,
die Nacht mit dir war wunderschön.
Ich muss leider arbeiten.
Frühdienst in der Wohngruppe. Fühle dich bitte wie zuhause.
Hoffentlich auf bald!
Valeska

Dienstag, 15. Dezember, 18.19 Uhr

„Pippa, möchtest du Oliven oder Tortilla Chips?", rufe ich aus meiner winzigen Küche.

„Beides", schreit Pippa zurück. Ich stelle eine große Schüssel Tortilla Chips, einen Dip und einen Teller mit Oliven auf den Wohnzimmertisch. Pippa reißt schwungvoll den Korken aus der Rotweinflasche. In diesem Moment klopft es kurz an der Tür und bevor ich „herein" rufen kann, stürmt Lilli ins Zimmer.

„Mädels, habt ihr auch ein Glas für mich? Hallo Pippa!" Lilli wirft sich neben Pippa auf die Couch. „Lecker, Oliven! Ich liebe Oliven und Tortilla Chips", mampft sie drauflos. Wortlos stelle ich ein volles Weinglas vor sie hin und zünde die Kerzen auf dem Tisch an. Dann nehme ich mein Glas und sage würdevoll:

„Auf die Liebe, meine Damen. Salut."

„Auf die Liebe!"
„Auf die Liebe und die Männer!"
Das war Lilli. Sie birst fast vor Mitteilungsfreude.
„Lilli, schieß los, wie war dein Date mit ...?"
„Victor ... er heißt Victor. Und es war sensationell, sage ich euch. Zuerst waren wir Cocktails trinken, in der Mahagonibar. Es war Salsa-Nacht. Victor ist ein fantastischer Tänzer. Weich in der Bewegung und sehr geschmeidig in den Hüften, wenn ihr wisst, was ich meine. Ich bin beim Tanzen fast ohnmächtig geworden vor Lust."

„Oho, geschmeidige Hüften?", fragt Pippa neugierig und vibriert um den Nabel wie eine Bauchtänzerin.

„Worauf du Gift nehmen kannst. Wir haben den ganzen Abend ... getanzt. Nachdem er mich vor dem Klo fast besinnungslos geküsst hat ..."

„Wieso Klo?", frage ich dazwischen.

„Meine Güte, wir kamen halt zufällig zur gleichen Zeit raus, er bei den Männern, ich bei den Frauen, sahen uns an und zack", Lilli klatscht schwungvoll in die Hände.

Pippa und ich schrecken zusammen und ich lasse aus versehen eine Olive in meinen Ausschnitt fallen.

„... zack, haben wir uns geküsst. Ich kann euch sagen, der Kerl kann aber auch küssen!"

„Na, dann hast du zumindest richtig vermutet", meine ich und versuche, die Olive aus meinem BH zu fischen.

„Sag mal, was machst du denn da?", will Lilli wissen.

Ich habe das feuchte grüne Ding erwischt und schiebe es mir schnell in den Mund. „Nichts, wieso?"

„Egal, also wie gesagt, wir haben auf Teufel komm raus rumgeknutscht. Dann gingen wir zu ihm. Victor wohnt im dritten Stock eines Jugendstilhauses. Augsburger Innenstadt, versteht sich. Toll, sage ich euch! Wir also die Treppe hinauf, hat ein bisschen gedauert, weil wir uns auf beinahe jeder zweiten Stufe geküsst haben. Im ersten Stock war ich Bluse samt BH los und er hatte kein Hemd mehr an."

Pippa schnappt nach Luft und schaut Lilli mit kugelrunden Augen an.

„Lilli, das ist nicht dein Ernst!"

„Mein voller Ernst, wart nur, es kommt noch besser", verspricht Lilli und grinst über das ganze Gesicht. „Zwischen dem zweiten und dritten Stock zog er mir mit den Zähnen meinen Slip aus!"

Pippa sitzt mit geröteten Wangen auf der Couch und schiebt sich vor lauter Aufregung eine Handvoll Chips in den Mund.

„Nischt möglich! Escht? Mit den Zöhnen?"

„Bis in seine Wohnung haben wirs gar nicht mehr geschafft. Ich glaube, ich hatte letzte Nacht ...", Lilli zieht nachdenklich die Stirn hoch und zählt an den Fingern ab, „... bestimmt vier Höhepunkte."

Beeindruckt leert Pippa mit einem großen Schluck ihr Weinglas und wedelt mit dem leeren Kelch auffordernd in meine Richtung. Ich fülle nochmal alle Gläser und hole dann aus meiner Winzküche eine Flasche Honig-Grappa.

„Respekt, Lilli. Dein Victor muss ja wirklich ein toller Hecht sein!", sage ich und reiche ihr ein Grappa-Glas.

„Pah, Hecht, von wegen. Ein Hengst ist der, und was für einer! Prost."

„Zum Wohl", schreit Pippa, legt den Kopf in den Nacken und kippt den Schnaps weg, schiebt einige Oliven nach und sieht herausfordernd in die Runde.

Ich greife mir ein Couchkissen und kuschle mich bequem mit meinem Weinglas hin.

„Sag mal, Pippa, wolltest du nicht gestern zum Friseur? Mir war so, als hätte deine Mutter was in dieser Richtung gesagt."

„Der Friseur, den mir meine Kollegin empfohlen hat, ist total ausgebucht. Ich habe erst für Freitag einen Termin bei Hugo & Klaus bekommen. Aber das ist nicht der Grund, weshalb ich so konfus war – tut mir echt leid, Walli."

Ehrlich gesagt ist Pippa nie anders als konfus, aber egal. Ich nippe wieder an meinem Weinglas.

„Okay, hast du mir deshalb einen Morsecode-ähnlichen Bericht geliefert heute? Und warum war plötzlich wieder die Leitung tot? Ein Kabel zum Durchzwicken hast du nämlich nicht mehr, meine Liebe."

„Ha, ha. Der Akku war leer. Stell dir vor, Leo ist hier!"
„Leo?", erkundigt sich Lilli.
„Welcher Leo?", will auch ich wissen.
„Mein Aussi", meint Pippa jetzt kryptisch.
„Ne, oder – ein Ossi?"
„Kein Ossi, Lilli. Aussi, ein Australier. Tja, Walli, ich muss dich enttäuschen, aber mein Australier ist in Deutschland. Deine Unkenrufe bezüglich Entfernung und deine Skepsis im Hinblick auf unbekannte Männer, die man im Internet kennenlernt, verhallen im luftleeren Raum. Leo ist hier und das Erste, was er getan hat, war, mich anzurufen."
Pippa strahlt über das ganze Gesicht. „Wir haben über zwei Stunden telefoniert und er hat mich gefragt, ob ich mich mit ihm treffen möchte. Und das Allerbeste ist ...", Pippa macht eine Kunstpause.
Wir sehen sie erwartungsvoll an und wackeln auffordernd mit den Köpfen.
„Er wohnt bald in Augsburg!", schreit Pippa begeistert und trampelt mit den Füßen.
So enthusiastisch habe ich Pippa selten gesehen.
„Süß ... und möchtest du?"
„Natürlich Lilli, was glaubst du denn! Auf jeden Fall hat er mir ein Bild gemailt."
Jetzt bin ich aber mal gespannt. Hoffentlich ist der Kerl, der gerade das Herz meiner Pippa stiehlt, nicht nur ein Maulheld des Internets. Davon gibt es seit dessen Einführung genügend. Versteckt hinter aufgeblasenen Nicknames sind sie schön und erfolgreich und wissen nicht, wohin mit dem Geld, und in Wirklichkeit sitzt da ein zahnloses, arbeitsscheues Subjekt vor dem PC und weiß nicht, wovon es die nächste Rechnung für seinen Internetanschluss bezahlen soll. Ich bin da skeptisch, sehr skeptisch, und mache auch keinen Hehl daraus.
„Ja ... und zeig mal her", fordere ich.
„Ach, ich hab's aus Versehen gelöscht. Ich wollte es speichern und husch, weg war's! Aber er sieht gut aus: groß, breite Schultern, ein bisschen wie Michael Fitz, ihr wisst schon, der Schauspieler. Er kann surfen ...", schwärmt Pippa.

Aha! Per Fotomontage soll ja heute vieles möglich sein, denke ich mir sofort. Natürlich halte ich meinen Mund, denn ich möchte meiner Freundin nicht den Spaß verderben, und vielleicht ist er gar kein Fake. Ich würde es Pippa von ganzem Herzen wünschen.

„Ein Surfer ...", ruft Lilli begeistert. „Die haben geile Bodys, der vögelt auch gut, wetten? Ich hatte im Urlaub auf Korsika mal was laufen mit einem. Huh ..." Sie wedelt mit den Händen. „Das war fast so heiß wie die Sache mit Victor gestern."

„Und wann trefft ihr euch?"

„Am Freitag. Er holt mich ab."

Sofort bin ich wieder misstrauisch.

„Warum erst am Freitag?"

„Mensch jetzt, Walli! Leo war drei Jahre nicht in Deutschland, er hat hier Familie und Freunde. Ist doch klar, dass die ihn alle erst mal sehen wollen."

Wo sie recht hat ...

„Verständlich, muss ich zugeben. Und was werdet ihr unternehmen?"

Pippa zuckt die Schultern.

„Weiß nicht, mal sehen ... wir lassen uns treiben. Ich glaube ja, er ist ein bisschen schüchtern. Als er mich angerufen hat, war er total nervös. Süß, oder? Oder glaubt ihr, dass es schwierig werden könnte zwischen uns, mit dem Küssen und so?"

„I wo", winkt Lilli ab. „Wenn die Chemie stimmt, ergibt sich alles von ganz alleine. Manchmal fühlt man sich so voneinander angezogen, dass man gar nicht anders kann, als zu knutschen, was das Zeug hält, und dann ab in die Kiste."

„Stimmt ...", rutscht es mir heraus.

Ups. Sofort beginnt mein Herz, das Blutvolumen meines Körpers in Gesicht und Ohren zu pumpen. Mir bricht der Schweiß aus. Ich beuge schnell den Kopf und hoffe, dass die nach vorne fallenden Haare meine glühende Gesichtshaut gnädig verdeckt.

„Valeska Kammermeier", trompetet Pippa streng. „Hast du vielleicht ...?", sie macht dafür das gleiche Zeichen wie Paul. „Beim ersten Date?", und schüttelt energisch den Kopf.

Trotz meiner Schamröte treibt mir die Erinnerung an die Nacht mit Becks ein breites Grinsen ins Gesicht. Was soll der Terz eigentlich? Immerhin bin ich eine erwachsene Frau, eine Singlefrau, um genau zu sein.

Ich hebe also den Kopf und schaue in zwei fragende Gesichter. Dann nicke ich ganz langsam.

„Du hattest Sex. Sauber, Walli", stellt Lilli grinsend fest.

„Mit einer Supermarktbekanntschaft?"

Pippa schüttelt fassungslos den Kopf. „Walli, ich kann das gar nicht glauben, das bist doch nicht du."

„Irrtum, Pippa, genau das bin ich. Seit Adam mich auf dem Standesamt sitzen gelassen hat, lebe ich mein Leben nicht mehr mit angezogener Handbremse. Das zwischen Becks und mir passt einfach, ich spür das tief in mir drin, es ist so, wie Lilli sagt: „Wir konnten gar nicht anders."

Eine Weile ist es ganz still. Die engelhafte Lilli, die, wie ich heute feststellen konnte, es mehr als faustdick hinter den Ohren hat, grinst wie ein Honigkuchenpferd und Pippa zupft grübelnd an ihrer Oberlippe.

„Wie war es denn so? Mit Becks?", fragt sie unvermittelt.

„Es war ... Leidenschaft, Erotik, wie von Sinnen sein, purer Sex und tiefe Liebe. Es war alles. Es war einfach perfekt!"

Lilli und Pippa sitzen da, die Hände zwischen die Knie geklemmt, und starren mich an. Verliebt und berauscht von letzter Nacht, muss ich lauthals lachen. Ich schnappe mir die leere Weinflasche. Im Weggehen sage ich leichthin zu Lilli:

„Übrigens, Victor wurde letzte Nacht getoppt."

Mittwoch, 16. Dezember, 9.30 Uhr

Adalbrands laut trällernde Stimme weckt mich an diesem Morgen:

„Fröhliche Weihnacht überall!

Herzlich willkommen zum Weih-Nachts-Brunch am 24. Dezember ab 20.00 Uhr im Hause Kolpingstraße 44. Chefkoch ist Brandy. Salatbuffet: Blattsalate (sowie Balsamico-Essig und kalt gepresstes italienisches Olivenöl). Vorspeisen:

Rauchfischplatte mit Sahnemeerrettich und Dill-Senf, Rostbeef, rosa gebraten, mit Sauce Remoulade und Mixed Pickles. Suppe: Kürbiscreme mit steirischem Kernöl und gerösteten Kürbiskernen. Hauptgänge: Weihnachtsschinken an Orangen-Zwiebelmarmelade und gebratene Zanderfilets mit Pinienkernen, serviert mit hausgemachtem Kartoffel-Gurkensalat. Dessert: Lebkuchen-Mousse, Zimt-Pflaumen- und Christstollen-Parfait und zu guter Letzt Steckerleis für die Kinder.

...
Fröhliche Weihnacht überall!
tönet durch die Lüfte froher Schall.
Weihnachtston, Weihnachtsbaum,
Weihnachtsduft in jedem Raum!"

Oh Gott, ist mir schlecht!

Ich ziehe mir das Kissen über den Kopf, aber das Klingeln der Nikolausglocke dringt trotzdem durch. Einmal, zweimal, dann Seppos Rufe aus dem Badezimmer.

„Brandy, nichte so klingelen! Mir iste noch so übel von de rote Beete."

„Das waren deine Cocktails gestern und nicht meine rote Beete."

Jetzt fällt es mir wieder ein: drei Flaschen Rotwein. Und eine halbe Flasche Honig-Grappa, ergänze ich in Gedanken und unterdrücke krampfhaft den aufsteigenden Brechreiz. Allmählich sollte ich mir Sorgen um meinen Alkoholkonsum machen. Unser Mädels-Abend verlief ganz schön feucht-fröhlich. Am Ende, so ungefähr gegen 3 Uhr morgens, war Pippa sogar wild entschlossen, ihren Aussi am Freitag zu verführen, und träumte von einem Multiorgasmus.

Eindeutig Brandy.

Schlapplapp-schlapplapp und nach der dritten Stufe eine Kehrtwendung, wieder nach unten zu Seppo.

Ich werfe mein Kissen auf den Boden, hangle nach meiner Wasserflasche, die ich mir heute Nacht noch vorsorglich

bereitgestellt habe, und spitze die Ohren.
Jetzt der Papiertacker! Klack-klack-klick-klack-klack, ohne Zwischenschlurf. Lilli.
„Das ist ja schön. Siehst du, ich habe es immer gesagt, dass es nichts Schöneres gibt als ein gemeinsames Weihnachtsessen" sagt sie.
„I abbe das au gesagt! Aba Brandy denkt, wir sind alle nix da! Aba wo wolle mir denn hin? Wir wohne dock ier – au an Weihnackte ... Und meine Mamma, oh, wie wird sie sich freue, wenn i so gute Esse bekomme."
Während Seppo noch redet, schreit Lilli in die Küche zu Brandy:
„Kann ich dir eigentlich beim Kochen helfen? Ehrlich! Einkaufen ist klar! Das habe ich schon alles organisiert. Pauli hat im Supermarkt alles bestellt und ich kann die Sachen am Dreiundzwanzigsten abholen."
Wieder Stille. Dann antwortet Brandy zwischen Topfgeschepper und Küchentür:
„Nein, meine Frau hilft. Sie steht mir wenigstens nicht im Weg! Und haltet mir bloß die Walli von der Speisekammer fern, nicht, dass sie sich wieder in die Eier setzt, die brauche ich für die Mayonnaise!"
Er lacht.
„Machen wir, versprochen!", ruft Lilli und tackert die Stufen nach oben.
„Dann bin ich ja beruhigt, dass ihm seine Frau hilft bei diesem Mega-Dinosaurier-Weihnachts-Menü", murmelt sie, während sie gleichzeitig klopft und in mein Zimmer kommt.
„Hey Walli! Neuigkeiten? Komm, steh endlich auf. Hat er schon angerufen?"
„Komm ruhig rein, du nervst! Also ehrlich, ihr seid wie ein Sack Flöhe."
Ich räuspere mich und schiebe mir die Haare aus dem Gesicht, um Lilli besser sehen zu können.
„Du mischst dich in meine Angelegenheiten meine liebe Lilli!"
„Ich mische mich doch nicht ein! Ich bin nur neugierig."

„Wie kommst du überhaupt darauf, dass ich auf einen Anruf warte?"

Schon in aller Herrgottsfrühe rege ich mich auf. Lilli klimpert mit den langen Wimpern.

„Na ja! Du hast im Schlaf laut gesprochen."

„Was hab' ich? Echt?"

Das darf doch nicht wahr sein, dass ich im Schlaf meine intimsten Geheimnisse und Wünsche ausplaudere!

„Bin ich auf der Couch eingeschlafen?"

„Nur kurz, ich habe noch aufgeräumt und Pippa ins Taxi gesetzt. Mann, Walli, ihr zwei seid ganz schön dicht gewesen. Und ich dachte immer, ihr Soz-Päds wärt so aufgeräumt und irgendwie voll öko. Du sollst übrigens deine Eltern anrufen, wegen Weihnachten und so. Ich glaube ja, dass du dieses Jahr leider nur zum Nachmittagskaffee zu deinen Eltern kommen kannst, weil du nämlich Dienst im Heim hast. Oder?"

„Was hab' ich? Kinderhausdienst?"

Wieder nuckle ich intensiv an meiner Wasserflasche und checke gar nichts.

Sie schmunzelt und schiebt sich die blonden Locken hinter die Ohren. Ein perfekter Engel, wie sie so dasitzt, klein, grazil und umwerfend süß!

In diesem Augenblick taucht Seppo im Türrahmen auf. Nur zu, ich sterbe ja nur gerade.

„Wir abe große Weihnacktsfete – Brandy kockt und i macke die Cocktails, so mit in die Luft schmeißen und drum und rum. Lilli und du seid die Kelleerin."

„Kellnerin, meinst du?"

„Si, Kenglerin mein i!"

„Und? Wer kommt da so?"

„Äh!"

Die Antwort scheint schwierig zu sein. Seppo stammelt und Lilli sieht ihn erwartungsvoll an, bis sie sich nicht mehr bremsen kann:

„Wir dachten an deine Kinder! Paul hat schon zugesagt, Jonas auch! Und Hatice ist schon am Basteln der Tischdeko!"

„Ach? Das ist ja toll! Ihr habt ja schon alles gemanagt! Was würd' ich bloß ohne Engel und Knecht Ruprecht machen?"

Jedenfalls fällt mir jetzt zum ersten Mal auf, wie gut sich Seppo und Lilli verstehen. Ständig werfen sie sich ahnungsvolle Blicke zu, deren Bedeutung ich mir nicht erklären kann.

„Und wer noch?"

Möchte doch Gewissheit haben, ob das Phantom aus dem ersten Stock auch teilnehmen wird. Schließlich wäre dann „Eine noch schönere Bescherung" garantiert.

„Ack so, du meinste den Sven! Derrr kann nickt so!"

„Wie? Der kann nicht so?"

„Ja, der Sven hat Problem mit seine Dockter!"

„Warum, was hat er? Ist er krank?"

„Nein, nicht Dokkter – Dockter!"

„Häh?"

„Er meint Tochter. Sven wird sich das erste Mal seit langer Zeit mit seiner Tochter treffen. Vielleicht bringt er sie später auch mit. Das wissen wir noch nicht genau! Aber eigentlich kommt er, halt später, hat er gesagt ... Und dann schaut er mal ...", erklärt Lilli geduldig.

Ich räuspere mich. Mein Adrenalinspiegel steigt bei diesem Thema bedrohlich an. Das einzig Gute daran: Meine Übelkeit ist fast verschwunden.

„So, so, später, hat er gesagt und er schaut mal? Na, hoffentlich reißt der dem Rentier nicht das Geweih ab!"

„Dock, kann scho sei! Abe net des auf Kopf!", Seppo lacht herzlich und stößt Lilli in die Seite.

„Übrigens! Pippa haben wir auch angerufen. Die kann auch! Kommt mit Mutter Elsa und bringt noch jemanden mit."

Könnte schon sein, dass ich jetzt ziemlich dämlich aus meiner Bettwäsche gucke.

„Mein Gott, die haben sich richtig gefreut! Und die Elsa hat auch erzählt, dass ihr im Januar zusammen nach Hamburg ins Theater geht. Du und dein Mann! Ihr beide! Wie schön!"

Unschuldig klimpert Lilli mit den Augendeckeln und balanciert geschickt auf einem Bein. Verdammt noch mal, war ja klar, dass das kommen musste. Allmächtiger!

Wie sag' ich's meinem Kinde, in meinem Fall den Kindern?

Dass mich dieses Arschloch sitzen gelassen hat und ich inzwischen froh darüber bin? Dass er mich wieder zurückhaben will, ich aber in einen Mann mit einer großen Nase, einem sinnlichen Mund und geradezu unanständig vollen Lippen, die mich schier bewusstlos geküsst haben, verliebt bin. Ich darf mich nicht so aufregen, sonst ist mein Kater zwar weg, aber ich habe dafür einen Herzkasperl.

„Ja, ihr habt recht! Ich werde es ihnen sagen. Ich muss es ihnen ja sagen, weil ihr alle eingeladen habt und der Schwindel sowieso auffliegen muss."

Seppo und Lilli klatschen begeistert Beifall.

„Andererseits könnte ich aber auch sagen ..."

Beide halten den Atem an.

„... dass mein Mann bei meinen Eltern und meiner Schwester feiert ..."

Auf die folgenden Buhrufe bin ich gut vorbereitet und ziehe mir lachend die Decke über den Kopf. Ich lehne mich zurück und schließe wieder die Augen. Nur gut, dass ich heute Spätdienst habe.

22.44. Was für eine wundervolle WG!

Wie ein Sechser im Lotto!

Ich muss meine Eltern anrufen! Scheiß-Akt! Ich könnte sagen: „Mutter! Leider, aber ich habe Flitzekacke. Ich kann deine toten Würstel nicht essen, dein Sauerkraut liegt mir vom letzten Jahr noch im Magen und das Silberbesteck gebe ich nicht mehr her."

Sie daraufhin: „Valeska! Gewöhnlich, wie immer! Ich habe deinem Vater wieder und wieder gesagt, du hättest eine Tracht Prügel verdient, aber nein, er ließ dich lieber unter der Couch den Teppich anzünden und das Bad unter Wasser setzen."

Ich würde dann erwidern: „Ja, Mutter, ich habe den Teppich angezündet! Aus Angst! Weil du mich mit deinem riesigen Vorwerkstaubsauger bedroht hast. Einsaugen wolltest du mich! Und ich habe geglaubt, dass das möglich ist! Und das mit dem Wasser war eine Sache zwischen Papa, mir und der Badeente."

Dank unserer damaligen Nachbarin und Seelenklempnerin Frau Dr. Nudelmann habe ich inzwischen kein gestörtes

Verhältnis mehr zu Saugautomaten. Wobei? Rein sexuell gesehen fällt mir jetzt ein, war das Wort „blasen" doch problembehaftet für mich. Man würde denken, „blasen" hätte nicht direkt etwas mit „saugen" zu tun. Weit gefehlt! Wurde ich doch durch die BRAVO seinerzeit eines Besseren belehrt. Noch heute sehe ich den erklärenden Artikel des Dr.-Sommer-Teams vor mir. „Blasen" sagt man umgangssprachlich den Oralverkehr beim Mann – also das Küssen und das Saugen des Penis. Der medizinische Ausdruck dafür ist „Fellatio". Seitdem nenne ich meinen Staubsauger „Fellatio". „Fellatio" ist genial, nur wenn es nass wird, dann fliegt die Sicherung raus. Aber seit Montag ist alles anders, seit Montag verbinde ich mit meinem Staubsauger ganz, ganz andere Dinge. Fellatio ist ein viel zu schönes Wort, um es mit so etwas Banalem wie einem Staubsauger überhaupt in Verbindung zu bringen. Den Bruchteil einer Sekunde halte ich die Luft an.

Es klopft schon wieder!

„Walli, Telefon! Ich habe überhaupt nichts verstanden, aber es scheint deine Schwester zu sein."

Lilli legt mir das tragbare Haustelefon auf meine Kommode und schließt die Tür mit einem Lächeln.

Mein Handy fiedelt Lou Begas „Mambo Nr. 5".

Das auch noch! Entweder ganz oder gar nicht!

Die Nummer ist unterdrückt. Ich gehe zuerst an das Handy! Er?

„Vaaaleska Kammermeier", hauche ich lasziv.

„Oh Kind, du meldest dich endlich anständig, aber was ist mit deiner Stimme, bist du krank?"

Lou Bega – ich hasse dich!

„Hallo Mutter, leider muss ich auflegen, Maria ist auch dran!"

„Wo ist Maria? Bei dir? Warum hat sie mir nicht gesagt, dass sie dich besuchen will?"

„Nein Mutter, Maria ist am Apparat, nicht bei mir."

„Wieso, ich bin doch am Apparat!"

„Ja, aber dieses Haus hat mehrere Anschlüsse, Mutter, viele, genau genommen sogar – mindestens drei."

„Valeska, dann gib mir bitte deine Schwester!"
„Mutter! Warum rufst du sie nicht einfach an? Das wär sicherlich einfacher."
„Bitte!"
Ich nehme das Telefon von der Kommode und sage nur kurz in den Hörer: „Hallo, Maria. Mutter will dich sprechen!"
Dann stelle ich mein Handy und das tragbare Telefon nebeneinander, mache mir in meiner Küche eine Tasse Cappuccino und werfe mich auf mein Lümmelsofa. Maria und Mutter unterhalten sich angeregt. Ich kann sogar mithören. Wirklich toll!
„Maria, es ist einfach schrecklich! Tante Gerda kann nicht kommen und Vater hatte einen Hörsturz. Schrecklich, einfach schrecklich. Er kann mich nicht verstehen. Er hört fast nichts mehr."
Mein Dad! Ein perfekter Schauspieler! Ich schmunzle vor mich hin. Der beste Vater der Welt. Ich kann einfach nicht verstehen, warum er sich ausgerechnet für meine Mutter entschieden hat. Sie ist eine Zicke. Und meine Schwester ebenfalls!
„Mutter, bitte beruhige dich! Ich habe schon mit Vater gesimst. Ihm geht es gut. Er kann dich bloß vorübergehend nicht hören. Das wird schon wieder. Vielleicht wäre es ja ganz nett, wenn wir uns nur nachmittags auf eine Tasse schöne heiße Schokolade oder Tee bei euch treffen. Die Kinder finden das auch ganz spannend. Und außerdem haben uns Linus' Eltern dieses Jahr eingeladen."
Oh ja, das glaube ich gerne! Dann können Savannah und Luan in nur zwei Stunden das Haus meiner Eltern verwüsten. Das schaffen die, und zwar still und heimlich.
Ich gefalle mir gut in der Rolle der schweigsamen „ja Mutter ... ja, Maria ... ich bin noch da"-Zuhörerin.
Savannah. Tatsächlich war es bislang so, dass ich mir diesen komischen Namen einfach nicht merken konnte, bis mir mein überaus intelligenter Schwager ausführlich aufklärte: Savannah sei indianischen Ursprungs und bedeutet: Das Mädchen aus der Graslandschaft. Seltsam. Savannah ist äußerst allergisch

auf Gras. Sie darf auf keine Grünfläche, sonst bekommt sie Atemnot. Kein Wunder! Bei dem Namen.

Und Luan erst, die kleine Kröte! Mit seinen fünf Jahren macht er seinem Namen alle Ehre. Luan bedeutet nämlich Löwe und Held. Er ist selbstverständlich beides! Er hat der Katze meiner Eltern in den Schwanz gebissen, und als sie ihm ihre Krallen quer durchs Gesicht gezogen hat, hatte meine Schwester gleich den passenden Spruch parat: „Och, diese böse Katze. Nicht weinen, mein kleiner Held, Mama wird sie gleich beim Chinesen abgeben."

Meine Mutter gibt ein spitzes „Ah, Linus' Eltern!" von sich und schweigt beleidigt.

„Mutter, was ist dann eigentlich mit der alljährlichen Christmette? Gehen wir da nicht gemeinsam hin?"

Ich gebe mir alle Mühe, furchtbar enttäuscht zu klingen.

„Ach Kind! Nachdem Luan letztes Jahr das Christkind aus der Krippe mitgenommen hat, können wir uns fast nicht mehr zusammen dort sehen lassen. Das würde auffallen."

„Verstehe! Schade!"

„Hallo Walli, wie sieht es denn bei dir aus? Könntest du denn dann schon um drei Uhr auf eine schöne Tasse Tee bei Mam und Dad vorbeikommen? Die Kinder freuen sich schon so auf deine tollen Geschenke. Luan möchte die Ritterburg von Playmobil, die müsste man beim Allrounder bekommen?"

Erstaunlich, meine Mutter reagiert sofort, obwohl das jetzt mein Part gewesen wäre.

„Aber die haben wir ihm doch letztes Jahr geschenkt!"

„Ja, Mutter, aber die Burg hat der große Roboter kurz und klein geschlagen und jetzt wünscht er sich diese Ritterburg vom Christkind noch einmal."

„Ich bin aber das Rentier Rudolf!"

„Was, Walli? Nein, das Rentier Rudolf hat er schon und es ist auch noch ganz in Ordnung, bis auf ein Ohr und das Geweih."

„Oh! Und was wünscht sich denn Savannah?"

„Savannah ist jetzt gerade schrecklich schwierig. Sie wünscht sich einen Urlaub auf Mallorca. Aber keine Angst, wir wissen schon, wo deine Grenzen sind."

„Dürfte denn Savannah allein nach Mallorca mit vierzehn?"

„Nein, Walli, natürlich nicht! Aber wir dachten, du könntest ihr ja Eintrittskarten für das Konzert von Peter Maffay besorgen, das würde uns dann allen gut gefallen."

„Oh, schöner Gedanke, Maria! Lebt Peter Maffay eigentlich noch auf Mallorca?"

„Denke schon! Wieso fragst du?"

„Nur so! Also, dann sind wir uns ja einig. Ich besorge schöne Weihnachtsgeschenke, komme auf drei Uhr bei Mutter und Dad vorbei und um halb sechs ist dann der Spuk vorbei."

„Hast du Spuk gesagt?"

„Nö, ich sagte, ich muss mich dann eh ins Kinderhaus sputen. Ich habe Weihnachtsdienst!"

„Aha, Weihnachtsdienst! Ich hab's dir gleich gesagt. Mach es wie Maria und suche dir einen vermögenden Mann, dann hast du keine Probleme mit Dienst an Feiertagen."

„Ach Mutter, ich liebe meine Arbeit. Bitte küss Dad von mir und sag ihm, sein Rentier wird pünktlich um drei auf dem Dach landen."

„Bitte nicht, Valeska! Du weißt, ich hasse Überraschungen."

„Ich weiß, Mutter, ich weiß", seufze ich und drücke die beiden weg.

Meine Mutter hat unaufhaltsam gesprochen und uns trotzdem nicht mitgeteilt, warum denn die liebe Tante Gerda nicht kommen kann. Es macht mich kein bisschen traurig, dass Weihnachten dieses Jahr so anders sein wird.

Und wenn ich jetzt noch einen Wunsch frei habe, dann klingelt jetzt gleich mein Handy und Becks ist dran.

Donnerstag, 17. Dezember, 8.30 Uhr

Mein Radiowecker hat sich eingeschaltet.
Oh! Mariah Carey! Versuche zaghaft mit einzustimmen:

„There is just one thing I need
I don't care about the presents

Underneath the Christmas tree
I just want you for my own
More than you could ever know
Make my wish come true oh
All I want for Christmas is you."

Ich setze mich auf und versuche den Text im Kopf zu übersetzen.

Ich will gar nicht viel zu Weihnachten, genau genommen brauche ich eigentlich nur eine einzige Sache. Ich mache mir keine Gedanken über Geschenke unter dem Christbaum, ich wünsche mir nur, dass du mir gehörst – und das mehr, als du ahnst. Bitte mach', dass mein Wunsch in Erfüllung geht: Denn alles, was ich mir zu Weihnachten wünsche, bist du!

Mariah hat also das gleiche Problem wie ich.
Er hat nicht angerufen!
Das zieht sich eine Weile hin, bis ich das verdaut habe. Mensch, Walli Kammermeier! Wenn er schon Mariah Carey nicht angerufen hat, warum sollte er sich ausgerechnet bei dir melden?
Ich versuche, die letzte Strophe zu deuten:

*All the lights are shining
So brightly everywhere
And the sound of childrens'
Laughter fills the air
And everyone is singing
I hear those sleigh bells ringing
Santa won't you bring me
The one I really need
Won't you please bring my baby to me quickly
I don't want a lot for Christmas
This is all I'm asking for
I just wanna see my baby
Standing right outside my door
I just want you for my own*

More than you could ever know
Make my wish come true
Baby all I want for Christmas is you.

Die Frau singt genau das, was ich fühle.
Becks ist anders als Adam.
Er wird mich anrufen! Schließlich bin ich das Rentier Rudolf und für irgendetwas muss der Job doch gut sein. Ich übersetze die letzte Strophe, mir wird es wohlig warm und ich lächle vor mich hin.

An Weihnachten wünsche ich mir noch nicht mal Schnee, stattdessen warte ich lieber unterm Mistelzweig. Ich schreibe weder einen Wunschzettel, den ich dann an den Nordpol zum Nikolaus schicke, noch bleibe ich wach, um die Rentiere auf dem Dach landen zu hören. Ich will nur, dass du mich heute Abend fest in deinen Armen hältst. Denn alles, was ich mir zu Weihnachten wünsche, bist du!

Ich summe, bis mir schwummrig wird. Das ist mein Lied. Mein Gott, jetzt beginnt die Weihnachtsdepression! Ich muss gestehen, dass ich noch nie einem Mann begegnet bin, für den ich gesungen habe. Okay! Er ist nicht direkt anwesend! Aber ... er spürt es.
Konzentriert balanciere ich meine Kaffeetasse zur Couch. Was ist das? Fremde Schritte?
„Und da oben?", hallt es durchs Treppenhaus.
„Da oben wohnen Adalbrand und ich!"
Sven der Schreckliche! Bestimmt ist er das. Anscheinend ist er gerade nach Hause gekommen und hat Besuch mitgebracht. Eine Frau? Dabei fällt mir wieder auf, dass er enorm darum bemüht ist, leise aufzutreten, denn ich höre kaum ein Schrittgeräusch. Ich kann nur jeder Frau, die einem Mann dringend, aber unauffällig näher kommen möchte, empfehlen, sich auf den Boden zu legen und durch den unteren Türschlitz zu spähen, vorausgesetzt, es existiert keine Gummidichtung so wie bei meiner.

„Der Wintergarten ist ja großartig! Deine Orchideen sind immer noch eine Wucht!"

Oh! Ein Freund! Er hat tatsächlich einen Freund? Auch ein Orchideen-Freak? Ich drücke mein Ohr fest gegen meine Zimmertüre, um die beiden besser verstehen zu können. Aber es hallt und ich kann die Stimmen nicht auseinanderhalten.

„Wie lange bleibst du?"

„Wahrscheinlich für immer."

„Ist das dein Ernst?"

„Vielleicht?"

Damit ist es entschieden. Ich denke, der Freund fragt gleich: „Liebst du mich noch?" Hach! Der schreckliche, schwule Sven!

„Wann fliegst du?"

„Morgen früh um fünf! Bin aber an Weihnachten wieder da! Pünktlich, wie versprochen, werden wir uns um einen riesigen Schneemann kümmern. Okay?"

„Klasse! Du kannst dir nicht vorstellen, wie ich mich freue."

Mann, oh Mann, durch diese Tür ist nichts richtig zu verstehen! Wieder einmal bedauere ich, dass es die sensationellen Erfindungen der Weasley-Zwillinge nicht wirklich gibt, sondern nur in den Harry-Potter-Romanen. Als hätten sie geahnt, dass sich mein Ohr schon fast durch das Türblatt drückt, höre ich die beiden Männer, zum Donnerwetter noch mal, nur mehr flüstern! Ich könnte ja auch ganz cool nach unten gehen, lässig „Hallo" sagen und alle Missverständnisse beseitigen. Sven hat Besuch, bestimmt würde er mich nicht so sehr in die Mangel nehmen. Schon öffne ich die Tür und mache mich mutig auf den Weg. Ich bin die Treppe noch nicht ganz runter, da sehe ich ihn von hinten im Türrahmen der Küche stehen.

Groß. Breite Schultern. T-Shirt. Braungebrannte Arme, sonnengebleichtes, halblanges Haar.

Oh, nein! Bitte nicht!

Man trifft sich im Leben immer zweimal, krakeelt Mutters Stimme in meinem Kopf. Der Typ vom Bahnhof, dem ich seinen Koffer mit dem kotzenden Känguru weggezogen habe und der mich als „dämliche Kuh" tituliert hat, ist tatsächlich mein bis jetzt unbekannter Mitbewohner! Ich glaube nicht, dass ich aus dieser Nummer ungeschoren herauskomme. Ein Zustand, den ich noch wenige Sekunden zuvor als unmöglich empfunden hätte. Postwendend mache ich kehrt und verharre lauschend vor meiner Zimmertür.

Dann geht die Haustür und es herrscht Stille.

Da habe ich mich ganz schön in die Tinte gesetzt! Vorerst setze ich mich erst mal geschockt auf mein Sofa, meine Kaffeetasse wackelt bedrohlich. Schon höre ich Seppo beim nächsten Restessen sagen, dass ich aufgrund schwerwiegender Vorkommnisse den Frieden der Wohngemeinschaft gefährde und meine Mitbewohner erwögen, mich auszuschließen.

Mich übrig zu lassen! Mir ist zum Heulen zumute.

Donnerstag, 17. Dezember, 14.16 Uhr

Hach, ich habe getrödelt! Jetzt muss ich aber los, sonst komme ich zu spät zum Dienst und Tobias, mein Kollege, mault mich an.

Telefon! Ich geh nicht ran. Ich geh ran. Ich geh nicht ran. Ich geh ...

„Valeska Kammermeier!"

„Hallo, Valeska."

Oh.

„Becks ... schön, deine Stimme zu hören!"

Klang das jetzt zu sehnsuchtsvoll?

Ich hasse es, so zu tun, als hätte ich nicht auf seinen Anruf gewartet. Ich muss lässig wirken! Nur keinen Druck ausüben, nicht klammern.

„Ich hab' dich vermisst."

Ach, pfeif drauf!

„Ich dich auch ..."

„Hast du meine SMS bekommen? Du hast mir nicht geantwortet."

SMS? Erst jetzt fällt mir auf, dass mein Handy seit der unsäglichen Telefonkonferenz mit meiner Familie keinen Mucks mehr von sich gegeben hat.

„Äh ..."

Eilig schütte ich den Inhalt meiner Handtasche aufs Bett, durchwühle zerknüllte Papiertaschentücher, Kugelschreiber, Tampons. Geldbörse und eine Tube Handcreme schiebe ich beiseite. Endlich. Hektisch drücke ich die Tastatur. Auf dem Display flimmern blaue Streifen und das Ding gibt keinen Piep von sich. Hab's doch gewusst, es hat Selbstmord begangen. Kann ich gut verstehen.

„Ich glaube, mein Handy ist kaputt", sage ich kläglich. „Und ich habe mich schon gewundert, warum du dich nicht mehr meldest."

Mir ist jetzt alles egal, ich kann einfach nicht anders. Ich will mehr vom Leben, mehr von der Liebe – ich bin mutig, auch wenn es mich verletzlich macht. Mit pochendem Herzen warte ich auf seine Antwort.

„Valeska, ich habe Tag und Nacht an dich gedacht, du gehst mir nicht mehr aus dem Sinn. Ich halte es kaum aus ohne dich."

Seine Stimme ist leise, sanft ... oh, mein armes Herz, gleich zerspringt es!

„Mir geht es genauso. Warum habe ich nur das Gefühl, dich schon ewig zu kennen?"

„Vielleicht sind wir uns schon in einem anderen Leben begegnet?"

„Ein weiteres Date in diesem Leben würde reichen."

„Sofort – wenn ich wieder zurück bin, Valeska."

„Wie zurück?", frage ich piepsig.

„Ich muss geschäftlich verreisen, aber Weihnachten habe ich frei. Da könnten wir uns sehen. Was meinst du?"

„Oh! Erst Weihnachten?"

„Ja ... ich weiß auch nicht, wie ich es so lange ohne dich aushalten soll", sagt Becks leise.

„Hmmm ...", brummt es aus dem Hörer. Meine Güte, dass ein Brummen so erotisch sein kann!

„Wie fändest du es, Weihnachten mit Santa Claus, Knecht Ruprecht, einem zauberhaften Engel, einem Ober-Elfen und einem Rentier zu verbringen? Kannst du dir vorstellen, Weihnachten zu uns in die WG zu kommen?"

„Puh, und ich dachte schon, du fragst mich nie! Ich komme gerne, sehr, sehr gerne."
Ich atme auf.
„Das ist gut, sehr gut."
„Alles in Ordnung mit dir, Valeska?", erkundigt sich Becks besorgt.
„Jaha ... schon ..."
„Mit dir ist doch was? Möchtest du es mir nicht sagen? Bist du traurig, weil wir uns nicht sehen können?"
„Das vor allem, aber ..."
Schon bricht es aus mir heraus und ich erzähle Becks von meiner Entdeckung, dass der schreckliche Sven der Mann vom Bahnhof und wahrscheinlich schwul ist und seinem Freund soeben das Haus gezeigt hat, ich sicher demnächst aus der WG geworfen werde, weil ich den Hausfrieden störe, indem ich Orchideen und Wuschelengel kaputt mache und fremde Koffer entführe.
Becks lacht!
„Valeska, mein Stern, du übertreibst, er wird dich mögen. Vertrau mir."
Er ist so lieb.
„Wir sehen uns Weihnachten, Valeska. Ich werde die Stunden zählen", sagt Becks zärtlich. Die Minuten, denke ich, ich werde die Minuten zählen.

Freitag, 18. Dezember, 01.01 Uhr

Mit klopfendem Herzen liege ich im Bett, die Decke bis zur Nasenspitze hochgezogen. Irgendetwas hat auf meinem Balkon gescheppert. Eine Katze?
Jetzt höre ich Schritte. Viel schlimmer! Ein Einbrecher! Panisch sehe ich mich um. Sehe natürlich nichts. Soll ich das Licht anmachen? Wo ist mein Handy? Mist, das ist ja kaputt! Das Haustelefon liegt auf der Station in der Diele.
Was soll ich tun?
Angestrengt lausche ich. – Stille.
Ganz vorsichtig schäle ich mich aus dem Bett und tapse

durchs Zimmer. Stolpere über irgendetwas. Kann nur mit Mühe einen Schreckensschrei unterdrücken. Auf dem Balkon fallen gerade meine Gartenklappstühle mit lautem Getöse um und eine männliche Stimme ruft erstickt um Hilfe. Ich nehme meinen ganzen Mut zusammen, taste mich durchs Zimmer bis zur Balkontüre vor und finde den Lichtschalter für die Außenbeleuchtung. Vorsichtig luge ich zwischen den Dekoschals nach draußen.
Häh?
Schnell öffne ich die Tür einen Spalt.
„Becks, bist du das?", frage ich ungläubig zwischen die weißen Klappstühle.
„Wer sonst?"
Der Rest ist Schweigen.

Freitag, 18. Dezember, 8.24 Uhr

„What a wonderful day", summe ich vor mich hin, als ich mich zurechtmache.
Ich glaubte, zu träumen, als ich ihn unter den Gartenklappstühlen auf meinem Balkon fand. Er habe es nicht mehr ausgehalten, wollte mich noch einmal sehen, bevor er auf Geschäftsreise geht, hat er mir zwischen unseren Küssen gestanden. Ich zog ihn ins Zimmer, streifte seine nasse Kleidung ab, wärmte ihn mit meinem Körper.
Seit heute Morgen weiß ich es mit Bestimmtheit:
Becks – ich bin verliebt wie noch nie in meinem Leben!

Heute Abend gehen die Kinderhaustruppe und ich ins Kino. In meinem Kopf spielt sich eine märchenhafte Vorstellung von unserem Weihnachtsabend ab.
Ich schmücke den Weihnachtsbaum festlich mit matten Goldkugeln, Seppo hängt schwarze Trink-Flexihalme an die grünen Zweige, Adalbrand verziert das Grün mit weißen Baiserengeln, Lilli verkleidet die Zweige mit goldenem Engelshaar. Sven steckt auf die Baumspitze die abgebrochene Orchideenblüte und den stummen Wuschelengel, nimmt mich

in seine riesigen Arme und verzeiht mir. Die Engel singen und die Glocken klingen.

Es klingelt wirklich!

Aus meinem Weihnachtstraum gerissen, stürze ich fast über mein Lockenstabkabel und renne an die Türsprechanlage.

„Ja! Was ist?"

„Ich bin es! Paul! Kannst du bitte öffnen?"

Eine Beichte wäre jetzt günstig, schießt es mir durch den Kopf. Ganz allein und in Ruhe könnte ich Pauli die Wahrheit über mich und meinen nicht vorhandenen Ehemann erzählen. Ihm mein Leben in der WG genau erläutern, endlich wieder ohne Lüge leben – doch der Gedanke verschwindet genauso schnell, wie er gekommen ist, als ich Pauli vier Einkaufstüten durch die Diele schleppen sehe.

Kurz darauf höre ich seine Stimme aus der Küche.

„Deinen Koch Adalbrand habe ich heute schon bei der Mariengrotte auf dem Friedhof getroffen!"

Pauls Mutter ist nahe der Mariengrotte auf dem Friedhof von Herrgottsruh begraben. Er geht dort regelmäßig vorbei und zündet das Grablicht an. Seine Mutter mochte die Dunkelheit nicht, hat er mir einmal erzählt.

„Weißt du eigentlich, dass der einen an der Klatsche hat?"

Er ist nicht mein Koch, sondern mein Mitbewohner, würde ich am liebsten rufen. Stattdessen erwidere ich:

„Wie kommst du darauf? Adalbrand ist der beste Koch, den ich kenne!"

Pauli schüttelt den Kopf.

„Das ist der Preis, den man zahlen muss, wenn man immer allein in der Küche steht und für Frau Kammermeier kochen muss, oder? Wieso hast du eigentlich den Namen deines Mannes nicht angenommen? Mann, Walli! Adalbrand führt Selbstgespräche! Und zwar so heftig, dass er mich gar nicht wahrgenommen hat."

Ehrliche Anteilnahme spricht aus seinen Worten. Er runzelt die Stirn und schüttelt wieder den Kopf.

„Adalbrand steht vor der Mariengrotte und redet, als stünde sie neben ihm."

„Wer bitte?"

„Seine Frau ... Elisabeth. Er hat ihr von unserem Weihnachtsessen erzählt und dass wir alle den Heiligabend wie eine große Familie miteinander verbringen werden."

Pauls Gesicht strahlt, als der das mit der Familie sagt.

„Ach Paul", seufze ich. „wahrscheinlich ist das so, wenn man einen geliebten Menschen verliert."

„Ach! Was wäre denn gewesen, wenn ich nach dem Tod meiner Mutter mit ihr in meinem Zimmer Selbstgespräche geführt hätte? Du hättest mich in die Therapie gesteckt, Walli, gib's zu!"

Während dieser klar formulierten Annahme und selbsterklärenden Erkenntnis öffnet Pauli die Tür zum Kühlschrank und beginnt energisch, den Inhalt der Tüten darin zu verteilen.

„Huch, was hast du denn alles eingekauft?"

„Alles Zeug mit leichten Ablaufdatumüberschreitungen, nicht gekauft, sondern gerettet vor dem Großcontainer."

„Das ist ja Wahnsinn", urteile ich. „Wer soll denn so viele Becher Bircher Müsli verdrücken? Versteh mich bitte nicht falsch, ich mag Müsli. Wirklich. Aber das sind sicher 30 Becher und es wird furchtbar hart, wenn ich im Kühlschrank nur Bircher sehe."

„Wieso? Das Müsli kann man auch noch essen, wenn das Haltbarkeitsdatum bereits abgelaufen ist. Ehrlich!"

„Sagt wer? Und warum denkst du, ich müsste versorgt werden?"

„Jonas hat mir erzählt, dass du diese Woche Strohwitwe sein wirst, weil dein Mann geschäftlich in Rumänien unterwegs ist, oder?"

Oh, Gott, es ist wahr! Mein Mann ist ja bis zum 20. Dezember in Rumänien und danach wollte er sich bei mir melden.

Wie schrecklich! Was habe ich mir da nur wieder eingebrockt? Ich bin so feige! Jonas hat Pauli bestimmt von dem „glücklichen" Ehepaar in der Tiefgarage erzählt.

Gute Güte!

„Au ja! Stimmt! Da Adam sich im Moment in Rumänien

befindet und ich dem Koch freigegeben habe, könnte ich mich die Tage wirklich mit Müsli ernähren. Bircher und Walli – gesund und kernig!"

Pauli grinst bis über beide Ohren, zeigt mir sein makelloses Gebiss und klappert mit seinen Zahnreihen. Im gleichen Moment klingelt mein neues Handy.

Ich ignoriere es. Mein Gewissen rüttelt mich, schreit: „Hör auf, zu lügen! Sag ihm die Wahrheit! Sofort!" Doch ich starre in den Kühlschrank und finde es rührend, dass alle denken, sie müssten sich um mich kümmern, weil mein Mann nicht da ist und der Koch frei hat.

Mein Handy fiedelt wieder Mambo Nr. 5.

Ich reiche Paul die Müslibecher und nicke geistesabwesend, als er mich fragt, ob er für mich rangehen soll.

„Hallo, hier bei Walli!"

Vielleicht ist es Becks? Ich kann mir ein breites Lächeln nicht verkneifen.

„Natürlich können Sie mit ihr sprechen! Sie steht in der Küche und lächelt in den Kühlschrank."

Er grinst mich an.

„Ja schön – Sie rufen aus Rumänien an? Ich bin Paul, eines von Wallis Kids."

In diesem Moment erkenne ich, dass meine Gedankenlosigkeit ein weiterer fataler Punkt auf meiner langen Sünderliste ist. Mein Grinsen ist auf einmal wie festgefroren, und das liegt definitiv nicht an der offenen Kühlschranktüre. Ich bin gerade dabei, in die nächste Misere zu schlittern. Ich übernehme und verkrümle mich umgehend in den Wintergarten.

„Hallo Adam!", flüstere ich. „Im Moment geht es nicht! Viel zu tun!"

Schnell beende ich das Gespräch und schalte das Handy ganz aus, damit mein Ex nicht noch einmal durchklingeln kann. Schließlich ist es gut möglich, dass die Verbindung zwischen Rumänien und Deutschland im Moment nicht die Beste ist. Entnervt drehe ich mich um und sehe Paul fragend in der Küchentüre stehen.

„Diese ... ähm ... Handy-Verbindung! Weg! Einfach weg!

Leitung tot ... ähm ... abgeschnitten!"

„Ach! Pippa hatte kürzlich da auch so ein Problem. Aber warum ruft er denn nicht auf eurem Haustelefon an?"

Schon stecke ich drin – tief drin – in der nächsten Schwindelei.

Ich entschließe mich zu einem Teil der Wahrheit.

„Ach! Die Nummer ist ziemlich neu für Adam! Und wahrscheinlich hat er sie noch nicht gespeichert. Ich ruf ihn später zurück. Schließlich muss das Bircher in den Kühlschrank, bevor es schlecht wird!"

Paul zieht eine Augenbraue hoch und greift in seine Hosentasche. Sein Gesichtsausdruck verändert sich schlagartig, als er auf die Anzeige seines Handys blickt und das Gespräch sofort annimmt.

„Sina! Wo bist du?"

Die Freude steht ihm deutlich ins Gesicht geschrieben. Er bemerkt meinen Blick und dreht sich von mir weg, spricht leiser.

„Natürlich kann ich dich abholen! Ich habe den Roller hier und könnte in einer Viertelstunde da sein."

„Du machst ... was an Weihnachten?", will er dann wissen.

„Finde ich toll, dass du Weihnachten mit deinem Vater verbringen wirst. Du hast wenigstens einen – sogar zwei, wenn man ehrlich ist!" Er lacht gequält.

„Ja, okay, war kein guter Witz. Sorry."

Ich kämpfe noch immer mit dem Bircher Müsli, von der offenen Kühlschranktüre bestens gedeckt.

„Hat dein Stiefvater noch Stress gemacht?"

„Sein Glück!"

„Brauchst du noch Hilfe in Mathe?"

Schon bin ich wütend auf den mir unbekannten Stiefvater. Pauli ist charmant, höflich, intelligent, fürsorglich – leider ohne Familienanschluss – also „übrig", wie ich, wie wir alle hier. Aber was bildet sich dieser Stief-Doktor ein, denke ich empört. Paul hat sich zu einem attraktiven jungen Mann mit vielen positiven Charaktereigenschaften entwickelt. Was ihn in den Augen dieses versnobten Arztes vordergründig zu einem unwürdigen Freund von Sina macht, ist die Tatsache, dass er in unserem Kinderhaus und nicht behütet in einer Familie groß wurde. Trotzig reiße ich den Deckel von einem Becher und schlürfe das Müsli ohne Löffel wie ein widerspenstiges Kind.

Paul lugt hinter die Kühlschranktür hervor und ich senke schnell den Blick, damit er nicht sehen kann, wie stolz ich auf ihn bin.

Fast wie eine Mutter! Paul ist das Kind, das ich nicht habe. Schon vom ersten Moment an war er für mich wie ein Sohn. Nein, ich habe ihn nicht bevorzugt, aber er war in all den Jahren immer etwas ganz Besonderes für mich gewesen. Das Band zwischen uns hat etwas Schicksalhaftes. Ich glaube an Bestimmung. Das Schicksal hat bei unserer Geburt unseren Lebensweg für uns geplant, der sich wie ein roter Faden durchs Leben zieht.

Wie ein Rettungsseil. Manche gehen den Weg gerade, immer am Seil entlang. Andere machen kleine Umwege, verlaufen sich und finden immer wieder zurück, weil das Schicksal winkt. Und manche lassen los ... und sind für immer verloren.

„Und?" Paul sieht mich tadelnd an.

„Was und?" Provozierend streife ich mit dem Zeigefinger den Becherrand ab.

„Gibt es in deinem Haushalt nicht mal einen Löffel?"

„Nö! Ich finde, Joghurt schlotzt man aus dem Becher."

„Ach so! Komisch! Meine Erzieherin hat uns aber etwas ganz anderes beigebracht."

„Ja", falle ich ihm ins Wort. „Erzieherinnen im Allgemeinen und ich im Besonderen sind auch nicht perfekt und vor allem nicht immer gut erzogen, obwohl sie, wie beispielsweise ich, zwei Elternteile besitzen. Würden sie mich jetzt so sehen, bekäme ich einen Klaps auf den Hinterkopf."

Pauli nickt grinsend, geht in die Diele, kramt, während er seine Jacke anzieht, in der Innentasche und legt einen Brief auf das Sideboard.

„Der Brief war gestern bei uns im Briefkasten. Anscheinend aus Rumänien! Kann ich die Briefmarke haben, wenn du sie nicht brauchst?"

Mir wird heiß und kalt. Schon steigt mir die Röte ins Gesicht. Schöpft Pauli Verdacht?

„Gut", murmle ich.

„Gut, danke", wiederhole ich lauter und begleite Paul zur Haustür.

Blöde, feige Kuh, beschimpfe ich mich. Ich blinzle ein paarmal, atme tief durch und greife mir den Brief. Halte ihn hoch. Kein Absender! Aber der rumänische Stempel ist deutlich zu erkennen.

Ich schulde ihnen was. Ich schulde ihnen das hier – ich schulde allen die Wahrheit und ich muss die Angelegenheit vor Weihnachten unbedingt in Ordnung bringen. Noch nie im Leben bin ich mir so erbärmlich vorgekommen wie in diesem Augenblick.

Abgesehen von der Speisekammermisere.

Oder der Koffergeschichte.

Der Sache mit der Orchidee.

Dem Treffen mit Adam in der Tiefgarage.

Könnte „So alt-So gelb-So praktisch-So voller kleiner Dellen sprechen", würde es sagen: „Nicht unbedingt schwindelfrei unterwegs, meine Walli."

„Bitte, lieber Gott, lass mich endlich alles gradebiegen!", sage ich laut.

Vorsichtig öffne ich den Umschlag.

Freitag, 18. Dezember, 19.54 Uhr

Also, ehrlich, das mit den Mädchen und Jungs ist wie mit einem Sack Flöhe.

Die Bilanz der letzten halben Stunde kann man nur als katastrophal bezeichnen. Ich sehe viele Kids, viele Gesichter, unendlich viel Popcorn und mich selbst, leichenblass. Endlich halten alle ihre Kinokarte in der Hand und ziehen davon.

Man stelle sich einfach nur vor, wie es ist, alleine mit der Kleinigkeit von zehn Kids in ein Kino zu gehen. Matze, Jakob und Boris haben sich auf „Avatar – Aufbruch nach Pandora", und zwar ohne Veilchen und Schienbeintritte, geeinigt. Die drei

Jungs werden von Jonas eskortiert, der bereits seine 3D-Brille trägt und dabei über den Brillenrand nach hübschen Mädchen spechtet. Auch Tessi hat in letzter Sekunde mit einem coolen „Hab's mir anders überlegt, dann sehe ich mir halt diese Liebes-Action-Scheiße an, weil du es bist" ihre zwei Minuten jüngere Schwester glücklich gemacht.

Gott sei Dank!

In schwesterlicher Einheit ziehen die beiden ab. Konnte sie in letzter Sekunde für den gleichen Film begeistern, habe ihn allerdings selbst nicht gesehen.

Schon der Titel: „Haben Sie das von den Morgans gehört?"! Nicht gerade prickelnd.

Ob Sarah Jessica Parker und Hugh Grant als Hauptdarsteller den in meinen Ohren äußerst unattraktiv anmutenden Kinotitel retten können und die Zwillinge letztendlich begeistern werden?

Sondra, Ruth und Hatice haben sich bereits vor der Abfahrt für einen Film entschieden und Paul hat sich angeschlossen, weil er „Avatar" schon gesehen hat und die „Morgans" keine Alternative für ihn sind. Auf seine Frage, was ich denn sehen möchte, zucke ich nur die Schultern, ich kann mich im Moment sowieso nicht konzentrieren. Hätte ich nur nicht diesen verdammten Umschlag geöffnet! Ich versuche das Treiben um mich herum auszublenden, meine Ohren vor dem hundertfachen Stimmengewirr zu verschließen, beschwöre Becks Gesicht vor meinem inneren Auge herauf, den Klang seiner Stimme, den Duft seiner Haut. Fast fühle ich seine Umarmung, schmecke seine Lippen und sehe Adams Augen vor mir ...

Adam! Noch immer dringt er in meine Gedanken ein! Greift nach meinem Herzen, reißt an mir, drängt mich zurück in unsere gemeinsame Vergangenheit.

ooo

Pauli war gegangen und ich öffnete den Brief aus Rumänien. Im Umschlag steckte eine Fotografie.

Ein Bild, das ich bisher noch nie gesehen hatte. Sofort weiß ich, wo die Aufnahme gemacht worden war. Im Rahmen eines Benefiz-Tangowettbewerbs waren Spenden für ein SOS-Kinderdorf in Rumänien gesammelt worden. Adam und ich hatten als Gewinner die besondere Ehre gehabt, Geschenke und den beträchtlichen Spendenbetrag zu überbringen. Auf dem Foto halte ich einen kleinen Jungen auf dem Schoß, der mich aus dunklen Augen ansieht. Seine Wangen sind voller Narben und ein Ohr ist deformiert. Seine Fingerchen spielen mit meinem Haar und es ist mir anzusehen, dass ich nur mühsam die Tränen unterdrücke. Neben mir sitzt Adam und sein Blick hält mich auch jetzt gefangen. Nie, nie, niemals hatte er mich in unserer gemeinsamen Zeit je so angesehen ... so intensiv, so verletzlich, so unendlich liebevoll ...

Etwas berührt meinen Arm, ich erschrecke und blicke in zwei fragende Augen.
„Walli, alles klar mit dir? Du bist so blass?"
Paul sieht mich besorgt an.
„Ja", ich hole tief Atem. „Alles in Ordnung. Lass uns reingehen."

Jonas und ich stehen vor dem Kinosaal und warten auf die anderen, die noch schnell hinter den Toilettentüren verschwunden sind.
Plötzlich sehe ich ihn! Sven Steenbeeke!
Keine fünf Meter weiter, direkt an der Ecke zur nächsten Kinotüre. Cool bleiben! Nur ruhig.
Ich lächele ganz mild in seine Richtung, nur so für den Fall, dass er in meine Richtung sieht. Mir wird heiß.
Er blättert in einer Kinozeitschrift und schaut auf seine Armbanduhr. Ganz offensichtlich wartet er auf jemanden. Blödmann.
Bin immer noch gespannt, ob der Typ wirklich auf Männer steht. Grundgütiger! Was, wenn er mich tatsächlich erkennt, er sich an den Kofferterz erinnert und mir an die Gurgel springt? Ich würde ihm dann ins Gesicht schmettern, dass ich seine Mitbewohnerin bin, Engel würge und seine Lieblings-Orchidee mit meinem Hinterteil plattgemacht habe. Womöglich würde die Situation eskalieren.
Ein johlender Pulk schnatternder Kids stürzt sich auf mich und ich werde in den Kinosaal geschleift.

Über die Schulter kann ich noch erkennen, wie der schreckliche Sven breit grinsend eine Frau begrüßt. Brünetter glatter Pagenkopf, glänzendes Haar, ein affenscharfes Weibchen, das dieser Sven Steenbeeke da im Schlepptau hat. Nun ja, von hinten wenigstens, denn die Vorderseite bekomme ich nicht mehr zu sehen, weil ich gewaltsam in den Kinosaal gedrängt werde.

Gnädige Dunkelheit umgibt mich und ich lasse die bunten Bilder auf der Leinwand vorbeiziehen. Um mich herum rascheln Popcorntüten, Filmtrailer werden mit Gekicher und Geraune kommentiert.

„Jetzt geht's los", meint Hatice neben mir und hält mir ihre Popcorntüte hin.

Reiß dich zusammen, Walli! Ich greife beherzt zu.

Das süße Popcorn schrumpft in meinem Mund zusammen, verklebt mir die Zähne und zieht mich in die Realität zurück. Meine Gedankenwirbel schieben sich zur Seite und mein Blick nimmt geschärft den Titel des Hauptfilms wahr.

Wie bitte?

„ADAM – eine Geschichte über zwei Fremde. Einer etwas merkwürdiger als der andere."

Hallo? Bin ich im falschen Film?

Unauffällig linse ich auf meine Kinokarte.

Tatsächlich!

Adam – eine Scheißgeschichte über zwei Fremde. Einer komplett merkwürdig und der andere strunzdumm ... Himmelherrgott ... Alle, alle werden dem Verlauf dieses Films folgen können.

Nur ich nicht.

Warum habe ich mir nicht die 70-er-Jahre-Mafiosi-3D-Brille auf die Nase gesetzt und mir die blauen Wesen von Pandora angesehen?

Adam – zwei Fremde ... allein der Titel setzt enorme Emotionen in mir frei.

Fühle mich im Moment seltsam unglücklich.

Hatice lehnt erwartungsvoll ihren Kopf an meine Schulter:

„Freust du dich denn gar nicht? Es ist eine romantische

Komödie und bestimmt lustig!"

„Doch, doch, ich freu mich", antworte ich schnell und denke: Aber muss der Typ denn ausgerechnet Adam heißen?

Paul beugt sich von der anderen Seite zu mir herüber und flüstert:

„Der Film handelt von zwei Menschen, die ausloten, ob sie eine Beziehung eingehen wollen. Und Adam, witzig gell, wie der Name deines Mannes, leidet unter dem Asperger-Syndrom. Soziale Umgangsformen, das Erkennen und Interpretieren von Emotionen, sind ihm fremd. Er kann eigene Gefühle nur eingeschränkt ausdrücken. Was sagschtttt? Kommd dia dasch bekannt vo?"

„Du sollst nicht mit vollem Mund sprechen, Pauli!"

Warum gehe ich nicht einfach? Sage: „Sorry, aber Adam ist Vergangenheit, ich liebe Becks und will endlich glücklich mit einem Mann alt werden."

Warum habe ich so oft Angst vor den Konsequenzen, die die Wahrheit mit sich bringt?

Ich weiß noch, als Pippa mich damals fragte, ob ich mit ihrem Rüdiger eine Runde auf dem Motorrad gefahren wäre. Eigentlich hätte ich guten Gewissens antworten können, dass wir eine Runde gefahren seien und Rüdiger auf einer Ruhepause im Heu bestanden habe, und dass mir nach seiner ungebetenen Schmuseattacke speiübel von seinem bitterbösen, unangenehmen Mundgeruch geworden war und ich mich sofort vom Acker gemacht hatte, nachdem ich ihm noch eine geknallt hatte.

Tja, ich antwortete Pippa auf ihre Frage, ich sei nicht, sozusagen nie auf irgendeiner Maschine, welche Maschine eigentlich, gesessen. Schließlich hatte Rüdiger Pippa von unserem Abenteuer erzählt und behauptet, ich hätte ihn fast vergewaltigt, weil ich beim Motorradfahren so heiß geworden wäre. Beinahe hätte ich meine beste Freundin durch meine Feigheit verloren. Sie hat mir verziehen. Nicht zuletzt, weil auch sie Bekanntschaft mit Rüdigers Mundgeruch gemacht hatte.

Wenn ein Tag schiefgeht, dann gründlich.

Mir ist heute neben dreißig Bechern Bircher Müsli, einer unbekannten Fotografie mit Adam und einem Film mit einem anderen Adam auch noch Sven Steenbeeke untergekommen.

Komisch! *„Eine Geschichte über zwei Fremde. Einer etwas merkwürdiger als der andere"* klingt plötzlich sehr passend.

Die Geschichte von Beth und Adam nimmt mich tatsächlich gefangen und es gelingt mir, meine Gedanken völlig auszublenden. Meine Beklemmungen gleich nach der letzten Szene überspiele ich mit einem verkniffenen Lächeln. Die Beziehung von Beth und Adam war gescheitert, zerbrochen an Adams Unfähigkeit, Emotionen zu zeigen. Schade für die Romantiker im Zuschauerraum, für mich jedoch nachvollziehbar. Unhappy End, wie im richtigen Leben eben.

„Mann, meine Wette mit den Mädels hab' ich echt verloren. Ich habe nicht damit gerechnet, dass diese Beth dem armen Adam keine Chance gibt", stöhnt Paul.

Hatice und Sondra ahnten schon vor Beginn des Films, dass es am Ende kein Happy End geben wird, und fordern sofort ihren Gewinn.

Zwei Cheeseburger und ein Softdrink sind der Preis.

„Hey Walli, du kannst ruhig fahren. Wahrscheinlich wirst du zu Haus schon erwartet. Ich bezahle meine Wettschulden und wir warten auf die ‚Avatare'. Dann bringe ich die Rasselbande nach Hause."

„Mach dir noch einen schönen Abend!", meinen die Zwillinge, die gerade quietschfidel angekommen sind, noch etwas von Cheeseburgern gehört haben und sofort Feuer und Fett sind.

Habe im Moment das Gefühl, dezent abgeschoben zu werden, und stopfe meine Fäuste in die Manteltaschen.

Adam, das geht mir am Arsch vorbei!

Ich ziehe unter den fröhlichen Gute-Nacht-Wünschen meiner Schützlinge in Richtung Parkhaus.

Irgendwie bin ich sauer! Schlecht gelaunt. Müde. Und außerdem ist Fastfood schlecht für die Figur. Allerdings ist ein dick belegter Burger mit Gürkchen und ungesunder Soße manchmal ein wunderbarer Seelentröster. Überlege, ob ich noch am Drive-in-Schalter vorbeifahre. Zehn Minuten später holpere ich mit meinem „So alt-So gelb-So praktisch-So voller kleiner Dellen" so allein nach Hause.

ooo

Der kleine Junge hieß Kimi und starb wenige Wochen nach unserem Besuch im SOS-Kinderdorf an einer Gehirnblutung. Damals planten wir, uns gemeinsam in einem Kinderdorf zu engagieren. Adam hätte die medizinische Versorgung übernommen, ich die pädagogische. Wir hatten so viele Ideale, waren so voller Ideen und Hoffnung.

„Nicht immer nur reden. Nicht immer nur sagen, da müsste man und da sollte man. Einfach machen", meinte Adam. Wir hatten eine Vision, eine Vision von einem besseren Leben, für Kinder, die niemanden hatten, den ihre Zukunft kümmert.

Mir wird jetzt klar, dass Adam mit seinem Bild mich genau daran erinnern wollte. Doch ich erkenne auch, dass wir irgendwann unsere Vision verloren hatten. Sie verblasste im Alltag, wurde von Belanglosigkeiten begraben, für nicht durchführbar erklärt, mit jedem Jahr, das verstrich, mit jedem Schritt auf der Karriereleiter, mit jedem Altersring, der sich um unseren Verstand zog, bis sie sich irgendwann aufgelöst hatte.

Energisch räume ich zuhause die Spülmaschine aus, um auf andere Gedanken zu kommen. An der Tür höre ich einen Schlüssel. Mir wird schlagartig heiß und kalt.

Sven Steenbeeke?

Die anderen sind alle nicht da!

Könnte spät werden, sagte Seppo. Auch mit Adalbrand kann ich noch nicht rechnen, der wollte ins Theater und Lilli verbringt die Nacht bei ihrem gelenkigen Salsa-Tänzer.

Schleiche strumpfsockig durch den Wintergarten, stapfe im Eiltempo storchenbeinig zwischen kleinen Blumentöpfen und tapse leise die Treppe nach oben in mein Zimmer.

Wenig später bekomme ich die Unterhaltung in der Diele mit.

„Komm! Aber leise!"

„Ich sterbe vor Angst!", ziert sich eine weibliche Stimme.

Warum stirbt die Henne vor Angst? Hat Sven tatsächlich die Schön-Föhn-Frisur im Schlepptau?

„Komm schon", flüstert er sanft.

Sie gehen schnell über den Flur in sein Zimmer hoch.

Sven legt Musik auf, wohl, um ihre Lustschreie zu übertönen.

Der kommt einfach nach Hause und „Rums" ist Lärm da!

Ist es normal, sich die Ohrmuschel an der Türe eines Mitbewohners plattzudrücken, um den Tritten und Schritten zu lauschen, um sich letztendlich zu vergewissern, dass es tatsächlich er, das Phantom, ist, der nach Hause gekommen ist? Nun höre ich das Ratschen eines Reißverschlusses, leises Lachen. Wohliges Gemurmel.

Die Musik stottert. Ich glaube, wir sollten Dichtungen an allen Türen anbringen.

Soweit ich das durch das Schlüsselloch erkennen kann, hat der Typ tatsächlich Socken mit einem schwangeren Känguru auf der Ferse an. Wieder höre ich Lachen und das Rascheln von Kleidung. Langsam wird es mir unbequem. Wenn er jetzt die Tür öffnen würde, säße ich ganz schön in der Patsche. Vielleicht könnte ich so tun, als leide ich unter dem Asperger-Syndrom? Ich könnte verängstigt die Augen aufreißen, damit er mir glaubt, dass ich meine Gefühle nur eingeschränkt ausdrücken kann, und so tun, als sei es ganz normal, durch ein Schlüsselloch zu spannen.

Samstag 19. Dezember, 6.41 Uhr

Womit habe ich das verdient?

Meine Frühschicht beginnt um 6.00 Uhr. Gegen 6.30 Uhr versuche ich vergeblich mich noch einmal in den letzten Traumabschnitt zurückzuversetzen. Obwohl ich mich auf der Couch im Betreuerzimmer komplett in meine Wolldecke kuschle und krampfhaft die Augen zukneife, will es mir nicht gelingen. Es ist fast so, als säße ein Kobold auf meiner Stirn und zöge mir jedes Mal, wenn ich gerade fast wieder am Einschlafen war, meine Lider mit aller Macht nach oben.

Tatsächlich lässt mich ein seltsames Reiben immer wieder von meiner Traumwolke fallen. Irgendjemand steht vor meiner

Türe und macht entweder ein Ganzkörper-Peeling oder hat die Krätze. Muss mich dann vor Neugierde aus meiner Kuscheldecke schälen und luge schläfrig durch das Schlüsselloch.

Ein Po? Paulis? Was machte er nur so gebeugt frühmorgens vor meiner Türe?

Paul dreht sich plötzlich um und ich tauche ab.

Spähe erneut durch das Schlüsselloch und ein riesiges Auge starrt mir entgegen.

Ich ramme mir vor Schreck die Türklinke an die Schädeldecke und auch im Gang ist ein Rumsen nicht zu überhören. Reiße schnell meine Türe auf und gebe mich überrascht:

„Kann es sein, dass du mich gerade durch das Schlüsselloch beobachten wolltest?"

„Allerdings! Aber irgendwie warst du schneller als ich. Stimmt's?"

Er steht zwischen Schirmständer und Schuhputzzeug, einen Stiefel in der Hand. Ich verzichte auf eine Antwort und streiche unauffällig über meinen Kopf, weil ich nicht zugeben möchte, dass ich mir gerade wahrscheinlich eine Gehirnerschütterung zugezogen habe und mein Schädel „Aua, aua, Kopfschmerz" schreit.

„Was machst du eigentlich hier für einen Lärm? Außerdem riechst du aufdringlich."

„Ich rieche nicht! Vielleicht meinst du das Imprägnierspray für meine Boots. Draußen hat es geschneit, und zwar heftig. Der Hausmeisterservice kommt heute bestimmt mit Verspätung. Irgendjemand muss ja den Gehsteig räumen. Wahrscheinlich wirst du als Erste ins Schlittern geraten. Außerdem habe ich Semmeldienst."

Jeden Samstag und Sonntag frühstückt die Wohngruppe ganz gemütlich zusammen. Manche Kinder verbringen ab Freitag das Wochenende bei ihren Eltern. Wochenende bedeutet halbe Besetzung, Hatice, die Zwillinge, Jonas und Pauli. Ich lehne Paulis Aufforderung, ihn zu begleiten, ab, zumal ich es hasse, Schnee zu schippen und Kiesel zu streuen.

Die Zwillinge sind die Ersten, die nach dem Frühstück die Treppen herunterhüpfen, eingepackt in Mütze und Schal, und

sich abwechselnd schnäuzen.
„Hi, Walli! Es ist echt viel Schnee runtergekommen."
Tessi zieht sich ihre Mütze über ihre Stirn.
„Alles zugeschneit. Aaaaalles!" Tina folgt dem Blick ihrer Schwester und spricht ihre Hoffnung offen aus.
„Hoffentlich brauchen wir am Montag gar nicht in die Schule wegen des vielen Schnees. Wahrscheinlich werde ich auch gleich ohnmächtig, weil du wirklich ein grässliches Parfüm hast, Walli."
Tessi niest und lächelt mich an.
Diese Gören sind wirklich atemberaubend nett. Ich könnte sie versuchsweise mal trennen, vielleicht würde es ihnen gut tun. Vor allem mir. Habe fast bis Mittag fortwährend aus dem Fenster gestarrt, da ich diese Schneemassen einfach nicht fassen kann. Inzwischen wurde bestimmt schon dreimal vom Hausmeister geräumt. Trotzdem legt sich der flauschige Schneeteppich immer und immer wieder auf den Gehweg. Herrlich. Hoffentlich bleibt der Schnee bis Heiligabend liegen.
Ich liebe weiße Weihnachten. Finde es unglaublich romantisch. Ich erledige einige Telefonate und öffne dann, seltsam berührt, das Fenster meines Büros. Draußen schneit es ununterbrochen weiter und die Geräusche dringen gedämpft ins Zimmer. Alles scheint wie in Watte gepackt. Die Stadt ist mit einem Mal stiller geworden. Auch im Haus ist kaum mehr ein Laut zu hören.
Zufrieden greife ich in meine Handtasche. Die schweineteure Tagescreme mit Hyaluronsäure in dem winzigen Tiegelchen finde ich erst nach einigem Wühlen.
Schnell greife ich zu meiner Brille, denn die Anwendung ist mir im Moment noch unklar. Ich lese mit zusammengekniffenen Augen die winzigen Lettern:
Hyaluronsäure gehört zu den Glykosaminoglykanen und ist ein wichtiger Bestandteil der Grundsubstanz (auch Kittsubstanz genannt). Kittsubstanz für die „reife Haut".
Na toll.
Bitte einen Spatel verwenden! Na danke! Was glauben die eigentlich, wie tief die zu kittenden Furchen bei mir sind, dass

mir freundlicherweise zu einem Spatel geraten wird? Ginge der Spachtel, den der Maler auf dem Fenstersims vergessen hat, auch? Bedeutet das jetzt tatsächlich, dass mir trotz sündhaft teurem Kosmetikprodukt eine faltenfreie Epidermis versagt bleibt, weil mir das entsprechende Werkzeug fehlt, um die Masse in meine Falten zu spachteln? Kann ich als Verbraucherin nicht davon ausgehen, dass bei so einem horrenden Anschaffungspreis entsprechendes Anwendungsgerät beigepackt ist? Bei Ikea liegt immer ein kleiner Imbus-Schlüssel der Schraubenpackung bei. Sogar an durchsichtige, runde Klebeblättchen denken die, damit die Schubladen beim Schließen nicht so laut knallen. Und bei der Käsesahnebackmischung aus dem Supermarkt sind sogar ein Tortenring aus Pappe zum Zusammenstecken und ein Tütchen Puderzucker zum Verzieren beigelegt.

Nur der französische Cremeproduzent hat neben einem Tiegel mit maximal dickem Glasboden und minimalem Inhalt lediglich den Hinweis auf Papier beigefügt, man solle einen Spatel benutzen. Muss ich per se davon ausgehen, dass eine Frau, die Wert auf ihr Äußeres legt, über eine Werkzeugauswahl fürs Gesicht verfügt? Ich überlege und presse unwillkürlich die Lippen aufeinander, als mir bewusst wird, dass auch ich einen kleinen Kosmetikwerkzeugkoffer besitze. Darin befinden sich eine Pinzette zum Augenbrauenzupfen, Hämostiletten zum Öffnen hartnäckiger Mitesser und eine uralte Wimpernzange, die mir meine Mutter einmal zu Weihnachten geschenkt hat. Damit ich mit vollendetem Wimpernaufschlag endlich einen reichen Mann in den sicheren Hafen der Ehe klimpere, wie sie sagte.

„Schließlich haben wir dich Valeska genannt, weil dieser Vorname so gut zu ‚von' passt."

Auf meinen treudoofen Blick antwortete sie ungeduldig:

„Wenn du in den Adel einheiratest, Kind! Lass dir das auf der Zunge zergehen: Valeska von und zu Hohenzollern – oder so."

Noch heute weiß ich nicht, was ich auf so etwas antworten soll.

Schon wieder klingelt das Telefon.

„Kinderhaus Friedberg – Valeska Kammermeier".

Es ist die Mutter der Zwillinge Tessi und Tina.

„Aber natürlich können Sie Ihre Töchter schon am 23. Dezember abholen. Sie werden sich riesig freuen. Schön, dass es endlich klappt. Ja, schon klar. Ach so! Am 26. sind die beiden dann wieder hier."

Eigentlich sollte ich antworten, dass ich es für eine Unverschämtheit halte, die Töchter nur an Weihnachten abzuholen und sich sonst keinen Deut um die Kinder zu scheren, aber als Betreuerin darf ich mir zwar Gedanken machen, aber diese nicht immer laut aussprechen. Schon allein die Frage: „Wären meine Töchter schon am 23. bereit?", bringt mich auf die Palme.

Bereit für was? Für eine alkoholkranke Frau, die letztes Jahr auf Bewährung aus dem Gefängnis kam, und das auch nur, weil sie angab, besser für ihre Zwillinge sorgen zu wollen. Eine Mutter, die ihre Kinder nur abholt, damit sie die Auflagen erfüllt? Deren Kinder nur Mittel zum Zweck sind? Schlechte Welt! Nein, Höflichkeit führt zu nichts. Ich werde daran arbeiten.

Verärgert tippe ich etwas ungeschickt in den Cremetiegel und habe viel zu viel Kitt am kleinen Finger.

Und jetzt?

Der kleine Spiegel hinter meinem Büroschrank zeigt mir eine unattraktive Gesichtsspalte, die dringend verfugt werden sollte. Vorsichtig massiere ich die Masse in meine Problemzone ein und hoffe, dass ich kurz vor Dienstschluss keine weiteren Flickstellen entdecke. Leider klingelt es jetzt schon wieder.

„Kinderhaus – Valeska Kammermeier".

„Meine Name ist Vesna!"

Die Stimme klingt jung und aufgeregt.

„Ist da Walli?"

„Ja ..."

„Ich hab die Numera geklaut von Handy. Ich erwarte Kind von Adam – aber er sagt mir, er geht zurück zu dir."

Wie bitte?

Mir wird ganz flau im Magen und setze mich mit dem Hörer in der einen und dem Kitttiegel in der anderen Hand auf meinen Bürostuhl. Draußen rieselt der Schnee und mir rauscht das Blut in den Ohren.

„Hallo? Bist du noch dran?", dringt es unsicher aus dem Hörer.

Was soll ich jetzt sagen? Ehe sie weiterreden kann, frage ich ungläubig noch einmal nach.

„Verstehe ich richtig? Vesna?"

„Ja ..."

„Du bekommst ein Kind von Adam? Und er hat gesagt, er kommt zu mir zurück?"

„Scuzati, aber genauso ist es! Hat Adam gesagt."

In ihrer Stimme schwimmen Tränen. Meine Güte, ich glaube es nicht!

„Was soll ich nur tun, wenn Kind da ist? Bin ich allein mit Kind. Habe ich ihm geglaubt, er sagt, er liebt mich. Hat er gesagt er, sorgt für mich und das Kleine."

Adam, du Schwein!

„Vesna, wo bist du jetzt im Moment?"

„Ich bin noch in Frankfurt bei Freunden. Aber an Weihnachten fahre ich mit dem Zug nach Friedberg zu meinem Bruder. Adam soll mir Auge in Auge sagen, dass er mich und das Kind nicht will. Und dann werde ich ihm sagen: ‚Du-te dracului!'"

„Vesna, was heißt ‚Du-te dracului?'"

„Ich weiß nicht genau in Deutsch? Aber so ähnlich wie ‚Schleich dich zum Teufel!'"

Scher dich zum Teufel, Adam! Zur Hölle mit dir! Mögest du dort im Höllenfeuer braten und dir die Seele aus dem Leib schreien für all das Unrecht, das du auf Erden hier anstellst, für all die Qualen, die du deinen Mitmenschen bereitest. Wie kann jemand, der den hippokratischen Eid geleistet hat, jemand, der das Genfer Gelöbnis kennt, nur so gemein sein! Ich weiß noch genau, als Adam mir ehrfürchtig die Deklaration von Genf vorgelesen hat.

„Ich verpflichte mich feierlich, mein Leben dem Dienst der Menschlichkeit zu weihen."

Pah, Adam, dass ich nicht lache! Du hast deine Visionen verraten, du hast Vesna verraten, mich verraten und was am Schlimmsten ist, du hast dich selbst verraten.

„Vesna, du meinst, ‚Scher dich zum Teufel!'"

„Genau! Scher dir zum Teufel, Adam!"

Inzwischen habe ich vor Aufregung die Creme aus dem kleinen Tiegelchen überall im Gesicht verteilt, sogar an meinen Ohrläppchen glänzt der Kitt.

Im Moment bringe ich keinen vernünftigen Ton heraus. Mein Herz hämmert wie verrückt und in meinem Kopf lauert Schmerz. Ich weiß genau, dass ich in einer halben Stunde irrsinnige Kopfschmerzen haben werde. Mit zitternden Händen wühle ich in meiner Schreibtischschublade nach Schmerztabletten. Irgendwie imponiert mir diese junge Frau am anderen Ende der Leitung.

„Walli, tut mir leid, aber mein Herz tut so weh. Ich wollte nicht, dass deines auch krank wird."

„Vesna, wie alt bist du?

„Ich bin gestern achtu...zwanzich geworden, arbeite im medizinische Institut in Bukarest und bin jetzt im sechste Monat schwanger. Ich wusste von dir ... Adam hat mir erzählt, er hat Frau in Deutschland und ihr wolltet heiraten ... Aber er sagte, er liebt nur mich. Tut mir so leid."

Mein Hals wird eng und ich bemühe mich, zu schlucken.

Scheiße!

Ich schmeiße die leere Tablettenschachtel in den Papierkorb, streiche mir mit der Hand über die Stirn, hinter der sich meine Gedanken und die schmerzenden Nerven winden.

„Aus der Hochzeit ist nichts geworden, Vesna", sage ich dann leise.

„Nicht? Tut mir leid ... warum? Wegen mir?"

Diese Last bürde ich ihr nicht auf, soll Adam ihr doch selbst sagen, warum er weder zu mir noch zu ihr steht! Dieser miese, feige Dreckskerl!

„Ich weiß es nicht, Adam hat es mir nie gesagt. Er ist einfach nicht gekommen am Tag unserer Hochzeit."

Am anderen Ende ist es eine ganze Weile still.

„Vesna? Bist du noch dran?"
„Oh ja ... bin noch da. Walli, daaas ist grauenvoll ...!"
In diesem Augenblick kommt mir mein Leben wie einer der Dreigroschenromane vor, die meine Mutter heimlich gelesen hat. Die unsäglichen Schmonzetten, auf deren Cover meist eine Frau mit wilder blonder Mähne und nackten Schultern in den Armen eines feurig blickenden Mannes liegt, Liebesergüsse, die inhaltlich genauso leicht wiegen wie das windige Heftlein, in das sie gedruckt sind. Frau wird auf dem Standesamt sitzen gelassen wegen einer jugendlichen Schönheit, die schwanger vom Bräutigam, wiederum sitzen gelassen wird. Die beiden Frauen verbünden sich und erteilen dem Schurken eine Lektion, die er nie vergessen wird.

Apropos nie vergessen. Da kommt mir ein Gedanke!

„Vesna, ich finde auch, du solltest nach Friedberg kommen! Ich glaube, das bist du deinem Herzen und deinem Kind schuldig. Meine Unterstützung hast du! Ruf einfach an, wenn du da bist."

„Danke! Warum tust du das? Du bist nicht bös mit mir? Adam sagt, du hast ihm verziehen! Sofort war wieder alles gut mit ihm! Wieso kannst du das?"

Meine Knie zittern, mein Magen krampft sich zusammen und ich sage zu Vesna:

„Es ist nicht so, wie du denkst! Nichts ist gut. Nichts wird je wieder gut mit Adam. Ich bin traurig und wütend, sehr, sehr wütend – aber nicht mit dir, Vesna. Nicht mit dir."

Ich drücke den roten Knopf meines Telefons und presse meine Hände gegen die Schläfen. Gleich, gleich platzt mir der Kopf.

Irgendwie halte ich bis Dienstschluss durch. Kaum bin ich zur Haustür herein, wird mir auf einmal ganz seltsam. Ich renne aufs Klo und schaffe es gerade noch, mich über die Brille zu beugen. Bircher Müsli und Marmeladensemmeln ergießen sich unverdaut über den WC-Frischestein samt Plastikhalterung und ich will auf der Stelle sterben.

„Was ist mit dir los?", fragt Brandy besorgt durch den offenen Türspalt.

„Ich glaube, das Bircher Müsli war schlecht!", würge ich in die Kloschüssel.

Brandy schiebt mir dezent ein Päckchen Papiertaschentücher durch den Türspalt und meint leise: „Ich setze Tee auf, meine Liebe!"

Bircher Müsli und Adam haben etwas gemeinsam – ich finde beide zum Kotzen.

Nach schier unendlicher Zeit nehme ich den Kopf aus der Schüssel. Schnell betätige ich die Klospülung einige Male und spüle mir den Mund aus. Völlig überflüssig, zu erwähnen, dass der WC-Frischestein samt Plastikhalterung entsorgt werden muss, da sich Müsliaromen dezent körnig über die frische Zitronenbrise gelegt haben.

Als ich vom Klo zurückkomme, steht bereits eine frisch aufgebrühte Tasse Tee an meinem Lieblingsplatz. Brandy hat sich seine Küchenschürze umgebunden und räumt gerade die vielen abgelaufenen Bircher Müslis aus dem Kühlschrank. Ich schlucke. Mein Mund ist ganz trocken.

„Eine Woche? Das hier zehn Tage?", murmelt er ungläubig vor sich hin.

„Aber normalerweise kann man das doch gut über die Zeit essen?", räuspere ich mich vorsichtig und schlürfe an der heißen Tasse Tee.

„Meine Frau hat Bircher Müsli auch nicht vertragen! Besonders während der Schwangerschaft hat sie sich ständig erbrochen. Ständig, wirklich."

„Ach, du hast ein Kind, Adalbrand? Das wusste ich gar nicht!"

„Ja", sagt Brandy. „Einen Sohn!"

„Aber Brandy, das ist ja wundervoll! Wird er an Weihnachten auch kommen?"

„Nein, Hans lebt nicht mehr. Er starb, er hatte einen Unfall!"

„Oh! Tut mir sehr leid, das wusste ich nicht."

Brandy unterbricht mich.

„Er war erwachsen, er hat getan, was er wollte, leider nicht immer das Richtige."

Adalbrand zuckt mit den Schultern und mir ist klar, dass er

sich schrecklich fühlen muss, so allein, so übrig. Offensichtlich möchte er nicht darüber reden, denn er fragt mich sofort:
„Wie war dein Tag sonst so?"
„Zum Kotzen, Adalbrand, einfach nur zum Kotzen! Ich weiß jetzt, warum mich mein Ex-Verlobter so blitzartig verlassen hat."
„Aha." Adalbrand setzt sich zu mir an den Tisch mit einer Schüssel Äpfel, die er flink zu schälen und zu vierteln beginnt.
„Und? Warum verlässt ein Mann eine Frau wie dich?"
Dicke Tränen rollen mir über die Wangen, während ich Adalbrand von dem Telefonat mit Vesna erzähle.
„Adam ist also schwanger!"
Er erhebt sich und setzt die Äpfel mit Gewürzen und Wasser in einem Topf auf dem Herd an. Fast muss ich lachen über Brandys Zusammenfassung der Sachlage. „Ich finde, es gibt Schlimmeres", meint er pragmatisch und blickt mir tief in die verheulten Augen.
„Du bist so eine patente Person. So hübsch. So witzig. Du bist fast wie meine Elisabeth. Leider habe ich sie viel zu früh verloren."
„Aber du sprichst doch jeden Tag mit ihr, sie ist dir noch so nah."
Ich schlucke hart, um nicht wieder in Tränen auszubrechen. Ich fühle mich schrecklich. Für die Wechseljahre ist es nun ja wirklich zu früh. Himmel, ich werde doch nicht schwanger sein? Hoffentlich war keines der Kondome undicht! Hach, da hat man keinen Sex und ist unglücklich! Dann hat man Sex und danach prompt Angst, schwanger zu sein, nur weil man mal ein bisschen kotzt. Vielleicht hat diese Hyaluronkittcreme meine Hormone verändert? Der Tiegel ist leer, eindeutige Überdosierung. Stand auf dem Beipackzettel etwas über Nebenwirkungen?
„Tja, sie ist mir nah – aber nicht nah genug, meine Liebe, einfach nicht nah genug", sagt Adalbrand traurig. „Aber irgendwann ist es eben vorbei. Und es bleibt nur die Erinnerung."
Ich nehme seine Hand und streichle Adalbrand sanft die Wange. Dann steuere ich mit eiligen Schritten noch mal auf

die Toilette und bin froh, dass sich kein WC-Erfrischungsstein mehr in Spuckrichtung befindet.

„Wer kotzt da?", meine ich die anzügliche Frage aus der Küche zu hören und stelle fest, dass Lilli nach Hause gekommen ist. Ich fühle mich ganz genau wie das kotzende Kängurukind auf Svens Koffer. Zittrig wanke ich in die Küche und ernte einen belustigten Blick von Lilli, die seelenruhig ein Bircher Müsli isst.

„Du, das schmeckt echt lecker!", schmatzt sie.

„Mein Magen mag es aber nicht", sage ich und setze mich wieder vor meine Tasse Tee. Adalbrand hat sich inzwischen wieder seiner Lieblingsbeschäftigung zugewandt und bemerkt nebenbei: „Es gibt Hühnerbrühe und später hätte ich noch Arme Ritter mit Apfelmus!"

„Arme Ritter? Ist das etwas Unanständiges?", will Lilli grinsend wissen und hebt dabei neugierig die Topfdeckel.

„Hm, sieht lecker aus, deine Hühnerbrühe. Und was ist das?"

„Apfelmus", meint Brandy und nimmt Lilli energisch den Topfdeckel aus der Hand.

Adalbrand blickt mich kopfschüttelnd an und greift nach der Eierschachtel.

„Man nehme die Eier, dann mit Milch verquirlen."

Er hält uns Semmeln vor die Nase und erklärt weiter: „in Scheiben schneiden und gut in der Eiermilch einweichen. Inzwischen die Butter in einer Pfanne auslassen. Die Semmelscheiben in der Butter goldbraun braten, bis sie von beiden Seiten knusprig sind. Noch heiß mit Zucker und Zimt bestreuen und warm servieren. Danach mit Apfelmus anreichen und abwarten, ob der Kummer vergeht."

Lilli blickt jetzt auf mich und fragt überrascht.

„KUMMER? Ich dachte, du kotzt nur?"

Als ich ihr alles erzählt habe, nur unterbrochen von einer weiteren Heulattacke und einem Würganfall über der Kloschüssel, meint Lilli tröstend: „Ach Walli, das ist ein Zeichen! Stell dir nur mal vor, du hättest ihn geheiratet und danach erfahren, dass er ‚schwanger' ist. Außerdem, mal ganz ehrlich, ihr hättet nicht zusammengepasst."

In mir staut sich wieder Tränenflüssigkeit.
„Warum meinst du das, du kennst ihn doch gar nicht?",
frage ich schluchzend.
„Ich glaube, Adam hat dich einfach nicht verdient. Nach alldem, was du erzählt hast, ist der echt ein Scheißtyp. Außerdem hättest du sicher seinen Nachnamen angenommen, und das sagt ja schon alles – Geierwalli"
O Himmel – Lilli ist mal wieder richtig zum Knutschen.
Und ich fremdgesteuert, komplett hormonverseucht, ich lache Tränen und bade gleichzeitig Semmelscheiben in Eiermilch, damit der arme Ritter endlich in die Pfanne darf.
Was für ein Tag! Was für ein Tag!

Sonntag, 20. Dezember, 8.08 Uhr

Dieser Tag beginnt vielversprechender als der gestrige. Das restliche Bircher Müsli hat Adalbrand in die Mülltonne verfrachtet und ich habe mitten in der Nacht eine SMS von Becks erhalten.

20 Dez 02:22:02 Uhr SMS von: Becks

Liebe Valeska, habe nur wenig Zeit zw. den Flügen. Wie langweilig ist mein Leben ohne dich. Freue mich schon auf unser Wiedersehen. Es wird an Weihnachten einige Überraschungen geben. Lebt die Orchidee noch? :o) Was macht Sven der Schreckliche? Umarme, vermisse und küsse dich.

20 Dez 08:08:08 Uhr SMS von: Valeska

Hallo Becks! Überraschungen? Ich hasse Überraschungen! Gestehe – muss auch an dich denken! Habe Gartenstühle auf Terrasse zusammengestellt und für dich eine Landebahn freigeräumt. ;o) Stell dir vor! Der schreckliche Sven ist n i c h t schwul! Er hatte vorgestern Sex! Mit einer Frau! Mitten in der Nacht! Unüberhörbar! Der hat ein Geheimnis und k e i n Kleines! Ich vermisse dich und wünsche du wärst hier!
Tausend Küsse Valeska

Rufe Pippa an.

Aber jedes Mal, wenn ich sie anwähle, ist ihre Mama dran und sagt, Pippa sei gerade nicht da, oder Pauls Stimme fordert mich per Band auf, eine Nachricht zu hinterlassen oder die Rufumleitung zu nutzen. Aber auch per Handy kann ich sie nicht erreichen, es ist wie verhext!

Ruft Pippa dann doch endlich zurück, bin entweder ich oder mein Handy nicht da. Netterweise schreibt Brandy, der nahezu alle Festnetzanrufe annimmt, Notizen auf kleine grüne Klebezettel in Form von Äpfeln und heftet sie an die jeweiligen WG-Türen. Inzwischen habe ich mir abgewöhnt, zu fragen, wo sich Sven zurzeit befindet, denn niemand weiß so recht Bescheid. Vorgestern Nacht schleicht er wie ein Kater mit seiner Pagenschnittkatze nach oben, als befände er sich noch im pubertären Alter, danach verlassen beide heimlich und schrecklich leise das Haus, ohne dass angeblich irgendjemand etwas mitbekommt.

Er ist wie ein Gespenst!

Einmal da, einmal weg. Einmal allein, einmal nicht!

Montag, 21. Dezember, 9.00 Uhr

Heute werde ich Weihnachtsgeschenke kaufen. Ich sitze auf meinem Sofa und kaue nachdenklich auf meinem Bleistift, male kleine graue Herzen auf meinen Notizzettel.

Wen möchte ich beschenken? Meinen Vater? Lilli? Becks? Brandy? Seppo? Pippa? Sven?

Wen muss ich beschenken? Savannah! Luan! Maria?

Wer erwartet todsicher ein einzigartiges, persönliches Geschenk? Natürlich! Meine Mutter!

Wer erwartet nichts? Mein Vater!

Es ist wie jedes Jahr. Ich bin schon frustriert, bevor ich durch den Weihnachtstrubel hetze und den Geschenkekauf bis zur letzten Minute hinausschiebe, bis die Dinge dann irgendwann eine Eigendynamik entwickeln und alles zur rechten Zeit gut wird.

Warum kann ich es nicht wie Pippa machen, die schon Wochen im Voraus traumhaft schöne Weihnachtskarten bastelt, außergewöhnliche Bilderrahmen gestaltet oder mir ein neues Paar Kuschelsocken strickt. Noch nie hat Pippa mir etwas Fertiges, etwas Gekauftes geschenkt. Das mag ich so an ihr.

Ich gehe runter in die Küche, mache mir eine Tasse Kaffee, setze mich an den Tisch, vergrabe den Kopf zwischen den Armen und warte darauf, dass mich ein kreativer Anfall streift, mich die Muse der wunderbaren Weihnachtsgeschenke küsst oder einfach nur auf ein kleines Wunder.

Oh Gott! Schicke mir ein Zeichen.

Ich drehe das Radio etwas lauter. Zum Kaiserwalzer von Johann Strauss wiege ich mich im Dreivierteltakt und schreibe auf meinen Zettel: Drei Tickets für Peter Maffay! O. k.

Wenigstens habe ich gestern Abend im Internet drei Tickets für dieses Konzert im Sommer in München gesichert. Savannah, Maria und mein Schwager-Geschenk sind also abgehakt!

Ich will gar nicht mehr darüber nachgrübeln, greife zum Telefon, um beim Friedberger Allroundladen in der Innenstadt die dämliche Ritterburg, mit der ich meinen Neffen Luan überraschen soll, zu ordern.

Hoffentlich ist am Weihnachtsnachmittag der gewalttätige Roboter nicht anwesend, sonst überlebt die Ritterburg nicht mal Heiligabend.

Bitte! Bitte, denke ich, während das Freizeichen ertönt, hoffe, dass ich das Teil noch rechtzeitig bekomme, und mag mir gar nicht ausdenken, wie grausam mich meine Schwester und Luan, der heldenhafte Löwe, bestrafen würden, stünde ich ohne die geforderte Plastikfestung neben dem Weihnachtsbaum.

Ich lasse den Friedberger Allroundladen sich gerade noch so melden falle ihm dann ins Wort: „Valeska Kammermeier, Grüß Gott! Haben Sie die Ritterburg von Playmobil vorrätig?"

„Das tut mir leid, aber der Artikel ist leider ausverkauft!"

Oh nein! Bitte nicht! Schon sehe ich mich mit wirrem Blick durch den Spielwarendiscounter in Augsburg irren, umgeben von kaufsüchtigen Eltern, die Einkaufswägen voller Spielwaren hinter sich herzerren, um ihren lieben Kleinen schon frühzeitig wirtschaftsförderndes Konsumverhalten beizubringen.

„Aber sind Sie nicht die Frau Kammermeier? Für Sie haben wir die Ritterburg doch schon letzte Woche bestellt? Waren Sie nicht selbst im Laden? Wenn ich mich richtig erinnere, wurde uns auch der Roboter von Electronic Kids vorbeigebracht, der sich an der Ritterburg den Arm ausgekugelt hat, nicht wahr?"

„Ohh!" Ich werfe mich stimmlich sofort zwei Oktaven höher und stippe mit meinem Zeigefinger auf meinen Block.

„Genau, das bin ich! Das sind die Geschenke für meinen Neffen, die ich unbedingt heute noch abholen möchte."

„Ähm, es tut mir leid, aber wir müssen Ihnen leider mitteilen, dass der Hersteller den Roboter nicht mehr reparieren konnte, aber ein Mitarbeiter von uns hat ihn soweit hinbekommen, dass er keinen großen Schaden mehr anrichten kann. Ist das in Ordnung, Frau Kammermeier?"

„Natürlich! Ich könnte also die Ritterburg abholen? Und den Roboter auch?"

„Ja, selbstverständlich!"

Wundervoll, denke ich. Ein invalider Roboter ist ein sicherer Garant dafür, dass die Plastikburg Heiligabend überleben und vielleicht auch einmal ihrer Bestimmung gemäß genutzt wird, nämlich zum Spielen. Ich persönlich hätte Luan, der sein Spielzeug ja gerne mal kurz und klein schlägt, dieses Jahr nur ein Puzzle geschenkt, zum Abreagieren, aber meine pädagogischen Hinweise verhallen ungehört im Nirwana. Meine Schwester verhätschelt ihre Kinder weiterhin und ist unbeirrbar der Meinung, sie würde ihnen dadurch alle Liebe dieser Welt geben. Aber was rege ich mich auf.

„Ich werde Ihnen dann die Burg gleich verpacken, wenn es Ihnen recht ist? Sofern Sie wieder mit diesem wundervollen Burberry-Trolley kommen, wird der Transport kein Problem sein."

Ich bedanke mich noch für die Bemühungen und der Hinweis „Burberry-Trolley" bestätigt meine Vermutung. Maria hat vorgebaut und bereits auf meinen Namen vorbestellt. Danke, Maria, danke.

Ich notiere: Mit Maria gelegentlich „Namensverhältnisse" klären.

Ich möchte ihr mitteilen, dass sie nicht mehr Kammermeier heißt, sondern Vlcek, seit ihr Mann sie geheiratet hat. Sie geht in ein Geschäft, benutzt unseren Mädchennamen und denkt gar nicht weiter an die Folgen. Schließlich heiße nurmehr ich Kammermeier, kann mir definitiv keinen Burberry-Trolley leisten und auch kein Prada-Kleidchen. Dieses Erbe hat sie von unserer markenbesessenen Mutter mitbekommen und ich habe schon seit meiner Kindheit darunter zu leiden.

Am liebsten würde ich auf den Weihnachtsstollen vor mir einstechen. Stattdessen schneide ich mir eine dicke Scheibe ab und stippe sie in den Kaffee.

Hmm. Selbstgebacken!

Hat Adalbrand gut gemacht. Das süße Gebäck beruhigt meine aufgewühlten Nerven ein wenig und mir kommt der Tag in den Sinn, an dem ich meiner schlafende Schwester die Zöpfe abgeschnitten und sie unserer faulen Hauskatze zwischen die Pfoten gelegt habe. Sie bekam beim Aufwachen einen Schreikrampf und sperrte sich für die nächste Stunde im Badezimmer ein. Meine Mutter flötete achtundfünfzig Minuten alle erdenklichen Kosenamen und versprach ihr durchs Schlüsselloch eine Armbanduhr von Guess, doch erst nachdem sie sich auf eine Cartier einigen konnten, verließ meine Schwester unsere gemeinsame Toilette. Mein Vater und ich mussten die allmorgendliche Notdurft im Garten in einen Eimer verrichten, ohne Cartier und Guess, und zu meinem Entsetzen stellte ich im Nachhinein fest, dass ihr der Bob, den ihr der Friseur anschließend wegen des kurzen Haares schnitt, ausgesprochen gut stand.

Mein Herz klopft langsamer, ist wieder im Rhythmus. Ich lächle in meine Kaffeetasse. Ganz langsam wage ich es, Erleichterung zu empfinden – so, wie es ist, wenn die Kopfschmerztablette, die man genommen hat, endlich anfängt zu wirken.

Das Geschenk für Luan ist also fast abgehakt.

Auf dem Weg zur Wohnungstür überprüfe ich mein Erscheinungsbild im Spiegel. Graues Sweatshirt: sauber; Jeans: blau eben und ohne Funktionsmängel; Haar: mahagonifarben und frisch gewaschen; Make-up: dezent; Augenbrauen: frisch gezupft; Brille: frisch geputzt.

Na dann! Ich greife nach meinem schwarz-weißen Anorak mit Pelzkapuze und schlüpfe in meine neuen warmen Winterstiefel mit Absätzen: nicht zu hoch, passend zum Wetter. Jetzt mache ich mich auf, die restlichen Weihnachtsgeschenke zu besorgen.

Ich schwöre mir, während die Haustür hinter mir ins Schloss fällt, dass ich erst nach Hause kommen werde, wenn ich alles erledigt habe, ganz gleich, wie lange es dauert, auch auf die Gefahr hin, dass das vielleicht erst nächstes Jahr der Fall sein könnte. Schnell beiße ich noch ein letztes Mal in das Scheibchen von Brandys Weihnachtstollen und ziehe los. Zum Glück ist im Allroundladen nicht viel los, sodass ich sofort bedient werde.

„Auf Kammermeier wurden eine Burg und ein Roboter zurückgelegt", sage ich und gähne hinter vorgehaltener Hand.

„Oh! Noch müde?"

Meine Brille ist angelaufen. Ein freundlicher Mann hält mir einen Papierbecher mit Kaffee vor die Nase.

„Bitte schön! Das macht munter und hält frisch, Frau Valeska Kammermeier."

„Danke schön! Nehme ich gerne."

Langsam gewöhnt sich das Brillenglas an die Wärme und ich sehe nun glasklar. Ich zucke, schaue wahrscheinlich wie eine Bulldogge vor Überraschung und frage:

„Peter? Peter Geier!"

„Ja, so ist es!"

Er steht hinter dem Tresen und grinst mich an.

Adams Bruder!

„Mann, Peter, was machst du denn hier? Dich habe ich ja schon ewig nicht mehr gesehen!"

Nervös trinke ich den Kaffee leer und verschlucke mich derart, dass Peter auf mich zustürzt und mir besorgt auf den Rücken klopft.

„Hallo Walli! Deshalb musst du dich aber nicht gleich umbringen." Er rückte etwas näher und lächelt mich an. „Ich arbeite aushilfsweise während der Weihnachtszeit hier und verdiene mir wieder etwas Geld für mein nächstes Projekt."

„Oh", krächze ich, als ich endlich wieder Luft bekomme.
„Wo soll es denn diesmal hingehen?"
„Auf dem Landweg nach Indien", sagt er.
„Ich möchte mit meinem Unimog von Augsburg nach Indien fahren und suche noch einen geeigneten Reisepartner. Wie wär's?"
Er lacht und erinnert mich dabei fatal an Adam.
Ich lächle amüsiert.
„Mein Bruder ist so ein Vollpfosten, Valeska. Als ich aus Südafrika zurückkam und hörte, dass er eure Hochzeit hat platzen lassen, konnte ich es nicht glauben. Seit seinem Auszug wohnt er bei mir. Er hatte meinen Schlüssel und zog ein, ohne mir vorher mitgeteilt zu haben, dass er dich hat sitzen lassen."
Er streicht sich durch sein welliges, fast schwarzes Haar.
„Adam hat mir vor ein paar Tagen erzählt, dass du ihm verziehen hast. Wegen, du weißt schon ..."
Einen Moment lang bleibt mir fast das Herz stehen. Mir fällt die Szene in der Tiefgarage wieder ein. Oh nein! Adam nimmt tatsächlich an, dass ich ihm eine zweite Chance geben werde? In was bin ich da nur wieder hineingeraten?
Peter sieht mich interessiert an.
Oh, Gott. Was sage ich jetzt?
Glücklicherweise kommt genau in diesem Moment eine ältere Dame um die Ecke. Mit meiner Playmobilburg und einem Roboter unterm Arm.
„Frau Kammermeier?"
„Ja!", sage ich.
„Nein!", sagt die Verkäuferin präzise wie ein Automat.
„Sie sind es nicht! Frau Kammermeier hat ein blaues Prada-Strickkleid und kam das letzte Mal mit einem ...!
Ich lasse sie nicht zu Ende sprechen und vervollständige: „Burberry-Trolley".
„Richtig!", nickt sie mir langsam zu.
„Aber ich heiße Kammermeier, und die andere Dame ist meine Schwester, die allerdings nicht mehr Kammermeier heißt, sondern Vlcek."
Mit etwas Glück hatte sie es jetzt verstanden.

„Ja, Sie sind aber nicht die Dame im Prada-Strickkleid", bemerkt die Dame und beharrt weiter:
„Sie haben definitiv nicht die Burg, den Roboter und den elektrischen Milchaufschäumer bestellt." Ihre Stimme klingt aufgebracht.
„Nein! Sie haben recht!"
Mein Magen krampft sich auf unangenehme Weise zusammen.
„Das war meine Schwester! Sie heißt aber Maria Vlcek."
Die Frau sieht verwirrt aus und kramt hinter dem Tresen. Ich buchstabiere!
„V wie verrückt, L wie lästig, C wie cholerisch, E wie egoistisch, K wie kurios. Vlcek."
„Aber da steht Kammermeier! Maria Kammermeier." Und sie zeigt mir ihre Notiz auf der Bestellung und streicht ungeduldig über den Namen.
„Und da niemand den Namen meiner Schwester schreiben bzw. meine Schwester ihn nicht buchstabieren mag", erkläre ich weiter. „gibt sie bei jeder Bestellung ihren Mädchennamen an. Nämlich Kammermeier. Ich bin ihre Schwester, mich hat kein Vlcek geheiratet, worüber ich sehr froh bin, und deshalb habe ich noch meinen Mädchennamen, der auf dieser dämlichen Bestellung steht."
Ich streckte die Hand aus, um zu zahlen, und versuchte mich zu beruhigen, indem ich die Geldscheine zähle.
„Ja schon! Aber Sie heißen halt nicht Maria", beharrt die Frau und schiebt die Waren ein Stück weiter von mir weg.
Ich gebe auf! Was habe ich nur verbrochen, dass ich ständig von einer Misere in die andere schlittere? Warum nur komme ich mir so zerrissen vor?
„Frau Engelhardt, ich mach das schon. Frau Valeska Kammermeier und ihre Schwester Maria sind mir persönlich bekannt", springt Peter für mich in die Bresche.
„Na dann", meint die Verkäuferin unschlüssig.
Ich weiß nicht, wie ich es noch erklären könnte. Ich bin verwirrt. Ich empfinde ein merkwürdiges Kältegefühl und noch einmal sagt die Verkäuferin, um recht zu bekommen:

„Sie sind auf jeden Fall nicht die Dame im Prada-Strickkleid!"
„Stimmt!", sage ich und überreiche ihr meine EC-Karte, um endlich Frieden zu finden. Sie hat nicht ein einziges Mal ihren Blick gehoben und weiß bestimmt nicht, wie ich aussehe. Ich habe aber definitiv kein Pradakleid an, da hat sie nun mal recht.

„Ich denke, das Beste wäre, wenn Sie dann vielleicht der Dame im Pradakleid mit dem Burberry-Trolley ausrichten könnten, dass das Geschenk für ihre Mutter gerade noch rechtzeitig eingetroffen ist."

„Ja... Nein... Überreichen Sie bitte mir das Geschenk, ich werde es gerne an meine Schwester weitergeben", sage ich freundlich und hoffe, sie versteht.

„Ein tolles Gerät! Ein Milchaufschäumer. Ich bekomme noch fünfundsechzig Euro!"

„Gerne! Ich brauche auch keine gesonderte Rechnung", grinse ich boshaft in meinen Jackenkragen.

Peter verzieht keine Miene, kassiert schweigend und Frau Engelhardt macht sich auf den Weg in den hinteren Teil des Ladens.

„Schöne Grüße an Frau Kammermeier!", schreit sie mir noch zu.

„Sag ich gerne!", und ich weiß, dass ich jetzt ein Weihnachtsgeschenk für Mutter habe und meine Schwester Maria Vlcek, die im Pradakleid, kann schauen, wo sie bleibt.

Rache ist süß und man genießt sie am besten eiskalt.

Geschickt schiebt Peter die große Papiertüte in meine Richtung und zwinkert mir zu. Das neue Gerät, ein Milchaufschäumer, ist ebenfalls verstaut. Der zerstörerische Roboter liegt lammfromm in einer durchsichtigen Plastikhülle. Peters Augen glänzen.

„Ich habe ihm den Arm wieder montiert, allerdings ist er nicht mehr gebrauchsfähig. Die Elektronik ist durch. Sorry."

„Macht nichts, Peter. Danke, dass du dir solche Mühe gemacht hast."

Wir stehen uns verlegen gegenüber und wissen nicht so recht, wie wir uns verhalten sollen.

„Also! Ich breche dann mal auf!"

„Valeska?", fragt er mich und zieht mich leicht am Ärmel. „Willst du meinem dämlichen Bruder wirklich verzeihen? Und wie geht es dir eigentlich wirklich?"

„Ach, Peter", seufze ich, beuge mich, einem Impuls folgend, über den Tresen und flüstere:

„Frage 1: Nein, ich werde ihm nicht verzeihen! Es ist nämlich zu viel passiert. Frage 2:", ich antworte noch leiser, „mir geht es sehr gut. Amors Pfeil hat mich ganz zufällig noch mal gestreift."

„Echt?" Ein winziges Lächeln zuckt in seinen Mundwinkeln.

„Meinst du? Wer ist er?"

Ich denke an Becks und muss grinsen.

„Das, mein Lieber, verrate ich nicht. Und was deinen Bruder betrifft: Stell dir nur mal vor, wenn er mich geheiratet hätte! Die jüngsten Entwicklungen offenbaren, dass dieser Kerl mein ganzes Leben verschandelt hätte und meinen Namen mit dazu."

Ich sehe Peter durchdringend an.

„GEIERWALLI! Das geht doch wirklich nicht, oder?"

Peter lacht schallend.

„Wie auch immer, ich finde dich umwerfend. Dich und deine Ideale, deinen Humor, dein Gefühl für Kinder. Ach, du solltest dir eine Pause gönnen. Komm mit mir!"

Sein Gesicht ist jetzt ganz nah vor meinem und ich kann seinen Atem spüren: „Komm mit auf meine nächste Reise! In sechs Wochen breche ich auf. Überlege es dir. Die indischen Kinder werden dich lieben, Valeska!"

Meine Wangen fühlen sich unangenehm heiß an.

„Du meinst es ehrlich, was? Peter Geier, du bist völlig verrückt! Ich kann nicht!"

Jetzt muss ich lächeln und sage: „Nicht jetzt. Hier! Meine neue Adresse. Ich erwarte eine persönliche Einladung für deinen nächsten Diabericht. Vielleicht besuchst du mich in meiner neuen Wohngemeinschaft, die ich mit fünf Menschen teile. Sie würden dich mögen."

Peter zieht eine Grimasse und tut so, als sei er am Boden zerstört.

„Das werte ich als klare Absage! Aber sollte ich wieder in deine heile Welt zurückkehren, komme ich vorbei und wir

machen es uns in deiner Badewanne gemütlich. Mit Obstteller und Ylang-Reis-Bambus-Badezusatz. Versprochen?"
Er erinnert sich noch genau daran, dass ich in der Badewanne mit Vorliebe Obst esse. Den Ylang-Reis-Bambus-Badezusatz hat er mir von seiner letzten Reise mitgebracht.

„Versprochen! Wenn du deine Badehose mitbringst", antworte ich, überrascht über seine Andeutung, und verlasse mit einer Kehrtwendung und einem flapsigen „ciao" das Geschäft.
Ich streiche mir nervös durch das Haar.

Hallo, habe ich etwas verpasst? Peter war für mich immer Adams kleiner Bruder, nie mehr. Natürlich bemerkte ich sein gutes Aussehen. Alle Geier sind attraktiv. Irgendwann hatte Peter sein Wirtschaftsstudium abgebrochen und reiste seither als ewig Suchender, als Weltenbummler, umher, um dann mit Vorträgen über die bereisten Länder das Geld für die nächste Reise zu verdienen.

„Heißt ‚versprochen', wirklich ernsthaft versprochen? Oder kann es sein, dass ich allein ins Badewasser muss, du mir den Obstteller vor die Nase stellst und derweil mit dem geheimnisvollen Unbekannten turtelst, während meine Fußsohlen aufweichen und niemand mir den Rücken schrubbt?"

Tatsächlich! Er hat die Türe weit aufgerissen und schreit mir auf der Straße hinterher.

„Lass dich überraschen, aber du wirst verstehen, dass es mir vorerst von den Geiern reicht! Ich muss jetzt weiter, Weihnachtsgeschenke, du weißt, es gibt Damen mit Burberry-Trolleys, die meinen Namen ständig benutzen."

„Deinem alten Herrn gefällt Südafrika. Er war in einem meiner Vorträge. Psst. Aber nichts verraten."

„Ach", antworte ich trocken, „und hat er dich akustisch gut verstanden? Er hört nämlich so gut wie nichts!", antworte ich und lächle in Peters Richtung.

„Also ich fand, er hört ausgezeichnet."

Er wedelt vage mit der Hand und zwinkert spitzbübisch mit einem Auge.

Zum Abschied wirft er mir eine Kusshand zu und schreit

abschließend: „Dein Vater meinte, ich hätte dich sicher nicht vor dem Standesamt sitzen lassen. Da hat er recht! Und zur Not: Ich hätte auch nichts gegen den Namen Kammermeier. Bis dann, Valeska."

Er lächelt und ich beende das Gespräch mit einer eindrucksvollen Pirouette auf einem meiner Absätze, einem Lächeln zum Abschied und den Worten: „Danke, Peter! Aber dein Leben ist einzigartig und du bist wie die Tierchen, die nicht fliegen, leicht zu Fuß, doch schwer zu kriegen sind. Für jemanden wie mich, der weder fliegen kann noch leicht zu Fuß ist, funktioniert so ein Leben leider nicht. Darum werde ich jetzt schnell verschwinden und mich freuen, dass ich dich noch vor deiner nächsten Reise getroffen habe. Pass auf dich auf! Und melde dich, wenn das nächste Abenteuer im Kasten ist!"

Mein Küsschen fliegt ihm zu und schon bin ich um die Ecke, ein breites Lächeln im Gesicht.

Montag, 21. Dezember, 11.44 Uhr

Das bin ich, ich höre Komplimente zehnmal, ohne zu ahnen, dass ich gemeint sein könnte, ohne den Sinn zu verstehen. Ich drücke die Fernbedienung fester, wenn die Batterien leer sind, ich muss mein Handy anrufen, um es zu finden, ich drücke an Türen, obwohl fett „Ziehen" draufsteht. Ich drehe übermütig eine Pirouette auf dem Absatz meines Stiefels, und schon bricht er passgenau in der Mitte durch.

Mist!

Mein schöner neuer Stiefel!

Jetzt suche ich mein allerliebstes Gefährt „So alt-So gelb-So praktisch-So voller kleiner Dellen", das nicht gerade um die Ecke steht. Der Morgenkaffee schlägt mir auf die Blase und spontan sticht mir ein Buchladen ins Auge.

„Alles von Brecht", lese ich leise vor mich hin und das Bild im Schaufenster, schwarz-weißer Scherenschnitt mit Zigarre, grinst mich einladend an.

Ob Brecht wohl eine Toilette hat? Mein nächster Weg führt humpelnd über die Straße. Der Wind fegt mir einen Papierfetzen vor die Nase, auf dem in großem Schriftzug steht: „Trommeln in der Nacht" ein Drama von Bertolt Brecht, parodiert mit einem Spruch von Karl Valentin: „Hoffentlich wird's nicht so schlimm, wie's jetzt schon ist."

Ich lese und lächle wieder, ohne selbst genau zu wissen, warum, und blicke interessiert durch das Schaufenster. Ein relativ kleiner Raum für einen Buchladen. Weiße Wände. Ein einziges Regal, was sage ich, ein Schwarzes Brett, führt allein an der Wand entlang und ein Plakat empfiehlt: „Versuchungen sollte man nachgeben, wer weiß, ob sie wiederkommen."

Oscar Wilde macht mich mutig. Ich drücke an der Tür, obwohl dort „Ziehen" steht, und es scheint plötzlich eine mysteriöse Kraft auf mich zu wirken. Meine Realität verändert sich und ich fühle mich in eine andere Zeit zurückversetzt. Das ist ja unglaublich! Ich befinde mich im antiquarischen Wohnzimmer von Bert Brecht. Bücher stehen nicht in Regalen, sondern liegen, wie zu Hause, auf dem Tisch. Einladend ausgebreitet, bereit, gelesen zu werden. Wie schön. Wie gemütlich. Wie anregend. Wie Wasser treibend.

Jetzt entdecke ich ihn, einen Herrn in grauem Mohair. Er hat einen Ellbogen auf die Theke gestützt und trinkt Kaffee. Ein Gast? Der Buchhändler? Bert Brecht vielleicht?

Jetzt lächelt er, macht ein Zeichen.

„Nur der Weg durch das Ich kann zum Gleichgewicht führen."

Und es gelingt ihm etwas, das mich stutzig macht. Ich fühle mich „zu Hause".

„Fiel mir grad´ so ein, sollte nicht intelligent klingen, weiß nicht mal, woher ich es habe, Ihr Schuh …", ergänzt er, nachdem er sich langsam erhebt. Über seinem Kopf hängt Bert Brecht in Öl, den verschmitzten Blick auf mich gerichtet, in Erwartung, was denn noch kommt. Hier steht nun ein grauer Mohairpulli vor mir, genießt sichtlich das Bücherbüfett um ihn herum und lächelt freundlich:

„Wie kann ich Ihnen helfen?"

„Hat Brecht eine Toilette?"

Natürlich ist mir klar, dass dies schon eine merkwürdige

Frage an einen Buchhändler ist, aber immerhin habe ich nicht gefragt, ob er Schuhe reparieren könne. Er reißt die Augen auf und sein Blick ist irritiert.

Der graue Mohairpulli dreht sich um und seufzt: „Hätte ich mir ja denken können!"

Wie ein Hausdiener gibt er mir durch ein Winken zu verstehen, ich solle ihm folgen. Einmal um den Brechtkopf herum, der mich keine Sekunde aus den Augen lässt, öffnet er eine etwas vergilbte Tür. Nach einem schrägen Blick über seinen Brillenrand geht er vor mir eine enge, staubige Treppe hinab und die unteren Härchen seines Schnurrbarts zittern beim Ausatmen vor Anstrengung. Ich folge ihm mit einem seltsamen Gefühl und bleibe unbeholfen am Treppenende an Fotoalben hängen, die über die letzten Stufen purzeln. Ich stammle, als ich mich an ihm vorbeischlängle:

„'tschuldigung..."

Sein Schnurrbart vibriert, während er die Alben wieder an ihren Platz stellt und murmelt: „Sie sind gerade auf die Fußballmannschaft der Brecht Boys getreten!"

Ich nutze den Moment und frage: „Leben sie noch?"

Er nickt, ohne zu grinsen: „Sehe ich tot aus?"

Anscheinend trete ich nicht in Fettnäpfchen, sondern ich springe mit beiden Beinen hinein. Und ich versuche, die Situation zu retten.

„Sind sie gut?"

„In was, meine Dame?", und seine Augen strahlen.

„In Fußball, meine ich …, die Brecht Boys eben …",

Als er seine Augenbrauen energisch nach oben zieht, wage ich nicht mich, zu rühren. Ich spüre seinen Atem, als er sagt: „Wir wissen, dass wir Vorläufige sind und nach uns wird kommen: nichts Nennenswertes."

Ich wage nicht, etwas zu erwidern. Er lächelt unverhofft verschmitzt, wie Brecht in Öl, und seine Stimme ist jetzt weniger pathetisch: „Das sagte Bert Brecht schon damals, und das ist jetzt der Leitspruch unserer Mannschaft."

Der stolze Unterton ist nicht zu überhören. Ich nutze den Moment, um an ihm vorbeizuhuschen und hinter der

Toilettentüre zu verschwinden. Draußen höre ich seinen Schritt wieder nach oben ziehen. Jetzt, ganz allein, im Keller der Buchhandlung, in einem winzigen Raum, mit nur einer nackten Glühbirne beleuchtet, kann ich mich endlich von dem unangenehmen Druck befreien. Während mich mein Pritscheln beruhigt, begutachte ich in aller Ruhe das Ambiente. Eine normale Standard-WC-Schüssel, nackt, ohne jeglichen Schnickschnack, sauber, keine literarischen Klorollen, ein Alibert-Spiegelschrank, 4711!

Genau wie zu Hause, als ich noch Kind war. Ich erinnere mich und denke an den Dampf des Badewassers, rieche den Fliederduft des Badezusatzes und sehe die blassblaue Farbe der Fliesen ganz genau vor mir. Mein Vater, im Schlafanzug, sitzt auf der Toilettenschüssel und hält meinen kleinen bordeauxroten Bademantel bereit, damit ich keine Sekunde friere. Ich fasse an den Drehknopf des Wasserhahns und es schießt siedendes Wasser über meinen Arm. Ich schreie. Mein Vater fängt mich auf und besprüht die verletzte Stelle mit kühlendem Nass. Ich lächle wieder und er wischt mir die letzte Träne von der Wange mit den Worten „Versuchungen sollte man nachgeben, wer weiß, ob sie wiederkommen." Ich spreche zu mir selbst.

„Oh Gott, es ist ein Zeichen! Das Plakat von Wilde, das Klo hier, und ..."

Dann muss ich mich eine kleine Zeit lang sammeln. Ich drücke den Spülknopf und ziehe meinen Reißverschluss ordentlich in Position. Das Waschbecken hat den üblichen Drehknopf, keine Seife. Aber ein kleines Geschenkpäckchen steht auf der Ablage.

Heute noch genauso neugierig wie als Kind, nehme ich es behutsam in die Hand. Ich erkenne ein Bildnis von Sissi in ihrem schönsten Kleid und dem fantastischen langen Haar. Eine Spieluhr!

Ich drehe vorsichtig an der kleinen Kurbel. Lieblich klimpert die Melodie des Kaiserwalzers, genau wie heute im Radio.

Ein Zeichen? Ein Zeichen. Pippa liebt Sissi!

Immerhin habe ich es trotz der vielen Zeichen geschafft, mich wieder die Stufen hinauf in die Buchhandlung zu begeben.

Der graue Mohairpulli sitzt wieder am Tresen und lugt über seine Brille.

„Ich wollte schon eine Vermisstenanzeige aufgeben", sagt er und ich hege den starken Verdacht, dass er es humorvoll meint.

„Sie haben wohl nicht zufällig so eine Spieluhr wie unten auf der Ablage?"

Wieder zittern seine Barthaare und er sieht erstaunt nach oben.

„Sie meinen die Sissi-Spieluhr auf meiner Toilette?"

Ich nicke vorsichtig.

„Bitte, meine Liebe!"

Ganz ernste Augen treffen auf mich.

„Gerne verkaufe ich Ihnen eine meiner Spieluhren. Aber Sie versprechen mir aufs Hochheiligste, dass Sie nicht auf die Idee kommen, jemandem zu erzählen, dass Sie auf meinem Klo eine Spieluhr von Sissi gesehen haben. Die Leute könnten ja denken, ich pinkle zur Melodie des Kaiserwalzers."

Er hebt die Augenbrauen, und weil er jetzt auch noch so herzhaft lacht, finde ich zurück zu meinem Humor und erwidere aufmunternd:

„Oh Gott! Ich dachte gerade an den Spruch "Hoffentlich wird's nicht so schlimm, wie's jetzt schon ist"."

Er schenkt mir ein kleines, belustigtes Lächeln und antwortet: „Aha! Karl Valentin, ein guter Freund von Brecht übrigens!"

Dann nehme ich auf einem Hocker Platz und finde es wunderbar, mit ihm über Bert Brecht zu plaudern. Der Herr in Öl lässt uns nicht aus den Augen. Der graue Mohairpulli weiß wirklich alles und zu guter Letzt kommen wir von Brecht auf meinen Vater zu sprechen, wie groß auch seine Sehnsucht nach fernen Ländern ist, sein unbestimmtes Fernweh, seine Neugier auf fremde Kulturen. Der Mohairpulli schlägt für mich einen wunderbaren Bild- und Dokumentationsband über Südafrika auf, der ganz zufällig auf einem der Tischchen liegt.

Ein Zeichen?

Ich erzähle dem Mann in Mohair, wie es mich traurig macht, dass mein Vater sich seine Sehnsüchte nie erfüllt hat. Zuerst war es nicht möglich, weil meine Schwester und ich noch zu klein waren und das Haus abbezahlt werden musste. Danach ging es nicht, weil meine Schwester und ich studierten. Und jetzt, wo alle finanziellen Fesseln abgelegt sind, lehnt meine Mutter weite Reisen strikt ab. Schließlich könnte man sich dort ja weiß Gott was holen und Menschen mit dunkler Hautfarbe misstraut sie per se. Und überhaupt sei es in Europa doch auch schön. So fahren sie und mein Vater seit Jahren im Frühjahr nach Österreich zum Wandern, im Sommer an die Adria und im Winter nach Reit im Winkel zum Skifahren. Oh ja, Europa ist schön, vor allem, wenn man bedenkt, dass Europa nicht nur aus Deutschland, Österreich und Italien besteht.

Ich glaube, der graue Mohairpulli kann mir gar nicht mehr folgen, im ersten Moment weiß ich noch nicht einmal, worüber er so herzhaft lacht.

„Ihr Vater ist ein glücklicher Mann! Er hat nämlich Sie als Tochter", und er zeigt auf das Plakat an der Wand.

„Versuchungen kann man auch noch im Alter nachgeben, meine Liebe. Ich glaube, Ihr Vater ist intelligent genug, dass er weiß, was er zu tun hat."

Ich springe auf und kann es nicht fassen. Tatsächlich, zwei Stunden sind vorbei. Also verabschiede ich mich eiligst und greife nach meinen Tüten. Der Mohairpulli öffnet mir, ganz Herr der alten Schule, die Türe und ich humple wieder hinaus in die Gegenwart. Ein kurzer Blick durch die Scheibe, und wüsste ich es nicht besser, hätte ich schwören können, dass mir „Brecht in Öl" auch noch zugezwinkert hat.

Ein Teil von mir hofft, gleich um die Ecke mein „So alt-So gelb-So praktisch-So voller kleiner Dellen" stehen zu sehen, ein anderer Teil von mir möchte einfach nur noch schnell die restlichen Geschenke erledigen. Unschlüssig mache ich mich auf den Weg. Aus einer Bäckerei duftet es nach frischem Brot und ich überlege, ob ich mir etwas gönnen soll. Schon sehe ich diese wunderbaren Marzipanorchideen in kleinen, weihnachtlichen Töpfchen in den Regalen stehen.

Das ist es!
Ein Zeichen! Jawollja!

Endlich das Richtige für den unheimlichen Sven und Brandy bekommt von dort einen Gutschein, denn die Bäckerei bietet an den Wochenenden einen Brötchenservice an. So kann sich Adalbrand an den nächsten Sonntagen über frische Semmeln und Brezen vor der Haustür freuen. Anschließend treibe ich mich im gut sortierten Drogeriemarkt herum, in der Hoffnung auf ein zündendes Zeichen für Seppo und Lilli. Uninspiriert schraube ich an verschiedenen Fläschchen und Tiegelchen herum, rieche mal da und mal dort. Nach einer guten Viertelstunde habe zwar immer noch kein Geschenk, dafür im linken Nasenloch Bodylotion von Halle Berry und im rechten Auge den neuen Herrenduft von Hugo Boss. Riecht wirklich gut. Ein bisschen wie Becks ...

Ein Zeichen. Das Geratsche und die Zeitreise haben mich müde gemacht. Ich bringe jetzt meine Tüten nach Hause und werde mich am Abend noch mal auf die Socken machen.

Montag, 21. Dezember, 18.00 Uhr

Es ist schweinekalt an diesem Montagabend und trotzdem ist es auf dem Friedberger Adventsmarkt rappelvoll. Rund um die Jakobskirche schmiegen sich liebevoll geschmückte und gemütlich beleuchtete Holzhüttchen, es duftet nach Glühwein und gebrannten Mandeln. Neben dem Pfarrheim dreht sich ein nostalgisches Karussell. Kinder mit roten Backen, warm eingepackt, sehen mit stolzen Augen in die Runde. Ernsthaft halten sie die Zügel der Holzpferdchen fest oder drehen eifrig am Lenkrad des Feuerwehrautos. Ich mag diese Atmosphäre, das Stimmengewirr, das Gemisch der verschiedenen Gerüche. Dick vermummte Menschen mit dampfenden Tassen in den Händen stehen schwatzend beieinander und über allem klingt Weihnachtsmusik. Schon das Betreten des Adventsmarktes stimmt mich milde und weihnachtlich. Ich sauge alle Eindrücke auf und konserviere sie in mir, bis zum nächsten Jahr. Weihnachtsmärkte sind für mich das Schönste an der Weihnachtszeit.

Langsam schiebe ich mich durch die Menschenmassen, die Hände tief in den Manteltaschen vergraben, mein Kinn in den dicken Schal gekuschelt, und halte Ausschau nach meinen Kollegen, mit denen ich an einem Glühweinstand hinter der Kirche verabredet bin. Zwei Geschenke fehlen mir noch und ich muss zu meiner Schande gestehen, dass ich nach Brecht aufgegeben habe, weiterzusuchen. Mein Gehirn war völlig leergekauft.

In einem Menschknäuel sehe ich Tobias' weiße Pudelmütze blitzen. Er unterhält sich lachend mit jemandem, den ich nicht erkennen kann. Der wird sich doch nicht schon wieder eine neue Flamme angelacht haben? Tobias, mein Kollege, ist 28 Jahre alt und sieht umwerfend aus. Leider weiß er das genau und kokettiert gerne mit seinem guten Aussehen. Er führt ein Doppelleben. Während des Dienstes ist er der kompetente, engagierte Erzieher und in seiner Freizeit Herzensbrecher und Frauenheld. Kaum ein weibliches Wesen, das seinem Charme widerstehen kann. Tobias ist ein Casanova der Neuzeit. Bisher hat es noch keine geschafft, ihn fest vertäut in den sicheren Hafen einer längeren Beziehung zu manövrieren.

Bin mal gespannt, ob Claus seine Frau heute mitgebracht hat. Sie ist nämlich ein großes Mysterium. Ähnlich wie das Eheweib von Inspektor Columbo, der ständig von seiner Frau spricht, die man aber nie zu sehen bekommt. Tatsächlich erzählt auch Kollege Claus viele Geschichten von seiner Irene, die Aikido-Kurse gibt. So kam es, dass Claus diese Bewegungsform auch vor Kurzem der Kinderheimgruppe zur Kultivierung von Körper und Geist vorgeschlagen hat. Seine bärtige, etwas hagere Gestalt strahlt Ruhe und Sicherheit aus. Er hat immer warme Hände und man fühlt sich in seiner Nähe sofort geborgen. Immer wenn mich seine lustigen braunen Augen ansehen, summt es in mir das Lied von Klaus Lage „Tausendmal berührt, tausendmal ist nichts passiert". Und obwohl er kein Mann ist, in den ich mich verlieben könnte, ist er doch einer von den Guten und ein Mann zum Heiraten. Seine Irene hat wirklich Glück, denke ich, während ich Tobias von hinten auf die Schulter klopfe.

„Sofort gesehen und auch gleich wiedererkannt!"

„Walli, endlich! Konntest dich wohl nicht von deiner neuen Liebe losreißen? Ich bin schon beim zweiten Hot Caipi." Tobias hält grüßend seine Tasse hoch.

„Schön wäre es gewesen", erwidere ich. „Nein, mein Lieber, ich habe mich heute mit Weihnachtsbesorgungen herumgeschlagen und brauchte dringend eine Erholung. Mein Nachmittagsschläfchen ist ein wenig länger ausgefallen."

„Ach so nennt man das jetzt ...!", zwinkert Tobias zweideutig. Meine Kollegen wissen über Adam und mich Bescheid. Auch dass es wieder einen Mann in meinem Leben gibt, habe ich ihnen nicht verheimlicht. Allerdings gibt es hinsichtlich meiner geplatzten Hochzeit gegenüber den Kindern eine stillschweigende Vereinbarung.

Neben ihm steht, klein und ganz in Schwarz gekleidet, Schwester Raphaela. Sie ist unsere Heimleiterin und Nonne. Was ihr an Körpergröße fehlt, macht sie mit resolutem Auftreten, ihrer breiten Nase und gewaltigen Lippen wett, was ihr den Spitznamen Schwester Rabiata eingebracht hat. Wäre die kleine Notärztin aus der Serie „Greys Anatomy", Dr. Miranda Bailey, eine Weiße, so sähe sie aus wie Schwester Raphaela. Irgendwann habe ich ihr das gesagt, als wir gemeinsam den kleinen Matze verarztet hatten, der vom Fahrrad gestürzt war und sich dabei die Knie aufgeschlagen hatte. Rabiata sah mich an und begann, schallend zu lachen. Flüsternd vertraute sie mir an, dass sie während der Schulzeit der Star der Theatergruppe gewesen war und, wenn sie nicht dem Orden beigetreten wäre, gerne eine Schauspielschule besucht hätte. Das glaube ich allemal, die kleine Nonne verfügt über derart viel Temperament und natürliche Autorität, dass selbst unsere halbwüchsigen Jungs kleinlaut dastehen, wenn sie einmal loslegt. Wie ein kleiner schwarzer Kugelblitz flitzt sie durchs Kinderhaus, steht verlässlich mit Rat und Tatkraft zur Seite und ist sich nicht zu schade, auf dem Sommerfest als Torwartin die Heimmannschaft zu verstärken.

„Mann, kannst du auch mal an etwas anderes denken? Becks ist auf Reisen, er kommt erst Heiligabend zurück."

Tobias legt freundschaftlich den Arm um mich und stimmt den alten Song „Baby, please come home" von Darlene Love an.

Lachend stimme ich mit ein und wir singen zweistimmig:
"Pretty lights on the tree
I'm watching them shine
You should be here with me
Baby, please come home ..."

Von hinten reicht mir jemand eine Bratwurstsemmel und eine dampfende Tasse.

„Hier Walli, das ist weißer Grog. Schmeckt köstlich, ich hoffe, du bist nicht mit dem Auto da?" Ich drehe mich um und blicke in Claus lachende Augen.

„Nein, Seppo hat mich gebracht. Danke, Claus, du bist meine Rettung."

Er stellt sich neben mich und wir nippen in gemütlicher Runde an unseren Tassen.

„Wo ist Irene?", frage ich kauend.

„Sie ist mit ihrer Freundin für zwei Tage an den Bodensee gefahren", meint Claus, „aber ich hole sie schon morgen früh wieder vom Bahnhof ab."

Tobias macht übermütig Schluchzgeräusche. „Das wird ja ein Wiedersehen, wenn ihr euch nun zwei Tage nicht gesehen habt!", lästert er.

„Wo werdet ihr denn Weihnachten feiern?"

„Wir werden meine Eltern zu uns holen. Ich brate eine Gans und Irene ist für die Knödel und das Blaukraut zuständig. Den Baum schmücken wir immer am Vorabend alle zusammen. Sie haben ja nur uns! Mich und Irene!"

Jetzt strahlt sein Gesicht und ich beneide die mir unbekannte Ehefrau. Er liebt sie, denke ich, nach 25 Jahren liebt er sie immer noch.

Rabiata lächelt wissend und klopft ihm auf den Arm. „Es ist schön, zu wissen, dass zuhause jemand auf einen wartet."

„Hach, was sind wir doch alle weihnachtlich-sentimental heute", flachst Tobias und greift nach unseren leeren Tassen. „Ich opfere mich und besorge eine neue Runde."

Während Tobias sich in einer langen Schlange einreiht, nutze ich die Gelegenheit, einen Rundgang über den Markt zu machen. Mir fehlen noch zwei, nein drei Geschenke, eines für

Pippa, eines für Seppo und eines für Becks.

Ein Stand mit rotorangefarbener Beleuchtung zieht mich magisch an. Auf der Auslage liegen selbstgemachte Seifen, Duftsäckchen, verschiedene Halbedelsteine. Eine große Auswahl ätherischer Öle ist in einem Holzkästchen aufgereiht und an Schnüren hängen tibetische Taschen und Lampions von der Decke. Ich schnuppere an den Seifen und eine kleine Broschüre fällt mir ins Auge: „Die ayurvedische Gesichtsbehandlung – eine Wohltat für Körper und Seele", steht da. Eine Maske, auch für Tänzer und Boxer, interpretiere ich. Interessiert lese ich weiter: „ ... belebt die Haut und hilft ihr, Abfallprodukte abzutransportieren. Rein natürliche Produkte und eine sanfte Ölmassage schenken ein klares Hautbild und entspannte Gesichtszüge. Lassen Sie die Seele baumeln!"

Das ist das perfekte Geschenk für Pippa, schießt es mir durch den Kopf. Und für Seppo suche ich eine entzündungshemmende Olivenölseife aus. Pippa, die Esoterikerin, Mitglied der Grünen, Anhängerin der Free-Tibet-Bewegung und Aktivistin von Green Peace, hat mir neulich gesagt, dass eine gute Gesichtsmaske sogar ein entzündetes Brustwarzenpiercing heilt, und Olivenseife erinnert an Heimat, Italien und so. Zufrieden nehme ich die liebevoll verpackte Gesichtsmaske und die Olivenölseife entgegen. Langsam bummle ich weiter.

Allmählich leert sich der Adventsmarkt. Hin und wieder kommen mir engumschlungene Pärchen entgegen. In meiner Herzgegend zieht es und alles in mir sehnt sich plötzlich nach Becks. Einem Mann, der wie eine Biermarke heißt und Bäume pflanzt. Der eine Tochter hat, gerne noch einen Sohn gezeugt hätte, einem Mann, der in der Welt umherfliegt und in Zeiten der Unruhe und des Terrors für ein bisschen Sicherheit sorgen möchte, einem Mann, von dem ich eigentlich fast nichts weiß, einem Mann, dem sich meine Seele verbunden fühlt.

Süßer Duft steigt mir in die Nase. Würzig. Bitter. Kakao. Staunend sehe ich auf die Auslage vor mir. Alles dort ist aus Schokolade gemacht. Nicht nur Nikoläuse, Weihnachtsbäume und Sterne. Nein, wundervolle Putten aus weißer Schokolade, Friedensbären und – Herzen. Große Herzen, kleine Herzchen, ganz dicke Herzen, schiefe Herzen, runde Herzen, Herzen mit Gold überzogen, kunstvoll verzierte Herzen, mit weißer Schokolade marmorierte Herzen, ineinander verschlungene Herzen. Sofort weiß ich, was ich Becks schenke ...

Dienstag, 22. Dezember, 10.22 Uhr

Big Ben reißt mich aus dem Schlaf und teilt mir mit, dass ich eine SMS erhalten habe:

„Hallo Walli! Bin im Fitness und ab halb zwölf bereit für eine Quasselstunde. Wie wär's? Ich vermisse dich, wünsche mir, dass du den Aussi leiden kannst, denn ich habe ihn zu unserem gemeinsamen Weihnachtsfest eingeladen. Ist das in Ordnung? Er ist wirklich schrecklich obszön nett ... Grüßle Pippa"

Ich lächle, als ich das lese, und fühle mich auf unerklärliche Weise gerührt. Sie ist verliebt. Bin gespannt, ob sie ihr Vorhaben, „gnadenlos guten Sex zu haben" in die Tat umgesetzt hat. So, wie es aussieht, werde ich ihren Mr. Perfekt bald kennenlernen.

Gedankenversunken liege ich im Bett und denke über unsere Freundschaft nach. In all den Jahren war Pippa mir eine verlässliche Freundin. Wir sind ein eingeschworenes Team. Wenn man jemanden seit über zwanzig Jahren kennt – zu kennen glaubt – und immer wieder neue Seiten an ihm entdeckt, mit diesem Menschen lachen kann und weinen, wenn derjenige noch da ist, wenn andere schon längst über alle Berge verschwunden sind, dann ist dieser Mensch entweder dein bester Freund oder dein Geschwister. Im Idealfall hast du beides.

Lange war es mir nicht bewusst, wie wichtig es ist, eine gute Beziehung zu seinen Geschwistern zu haben. Doch je älter meine Eltern werden, umso mehr muss ich daran denken, dass nach deren Tod Maria die Einzige sein wird, die noch weiß, wie es war, als wir Kinder waren, und die mit mir meine Erinnerung an die frühen Jahre teilen kann, die weiß, wer von uns als Erstes Windpocken hatte und wie unser Hamster hieß. Genauso ist es mit Pippa. Irgendwann, wenn wir alt und grau sind, wird es Pippa sein, die sich noch an den Namen unseres Mathelehrers erinnert und daran, dass ich mit siebzehn unsterblich in Georg Heinzel aus der Parallelklasse verliebt war. Unzählige gemeinsame Erlebnisse verbinden uns.

Mein Gott, was haben wir schon zusammen gelacht!

Meine Pippa ...

Selbst kleine Dinge wie gemeinsam einkaufen oder ins Kino gehen erscheinen mir mit dir wie ein Besuch im Kabarett. Der bei Weitem ungewöhnlichste Teil meines Lebens ist die Zeit, die ich mit dir verbringe. Nur du schaffst es, dich in einem kleinen Hotelbadezimmer in Hamburg einzusperren. Hektisch fuhrwerke ich mit einer Nagelschere herum, um dich zu befreien, und schimpfe, weil die Scheißtüre sich einfach nicht öffnen lässt, und du? Beruhigst mich, obwohl du es bist, die eingeschlossen ist.

Nur du schaffst es, über eine Stunde lang in einem Aufzug festzusitzen und über die Sprechanlage eine riesige Menschenmenge in der Lobby eines Luxushotels zu unterhalten und nebenbei alte Freundschaften mit Weltstars, die zufällig mit dir feststecken, zu erneuern.

Nur du schleichst nachts durch fremde Gärten, stolperst durch dunkle Kinosäle, zerschnippelst Telefonkabel und sorgst, wo immer du auftauchst, für ein turbulentes Durcheinander.

Nur du reißt mich mit deiner naiven und zugleich misstrauischen Art ins Leben zurück, in Zeiten, in denen ich mich am liebsten verkriechen würde. Du machst mein Leben bunter und meine Seele freier.

Hoffentlich weiß dieser Aussi zu schätzen, welche Perle meine beste Pippa ist. Ansonsten drehe ich ihm den Hals um und schicke ihn nach Down Under zurück.

Mittlerweile ist es halb zehn geworden. Raus aus den Federn! Staubsaugen, bügeln und die Hausordnung ist wieder fällig.

Der kleine gelbe Zettel an der Zimmertür macht mich auf meine Pflichten aufmerksam.

Hausordnung

Liebe Mitbewohner!
Eingangsbereich und Treppen wischen! 1 x pro
Woche
Saugen in den Gemeinschaftsräumen 2 x pro Woche
Abfalleimer!
Gemeinschaftsküche/Wohnzimmer/Esszimmer/
Gästetoilette sind 1 x pro Woche gründlich zu
reinigen, bis sich eine Putzfrau unserer erbarmt!

Bitte wöchentlich wie folgt Zettel weitergeben!
Adalbrand (Z 6) an Sven (Z 5)
Sven (Z 5) an Walli (Z 4)
Walli (Z 4) an Lilli (Z 3)
Lilli (Z 3) an Seppo (Z 2)

Euer Seppo

Anscheinend hat Z6 mit Namen Brandy diesmal die Hausordnung durch meinen Türschlitz geschoben, denn Z5 scheint wirklich verreist zu sein. Aber vielleicht übernachtet er nur ab und an bei der Schön-Föhn-Frisur?

Als es Zeit für den Anruf bei Pippa ist, hole ich noch schnell die Zeitung aus dem Briefkasten und mache mir einen schönen heißen Kaffee.

Natürlich – niemand zu Hause! Niemand da zum Reden und überhaupt! Missmutig nuckle ich an meinem Kaffee und blättere geräuschvoll in der Zeitung. Ich brauche ein paar Streicheleinheiten, ein paar sanfte Worte. Es ist kurz vor zwölf. Ich merke erst jetzt, wie hungrig ich bin, und werfe einen Blick in den Kühlschrank, der bereits prall gefüllt ist mit den Zutaten für unser Weihnachtsessen.

Im Haus ist es ganz still. Wieder einmal scheinen alle ausgeflogen zu sein. Die Einsamkeit ist für mich schier unerträglich, sodass ich mich mit einem Rest Fleischsalat und einem Glas Milch an den Küchentisch setze und Lillis Mobilnummer von wähle.

Misstrauisch nehme ich seltsame Geräusche wahr, bevor sich eine patzige Lilli meldet. „Jaaaa, waaahas?"

„Hier ist Walli! Lilli, bist du das?", frage ich, schließlich könnte es auch jemand anderer sein, bei dieser Geräuschkulisse und den dumpfen Schlägen.

Lautes Keuchen dringt aus dem Hörer.

„Ja, natürlich bin ich das, wer käme denn sonst noch infrage, wenn du meine Nummer wählst, Walli?"

„Was machst du gerade? Es rumst so komisch!", erkundige ich mich vorsichtig.

„Walli – ich trainiere gerade den ‚strammen Max', damit er seinem nächsten Gegner eins überbraten kann!"

„Das versteh ich nicht, hat das mit deinem Victor zu tun?"

„Nein Walli, es hat nichts mit Geschlechtsverkehr zu tun. Es handelt sich lediglich um Sport."

Interessant. Sport.

„Du machst also Sport, ähm ... Im Moment!", stelle ich fest. Lilli hat niemals etwas von einer sportlichen Aktivität erwähnt, außer man schließt den grandiosen Sex mit Victor mit ein.

„Ja, ich mache Sport!", brüllt sie ins Handy. „Genauer gesagt bin ich Boxtrainerin, Walli!"

Nach meinem Dafürhalten schlagen sich nur Volldoofe und Gehirnamputierte in die Fresse, aber doch nicht Lilli, meine zarte Lilli, der Mitbewohner-Sonnenschein.

Eingeschüchtert frage ich:

„Du meinst, du boxt richtig, ich meine, im Ring? Hüpfst mit vorgehaltenen gepolsterten Boxhandschuhen von einem Fuß auf den anderen und tust deinem Gegner richtig weh?"

„Richtig Walli, meistens tut es weh, ich mach hier nicht Ringelpiez mit Anfassen. Ich habe im letzten Jahr den Europameister-Titel im Superfliegengewicht geholt und eigentlich hätte ich große Lust auf einen WM-Titel."

Dong!

„Aha, äh klar", stottere ich lahm und kann es immer noch nicht glauben, dass dieses eher schmale Persönchen, dieses elfenhafte, zarte Wesen mit den Engelslocken, das eher in einen kitschigen Weihnachtsfilm passt als in „Rocky", im Boxring seine Gegner verdrischt.

Wieder einmal kommt mir die Erkenntnis, dass ich einen Mitmenschen nicht so gut kenne, wie ich glaubte, und während

ich noch überlege, erkundigt sich Lilli nochmals:
„Walli, warum rufst du an?"
Natürlich kann ich jetzt nicht mehr einfach von Einsamkeit erzählen und dass ich jemanden zum Zuhören und zum Reden brauchte. Für diesen Anlass habe ich nämlich Engel Lilli vor Augen und nicht Rocky Balboa.
„Hallo Walli, brauchst du Hilfe?"
„Ähm, nein ich habe nur eingekauft, ähm ..., Dekoration meine ich für unseren gemeinsamen Christbaum."
„Liebe Güte, Walli", sagt Lilli, „Du bist ja ganz schön durch den Wind. Hast du eine Weihnachtsdepression? Also, wenn du reden willst ..."
Lilli lässt den Satz in der Schwebe und ich höre ein erneutes „Dong"!
„Nein, nein, Lilli, alles k. o., ähm quatsch, ich meine o. k. Ich habe matte goldene und leuchtend rote Weihnachtskugeln gekauft und schwarze Trink-Flexihalme. Außerdem habe ich weiße Baiser-Engel bei Konditorei Weißgerber bekommen und goldenes Engelshaar. Ich dachte nur, vielleicht könntest du mit Seppo den Christbaum schmücken, denn ich habe morgen Spätschicht und werde euch nicht helfen können."
„Schon gut! Wir machen das, keine Sorge. Seppo besorgt noch heute mit Brandy den Baum und sogar Sven Steenbeeke hat sich für morgen Abend angemeldet, um uns zu unterstützen."
Ich nicke und merke, wie mich dieser Name kribblig macht.
„Geh du mal ruhig und mach deine Schicht, die Kinder brauchen dich, entschuldige, Walli, ich bin im Moment wirklich beschäftigt ..."
Dong.

Dienstag, 22. Dezember, 14.22 Uhr

Der Kuchen ist fertig, die Küche blitzblank. Die Pflanzen gegossen, der Müll beseitigt, die Treppen gewischt, das Gäste-WC geputzt und durch den oberen Türspalt bei „Sven, dem Schrecklichen" habe ich nur kurz gespäht, um sicherzugehen, dass auch dort kein Krümel liegt.

Endlich kommt der Anruf von Pippa, die sich gerade mitten im Liebestaumel befindet. Leo hat es ihr angetan. Sie spricht, nein flötet in den höchsten Tönen von einem Bilderbuchmann, sportlich – wie ein Surfer, aber nicht verwahrlost, treu, was ich ihm aber auch raten würde. Der Kerl darf sich ja nicht trauen und meine Pippa unglücklich machen, sonst hetze ich Lilli auf ihn.

„Ist das nicht schön? Ich bin verliebt!"

„Muss man, wenn man verliebt ist, so in den Hörer brüllen?" Ich grinse vor mich hin und genieße die Euphorie ihres Glücks.

„Wenn man verliebt ist, darf man alles, dann hat man Narrenfreiheit, Walli!", juchzt es durchs Telefon.

„Ach Pippa! Ich finde es wunderbar, dass es dir so gut geht! Aber wann werde ich dieses australische Naturwunder endlich zu Gesicht bekommen?"

„Walli! Weihnachten! Darf er? Ich werde Leo übermorgen Abend mitbringen! Und ..." Pippa macht eine nachdenkliche Sprechpause, die in mir Wachsamkeit auslöst, „und ich habe noch eine Überraschung für dich!"

Ihre Stimme ist fast heiser vor Begeisterung. Irre ich mich oder ist sie anders als sonst?

„Was für eine Überraschung?", will ich sofort wissen.

„Es könnte – bloß mal laut gedacht – mit deinem Mitbewohner Sven Steenbeeke zu tun haben"

Ich verziehe ärgerlich den Mund. Auf diese Antwort war ich nicht gefasst.

„Entschuldige bitte, Philippa Rumpler. Wenn es mit dem schrecklichen Sven zu tun hat, möchte ich schon wissen."

Energisch versuche ich, ihr klar zu machen, dass ich Überraschungen, die Sven betreffen, nicht besonders schätze. Meine Freundin unterbricht mich rasch:

„Ich werde es dir aber nicht sagen. Übermorgen, Valeska Kammermeier, ist Weihnachten. Und Weihnachten ist das Fest der Liebe und der Wahrheiten. Wart's einfach ab!"

Meine Freundin! Ihre Stimme klingt jetzt reif und erwachsen. Sie konnte nie eine Überraschung für sich behalten und jetzt spannt sie mich auf die Folter, noch dazu mit einem meiner ungeliebtesten Themen. Gerade letzte Nacht hatte ich wieder einen dieser seltsamen Träume in denen mich ein gesichtsloser Sven, ein zum Kuss bereiter Adam und ein lächelnder Becks umkreisen und nur mein Bestes wollte. Wahhh!

Dank Pippa werde ich nicht weiter an den Details des Traumes kauen, sondern über die angekündigte Überraschung nachgrübeln, die mich übermorgen erwarten wird.

Ich muss dringend wieder arbeiten. Dann drehe ich nicht so am Rad. Ich will raus. Raus aus diesem „Ein kleines Schwätzchen wäre schön" oder „Einer zum Reden wäre nett". Da sieht man mal, wohin das führt.

Vor unserem Kinderhaus steht ein Streifenwagen.
Polizei.
Allerdings ohne Blaulicht.
O Gott, doch hoffentlich kein Unfall?
Es öffnet sich die Haustür. Zwei Uniformierte kommen heraus. Dahinter Schwester Raphaela höchstpersönlich. Sie sieht zumindest aus der Entfernung nicht traurig aus. Zum Glück.

„Alles okay, Schwester Raphaela?", rufe ich ihr von der anderen Straßenseite aus zu.

„Alles klar, Frau Kammermeier! Wir konnten das Problemchen lösen", ist ihre knappe Antwort. Ich sehe wohl sehr überrascht aus, denn Jonas nickt sofort, als er mir die Türe aufhält:

„Siehst du, so bescheuert hab ich auch geguckt."
Ich klappe meinen Mund wieder zu.
„Was will denn die Polizei hier?"
Jonas schüttelt den Kopf.
„Ich weiß es nicht genau. Aber auf jeden Fall haben sie Hatice nach Hause gebracht."
„Hatice?"
Ich bin echt gespannt, was passiert ist und gehe sofort in ihr

Zimmer. Hatice schmiegt sich an Sondra und Ruth und kämpft mit den Tränen. Keine der drei blickt auch nur annähernd in meine Richtung und irgendwie habe ich das Gefühl, dass sie mich gerade nicht sehen möchten. Seufzend lasse ich mich auf einen Schreibtischstuhl sinken und frage vorsichtig:
„Möchte mir jemand erzählen, was passiert ist?"
Drei Augenpaare richten sich auf mich.
Sondra und Ruth sagen einstimmig:
„Nein, wollen wir nicht! Aber bis Weihnachten ist es sicher vergessen."
Hatice schüttelt nur stumm den Kopf.
„Du blutest ja", besorgt mustere ich sie. „Hast du dich geschlagen? Hatice ...?"
Mit ihren erhitzten Wangen und der roten Wollmütze sieht sie aus wie Rotkäppchen. Sie schaut mir direkt in die Augen und meint trotzig:
„Ja, ich habe mich geschlagen. Bitte lass mich jetzt in Ruhe, ich möchte mit dir darüber nicht reden."
Sie wendet den Blick ab und verschließt sich wie eine Muschel.
Es hilft nichts, ich finde keinen Zugang zu ihr. Ruth und Sondra streicheln sie beruhigend und werfen mir hin und wieder einen finsteren Blick zu.
Enttäuscht stelle ich fest, dass es mir unmöglich ist, in ihre Gefühlswelt einzutauchen, mich in sie hineinzufühlen, wenn ich selbst mit mir nicht klarkomme. Mit dieser Erkenntnis verlasse ich frustriert das Zimmer und versuche, über unsere Leiterin Schwester Raphaela Genaueres zu erfahren.
Meine Schwester Rabiata.
Doppelkinnrabiata.
Schon seit dreißig Jahren leitet sie mit ihrem robusten Humor das Kinderhaus. Ich kenne sie schon aus meiner Schulzeit. Damals war sie meine Religionslehrerin und sorgte ständig für Überraschungen. Einmal erwischte sie mich, als ich meiner Sitznachbarin einen kleinen Schmierzettel zusteckte. Sofort knodderte sie mich an, den Zettel laut vorzulesen. Mit hochrotem Kopf las ich folgende Zeilen:
„Ich lerne ein Gedicht von Theodor Fontane auswendig,

wenn du rausbekommst, ob Schwester Rabiata ein DIN-A4-Blatt zwischen ihr Doppelkinn klemmen kann."

Ohne Worte riss sie ein Blatt von meinem DIN-A4-Block ab und klemmte es sich mit bedeutungsvollem Blick in ihre Halsspalte. Die ganze Klasse schwieg. Keiner wagte, auch nur einen Ton von sich zu geben.

Es hielt fast die ganze Religionsstunde. Ich lernte brav das Gedicht auswendig. Meine Güte, ich habe es nie mehr vergessen können.

Mein Herze, glaubt's, ist nicht erkaltet,
Es glüht in ihm so heiß wie je,
Und was ihr drin für Winter haltet,
Ist Schein nur, ist gemalter Schnee.
Doch, was in alter Lieb ich fühle,
Verschließ ich jetzt in tiefstem Sinn,
Und trag's nicht fürder ins Gewühle
Der ewig kalten Menschen hin.

Ich bin wie Wein, der ausgegoren:
Er schäumt nicht länger hin und her,
Doch was nach außen er verloren,
Hat er an innerem Feuer mehr.

Mittwoch, 23. Dezember, 16.02 Uhr

Ich fahre mit dem Fahrstuhl ins Erdgeschoss des Kaufhauses, durchquere die Halle mit den weiß gesprenkelten, matten Fliesen und trete durch die Drehtür in den winterlichen Sonnenschein hinaus. Es ist eiskalt. Der Schnee liegt überall, schenkt den Bäumen bizarre Verkleidungen, bedeckt die grauen Fußwege und Straßen, verziert Verkehrsschilder und Ampeln mit dicken Hauben.

Die Welt ist weiß.

Ich bin so müde, hasse diese Halbträume, die mich zwischen Aufwachen und Schlaf überfallen und dann lange beschäftigen. Krampfhaft bemühe ich mich dann, an etwas anderes zu

denken, aber meistens gelingt es nicht. Der Mann in meinem Traum heute Nacht war anders. Sein Gesicht, nur schemenhaft sichtbar, schien mir sensibel und ehrlich zu sein. Vor allem an seine Hände kann ich mich erinnern. Klavierspielerhände, lang und schmal, mit beweglichen Fingern. Doch seine Augen erschreckten mich, er sah aus, als würde er jemanden bald sehr unglücklich machen.
Mich doch nicht etwa?
War das ein Zeichen?
Ich bin verliebt. Also bin ich glücklich.
Oder?
Warum traue ich meinen Gefühlen für Becks nicht in letzter Konsequenz? Hat die gescheiterte Beziehung mit Adam meine Gefühlsnerven beschädigt? Mich versehrt? Träume ich deshalb vom Ende, wo ich doch am Anfang stehe?
Wie ein Karussell drehen sich die Fragen in meinem Kopf. Meine Augen schmerzen vor Müdigkeit und den neuen Kontaktlinsen. Vorsichtig reibe ich mir mit dem Ärmel über das Gesicht und konzentriere mich darauf, mein Auto in dem inzwischen überfüllten Parkhaus wiederzufinden, wo ich es zuvor achtlos irgendwo abgestellt hatte. Der Bummel durch die Augsburger Innenstadt hat mir Spaß gemacht. Ich war schon früh unterwegs. Bin schon über den Stadtmarkt gebummelt, als die Obst- und Gemüsehändler ihre Waren noch in die Auslagen räumten. In der großen Stadtmarkthalle nahmen einige Marktleute ein kleines Frühstück ein, über allem lag eine ruhige Geschäftigkeit. Mit warmer Milch und Butterbrezel ging ich weiter durch die Annastraße und musterte die Schaufenster. Die Gedanken trieben selbstständig durch meinen Kopf und folgten mir willig, als meine Blicke über die vollkommen verglaste Fassade der Neuen Stadtbücherei strichen. Wie in einem Strudel wurde ich durch den Glaseingang gezogen und stand in einem Raum von Licht und Farbenspiel.
Da war sie wieder.
Die alte Frau in Wanderschuhen.
Sie stand an einer Brüstung und war in einen warmen Orangeton getaucht. Ihr Blick war offen, wie ein Fenster zum

Garten, und sie lächelte mir zu. Wie in Trance ging ich die Treppenstufen nach oben, trat unvermittelt auf sie zu und sagte: „Gibt es hier ein Restoorante?"

Sie lächelte, ließ den Blick durch das zentrale Lichtauge nach oben schweifen und sagte mit verträumter Stimme: „Es ist so friedlich hier und ...", ein kleiner Seufzer, dann flüsterte sie weiter, „... für alle offen. Und ... die haben ein nettes Café."

Da war es wieder! Dieses Gefühl von Einsamkeit! Von Übrigsein in der Gesellschaft. Ich lächelte beim Traurigsein.

Seite an Seite gingen die alte Dame und ich langsam nach unten. Ich deponierte ihre Tasche auf einem bunten Stuhl und wir tranken zusammen eine Tasse Kaffee, redeten über das Wetter, Geschenke zu Weihnachten und das triste Dasein in Heimen von Alten. Von Alten, deren Hoffnungen sich begrenzen und die erkennen, dass sie nicht mehr hohe Berge erklimmen können, aber mit gutem Schuhwerk sehr wohl noch schöne Wege und Freude am Leben haben.

„Wie lange wir noch bleiben müssen oder gern auch zurückkehren würden, das ist ein Gefühl, das man hat, wenn einen jemand, den man liebt, verlässt", sagte sie, nachdem ich sie gefragt hatte, wie lange sie noch bleiben wolle. Jener ganz spezielle Moment ließ mich innehalten.

Sie lächelte schwach und hob die Schultern. Ihre Stimme war ganz nah an meinem Ohr. „Sie haben mir den Tag ganz besonders gemacht. Ich danke ..." Bevor ich etwas erwidern konnte, hatte sie sich mit ihrer Handtasche und den Wanderschuhen aus dem Staub gemacht.

Immer noch erstaunt über diese Begegnung, biege ich suchend in eine weitere Etage des Parkhauses, dessen Wände frisch geweißelt sind und in dem es an einigen Ecken nach Urin riecht. Wenn ich mein Auto auf diesem Deck auch nicht finde, muss ich Taxi fahren und morgen erneut mein Glück versuchen.

„22.44", flüstere ich beschwörend vor mich hin.

Und da steht es: „So alt-So gelb-So praktisch-So voller kleiner Dellen". Dankbar streiche ich übers Autodach und steige ein. Vertrauen ist der Anfang aller Dinge.

„22,44 Euro", sagte die Frau an der Kasse.
Damals – als sich die Erde plötzlich wieder weiterdrehte.

Mittwoch, 23. Dezember, 18.05 Uhr

Ich mache mich schnurstracks auf den Heimweg. Der unausweichliche morgige allerheiligste Nachmittagskaffee bei meinen Eltern rückt immer näher.

Eine Frau in einem mausgrauen Schurwollmantel mit totem Tier um den Hals rennt zwischen den parkenden Autos hervor quer über die Straße. Sie rennt in dieselbe Richtung, in die ich fahre, von hinten einwandfrei zu sehen, aber sie ist nicht so schnell wie mein „So alt-So gelb-So praktisch-So voller kleiner Dellen".

Oh Gott, es ist meine Mutter! Ich bremse wie eine Wahnsinnige.

Um ein Haar hätte ich sie jetzt überfahren, sie hat mein Auto total ignoriert. Klar, ist ja auch kein Mercedes. Im Rückspiegel sehe ich noch ihren suchenden Blick und wie sie sich hektisch über ihren Versace-Mantel streicht, dessen graue Schurwolle am unteren Rand nun mit hässlichen Spritzern verziert ist. Gute Güte, hoffentlich hat sie nicht bemerkt, dass es „So alt-So gelb-So praktisch-So voller kleiner Dellen" gewesen ist, der das gute Stück ruiniert hat. Bei der Vorstellung rutsche ich unruhig auf meinem Fahrersitz hin und her und murmle:

„22.44! Alles wird gut!"

Kurz darauf bin ich zu Hause.

Normalerweise meldet sich Becks immer pünktlich um elf Uhr, um mir einen schönen Tag zu wünschen. Jetzt ist es schon Viertel nach und ich habe noch immer keine Nachricht von ihm erhalten.

Ich rufe an, aber niemand geht ran.

Wo er nur steckt?

Ich lege meine Beine hoch, versuche, mich zu entspannen, vielleicht kann ich ja noch ein wenig schlafen. Die Haustür fällt ins Schloss und ich höre Schuhe, nein, keine Schuhe, Socken, dann schleicht jemand die Treppen nach oben, sperrt die Türe auf und schließt sie leise.

Danach ist es still.

Unangenehm still!

Verstohlen blicke ich mich um und komme mir beobachtet vor. Also sorry, aber dieser Sven hat eindeutig einen Schlag! Stelle den CD-Spieler an und versuche noch ein wenig zu relaxen, bevor ich im Kinderhaus die letzte Schicht für die nächsten Tage mache.

Dann frei! Acht gottgesegnete Tage Urlaub!

Auf dem Couchtisch hüpft mein Handy zu den Klängen von Mambo Nr. 5.

Endlich!

Becks!

Schnell schalte ich die Stereoanlage ab und ich muss mehrmals laut „Piiii" schreien, um meiner Begeisterung Luft zu machen, bevor ich rangehe.

„Hallo, Valeska! Wo bist du denn? Wer hat geschrien?"

„Niemand! Bin allein zu Hause."

„Ist das die Wahrheit?"

„Wer weiß?"

Also nee auch, was komme ich mir geheimnisvoll vor. Walli, du kleines Luder!

„Du bist zu Hause und schreist?"

Er flüstert. Einen Moment lang fürchte ich, ihn nicht verstehen zu können.

„Ich freue mich so sehr auf dich", haucht er.

Misstrauisch stelle ich die typische Fraufrage:

„Warum flüsterst du?"

„Ich flüstere, weil ich ein Geheimnis für dich habe und nicht möchte, dass ich vor morgen entlarvt werde."

„Ach toll! Eigentlich hasse ich Geheimnisse! Das letzte Geheimnis hat mich vor nicht allzu langer Zeit einfach übrig zurückgelassen. Stell dir vor! Auch meine beste Freundin hat ein Geheimnis, das sie mir morgen mitteilen wird – und meine Kinder im Kinderhaus sind so geheimnisvoll, dass sie vor

Weihnachten nicht mehr mit mir reden wollen ... Diese ganze Geheimniskrämerei macht mich echt fertig. Außerdem schlafe ich schlecht."

„Mein Stern, das tut mir leid", Becks Stimme klingt zerknirscht. „Wenn ich wieder zurück bin, massiere ich dir den Nacken, ich küsse dich in den Schlaf, ich werde Wellness für deine Seele sein, versprochen."

„Ich hätte heute beinahe meine Mutter überfahren!"

Stille.

„Also Valeska, das ist doch nicht dein Ernst?", meint Becks verblüfft.

„Beinahe! Wegen ihres Pelzkragens dachte ich, es sei ein Tier, und habe noch rechtzeitig gebremst. Sie hat mich nicht erkannt. Gottlob!"

Mir fällt wieder ein, was ich fast vergessen hätte zu erzählen.

„Hach, noch etwas! Du Becks, dieser Steenbeeke, der schleicht hier wieder durchs Haus. Der ist mir unheimlich. Wahrscheinlich hat er Leichenteile zwischen seinen Orchideen vergraben", platze ich heraus, auch auf die Gefahr hin, dass ich auf Becks den Eindruck einer Frau mit schizophrener Fantasie mache, mit der man es nie „normal" haben wird.

„Wirst du mir jetzt erzählen, dass du schon eine Leiche entdeckt hast?",

„Nein, aber ich habe noch nicht wirklich gesucht! Also, ich bitte dich, wenn jemand einen Blumentopf vor der Tür stehen hat mit der Aufschrift ‚Wer mich gießt, stirbt!' Das ist doch nicht normal, oder?"

„Ich komme und rette dich morgen – mein Stern ..."

Becks lacht leise und reißt mich mit seinem Charme aus meinen morbiden Überlegungen. Fast glaube ich in diesem Moment wirklich, er gehöre zu der Sorte Mann, die auf einen weißen Pferd kommt und die Prinzessin aus dem Turm befreit, oder – die moderne Variante – er fährt mit donnernder Opernmusik in einer Stretchlimo vor, so wie seinerzeit Richard Gere in Pretty Woman, schwingt seinen Regenschirm und trägt mich auf Armen hinaus, mitten hinein ins Paradies.

Albern kichere ich vor mich hin. Im Hintergrund klingelt

es penetrant.

„Willst du nicht öffnen?", frage ich listig und kneife misstrauisch meine Augen zusammen.

„Ich glaube nicht, dass ich öffnen kann! Es hat nämlich bei dir geklingelt!"

„Oh, wirklich?"

„Valeska ..."

„Hm?"

„Du bist das Beste, was mir je passiert ist", flüstert es aus dem Hörer.

Dann ein Knacken, und die Leitung ist tot.

Aus dem Hausflur läutet es aufdringlich.

Mann! Was ist denn nur los hier? Feueralarm?

Warum geht „Sven der Schreckliche" nicht an die Türe?

Vollidiot!

Ich sause die Treppe nach unten ins Erdgeschoss, drücke auf die Gegensprechanlage und versuche nicht ganz so unfreundlich zu brüllen, wie ich mich fühle:

„Halloooo! Wer ist da?"

„Oh, du scheinst ja dolle Schdimmung zu abe. I abe den Schlussele nicht mitgenomme und koine mackt mir auf."

„Tschuldige, Seppo! Mit dir hab ich noch gar nicht gerechnet!"

Mann, meine Güte, was zerrt denn Seppo da hinter sich her? Ich staune nicht schlecht.

„Iste aber schon kurz nack Mittag! Puh, ist der aber schwer."

„Oh Seppo, ein wunderbarer großer Weihnachtsbaum!"

„Aber natürlich! Und nix verrate an Lilli. Abe i selbst geschlagen im Wald, ganz frisch."

Seppo müht sich redlich, den verschnürten Baum durch die Haustür zu bugsieren.

„Pass auf", schlage ich vor, „ich öffne die Terrassentür und dann tragen wir das Prachtstück über den Garten ins Haus, dort ist die Türe breiter."

„Gute Idee", schnauft Seppo und schiebt sich seine blaue Pudelmütze aus der Stirn.

Wir stellen den Baum in den Wintergarten und ich bin

überrascht, dass er sofort in den Baumständer passt.

„Tatta!", freut sich Seppo und guckt stolz. „Der passt genau rein, hähä."

Es bereitet ihm eine diebische Freude, dass der Stamm ohne zusätzliche Arbeit nur noch festgeschraubt werden muss und die Baumspitze fast bis zur Decke reicht. Er kriegt sich kaum ein vor Begeisterung.

„Abe i zu Mamma gesagt, ist koin Problem, so ein Christebaum. Siehste! No problemo!"

Ich grinse.

„Mamma sagt: ‚Du kannsch nicht mal den Christebaum alleine aufstelle. Beim ersten Sägen am Stamm braust schon eine Padre.' Jetzt kann sie mal sehen! Nix brauche i. Gar nix! Walli vielleicht, ... hihi!"

Seppo umarmt mich überschwänglich, küsst mich rechts und links auf die Wangen und hüpft wie Rumpelstilzchen durch den Wintergarten.

Im selben Moment schleppen Brandy und Paul riesige Einkaufstüten durch die noch immer offene Haustüre.

„Hier zieht es wie Hechtsuppe", brummelt Adalbrand, „eine Schande ist das bei diesen Energiepreisen."

Schnell schließen wir die Terrassentür und helfen, die Einkäufe in der Küche abzuladen.

Pauli berichtet sofort begeistert von eingekauften Gewürzen und Adalbrands Riechmethode, um den Frischegrad von Gemüse ausfindig zu machen. Er redet so schnell, dass ich seinen Ausführungen kaum folgen kann.

Ich seufze laut und aus vollem Herzen, kruschtle inbrünstig in den Tüten und fühle mich sauwohl. Eigentlich wäre jetzt so ein Augenblick, um ganz einfach so nebenbei zu erwähnen, dass es sich hier weder um meinen Koch noch um meinen Gärtner, sondern um die wichtigsten lieb gewonnenen Menschen in meinem Leben handelt.

Meine Mitbewohner. Meine Wohngemeinschaftsfamilie.

„Walli. Was hast du denn? Nein, warte, sag es nicht, lass mich raten."

Na, wenn das mal gut geht!

„Ich denke, du bist fast sehr glücklich!" Paul verzieht das Gesicht, „aber wohl leider nur fast." Nach ein, zwei hartnäckigen Versuchen, meinen Gemütszustand zu erfassen, ist er so mit Adalbrand in der Küche beschäftigt, dass ich es nicht mehr wage, diese Stimmung zu stören. Die beiden unterhalten sich geschäftig, reichen sich wie selbstverständlich Lebensmittel und Arbeitsutensilien.

„Das Gemüse hat meine Mutter früher auch immer ganz klein geschnipselt und den Schnittlauch durfte ich mit der Schere schneiden."

„Meine Frau, entschuldige, Liebes, ich muss das jetzt sagen, hat das auch immer gemacht und beim letzten Schnapp hat sie sich dann meistens in die Fingerkuppe gezwackt. So, dass ich doch lieber alles selbst gemacht habe ... Hahaha ... Sie hat es sich dann immer mit einer Tasse Tee auf dem Küchenhocker gemütlich gemacht und mir Geschichten erzählt. Elisabeth konnte wundervolle Geschichten erzählen. Ihre Welt war bunt, ich bekam davon in der Küche meist nur wenig mit. Sie kannte so viele interessante Künstler. Schauspieler, Sänger, Schriftsteller. Ja, da war so mancher dabei, der ihr schöne Augen gemacht hat, aber sie ist mir treu geblieben, bis zum Schluss. Bis zum bitteren Ende."

Fasziniert höre ich Adalbrand zu.

„Wie lange wart ihr denn verheiratet?", will ich wissen.

Brandy schmunzelt. „Du wirst überrascht sein, Walli, verheiratet waren wir nur drei Monate, zwei Tage, vier Stunden, sieben Minuten und 56 Sekunden. Aber geliebt haben wir uns den größten Teil unseres Lebens. Die meisten Jahre unseres Lebens haben wir zusammen verbracht und es war vollkommen."

„Bis dass der Tod euch scheidet", sage ich gerührt. „Woran ist sie gestorben?"

„FFI, Fatal Familial Insomnia. Eine sehr seltene, stets tödliche Erbkrankheit."

„Schlaflosigkeit", flüstere ich. „Deine Frau konnte nicht mehr schlafen."

Adalbrand schnäuzt sich heftig in eines seiner blütenweißen

Taschentücher. „Richtig Walli, sie konnte nicht mehr schlafen. Und es war die Hölle. Anfangs dachte ich, es läge an ihrem Temperament, sie wurde nie müde. Sie war ein Wirbelwind und es machte ihr nichts aus, wenn die Nächte lang wurden und die letzten Gäste erst spät nach Hause gingen. Aber irgendwann bemerkte ich, dass sie auch nach einem langen Arbeitstag nicht mehr schlafen konnte. Die Ärzte diagnostizierten einen hohen Blutdruck und mit ihrem Herzen stimmte auch etwas nicht. Doch alle Medikamente halfen nichts. Irgendwann hatte sie ihre Bewegungen nicht mehr unter Kontrolle, manchmal zuckten ihre Arme und Beine so sehr, dass ich sie festhalten musste. Nach wenigen Wochen hatte sie so sehr abgebaut, dass die Ärzte mir sagten, ich müsse mit dem Schlimmsten rechnen. Elisabeth hatte sich immer geweigert, zu heiraten, wir seien auch ohne ein Stück Papier Mann und Frau, sagte sie immer. Doch die Situation wurde immer schwieriger und unverheiratet hatte ich nicht das Recht, Elisabeths Willen den Ärzten gegenüber zu vertreten. Lebensverlängernde Maßnahmen hat sie rigoros abgelehnt. Wir heirateten in einem Krankenhaus in der Schweiz. Zwei Wochen nach unserer Hochzeit erkannte sie mich nicht mehr ..."

Donnerstag, 24. Dezember, 5.48 Uhr

Der Nachtdienst scheint diesmal kein Ende nehmen zu wollen. Die Kinder waren sehr aufgeregt und tuschelten lange in den Zimmern. Es ist kurz vor sechs und ich mache meinen letzten Rundgang. Gleich werden mich Tobias und Schwester Raphaela ablösen, die sich heute den Dienst teilen. Noch ist alles ruhig und ich mache mich daran, den Frühstückstisch zu decken und weihnachtlich zu dekorieren.

Dieser 24. Dezember ist ein wunderbarer Tag. In der vergangenen Nacht hat es nochmals geschneit und der Traum von einer weißen Weihnacht scheint sich diesmal wahrhaftig zu erfüllen.

Froh stapfe ich durch die weiße Pracht nach Hause. Als ich um sieben Uhr die Haustür aufsperre, herrscht in der Küche schon Hochbetrieb. Adalbrands tiefe Stimme brummelt zwischen Topfgeschepper und der Dunstabzugshaube. Vorsichtig luge ich um die Ecke und sehe Paul und Brandy Seite an Seite vor der Arbeitsplatte stehen und Mayonnaise rühren.

„Willkommen im Winter-Wonderland!", rufe ich. Abwesend wird mir ein guter Morgen gewünscht. Ich schleiche mich von hinten an die weihnachtlich beschäftigten Männer heran und tauche meinen Finger in die Mayonnaise.

„Hmmm ... lecker."

„Hey, Walli, hast du in der Speisekammer das angebissene Bounty vergessen?"

Es ist nur zu verständlich, dass ich seit der Speisekammer-Rumpel-Aktion von Brandy stets als Erste verdächtigt werde.

„Es ist schon o. k. Brandy, dass du mich seit unserem ersten Zusammentreffen im Auge hast, wenn in deiner Speisekammer etwas in Unordnung ist, aber zu deiner Info: Ich liebe Bounty! Niemals also würde ich eines angefressen in der Speisekammer liegen lassen. Fragt doch mal den ‚schrecklichen Sven', vielleicht war er es ja."

Kaum ist es raus, schlage ich mir die Hand vor meinen Mund, aber es ist zu spät. Paul hört auf zu rühren und sieht mich neugierig an.

„Wer ist denn der ‚schreckliche Sven'?"

Tagelang bin ich immer wieder in Gedanken durchgegangen, wie ich es sagen könnte. Es gibt kein Entkommen mehr, das ist jetzt Schicksal.

Hilfesuchend murmle ich „22,44" vor mich hin.

„Mmmm?"

Langsam sehe in die Runde, Adalbrand sieht mich abwartend an. Zögernd beginne ich.

„Guhut, ähm, also ... Ich wollte es eigentlich heute Abend beichten. Aber ich denke, einen richtigen Zeitpunkt wird es bei einer Lüge nie geben."

Paul legt den Schneebesen zur Seite und dreht sich ganz zu mir um.

„Walli, du machst es aber spannend. Was ist denn?"

„Ich bin nicht verheiratet! Ähm…Genauer gesagt ist Adam gar nicht erst zu unserer Trauung gekommen. Hat mich sitzen lassen und ich bin eine feige Brezel, weil ich es dir und den anderen Kids nicht gleich gesagt habe, Pauli. Es tut mir leid."

So, jetzt ist es raus. Ich ziehe scharf die Luft ein und warte. Für einen flüchtigen Augenblick habe ich das Gefühl, dass Paul gar nicht so überrascht ist.

„Das ist nett. Frau Kammermeier lügt. Unser Vorbild! Die Erzieherin von zehn Heimkindern erzählt uns eine Story vom Pferd! Sie lässt uns glauben, sie sei glücklich verheiratet, hätte einen Koch, einen Gärtner und sogar eine bildhübsche Putze!"

Sein Blick streift kurz Lilli, die stocksteif im Türrahmen verharrt, bevor er fortfährt:

„Putze? Weihnachtsengel? Gärtner? Knecht Ruprecht? Koch? Weihnachtsmann? Der schreckliche Sven? Nette Gesellschaft! Ganz große Klasse!"

Ironisch applaudiert er.

„Weiß auch nicht, was in mich gefahren ist …", bettle ich verzweifelt.

Aber im Grunde ist jetzt jedes Wort zuviel.

„Die anderen können definitiv nichts dafür! Sie haben mich immer angehalten, endlich die Wahrheit zu sagen, es euch zu sagen, aber … Ich konnte es nicht … Es war so schwer. Weißt du, ich stand da, in meinem weißen Hippiekleid, den Brautstrauß in der Hand, wie bestellt und nicht abgeholt. Das Gebrummel um mich herum, als es immer später wurde, die fragenden Blicke der Standesbeamtin, das Mitleid, als Adam nach einer Stunde immer noch nicht da war und ich ihn nicht erreichen konnte. Die Angst, dass ihm vielleicht etwas zugestoßen sein könnte. Als ich dann zurück in unsere Wohnung kam, hatte er seine Sachen schon ausgeräumt. Die Wahrheit tat … tut immer noch so weh. Und besonders schlimm war, dass ich wochenlang nicht einmal wusste, warum! Verstehst du?"

Ich schließe die Augen, um die Tränen zurückzuhalten.

„Die Rückkehr in unsere Wohnung war grauenvoll. Adam hat seine Habe weggeschafft, während ich auf dem Standesamt gewartet habe, bei der Polizei nach Unfällen gefragt und in allen Krankenhäusern nach ihm gesucht habe. Er ist einfach aus meinem Leben gegangen, ohne ein Wort."

„Mann Walli! Ich dachte, wenigstens dir kann ich vertrauen. Du bist ..."

Seine Stimme überschlägt sich und veranlasst Lilli einzuschreiten.

„Paul, versteh' doch, Walli ist verlassen worden. Sie stand unter Schock und manchmal muss man schlimme Ereignisse verdrängen, um weiterleben zu können. Sie wäre euren Fragen nicht gewachsen gewesen."

Am liebsten würde ich vor Scham im Boden versinken, als Pauli traurig auf Brandy blickt.

„Und ich dachte, du bist der Koch und mein Freund."

Wie konnte ich diesen Menschen so verletzen? Langsam streicht Adalbrand mit den Händen über seine Schürze.

„Ich bin Koch –und ich bin dein Freund! Wir leben hier in einer Wohngemeinschaft, weil wir uns übrig gefühlt haben. Das ist jetzt nicht mehr so, denn wir haben uns, Paul! Walli hatte wohl nicht die Kraft, euch die Wahrheit zu sagen. Und eigentlich ist es auch ihre Privatangelegenheit."

„Na klar. Immer dann, wenn ihr Erwachsenen nicht weiterkommt, dann ist es plötzlich Privatsache."

Er greift nach dem Schneebesen.

„Man darf nicht lügen! Immer brav die Wahrheit sagen. Hach! Alles blödes Gequatsche, die ganzen langen Jahre!"

Mein Gott! Er hat Tränen in den Augen und rührt wie ein Wahnsinniger in der Mayonnaise.

„Sogar meine Mutter hat mich belogen, sie sagte, dass sie mich nie verlassen würde, und was hat sie letztendlich getan? Was?"

„Ich weiß. Ich hätte es besser wissen müssen, aber ich habe leider versagt. Pauli ... bitte ..."

Schließlich wendet er sich mir mit verächtlichem Blick zu und schaut mir in die Augen.

„Wer bist du, Walli?"

Mein Herz krampft sich zusammen.

„Ich bin eine Übrige, Pauli. Von heute auf morgen! Einfach so! Wie ihr! Und ich konnte es fast nicht aushalten."

„Du bist nicht übrig, Walli. Du hast eine Familie. Eine Schwester und Eltern. Ich habe nichts mehr. Nur Erinnerungen an zwölf Jahre und ein paar Fotos von meinen Eltern, und selbst die sind verblasst. Du, ihr seid alles, was ich habe ... ich bin es, der übrig ist – ich und die anderen im Kinderhaus."

Wortlos nehme ich Paul in die Arme. Sein Herz klopft wie wild und er klammert sich an mich.

„Es tut so gut, euch zu haben", sage ich leise.

Brandy räuspert sich und fasst uns um die Schultern.

„Ich habe Durst", erklärt Lilli krächzend. „Wie wäre es mit einem schönen Glas Sekt?"

Während des ganzen Vormittags erzähle ich. Ich erzähle von Adam und der Aktion in der Tiefgarage, von Becks, meinem Zur-richtigen-Zeit-am-richtigen-Ort-Mann, von Sven, dem Schrecklichen, dem kaputten Wuschelengel, von meinen jüngsten Spionageattacken (jetzt kommt die ganze Wahrheit auf den Tisch) und von meiner Mutter, die ich gestern beinahe überfahren hätte. Ich habe so lange darauf gewartet, endlich wieder frei von der Leber weg erzählen zu können, dass es nur so aus mir heraussprudelt. Lilli hat schon die zweite Flasche Sekt geöffnet und sitzt mit baumelnden Beinen auf der Arbeitsplatte. Auch Seppo ist inzwischen zu uns gestoßen. Begeistert hört er sich meine Beichte an und kommentiert meinen schonungslosen Bericht mit Zwischenrufen wie „Ist nicht moglich!" und „Oh, grande Misere!".

Paul hat sich von seinem Schock erholt und hilft Adalbrand mit vor Eifer geröteten Wangen bei der Zubereitung unseres Weihnachtsmenüs. Hin und wieder schiebt uns Brandy abwechselnd kleine Häppchen in den Mund und ich fühle mich so befreit, so glücklich, so sauwohl, dass ich heulen könnte wie ein Schlosshund.

Schwungvoll leert Lilli ihr Sektglas und schreit mit einem Blick auf die Küchenuhr: „Mann Walli, ich glaub', du musst los, deine Eltern ...! Ach übrigens, ist es für euch in Ordnung, wenn Victor heute Abend seine Schwester mitbringt? Sie ist seit gestern zu Besuch bei ihm."

„Klaro", meint Seppo achselzuckend. „Zu Esse abe wir genug und Platz au und der Baum ist au groß genug."

Schnell beeilen wir uns, zu beteuern, wie wundervoll, traumhaft schön, grandios der von Seppo besorgte Baum ist.

„Ist keine große Sacke, ... abe ich gerne gemackt. Ihr seid für mi wie Familia", winkt er ab, sonnt sich aber sichtlich in unseren Schmeicheleien.

Ziehe gerade den Reißverschluss meiner Stiefel zu, als mir jemand von hinten um den Hals fällt und mir fast das Genick bricht.

„Du, Walli, ist dein Nicht-Mann so ein lange Lulatsch? Er ist grad mit de Jonas am Glühmarktstand!"

Immer bin ich erstaunt über Seppos landkreisumspannendes Informationsnetzwerk. Dreh- und Angelpunkt ist sein multimegatolles iPhone, das er wie ein kleines Büro mit sich trägt und das ihm ständig die neuesten Neuigkeiten zuzwitschert.

Schnell winde ich mir seine Arme vom Hals, noch bevor er mir ins Wort und weiter ins Genick fallen kann.

„Stimmt! Adam ist ein langer Lulatsch! Aber es gibt mehrere Lulatsche, nicht jeder heißt Adam."

Seppo legt mir eine Hand auf die Schulter und reicht mir mit der anderen einen Mistelzweig.

„Hier Walli, liebe Grüße an deine Familia. Ah ... La Familia ist alles, was wir abe."

Wenig später zuckeln „So alt-So gelb-So praktisch-So voller kleiner Dellen" und ich über die eisigen Straßen zum Haus meiner Eltern nach Stätzling. Der Vorgarten des Reiheneckhauses ist tief verschneit, der Gehweg sauber geräumt. Nur selten mache ich mich auf, meine Eltern zu besuchen, obwohl es von Friedberg nach Stätzling nicht mal fünfzehn Minuten zu fahren sind. Diesmal bin ich, zum ersten Mal in meinem Leben, zu spät. Schnell reiße ich die Tüten mit den Geschenken aus dem Kofferraum und haste die Eingangsstufen hinauf.

Ich höre leise die außergewöhnlichen Klänge von John Arthur Westerdoll auf seiner besten Freundin, der Violine, durch die geschlossene Haustür. Erinnerungen werden wach.

„Eine Geige alleine ist eine Sache für sich." Damit war ich wieder in Gedanken bei jemandem angelangt, den ich eigentlich verdrängen wollte: bei Adam.

Das Benefiztheaterstück gefalle ihm bestimmt, hatte er gesagt, aber leider müsse er zu einem anderen wichtigen Termin, und ich konnte schließlich mit seinen ständigen Absagen gut umgehen und fragte meinen Paps, ob er denn Lust hätte, mitzugehen.

Es war unglaublich.

Als das Modell „Westerdoll" eine atemberaubende Liebeserklärung an seine Geige formulierte, anders und spannend, rührend und witzig, wurde mir wundersam bewusst, wie einsam ich war. Danach dachte ich seltsamerweise an ein Vögelchen, das jemand aus dem Nest zu schubsen versuchte. Keinen blassen Schimmer, was dieser Schauspieler und Musiker schon damals mit seinem Stück in mir auslöste, aber nun, als ich die Töne seiner Violine durch die geschlossene Türe vernehme, erinnere ich mich wieder ganz genau. Die Art, wie John Arthur Westerdoll sein Instrument spielt, es singen und schwingen lässt und die Töne mit Kraft vorantreibt, um sie wie einen Windhauch dann herzwärts in Richtung „mich" zu entlassen, war einfach wundersam und großartig. Seither genießen Paps und ich die symphonischen Töne des Künstlers auf eine ganz eigene Art, und so langsam empfinde ich diesen Tag bereits als äußerst angenehm, vielleicht sogar magisch, nämlich genau richtig angekommen zu sein.

Wie von Geisterhand öffnet sich die Haustür und ich stammle hastig ein paar entschuldigende Worte, während ich über die Schwelle stolpere.

„Macht doch nichts, Walli", beruhigt mich mein Vater und drückt mich herzlich an sich. Er riecht beruhigend, nach Seife, Zigarettenrauch und Kindheit. Wie immer trägt er ein weißes Hemd, Krawatte und einen grauen Pullunder. Seine Brillengläser sind verschmiert und am Hinterkopf steht ein Haarbüschel nach oben. Zeugt von einem kleinen Mittagsschläfchen, das er sich vor unserer Ankunft gegönnt hat.

Ich schäle mich aus Mantel und Stiefeln, will gerade nach Savannah und Luan fragen, da höre ich aus dem Wohnzimmer bereits ohrenbetäubendes Gebrüll.

Luan macht seinem Löwennamen wieder alle Ehre und stellt seine Stimmgewalt unter Beweis. „Iiiiiiccccccchhhhh will Kaffeeeeee!"

Mein Vater zuckt lächelnd die Schulter und meint: „Das geht schon so, seit sie vor 20 Minuten gekommen sind. Luan besteht heute unbedingt auf Kaffee."

Begütigend höre ich die Stimme meiner Schwester, die sich in langen, geduldigen Erklärungen ergeht, unterbrochen von den Forderungen ihres tobenden Sohnes.

Na, das kann ja heiter werden!

Mein Vater lächelt kryptisch und stöpselt sich Ohropax in die Gehörgänge. Dann geht er durch den Flur und öffnet mir die Tür zum Wohnzimmer.

Jedes Mal bin ich wieder erstaunt, wie viel Weihnachtsdekoration in ein durchschnittliches Reihenhauswohnzimmer passt. Und ich bin, wie jedes Jahr, erschüttert, wie viel Kitsch in der Vorweihnachtszeit den Weg in den Verkauf findet. Zwischen Couch und Terrassentüre steht eine üppig beleuchtete, perfekt gewachsene Nordmanntanne mit roten Schleifen, mattgoldenen Kugeln, kleinen Engeln und natürlich – Lametta. In allen Fenstern stehen Windlichter und auf dem Wohnzimmertisch prangt ein mächtiger Adventskranz mit brennenden Kerzen. Die Kaffeetafel ist mit Tannenzweigen, goldenen Nüssen und kleinen weißen Barockengel dekoriert.

Gerade schnappt sich Luan einen dieser Engel, um ihn wütend auf dem Esstisch zu zerdeppern. Nun scheint auch meine Mutter mit ihrer Geduld am Ende zu sein, denn sie hält ihren Enkel resolut am Handgelenk fest und sagt energisch: „Das bleibt stehen, junger Mann. Und jetzt setzt du dich hin und bist still. Deinen Kakao kannst du trinken oder auch nicht, das ist mir egal. Jetzt ist Schluss!"

Luan steht da wie vom Donner gerührt. Meine Schwester und mein Schwager reißen die Augen und Münder auf und meine pubertäre Nichte lacht schadenfroh.

Dann geschieht ein kleines Wunder, denn Luan stellt den Engel vorsichtig zurück auf den Tisch, setzt sich und trinkt ganz artig seinen Kakao. Bravo, Mutter, denke ich, wedle mit Seppos Mistelzweig und rufe: „Frohe Weihnachten!"

„Valeska, Kind, endlich!"

Meine Mutter erhebt sich und schließt mich, ganz Königin-Mutter, in die Arme, klopft mir leicht den Rücken.

Sie riecht nach Haarspray und Gucci-Parfüm. Ich weiß das genau, weil meine Schwester und ich letztes Weihnachten das gleiche Parfüm von ihr geschenkt bekommen haben. Sie hält mich ein wenig von sich und mustert mich prüfend.

„Kind, wie du wieder aussiehst!"

„Wieso?", ich sehe prüfend an mir herab. Was ist verkehrt an dunklen Jeans, weißer Bluse und Samtblazer? Egal. Meine Mutter sieht natürlich aus wie aus dem Ei gepellt. Schwarzer Rock, beige Seidenbluse mit Schalkragen, Perlenkette. Edeltraud Kammermeier, von allen „Miss Ellie" genannt. Ich habe diesen Spitznamen nie gemocht. Schließlich hieß die Mutter von diesem Fiesling J. R. Ewing aus der Serie „Dallas" auch so. Andererseits hat noch nie jemand gewagt, meine Mutter Traudi oder gar Traudl zu nennen.

Bei uns ist Mutter der Herr im Haus. Mein Vater hat nicht viel zu sagen und ich habe den Eindruck, er ist müde geworden. Seit er in Rente ist, pflegt er ausgiebige Spaziergänge und Mittagsschläfchen, liest sich durch die grün gebundene, hundert Jahre umfassende Bertelsmannsammlung der Literaturnobelpreisträger und hat seine Leidenschaft für Hörbücher entdeckt. Auf meine Frage hin, ob ihm das nicht zu langweilig sei, antwortete er mir einmal, dass er für leidenschaftliche Aktivitäten schon zu lange verheiratet und für eine Scheidung zu alt sei, immerhin – man gewöhne sich im Laufe von 35 Jahren an so manches Übel und auch aneinander.

Na dann!

Es gibt Dinge, die lassen sich nicht verändern. Meine Mutter wird uns immer lächelnd empfangen, Vater wird sich bei heiklen Gesprächen heraushalten, darf aber nach dem Essen in der Küche eine Zigarette rauchen, solange er das Fenster öffnet und danach das Geschirr einräumt. Meine Eltern besitzen keine Haustiere, aber drei Zwetschgenbäume, die immer zur selben Zeit reifen und dann von der ganzen Familie leergepflückt werden. Mein Schwager Linus ist der Oberzwetschgenschüttler und sein Sohn Luan steht mit Fahrradhelm unter den Bäumen, damit er nicht von einer „bösen" Zwetschge erschlagen werden kann.

Savannah sortiert das Obst nach Muster in die vorbereiteten Körbe und meine Schwester Maria sammelt die wurmigen, vermatschten Früchte vom Boden, damit meine Mutter nicht in das Mus treten mus, ähm, muss. Sie gibt meinem Schwager Linus den genauen Schüttelrhythmus und die Schüttelrichtung an, und sollten zu viele Früchte auf einmal fallen, erlaubt meine Mutter großzügig, dass er kurz vom Baum darf, um mit beim Aussammeln zu helfen. Mein Vater und ich sitzen währenddessen unter der Laube zwischen Büschen und Sträuchern, deren Namen ich nicht kenne, denen es aber hier recht gut gefällt, und befreien die Zwetschgen von ihrem harten Kern. Im Gegensatz zu den anderen lieben wir genau diese Aufgabe besonders, die Ruhe, die bräunlich gefärbten Finger und unsere Gespräche über das Sein. Man hört die vorüberfahrenden Autos wirklich nur am Sonntag, wenn die Kirche stattfindet und die Leute direkt an unserem Garten vorbeilaufen. Sie unterhalten sich über den neuen Getränkeautomaten im Supermarkt und über den neuen Porsche des Nachbarn in der Siedlung, den er sich bei Gott nicht leisten könnte, wenn er seine Frau nicht hätte. Papas Augen leuchten amüsiert auf, wenn ich meine Witze reiße, unsere Familie dokumentiere und ihn in den Oberschenkel kneife.

Es hat einfach keinen Sinn, auch nur den Versuch zu unternehmen, mich zu verstellen. Mein Vater kennt mich wie niemand sonst. Karl-Siegfried Kammermeiers Stimme klang an diesem Julitag anders als sonst, als ich ihm mitteil, dass Adam und ich heiraten werden.

„Ich werde dir etwas sagen, Valeska! Dein A-dam und dein B-dam interessieren mich nicht. Nicht mehr als mein Haus, mein Auto und mein Garten und ..., naja, egal, wer noch. Aber DU bist mir wichtig! Lebe dein Leben genussvoll. Träume nicht vom ‚wahren Sein‘, sondern wenn ein silberner Punkt am Himmel auftaucht, dann denke an den Stern, der deinen Namen trägt. Jeden Tag aufs Neue leuchtet er, ob von Wolken verhüllt oder ob es klar ist in der Nacht. Wie sagt Fried? Für die Welt bist du nur irgendjemand, aber für irgendjemand bist du die Welt."

„VALESKA!"

„Valeska, träumst du?", will meine Mutter wissen.

„Ähm! Ja, ich meine, nein!" Schnell stopfe ich mir ein perfektes Plätzchen in den Mund und mache „mhmm". Danach helfe ich meinem Vater, den Tisch abzuräumen, und teile mit ihm eine Zigarette am offenen Küchenfenster. Währenddessen wird im Wohnzimmer diskutiert, wie denn nun heute beschert werden soll, nachdem ich Dienst im Kinderhaus habe und Maria samt Anhang heute Abend bei Linus' Eltern eingeladen ist. Natürlich versäumt es meine Mutter nicht, ihrer Stimme einen tapferen Unterton zu verleihen, der unterschwellig signalisieren soll: „Geht nur, Kinder, eure alten Eltern werden Heiligabend auch alleine bestehen. Elternschaft bedeutet Opferbereitschaft. Und ein liebend Mutterherz."

Heute ist für mich der Tag der Wahrheit und darum sage ich zu meinem Vater, der gerade seine Zigarette im Schnee auf dem Fensterbrett löscht:

„Papa! Ich habe heute keinen Dienst. Ich wollte dich und Mama nicht beleidigen, aber ich möchte mit meinen Freunden aus der WG und ein paar Kindern aus dem Kinderhaus Weihnachten feiern. Wenn du, wenn ihr euch alleine fühlt ..."

Mein Vater nimmt seine Brille ab und poliert die Gläser umständlich mit dem Bund seines Pullunders. Ohne Brille blinzelt er und es sieht so aus, als lachten seine Augen verschmitzt. „Ist schon gut, Walli. So etwas in der Art habe ich mir schon gedacht. Es hat sich wohl viel verändert in deinem Leben? Bist du glücklich?"

Ich schaue auf die weiße Welt da draußen und atme tief ein. Es ist sehr kalt und hell. Eishell.

„Ja", sage ich dann. „Ich bin auf dem Weg ..."

Donnerstag, 24. Dezember, 14.45 Uhr

Es ist nicht der richtige Augenblick, aber ich hätte ihm gern von Becks erzählt. Ich weiß, er würde ihn mögen. Ihn und die Menschen, die mich in kurzer Zeit wieder zum Leben erweckt haben – ohne irgendein Zutun, einfach nur durch ihre bloße Anwesenheit und weil sie sich selbst treu sind.

Mein Vater wendet mir das Gesicht zu und hat diesen sorgenvollen Zug um die Lippen, der mir wehtut und den ich in den letzten Jahren schon so oft an ihm bemerkt habe.

„Papa? Geht es dir eigentlich gut?"

Seine Stimme klingt ernst. „Natürlich, Schatz! Es ist nur, ich habe immer davon geträumt, bestimmte Dinge zu unternehmen, noch erleben zu dürfen, verstehst du? Und jetzt muss ich mir die Wahrheit eingestehen: Ich bin über Nacht ‚alt' geworden. Ich schlafe nicht mehr gut und meine Träume sind zu kurz."

Sein Finger malt kleine Wellen in den Schnee auf dem Fensterbrett. Mich schaudert und ich reibe mir die Schultern. Er schiebt mich ein wenig zur Seite und schließt das Fenster, stellt kleine Töpfe mit Usambaraveilchen und zahlreichen Küchennippes auf die Fensterbank zurück und meint: „Du sagst ja gar nichts!"

„Ich habe Angst um dich, Papa!"

Er fasst mich am Kinn und schaut mir direkt in die Augen. „Das musst du nicht. Immerhin bin ich fast siebzig, aber ... trotzdem! Ich fühle mich noch nicht zu alt", flüstert er und hat plötzlich dieses schelmische Lächeln auf den Lippen, das ich so gut an ihm kenne und so sehr mag.

„Ich möchte das ‚Trotzdem' fühlen können. Und mit deiner Mutter ist das ...", er hält kurz inne, ringt nach den richtigen

Worten, „sagen wir mal so, mit deiner Mutter ist das schwierig." Er schließt leise die Küchentür, dreht sich zu mir um und sieht mich verschwörerisch an.

„Ich habe mich entschlossen, mein Leben noch einmal in die Hand zu nehmen, bevor ich gar nichts mehr träume. Ich glaube nicht, dass es deiner Mutter gefallen wird, aber eine Überraschung ist es gewiss. Weißt du, es hat sich mit den Jahren zu viel zwischen uns aufgetürmt: mein Beruf, die Familie, eure Erziehung, über die wir uns weiß Gott oft in den Haaren gelegen haben. Es liegt am Leben allgemein, es hat mich stark, irgendwie blind und leider fast taub gemacht. Hier drin ..." Während seiner letzten Worte klopft er sich auf die Brust.

Ich muss lächeln und bemühe mich gleichzeitig, die Tränen zurückzuhalten. Zärtlich fasst er meine Hände und betrachtet sie nachdenklich, so als hätte er sie noch nie gesehen.

„Valeska", sagt er und dreht eine Handfläche nach oben, zeichnet mit dem Finger die Lebenslinie nach.

„Ich werde gehen. Ich gehe für ein Naturschutzprojekt nach Südafrika. Meine Universität hat mir ein tolles Angebot gemacht. Mal sehen, was die Zeit so bringt."

Alles in mir ist mit einem Mal komplett durcheinander. Und obwohl mein Vater dicht neben mir steht, fühle ich mich ein Stück weit verlassen. Gleichzeitig kann ich ihn sehr gut verstehen und beneide ihn fast, dass er, so wie Adams Bruder, den Mut aufbringt, alles hinter sich zu lassen, um weit wegzugehen, fort in ein Abenteuer. In ein anderes Leben. Etwas tut, das ich mich nicht traue, mich nie getraut habe.

„Und Mama?", frage ich und meine eigentlich: Und was ist mit mir?

Mein Vater sieht mich prüfend an und sagt dann langsam:

„Für eure Mutter wird gesorgt sein. Ich weiß genau, sie wird mich nicht allzu sehr vermissen, denn sie hat genug Ablenkung, ist viel zu sehr mit sich selbst beschäftigt. Sie hat an den Dingen, die mir auf dieser Welt wichtig sind, keine Freude. Ich habe zwar auch ein Ticket für sie, aber du weißt ja selbst, sie ist sehr beschäftigt mit den wirklich wichtigen Dingen im Leben."

Ich murmle: „Ich hätte es mir denken können."

Papa senkt den Kopf und schweigt. Seinen schuldbewussten Gesichtsausdruck habe ich gesehen und meine Stimme wird ganz leise:

„Wann?"

„Mein Flug geht schon morgen. Sei nicht traurig, Valeska, im Moment ist nur geplant, das Projekt zu betreuen, und danach sehe ich weiter. Ich bin nicht aus der Welt!"

Er ist wirklich lieb, versucht mich zu trösten, doch seine Augen funkeln und ich kann spüren, dass der Gedanke, in ein anderes Land, in ein anderes Leben aufzubrechen, ihn fröhlich stimmt und hoffnungsvoll. Wie könnte ich ihm das verderben!

„Ach Papa! Du musst mich nicht trösten. Du bist schon seit geraumer Zeit nachdenklich, ich habe das sehr wohl bemerkt, obwohl du versucht hast, es zu verbergen. Und du hast Geheimnisse, sogar vor mir."

Ich lächle ihn an.

„Papa, du bist toll! Ich bin so stolz auf dich und ich möchte keinen anderen Vater auf dieser Welt. Egal, wo du auch bist!"

Liebevoll legt er den Arm um mich, drückt mir einen Kuss aufs Haar. Dann geht er wieder zur Küchentür und öffnet sie leise, den Zeigefinger auf die Lippen gelegt.

„Psst! Mama werde ich heute Abend mit dieser Neuigkeit überraschen! Mal sehen, ob ich das überhaupt überlebe."

Und wieder bemerke ich, dass er kein bisschen schlecht hört. Im Gegenteil! Mein Vater versteht alles. Sogar das Leben.

Als wir wieder ins Wohnzimmer zurückkommen, dirigiert meine Mutter uns auf die Couch zu den anderen.

Ich deute auf den Christbaum und frage:

„Wann kommt denn nun unser Christkind?"

Meine Mutter hat immer noch diesen tapfer-schmerzvollen Ausdruck im Gesicht und meint:

„Ach Kind, das ist heute alles durcheinander. Gar nicht so festlich wie sonst."

„Wie wäre es denn, wenn jeder von uns sich sein Geschenk unter dem Baum holt und dann auspackt?", schlage ich vor.

„Aber Tante Walli! Papa sagt, da hat das Christkind nur leere Pakete gemacht, und wenn man rumzappelt oder zu früh die

Schleifchen öffnet, ist nix drin", meint Luan sorgenvoll.

Ich werfe einen empörten Blick auf meinen Schwager. Sicher ist Luan manchmal eine fürchterliche Nervensäge, aber einem Kind so einen Unsinn einzureden, nur weil es voller Vorfreude nicht still sitzen kann, finde ich gemein.

„Ahaaaa! Ich glaube aber, dass bei Oma das Christkind vorher schon durchgeflitzt ist und alle Pakete gefüllt hat."

„Aber wenn nicht?", fragt Luan ängstlich.

„Wie wäre es denn, wenn wir als Erstes die Geschenke von Oma, Mama und Tante aufmachen? Wenn dann nichts drin ist, wissen wir Bescheid!"

Dieses Grinsen meines Vaters und Luans Jubelschrei verbreiten gute Stimmung.

„Au ja! So machen wir es! Oma soll ihr Geschenk als Erste bekommen."

„Ach du liebe Zeit, Luan, da muss ich aber schnell noch die passende Musik auflegen, wenn wir uns heute schon nicht um den Baum versammeln und ‚Stille Nacht' singen. Ein wenig festlich soll es schon sein."

Schon erklingt eine Tenorstimme mit „Es ist ein Ros entsprungen". Meine Mutter schreitet andächtig auf den Christbaum zu und flötet in Luans Richtung: „Schön, dass ich mein Geschenk als Erste auspacken darf."

Typisch!

Miss Ellie hat definitiv nichts verstanden. Um es mit Luans Worten zu sagen: Wäre das Christkind tatsächlich noch nicht durchgeflogen, wäre ihr Geschenk jetzt leer und sie würde so blöd schauen wie neulich nach meiner Spritz-Brems-Fast-Überfahr-Attacke. Und es ist wenig schmeichelhaft für sie, dass Luan ihr angesichts des erhöhten Risikos, eine Geschenkmogelpackung auszupacken, den Vortritt lässt.

Wie ein blauer Blitz flitzt Luan zum Baum und streckt meiner Mutter mein Geschenk entgegen. Nachtblau, mit vielen goldenen Sternen und einer breiten goldenen Schleife. Meine Mutter mag prächtige Dinge, alles, was golden schimmert. Weihnachtlich gerührt möchte sie ihm über die erhitzten Wangen streichen, aber schon saust mein kleiner Neffe erneut zum Baum. Er trägt ein blaues Westchen und ein weißes Hemd, in die kleine dunkelblaue Anzughose gestopft, deren Hosenbeine etwas zu kurz sind. Schon hält er mir und meiner Schwester Maria unsere Geschenke vor die Nase. Exakt die gleiche Kartongröße. Nur das Papier ist unterschiedlich. Auf meinem Geschenkpapier prangen rote Weihnachtsmänner und eine große, froschgrüne Schleife. Sie sucht noch immer das Geschenkpapier passend zum Beschenkten aus, denke ich mir, als ich den kleinen Geschenkanhänger aufklappe und lese:

*Frohe Weihnachten, Valeska,
wünschen dir Mama und Papa*

Maria balanciert ihren pompös aussehenden goldenen Karton auf den Knien – meine Mutter und meine Schwester teilen eindeutig denselben Geschmack.

„Ach, Mama, Papa, wie süß", ruft meine Schwester, nachdem auch sie den kleinen Anhänger gelesen hat. Eigentlich hat mein Vater mit unseren Geschenken so viel am Hut wie ein Inuit mit einem Eisschrank. Meine Mutter macht einfach – wie immer und wie sie meint, und das ihr ganzes Leben lang. Oft war er beim Öffnen der Geschenke genauso überrascht wie wir und ich habe mich in der Vergangenheit nicht nur einmal gefragt, worüber die beiden sich überhaupt miteinander besprechen.

Ich auf jeden Fall bekomme schrecklich gerne Geschenke und mag die Spannung, die sich ausbreitet, wenn ich anfange, die Schleife zu lösen, und hier und da am Papier zupfe. Anfänglich versuche ich immer, die Klebestreifen vorsichtig zu lösen, damit man das Papier vielleicht noch mal verwenden kann.

So auch jetzt, vorsichtig knubble ich mit dem Fingernagel herum, aber nichts. Schon werde ich ungeduldig, weil das Klebedings sich erstaunlich resistent zeigt und sich meinen Versuchen, es papierschonend abzuziehen, beharrlich widersetzt. Jetzt reiße ich an der Schleife. Vorsichtig schiele ich zu den anderen Geschenkauswicklerinnen hinüber. Luan schaut aufgeregt zwischen uns hin und her, die Hände zwischen die leicht gebeugten Knie geklemmt. Meine Mutter und meine

Schwester haben bereits die Schleifen und Klebestreifen gelöst. Ohne Rücksicht reiße ich die Schleife über eine Paketecke und zerfetze die verklebten Seitenlaschen. Meine Mutter zieht fragend ihre Augenbraue hoch, als sie das Papier zur Seite schlägt. Ich werfe schnell einen Blick zu Maria hinüber. Fast gleichzeitig schieben wir die Geschenkpapierhälften auseinander.

Oh!

Meine Schwester, meine Mutter und ich waren uns noch nie im Leben so einig wie in diesem Augenblick, als wir alle drei gleichzeitig rufen:

„Ein Milchaufschäumer, oh, wie ... praktisch!"

Wir haben es tatsächlich geschafft, uns allen gegenseitig das gleiche Geschenk zu besorgen! Meine Mutter wollte meiner Schwester eine besondere Freude machen, da meine Schwester schon seit längerer Zeit von so einem tollen Milchaufschäumer spricht, und nachdem ich immer das Gleiche bekomme wie meine Schwester, habe ich jetzt eben auch einen.

Ich hatte allerdings den bestellten Milchaufschäumer meiner Schwester weggeschnappt, um ihn hinterrücks meiner Mutter zu schenken. Ich mieses Stück. Die besitzt davon leider insgesamt drei, denn einen hatte sie sich schon Anfang Dezember selbst gekauft, weil er so praktisch ist, den zweiten hat sie gerade von mir geschenkt bekommen und den dritten von meiner Schwester, die ihn, wie sie mir nebenbei schnell ins Ohr flüstert, zum Sonderschnäppchenpreis bei Saturn gekauft hat, denn der örtliche Allroundladen in Friedberg sei ja viel zu teuer.

Aha.

Einzig Luan ist restlos begeistert, hat das Christkind doch die Pakete gefüllt. Seine Sorge war überflüssig sozusagen.

Während die Kinder unter lautem „Oh geil, eine Konzertkarte!" und „Uihh, eine Ritterburg!" ihre Geschenke weiter auspacken, steckt uns Papa, wie immer, bei einer innigen Umarmung einen Umschlag zu.

„Kauf dir etwas Schönes", flüstert er dann und lächelt verlegen. Linus hat Maria eine wunderschöne Halskette geschenkt, die von Mutter gebührend bewundert wird, und

Luan bekniet seinen Opa, ihm später beim Aufbau seiner Ritterburg zu helfen.
Und fast kommt eine richtig familiäre Stimmung auf. Wie gesagt – fast! Denn schon raunt Mutter, Maria und mir zu: „Ich werde ab zweiten Januar schlecht erreichbar sein."
Sie guckt stolz. „Ich bin nämlich zur Vorsitzenden des Organisationskomitees im Golfclub gewählt worden. Und darum müsstet ihr möglicherweise euren Vater hin und wieder mit Essen versorgen."
Sie schnauft wichtig. „Ich werde bis Ende April auch an den Wochenenden keine Zeit haben. Das muss ich dann noch mit eurem Vater besprechen, wie wir das alles regeln werden. Also da telefonieren wir noch", schließt sie und zupft an ihrem Blusenkragen. Mein Vater lächelt, blättert in „Südafrika" und streicht bewundernd über das dicke, in Leder gebundene Notizbuch, das meine Schwester ihm geschenkt hat:
„Wirklich tolle Geschenke! Ich danke euch allen! Ein wundervolles Weihnachtsfest, ich genieße das sehr. Danke! Auch dir, Edeltraud!"
Mutter wirft uns noch einen bedeutungsvollen Blick zu und meine Schwester Maria zieht ihre Augenbrauen verständnislos nach oben.
Meine Güte, wenn die wüssten! Das ist total verrückt: Mein Vater ist Professor für Biologie, und sie behandelt ihn wie einen senilen Volltrottel. Der absolute Hit aber ist: Karl-Siegfried Kammermeier wird ab morgen gar nicht mehr hier sein.
„Opi, hilfst du mir jetzt?" Luan zerrt am Arm meines Vaters und wedelt mit der Aufbauanleitung.
„Ach Luan, da brauche ich meine Lesebrille. Kannst du mir die bitte holen? Sie liegt in meinem Arbeitszimmer auf dem Schreibtisch."
Luan flitzt los und ich bin wieder einmal verwundert, wie lieb und zutraulich der kleine Kerl ist, wenn man ihn richtig zu nehmen weiß. Ich recke mich und gähne in meine rechte Hand.
„Na Walli, müde?", fragt mich Linus.
Exakt kombiniert, denke ich und in Gedanken übe ich meinen Abgang. Schon fast sechs. Ich habe bald „Dienst",

schmunzle in mich hinein. Probiere in der Zwischenzeit noch die vorteilhafteste Sitzposition, ein Bein entspannt über das andere geschlagen, um gleich entsetzt hochzuschnellen.

„Oh, Gott!", inszeniere ich perfekt. „Tut mir echt leid, aber ich habe die Zeit ganz vergessen. Es ist ja schon fast sechs! Leider muss ich gehen, so schade jetzt auch."

„Ja", seufzt mein Vater. „Aber schließlich geht Arbeit vor!" Ich sehe zu ihm hinüber und lächle, Papa zwinkert mir zu.

Aus dem Arbeitszimmer ertönt ein ohrenbetäubendes Gebrüll, das alle Familienmitglieder panikartig aus dem Wohnzimmer stürzen lässt.

„Oh mein armer Liebling, mein armer Liebling!", schreit Maria, vor ihrem Sohn kniend. „Was ist denn? Sag's der Mama!"

Luan schreit wie am Spieß, sein Gesicht ist krebsrot und er hält die Hände fest an die Schläfen gepresst.

„Schätzchen, was ist denn?" In Marias Stimme schwingt ein furchtsamer Unterton, und sie versucht seine Hände zu nehmen.

„Aua ... aua ... aua!"

„Linus! Das Kind hat Schmerzen!", schreit Maria durch Luans Gebrüll.

„Vielleicht eine Hirnhautentzündung. Er ist ganz rot, oh mein Gott!", schluchzt sie. „Einen Krankenwagen, Notarzt ... Hilfe ... schnell!"

Der phlegmatische, beredete Linus schweigt, wechselt die Farbe und fummelt in der Hosentasche hektisch nach seinem Handy. Meine Mutter kommt mit einem Eisbeutel angerannt, den sie dem schreienden Luan mit einem „Alles wird gleich wieder gut" auf die Stirn drückt.

Meinem Neffen ist das egal. Er tobt, stampft mit den Füßen auf den Boden, schüttelt den Kopf mit an die Schläfen gepressten Händchen.

Maria heult jetzt hysterisch und verlangt nach einem Rettungshubschrauber. Linus lässt vor Aufregung sein Handy fallen, das sofort unter Papas Bücherregal verschwindet.

Savannah schlendert pubertär lässig an ihrem Bruder vorbei,

lehnt sich gegen den Schreibtisch und sagt in eine Atempause Luans hinein:

„Regt euch nicht auf, der Honk hat sich die Hände mit Sekundenkleber an den Kopf gepappt!"

Plötzlich ist alles ganz still.

Zum Beweis wedelt Savannah mit einer zerdrückten Tube der Marke „Super-Mega-Extrastarker Kontaktkleber".

„Luan, ist das wahr?"

Maria schüttelt ihren schlagartig verstummten Sohn.

„Ist das wahr?"

Ganz langsam nickt Luan, die Hände an den Kopf geklebt, und eine einsame Träne rollt seine rundliche Wange hinunter. Unvermittelt holt Maria aus, gibt ihrem Sohn eine schallende Backpfeife und stakst wütend aus dem Zimmer.

„So alt-So gelb-So praktisch-So voller kleiner Dellen" und ich fahren im Schritttempo über die verschneite Straße nach Hause. Noch immer gluckst es fröhlich aus mir heraus. Was für eine irre, wahnsinnige Aktion:

Maria preschte also aus dem Arbeitszimmer, gefolgt von Linus, der Savannah den Auftrag gegeben hatte, sein Handy unter dem Bücherregal herauszufischen, weil sie die dünnsten Arme von uns allen hat. Das Mittelfeld bildete Mutter, die sich den Eisbeutel an die Stirn hielt und grummelte, dass sie jetzt Kopfweh hätte, bei so einem Affentheater kein Wunder, nicht auszuhalten sei das. Zwischendrin drehte sie sich um und bedachte meinen Vater mit einem strafenden Blick und dem Hinweis, dass es leichtsinnig, geradezu fahrlässig sei, Sekundenkleber einfach so herumliegen zu lassen.

Papa nahm es gelassen und bildete mit Luan und mir die Nachhut. Mein Vater hatte den Kleinen auf dem Arm und redete beruhigend auf ihn ein.

„Was sollen wir denn jetzt machen, Opa?", fragte Luan verzweifelt. „So kann ich mit dir ja gar nicht die Ritterburg aufbauen."

„Nein, wohl nicht ... was hast du dir nur dabei gedacht, Kerlchen?", wollte mein Vater wissen.

„Weißt du, Opa, die Tube sieht genauso aus wie die mit Zeug drin, das sich der Papi jeden Tag in die Haare schmiert, wenn er ins Büro geht. Dann sieht er immer ganz schick aus und die Mama fragt ihn immer, wem er damit ramponieren möchte, und dann grinst der Papa immer so lustig! Ich wollte euch auch ramponieren."

„Imponieren heißt das, Luan. Aber wenn wir deine Hände vom Kopf abhaben wollen, müssen wir deine Frisur ein wenig ramponieren. Schaffst du das, Löwe?", fragte ich und dirigierte Opa und Enkel ins Badezimmer.

„Tut das weh?"

„Nein, weh tut es nicht, aber du wirst ein wenig anders aussehen danach."

„Nicht mehr wie ich?"

„Doch, schon, aber auch ein bisschen wie eine Irokese oder ein Rentier ohne Geweih!"

„Was is'n ein Ir... Ire... Irokäse?", wollte Luan neugierig wissen.

„Ein Indianer."

„Au ja, klasse! Indianer ist gut, Rentier nicht so ganz ..."

Mühsam schnippelten mein Vater und ich Stück für Stück, Haar um Haar.

Nach zwanzig Minuten waren Luans Hände wieder frei. Zwar sahen sie seltsam behaart aus, aber mein Neffe fand sie toll. Genauso wie den neuen Haarschnitt, der mit einigen Korrekturen bestimmt eine grandiose Irokesenfrisur werden würde.

Was für ein Heiliger Abend! Es ist noch nicht ganz sieben Uhr, der aufregendste Teil des Tages, Becks kommt, und doch habe ich ein Gefühl, als läge schon ein Marathon hinter mir.

Mein Vater geht nach Südafrika. Fast kann ich es nicht glauben. Dass er meiner Mutter die Stirn bietet. Sein Leben wendet. Wieder macht sich ein leiser, sehnsuchtsvoller Schmerz in mir breit. Der Wunsch, auch mein Leben möge eine 180°-Wendung nehmen und völlig neue Ein- und Ausblicke bescheren.

Mein Vater verschwindet schlagartig aus meinem Gedankenblickfeld, als ich in meine Straße einbiege.
Was zum Teufel brennt da so hell?
Ich muss kichern. So herrlich kitschig ist die Beleuchtung vor unserem Hauseingang. Eine kleine, verrückte, entzückende Weihnachtswelt direkt vor der Haustür. Bestehend aus einer Gruppe von Schneemännern, einem Rentier aus Plastik und einem riesigen Nikolaus in leuchtendem Rot, alle bestückt mit langen, blinkenden Lichterketten.
Das ist ja ein Ding! Die fünf großen Schneemänner gleichen unserer Wohngemeinschaft:
Brandy mit Kochmütze – der größte Schneemann.
Seppo, eher klein aber mit witzigen großen Knopfaugen und schwarzer Perücke.
Lilli? Ja, bestimmt ist die kleine, schlanke Gestalt, die da an Seppo lehnt, unsere Lilli.
Und ich! Natürlich etwas mächtiger als Lilli und mit einem prächtigen Geweih – wirklich gut getroffen!
Das muss Sven der Schreckliche sein! Ein großer Schneemann mit einem Nudelsieb auf dem Kopf, das ein bisschen aussieht wie ein – Wikingerhelm!
Aber was steckt da in Hüfthöhe? Eine kleine, verrunzelte Karotte! Um Gottes Willen, wer macht denn so etwas an Weihnachten? Eine Orchideenwurzel wäre passender gewesen, finde ich.

Völlig ungläubig starre ich auf die Inszenierung, als sich die Haustüre öffnet und Seppo schreit:
„Ah, Walli, endli. Komsch du mal schnell rein, mackst di hubsch. Die Gäste komme glei!"
Aus dem Wohnzimmer fällt ein sanfter Lichtschimmer in die Diele und leise klingt Weihnachtsmusik. Es riecht nach Tannenwald, Zimt, Braten und Kerzenschein. Und jetzt, genau jetzt, endlich, breitet sich in mir Weihnachtsstimmung aus. In großen Wellen wabert sie vom Haaransatz bis zu den Fußspitzen und ich fühle mich wie eine Achtjährige, die aufgeregt vor der Wohnzimmertür auf die Bescherung wartet.

Seppos gigantischer Weihnachtsbaum steht hell erleuchtet im Wintergarten. Die vielen, vielen winzigen Lichter spiegeln sich in den Scheiben und verwandeln den Raum in ein Lichtermeer. Matte Goldkugeln, dazwischen glänzende rote Kugeln, Engelshaar und ätherische Elfen schweben zwischen den Zweigen.

Seppo schiebt mich durch das nur mit Kerzen beleuchtete Wohnzimmer zum festlich gedeckten Tisch, wo bereits Hatice, Lilli und Jonas sitzen. In der Küche scheppern Töpfe und ich sinke überwältigt auf einen Stuhl, um die gigantische Tischdekoration in Ruhe zu betrachten.

„Oh", sagt Lilli, wir müssen noch die Kerzen am Tisch anzünden."

Sie nimmt die Streichholzschachtel und zieht den Schwefelkopf über die Reibefläche. Dieser Moment hat etwas Magisches, ich erlebe ihn wie in Zeitlupe. Ich bin noch immer überwältigt von dem perfekten Ambiente, dem gedämpften Licht, dem wunderbaren Christbaum, den vielen kleinen Lämpchen, überall versteckt zwischen Tischtuch, Tannenzweigen und weißen Engeln. Auf dem Tisch stehen bereits Schüsseln mit verschiedenen Blattsalaten und Soßen, Silberplatten mit Roastbeef und Räucherfisch, wunderschön garniert. Auf einmal bekomme ich großen Appetit und beobachte Seppo, der gerade mit einer großen weißen Porzellanschüssel in den Händen und einer Papierkrone auf dem Kopf aus der Küche balanciert. Seppo stellt die Suppenterrine auf den letzten freien Platz, dann deutet er Richtung Küche und grinst:

„I abe ganz viel Panettone von Mamma bekomme. Liegt daran, dass wir zu viel davon aben in Italia und meine Mamma meint, i müsse hungern an Weihnackte."

Kurz darauf kneift Lilli Hatice aufmunternd in die Wange und füllt ihr Rotweinglas.

„Na, heute lassen wir es mal so richtig krachen. Das gibt's doch gar nicht, du hast ja schon das dritte Glas ausgesüffelt."

Einen Moment lang bin ich irritiert, stelle dann aber erleichtert fest, dass Hatice nur an Traubensaft nippt. Mit leicht gebläutem Auge lugt sie zu mir herüber und lächelt nur seicht. Das seltsam gestörte Verhältnis zu mir hat sich immer noch nicht gebessert und auch Jonas scheint etwas von diesem Missmut abbekommen zu haben, denn seine Augen mustern mich prüfend, seine lockeren Sprüche, die er üblicherweise klopft, bleiben aus. Besser ich lasse die beiden für den Moment einfach in Ruhe.

Paul und Adalbrand sind ebenfalls ins Zimmer gekommen. Seppo klopft mit einem Messer gegen die Suppenschüssel und schaut lächelnd in die Runde.

„Wisst ihr eigentlick, wie man merkt, ob man Italiener oder Deutscher iste?"

Er blinzelt mich an und ich rate, ohne wirklich eine Antwort parat zu haben:

„Keine Ahnung! Vielleicht wegen der Papierkrone?"

„No! I kann net kocke, kann nur meine Mamma! Aba mackte nix, weil i abe so gute Freunde, die das können, was i net kann. Die immer da sind, wenn i eine vertraute Seele braue, i bin so froh, dass es euck gibt. Ihr seid für mi wie eine Familia! Und die Italiener lieben ihre Familia. Salute!"

Seppo hebt sein Glas in die Runde und prostet uns zu.

„Zum Wohl!"

„Prost ..."

„Auf uns!"

„Pröstele ..."

„Auf die Familie ..."

Das war Paul.

Freudestrahlend stößt Seppo mit allen an, wirft sich in Pose und grinst schelmisch.

„Na? Wie seh' i aus, seh i gut aus?"

Lilli erwidert begeistert in breitestem Augsburgisch:

„Muasch net kocha kenna, kosch di ja auf uns verlassn, du schicka Italiena! Aba an mein Hintern higrabschn, des kosch guat."

Seppo zupft an seinem Hemdkragen und schließt einen Knopf seines Jacketts. Dann, als hätte er meine Gedanken gelesen, tippt er sich an die Stirn.

„Eh, eh, vorsickig ... at kleine Vogele, die Lilli! Also das war nämlich so: Sie kommte zu mir, i ab grad Kugel gemackt an Baum und i ab versehentlick an Popo gestreift. Verstehst du net? Wenn du deine Hinterteil so hinmackst", Seppo streckt dabei seine Rückseite keck zur Seite, „dann passiert vielleickt so was."

„Tztztzt, diese Italiener, die haben's einfach drauf!", lächelt ihn Lilli unsagbar niedlich an und ich nehme mir vor, später zu fragen, was noch alles während des Schmückens passiert ist.

In das allgemeine Gelächter hinein klingelt es an der Haustür. Viertel nach sieben, es geht los.

Aufmarsch der Gäste. Zeitgleich fallen feine Schneeflocken vom Himmel. Freudestrahlend rennt Lilli an die Tür. Bestzeit auf Strümpfen. Erstmals ohne klack-klack-klick-klack-klack. Ich knuffe Seppo kurz und deute in ihre Richtung.

„Sie hat ihre Schuhe vergessen. Du hast sie verwirrt!"

Seppo antwortet nicht, stattdessen verfinstert sich sein Miene als er in Richtung Haustür schaut. Man könnte meinen, es wäre ihm lieber, es käme nicht der, der soeben mit einem riesigen Weihnachtsstern das Haus betritt.

„Oh Victor! Was für ein prachtvoller Weihnachtsstern! Schön, dass du da bist!"

Lilli hängt am Hals eines großen, dunkelhaarigen Mannes. Neben mir zieht jemand scharf die Luft ein. Ich betrachte Victor interessiert. Sein Mund ist wirklich außergewöhnlich und um seine Haarpracht hat ihn sicher schon manche Frau beneidet. Ganz objektiv betrachtet ist er ein wirklich schöner Mann. Perfekt. Er ist perfekt, denke ich, als er seinen Mantel auszieht und den Blick auf lange, muskulöse Gliedmaßen und breite Schultern freigibt. Schnell streiche ich mir über mein kleines Schwarzes und schüttle unauffällig meine Frisur zurecht.

„Isch hatte zu wenig Zeit, aber schau, es is dosch die paschende Farbe."

Fast perfekt. Victor hat tatsächlich ein „sch"-Problem, einen Sprachfehler. Niedlich? Ehrlich gesagt nicht.

Ich denke an Lillis Kussbericht.

„... *zack, haben wir uns geküsst! Zwischen dem zweiten und dritten Stock zog er mir mit den Zähnen meinen Slip aus!*" und dann hatte Pippa mit vollem Mund bei Lilli nachgehakt:

„*Nischt möglisch! Escht? Mit den Zöhnen?*"

Meine Phantasie greift ein. Ich stelle mir vor, wie Victor, den Slip zwischen den Zähnen, zu Lilli nuschelt: „Küsch misch, du mascht misch verrückt vor Luscht!"

Schnell blicke ich auf meine Füße und verbeiße mir das Lachen, grinse in mich hinein und genieße den Augenblick. Reihum schüttelt Victor Hände und stellt sich lächelnd vor. Dann spüre ich eine schleichende Vorahnung. Eine bevorstehende Katastrophe. Ich glaube, sie zu erahnen. Vereinzelt schweben große Schneeflocken durch die Nacht. Meine Ahnung verstärkt sich, als in der Haustür der Umriss einer Frau erscheint.

„Darf isch eusch meine Schwester vorschtellen. Sie kommt aus Rumänien und ischt bei mir auf Besusch."

Donnerwetter, was für eine Frau!

„Waffenscheinpflichtig!", flüstert Jonas, der neugierig im Türrahmen lehnt. Das scheint nicht nur er zu finden, denn Seppo steht mit leicht geöffnetem Mund da und haucht:

„Aaaallllow!"

„Scuzati bitte, ich freue sehr mich über Einladung. Mein Name ist Vesna!"

Um dreiundzwanzig Minuten nach sieben ist mir klar, dass Vesna nicht nur Victors bildschöne Schwester, sondern auch Adams geschwängerte Freundin ist.

Vesna ist groß, etwa 1,80 Meter. Ihre schier endlos langen Beine ragen aus einem schwarzen Spitzenrock und deuten auf eine dellen- und besenreiserfreie Hautstruktur hin. Ihr makelloses Gesicht ist so gut wie ungeschminkt.

Unglaublich!

Nur ich erkenne das kleine Bäuchlein unter ihrer locker sitzenden Bluse, und eigentlich müsste ich sie hassen. Aber ich konnte es während unseres Telefongespräches nicht und kann es auch jetzt nicht.

Meine Wangen glühen!

Ich kann ihn verstehen. Ich verstehe, warum! Himmel, warum habe ich dafür Verständnis? Wahrscheinlich hätte auch ich, wenn ich ein Mann wäre, mich sitzen gelassen! So viel

Schönheit ist unwiderstehlich, erst recht für einen Mann wie Adam. Umso weniger kann ich glauben, dass er auch Vesna verlassen hat!

In mir brodelt es und ich versuche, mir nichts anmerken zu lassen. Keiner ahnt die Zusammenhänge – noch nicht, und ich hoffe, das bleibt so.

Jonas grinst wie ein Honigkuchenpferd und kredenzt Vesna sofort ein Glas Sekt. Und auch Brandy gockelt vorbei, bietet ihr einen Sitzplatz und Appetithäppchen an, bevor er sich wieder seinem Fisch in der Küche widmet.

Aha.

Nur Paul und Hatice betrachten die sich ihnen bietende Szenerie zurückhaltend. Seppo versucht, sich zu fassen, dreht nervös Eselsohren in seine Serviette und murmelt:

„Zum Nacktisch gibt es molto Panettone. Ein berühmter Spezialkucke aus Italia, ähm ... Ein Weihnacktbrot mit Eiern, Butter, Hefe und Rosine ..."

Ich bin mir nicht sicher, ob seine Augen auf Lilli und Victor verharren oder auf Vesnas Beinen.

Die Aufzählung der Zutaten versetzt Lilli in Staunen und sie verhakt sich in Victors wohlgeformten Oberarm.

„Seppo, du kannst backen? Victor, du auch, nicht wahr?"

Victor stellt den Weihnachtsstern neben den Christbaum, bevor er Lilli tief in die Augen schaut und antwortet:

„Isch liebe süße Saschen!"

Lässig schlingt er den Arm um Lilli und zwickt sie leicht in die Hüfte, um endgültig klarzumachen, wem die schmucke Perle gehört.

Seppo schnappt sich einen Suppenteller vom Buffet und erwidert mit sarkastischem Unterton:

„I denke, dass du am Beste den rumänische Zupfkucken kannst, eh! Der ischt scho schön schüüüüsch, hähähä!"

„Seppo!", ruft Lilli entrüstet. „Der Zupfkuchen kommt aus Russland!"

„Oha, aba Schüsches kennt er!" Diesen Sch-Laut hat Seppo sich jetzt schlagartig angeeignet.

Was ist denn plötzlich in unseren seelenvollen italienischen

Gutmenschen gefahren? Zum ersten Mal bekomme ich eine Ahnung vom südländischen Temperament unseres Vermieters. Ich vermute stark, dass mit Seppo nicht gut Kirschen essen ist, wenn er mal loslegt. Victors Augen blitzen in die Richtung des kleinen Italieners, der genüsslich seine Kürbiscremesuppe schlürft.

Das auch noch!

Die beiden mögen sich nicht.

Aber warum?

Immerhin bin ich es, die hier als betrogene Nicht-Ehefrau mit dem schwangeren Verhältnis meines Nicht-Ehemannes ungeplant Weihnachten feiert. Wenn überhaupt, dann wäre ich es, die Grund hätte, hier jemanden nicht zu mögen. Die Spannung zwischen dem groß gewachsenen Rumänen und dem kleinen Italiener ist jedenfalls spürbar. Offensichtlich geht es nicht nur mir so, denn Vesnas Augen sind ruhelos und sie spielt nervös mit einem der Häppchen, die ihr Brandy auf einem Teller arrangiert hat.

Hatice betrachtet sie aufmerksam, schließlich reicht sie Vesna ein volles Wasserglas und fragt leise:

„Wann kommt denn Ihr Baby?"

Jonas reißt erstaunt die Augen auf und heftet seinen Blick auf Vesnas Bauch. Dann spitzt er die Lippen und macht ein bedauerndes „Tütüüt" und schüttelt den Kopf wie ein betrunkenes Rhesusäffchen.

Na, hoffentlich geht heute Abend alles gut.

Becks, wo bist du?

Die Türglocke schrillt.

„Wer öffnet?", fragt Seppo, äußerst gereizt.

„Vielleicht du? Es ist dein Haus!", schlägt Lilli entnervt vor. Ihr Blick verrät, dass sie seine plötzliche schlechte Laune nicht verstehen kann, und ich fürchte, dass sie schon wieder nach einer meiner Perlenhaarnadeln trachtet.

„Phh ...", macht Seppo, „seit wann ... Eh?"

Mir stockt förmlich der Atem, als ich eine vertraute Stimme vernehme. Jonas flitzt freudestrahlend ins Wohnzimmer und schreit begeistert:

„Walli! Eine Überraschung – dein Mann ist da!"
Ein riesiges Geschenk schiebt sich ins Wohnzimmer.
„Dein Mann?", echot Lilli.
Paul zieht bedeutungsschwer die Augenbrauen hoch und Hatice hebt interessiert ihren Blick. Vesna richtet sich kerzengerade auf und sagt mitten in die unheilschwangere Stille: „Im März. Ich bekomme das Baby im März."
Schwach sinke ich auf den nächsten Stuhl und im selben Augenblick gibt das riesige Geschenk den Blick auf ein entsetztes Gesicht frei.
„Vesna?" Adams Stimme ist heiser.
„Baby? Welsches Baby? Du bekommscht ein Kind?"
Schon steht Victor neben Adam und sieht Vesna ungläubig an. Vesna steht auf und greift nach meiner Hand.
„Valeska, ist schön, dass wir uns kennenlernen! Tut mir leid, ich wusste nicht, dass Victors Freundin in gleiche Haus wohnt wie du."
Ich nicke.
Adam sieht völlig leer aus. „Wie kommst du hierher?"
„Adam Geier. Ja. So eine kleine Welt! Welche Zufall?"
Vesna zieht mich an ihre Seite und baut sich vor Adam auf, fasst mir dabei freundschaftlich um die Schulter. Mein Gott! Ihre Beine gehen mir fast bis zur Hüfte.
Mein Magen krampft sich zusammen.
„Was soll das heischen? Zufall?"
Drohend tritt Victor zwischen Adam und seiner Schwester. Die Küchentür fliegt auf und Adalbrand steht mit einer riesigen silbernen Platte im Raum. Er grinst erwartungsvoll und hat wie immer nichts mitbekommen.
„Wer hätte gern ofenfrischen Schinken in Brotteig und …?" Er räuspert sich, unterbricht seine Ausführungen sichtlich irritiert und fährt dann leiser fort:
„… und gebratene Zanderfilets mit Pinienkernen."
Verwirrt stellt Adam sein Paket auf dem Boden ab, wagt es nicht, auf mich und Vesna zu blicken. Blitzschnell versucht er, die Situation zu realisieren.
„Verdammt, Vesna, … sag dosch was!" Vergeblich fordert

Victor von seiner Schwester eine Antwort.
Dann, wie eine Erlösung, klingelt es erneut an der Tür. Pauli legt eine neue Weihnachts-CD in den Player und ein Kinderchor singt lieblich ...
„Ihr Kinderlein kommet, o kommet doch all'!
Zur Krippe her kommet in Bethlehems Stall."

Na, da bin ich doch mal gespannt, welche Freude der Himmelsvater uns jetzt macht, schießt es mir gotteslästerlich durch den Kopf.
Wieder ist es Jonas, der eilig zur Tür spurtet und öffnet. Adalbrand blubbert in der Küche, wohin er sich schmollend mit seinen Köstlichkeiten zurückgezogen hat:
„Also Elisabeth, bleib lieber in der Küche, da draußen ist dicke Luft. Keine Zeit für mein köstliches Essen, das kann ja heiter werden ..."
Himmel. Die Ereignisse überschlagen sich! Pippa mit Mama. Sie wird Adam erkennen. Wie soll ich die Situation klären, bevor das Ganze eskaliert?
Pippa betritt mit ihrer Mutter am Arm völlig entspannt das Zimmer. Doch wie sieht meine Pippa nur aus? Ihre roten Locken, die immer so lustig um ihr sommersprossiges Gesicht hüpften, sind glatt geföhnt. Die einstige Haarpracht ist kinnlang abgeschnitten und glänzt kastanienbraun.
Moment mal!
Brünetter, glatter Pagenkopf! Die Frau im Kino, der schreckliche Sven, das „affenscharfe Weibchen", rutscht es mir heraus.
„O seht in der Krippe im nächtlichen Stall,
Seht, hierbei des Lichtleins hell glänzendem Strahl ..."

Sie grinst breit.
„Walli, ich wusste, es würde dir gefallen! Ich fühle mich wie neu geboren!" Sie umarmt mich fest. „Leo kommt auch gleich. Ich hoffe so sehr, dass du ihn magst. Meine Güte, ihr habt so einen wunderschönen Baum."
„Ja gell", wirft Seppo sich stolz in die Brust. „Den abe

i besorgt, selbst geschlage, in Freckolzause, bei dem Seitz-Bauer, weisch."

Meine beste Freundin von allen steht mit vor dem Mund geballten Fäusten vor unserem Christbaum und freut sich wie ein kleines Mädchen.

Ach ja, meine Pippa, wahrscheinlich wird sie auch noch mit achtzig ihre Naivität wie ein Schutzschild vor sich hertragen, an dem Aggressivität, Sarkasmus, Neid und schlechtes Karma abprallen und auf den Verursacher zurückdonnern.

Nur so kann ich es mir erklären, dass sie auf einen Typen wie Sven Steenbeeke reingefallen ist. Eine leise Stimme in meinem Hinterkopf zupft an meinem Gewissen und mahnt mich, Pippas neuer Liebe eine Chance zu geben. Würde ich ja gerne, andererseits habe ich seinen rüden Auftritt am Bahnhof nicht vergessen und überhaupt, da kotzt doch nicht nur ein Känguru.

„Wen haben wir denn da?"

Pippas Stimme klingt scharf, sie hat Adam entdeckt. Sie konnte ihn noch nie leiden, hielt sich mir zuliebe aber immer zurück und behandelte Adam mit ausgesuchter, aber kühler Höflichkeit.

„Du? Oh Mann, du hast Nerven, dich hier blicken zu lassen!"

Dann zuckt sie die Schultern, streicht sich die Haare hinter die Ohren und sagt lässig:

„Verrückt! Und ich dachte, wir könnten uns langweilen. Na dann mal Frohe Weihnachten zusammen!"

Damit schnappt sich Pippa das nächste Sektglas und leert es in einem Zug.

Verblüfft betrachte ich meine Freundin. Die Liebe scheint sie verändert zu haben, ich hätte nicht damit gerechnet, dass sie Adam so lässig begegnet.

Elsa hat derweil ihre Begrüßungsrunde gedreht. Sie ist noch immer eine außergewöhnlich schöne Frau, die ehemalige Primaballerina, mit weißem Haar, das in weichen Wellen ihr Gesicht umrahmt und gut zu ihren feinen Umgangsformen passt. Für Pippa war sie zeitlebens immer mehr eine gute Freundin als eine Mutter. Im Gegensatz zu ihrer Tochter fehlt ihr jegliche Naivität und sie erfasst mit einem Blick die angespannte Situation.

„Frohes Weihnachtsfest euch allen – vielleicht kann ich noch in der Küche helfen."

Schon ist sie hinter der Küchentür verschwunden. Kurze Zeit später sind Brandys tiefes Gebrummel und ihre warme Stimme zu hören.

„Was machst du hier, Vesna?", will Adam wissen und versucht, seine Fassung wiederzugewinnen.

Ihre Augen sehen ihn durchdringend an.

„Adam. Du-te dracului!"

Ohhhh, sie hat es tatsächlich gesagt!

Sie hat tatsächlich „Scher dich zum Teufel!" gesagt.

Alle erkennen zwar die Funken im Raum, aber nur Victor und ich verstehen, was „Du-te dracului" heißt.

„Vesna?"

Schon bricht über sie ein heftiger rumänischer Wortschwall herein. Sie schweigt trotzig.

Ich werde nicht mehr länger schweigen. Schließlich bin ich Hatice und Jonas noch immer die Wahrheit schuldig. Allerdings werde ich irgendwie das Gefühl nicht los, dass meine Kids an der Inszenierung „Adam" nicht ganz unschuldig sind. Wahrscheinlich hat Paul ihnen bereits reinen Wein eingeschenkt und nun bekomme ich es knüppeldick zurück. Das würde die Reserviertheit und die beleidigten Blicke erklären. Jetzt ist es zu spät. Heute kommt die Wahrheit auf den Tisch. Ich schreie in den Raum:

„Hallo, meine Lieben, ich habe euch etwas mitzuteilen."

Ich fasse mir in mein Haar und ziehe in einer galanten Kämmbewegung alle Haarnadeln aus meiner Frisur. Die Dinger nervten schon die ganze Zeit. Ich registriere aus den Augenwinkeln die Verblüffung aller Anwesenden, halte die perlenbesetzten Haarnadeln drohend in die Luft und deute auf Adam.

„Diese wunderschönen Perlen trug ich bei meiner Hochzeit. Ich war sooo glücklich. Und dann ist er – Adam Geier – einfach nicht aufgetaucht! Da stand ich. Übrig und allein. Ich wusste nicht, was los war!"

Ich starre auf Adam. Er schüttelt den Kopf und runzelt die Stirn, als würde er sich an etwas Unangenehmes erinnern. Ich versetze mir innerlich einen Tritt, als ich mich auch noch sagen höre:

„Ich habe ihn geliebt!"

Ich räuspere mich. Dieser Frosch im Hals kommt ungelegen. Adam öffnet den Mund, möchte etwas sagen. Ich schüttle den Kopf und mit einer kurzen Handbewegung bedeute ich ihm, den Mund zu halten. Er presst mürrisch die Lippen zusammen und ich sehe ihm tief in die Augen:

„Ich dachte zuerst, du hättest einen Unfall gehabt. Anders konnte ich mir dein Nichterscheinen nicht erklären. Zu Hause stellte ich fest, dass auch noch bei uns eingebrochen wurde. Aber nur deine Sachen fehlten. Dann kam der Geistesblitz und meine Gefühle explodierten."

Mein Blick fällt auf Jonas und Hatice. Beide stehen eng nebeneinander und Paul hat ihnen von hinten die Arme auf die Schultern gelegt.

Hatice läuft eine Träne über die Wange. Nur über die rechte! Aber es reicht, um mir klarzumachen, dass ich wahrscheinlich Mitschuld an ihrem zerschundenen Gesicht habe.

Dann mischt sich Victor ein, blickt Vesna ins Gesicht und fragt:

„Ischt das wahr? Ischt dieser Mann der Vater deines Kindes?"

Würde sein „sch" von Victor nicht so niedlich rüberkommen, müssten wir jetzt damit rechnen, dass er gleich ein Messer zückt. Sein Sprachfehler mindert nicht seine Courage, denn sein rumänisches Blut fängt langsam an, zu kochen.

„Ja", sagt Vesna tonlos. „Diese Scheißkerl ist der Vater von meine ungeborene Baby."

Oh Backe! Hat sie echt Scheißkerl gesagt?

Augenblicklich wird Victors Haltung noch eine Spur bedrohlicher.

„Verscheh isch das rischdig? Du bischt schwanger von dem da?"

„Exakt kombiniert. Deine Schwester ist schwanger von

meinem Ex", sage ich.
Die Küchentür schwingt weit auf und Brandy poltert herein.
„Ex oder schwanger, wenn wir jetzt nicht essen, ist der Fisch dahin und der Braten auch, dafür habe ich nicht den ganzen Tag in der Küche gestanden. Was ist hier los?"
„Dicke Luft", flüstert Elsa hinter ihm und setzt sich behutsam auf einen Stuhl am prachtvoll gedeckten Tisch, für den im Moment niemand ein Auge hat.
„Vesna? Ischt er Vater dieses Bratens, ah, Kindes?", will Victor fassungslos zum x-ten Male wissen und wirft Adam einen abschätzigen Blick zu.
Vesna nickt. Lilli, Seppo und Brandy nicken.
Vesna wendet sich Adam zu und streicht demonstrativ über ihren Bauch. Adams Gesicht ist fahl und angespannt, aber seine Stimme ist ruhig.
„Woher willst du wissen, dass es mein Kind ..."
Weiter kommt Adam nicht, denn ein Sturm der Entrüstung bricht los unter den Anwesenden.
„Also das ist ..."
„Sag mal, spinnst du?"
„Scheißkerl ist ja wohl noch untertrieben."
Nur Vesna steht ganz still und zum ersten Mal habe ich das Gefühl, einen Riss in ihrer beherrschten Fassade zu erkennen.
„Man wird wohl noch fragen dürfen!", brüllt Adam plötzlich, dann bekommt er einen kräftigen Schlag vor die Brust.
„Victor!", tönt es zweistimmig von Lilli und Vesna.
„Dem polier isch die Fresche ..."
„Auföre sofort!" Seppo eilt herbei und stellt sich mutig zwischen die beiden Männer, die sich feindselig mustern.
„Geh' weg, den masch isch kabut! Mein Schweschter lügt nie!"
Adam schreit aus Leibeskräften: „Wir haben uns verliebt und sind miteinander ins Bett gegangen. Das war dann eine logische Konsequenz. Das geht niemanden etwas an, nur Vesna. Sie ist erwachsen, okay?"
Der kleine Seppo steht wie ein Schokokuss zwischen zwei Müsliriegeln und versucht, weiterhin Frieden zu stiften.

„Das geht misch nischts an? Sie ischt meine Schwester, niemand behandelt meine Schwester miesch!", rast Victor und will wieder auf Adam losgehen.

„Jetzte örst du aba auf mit dem Tattaarrataaa und packste di an de eigene Nas. Bist du au net so unschuldig, du!"
Seppo schubst den zornigen Victor ein Stück zur Seite.
„Wie, warum Victor?", flüstert Pippa neugierig.
„Weiß nicht", tuschle ich zurück. Eines weiß ich aber, das Ganze wird spannend, meine Güte!
„Wie meinsch du das?", will Victor sofort wissen.
Und Engel Lilli schaut auf einmal ganz wachsam drein.
Der kleine Italiener sieht von einem zum anderen und meint dann achselzuckend:
„Ja einfach nur so, iste so ein Gefuhl, wirkli Lilli, mackst du vielleicht große Fehler mit dem ...", schnauft kurz durch und ruft: „Frauenbeschwörer."
Lilli misst Victor mit einem durchdringenden Blick, dem er verschämt ausweicht.
„Seppo, wenn du etwas zu sagen hast, dann bitte gleich. So ein Herumgeeie kann ich gar nicht vertragen!"
„Abe nur so da'er geredet. I sag nix!"
Liebevoll legt Seppo den Arm um Lilli und streichelt ihr über die Engelslocken.
„Hey, nimm deine Hände von meiner Freundin, du Gigolo!"
Vesnas Bruder macht einen Schritt nach vorne.
Seppo auch.
„Lasch. Deine. Schmierigen. Hände. Von. Meiner. Freundin."
Bei jedem Wort stupst Victor den kleinen Italiener mit dem Finger vor die Brust.
Seppos südländisches Temperament gewinnt die Oberhand, er fegt Victors Hand zur Seite und brüllt löwengleich in den Raum: „Nimmst du lieber erst deine schmierige Finger von andere Fraue weg. Du bist ier de Gigolo, net i. Glaubst wohl, du kannst die Lilli beschummle nach Strick und Fade. Aber i abe di genau gesehen vor eine Wocke in der Bar. Bella donna! Ist eine wunderschöne Frau, die Urschula. Und i weiß genau, wo ihr ingegange seid. Ist nämlich Otelgast bei uns, diese bella

donna! Ficktor!!"

„Oh Gott", haucht Pippa neben mir, „der schöne Victor hat außer unserer Lilli noch mehrere Eisen auf der Treppe."

„Du miescher, kleiner Schnüffler ..."

Wutentbrannt packt der große Victor unseren kleinen italienischen Hauswirt am Hemdkragen und schüttelt ihn. Seppos Bäckchen wackeln hin und her, das Hemd ist ihm aus der Hose gerutscht und mit entschlossenem Blick tritt er Victor gegen das Schienbein.

Der zuckt kurz, holt aus und schlägt Seppo so fest auf die Nase, dass das Blut nur so herausschießt. Ein Raunen geht durch die Zuschauer, Hatice kneift mitleidig die Augen zusammen, Jonas sagt halblaut „Au Backe" und mir bleibt fast das Herz stehen.

Das ist der mit Abstand aufregendste Weihnachtsabend meines Lebens!

Wie in Zeitlupe geht Seppo in die Knie, beide Hände fest gegen sein lädiertes Riechorgan gepresst.

„Oh, nein! Seppo! Tut es sehr weh? Victor, du Arsch, wie konntest du nur?"

Besorgt sinkt Lilli neben Seppo auf den Boden und streichelt ihm den Rücken. Dankbar greift sie nach dem feuchten Geschirrtuch, das ihr Elsa geistesgegenwärtig bringt, und tupft Seppo vorsichtig das Blut aus dem Gesicht.

„Oh ...", jammert der, „wieder eine geschwollene Nas. Zweimal in eine Monat, ist scho ein bissele viel. Offentlick bleibt da nix ... oh, Mama!"

„*Ihr Kinderlein kommet*" schmettert der Kinderchor im Hintergrund.

„*... in reinlichen Windeln das himmlische Kind,*
viel schöner und holder, als Engel es sind."

„Alles wird wieder gut", tröstet Lilli Seppo und streicht ihm liebevoll über seine roten Wangen mit den Worten „Mein Held ..."

Victor beginnt zögernd: „Lilli, es ischt nischt so, wie du denkscht!"

„Ach, wie ist es denn?" Langsam und mit wütendem Blick

richtet sich Lilli auf. „Wie sollte es denn deiner Meinung nach sein, Victor? Ich will dir mal was sagen: Wenn einer zu mir sagt: ‚Es ist nicht so, wie du denkst', dann weiß ich schon, was passiert ist. Zweigleisig zu fahren, ist echt mies. Und das hier auch!" Sie deutet auf Seppo, der noch immer vorsichtig seine Nase betupft und schmerzvoll dreinschaut.

„Weißt du was, Victor?" Lilli atmet tief durch. „Hau einfach ab, bevor ich dir deine Fresse poliere!"

Was ihm nicht gut bekommen dürfte, schießt es mir durch den Kopf. Ich halte meine Perlenhaarnadeln fest und denke an die unheilvollen Geräusche während des Telefonats am Boxring.

„Frohe Weihnachten allerseits!", schmettert es von der Wohnzimmertür her.

Neben mir beginnt Pippa zu strahlen wie eine Hundertwattbirne. Schon liegt sie in den Armen eines Mannes, der in mir eine Flut von schlechten Erinnerungen an verstümmelte Orchideen, entführte Koffer, kaputte Knautschengel und geheimnisvolle Schritte auslöst.

Er trägt tatsächlich ein Sweatshirt mit einem Comic-Känguru-Kopf drauf, das sich so voluminös um seine Hüften bauscht, dass man glauben könnte, er verstecke dahinter einen gewaltigen Bierbauch. Pippa zieht den Känguruträger freudestrahlend hinter sich her, bleibt dicht vor mir stehen und sagt:

„Darf ich vorstellen: meine aller-aller-allerbeste Freundin Valeska Kammermeier genannt Walli. Das ist mein ..."

„Sven ...", vollende ich. „Wir kennen uns. Ich bin die dämliche Kuh, die Orchideen tötet und Koffer von Bahnhöfen entwendet. Sehr angenehm, Sie endlich persönlich kennenzulernen."

Jetzt komme ich erst richtig in Fahrt.

„Heute ist der Tag der Abrechnung, ein wahrhaft Heiliger Abend, Christi Geburt und für mich der Tag null in meinem Leben. Ab heute wird alles neu, alles anders, alles ehrlich und ab jetzt trage ich meine Haare immer offen."

„Nein, Walli", erwidert Pippa geduldig. „Das ist Leo aus Australien. Das ist nicht Sven."

„Nein, dieser Herr reißt nur Rollen von Koffern und nennt sich urplötzlich Leo von Australien."
Diese Lügen und Sven sind für mich der personifizierte Horror.
Nur vage bekomme ich mit, dass Victor das Wohnzimmer verlassen hat. Bevor die Haustür mit einem lauten Knall zuschlägt, höre ich ihn noch sagen: „Treten Sie ruhig ein, vielleischt schpringt man ja mit Ihnen ein wenig netter um ..."
Und weg ist er.
Pippa fährt beschwichtigend fort:
„Nein, Walli, du verstehst das komplett falsch ..."
„Ich verstehe schon richtig", ereifere ich mich.
„Dieser Sven war dein Geheimnis! Warum in aller Welt hast du mich so belogen? Einer aus Australien? Hach! Dass ich nicht lache. Er wohnt hier in Z 5."
Pippa und ihr Liebhaber schauen mich irritiert an. Er wird blass und nickt dann.
„Zumindest habt ihr hier gevögelt", antworte ich, jetzt doch etwas verunsichert. Mehr kann ich im Moment nicht sagen. Die Ruhe, die jetzt urplötzlich einkehrt, lässt mich einen Gehörsturz in Betracht ziehen.
„Valeska ..."
Ich schließe kurz die Augen, atme tief durch und dann drehe mich um.
Becks Stimme.
Auf einmal habe ich das seltsame Gefühl, dass trotz all der Wahrheiten, die heute ans Tageslicht gekommen sind, das Ende der Aufklärungen noch nicht erreicht ist.
Entfernt schlagen die Glocken der Kirchturmuhr. Das gedämpfte Licht macht mir auf einmal Angst, dieser wunderbare, mächtige Christbaum leuchtet unangenehm grell, all die vielen kleinen Lämpchen starren wie Augen, überall, versteckt zwischen Tischdekoration und weißen Engeln, lauert Gefahr. Das herrliche Buffet, eingedeckt mit einer Vielzahl von Leckereien, riecht jetzt aufdringlich und die mit Zimt und Zucker gefüllten weißen Schälchen verlieren ihren einladenden Duft.

Die Atmosphäre ist nicht mehr weihnachtlich!
Trügerisch! Kriegerisch?

Sein Haar ist viel kürzer als noch vor ein paar Tagen, der Duft seines Rasierwassers ist intensiver, der ganze Mann kommt mir größer vor. Mein Herz beginnt zu rasen.

Langsam setze ich mich. Ich vermute, was jetzt kommt, ist im Stehen nicht zu ertragen. Der Mann, der mich auch in Omastrickjacke und mit Hornbrille interessant findet, steht im Raum und ich kann keine überraschten Gesichter erkennen, nur ich glotze blöde und meine Kinnlade fällt Richtung Brust. Warum bin ich die Einzige, die überrascht ist?

„Das ist Becks!", sage ich leise.

Stille. Alle starren zu Becks.

Becks hat liebevoll den Arm um ein bildhübsches blondes Mädchen neben sich gelegt.

Herr, erbarme dich unser!

Adalbrand dreht sich verlegen zur Seite und auch Lilli kann mir nicht direkt in die Augen sehen. Seppo, dessen Nase monströs angeschwollen ist, sitzt wie ein Häuflein Elend am Esstisch, zerpflückt in Windeseile eine Papierserviette in viele kleine Schnipsel und sagt:

„Sven e la sua bellezza. Tale gioia!"

Volle Punktzahl, würde ich sagen.

Für mich heißt das so viel wie Sven und seine Schöne. Solch eine Freude! Träume ich? Fühlt es sich an wie Weihnachten? Keine Ahnung! Gleich muss ich kotzen.

Wie in Trance, losgelöst von mir selbst, verfolge ich den nächsten Augenblick. Pauli stürmt freudig auf die Blondine neben Becks zu und nimmt sie fest in seine Arme. Sie lehnt den Kopf an seine Brust und lächelt glücklich.

Froh jubiliert der Kinderchor:
„Da liegt es, das Kindlein, auf Heu und auf Stroh,
Maria und Joseph betrachten es froh.
Die redlichen Hirten knien betend davor,
Hoch oben schwebt jubelnd der Engelein Chor."

Ich verstehe gar nichts mehr.

Freitag, 25. Dezember, 9.17 Uhr

Missmutig ziehe ich mir die Decke über den Kopf und donnere mein Kopfkissen auf den Radiowecker, der wundersamerweise von alleine angesprungen ist. Ich fühle mich zerschlagen und elend. Nur allmählich wird mir klar, wo ich mich befinde. Verwundert sehe ich mich um und entdecke in der Ecke zwischen dem braunen Holzbalken zwei große Weberknechte. Mein früheres Kinderzimmer hat Mutter schon vor Jahren renoviert und in ein Hutzimmer umfunktioniert. Über mir hängt ihr Liebling. Staubfrei. Leuchtendes Petrol, mit einer einzelnen schwarzen Feder. Auf den Regalen reihen sich extravagante Kopfbedeckungen aneinander. Hüte, die aussehen wie eine azurblaue Schokoladenbox, eine Wassermelonenhälfte mit Netzteil oder zusammengenähte weiß-rosa Marshmellows. Ich kann es nicht fassen, dass sich Mutter diese Scheußlichkeiten tatsächlich auf den Kopf stülpt, und muss unwillkürlich lächeln.

Doch die Heiterkeit währt nur kurz, schon ziehen die dunklen Schatten der Erinnerung an den gestrigen Abend herauf.

ooo

Überrascht und freudig hatte Paul dieses Mädchen, genannt Sina, in die Arme genommen. Dann ging alles schnell. Becks alias Sven stand immer noch an der gleichen Stelle wie zuvor und für weitere Erklärungen hatte ich keine Geduld und brüllte stattdessen: „Du Idiot!"

Er schüttelte traurig den Kopf und damit war die Sache durch. Das Letzte, was ich noch weiß ist, dass mich Pippa zurückhielt, bevor ich mich auf ihn stürzen konnte.

Seppo hatte mit einem trompetenden „Jetzte blutest mei Nas immer no, i glaube, die is gebrocke" Lilli dazu veranlasst, mit ihm ins Krankenhaus zu fahren. Adalbrand stand mit zwei riesigen Körben vor dem Weihnachtsbaum und verkündete, dass er jetzt mitsamt den Kindern und dem Weihnachtsessen ins Kinderhaus führe, weil man hier weder seine Kochkunst würdige noch die

Geburt des Jesuskindes. Elsa käme auch mit, die sei nämlich, im Gegensatz zu den anderen hier, erfüllt vom Weihnachtsfrieden und auch hungrig. Noch bevor ich Anstalten machen konnte, ihn oder eines der Kinder aufzuhalten, bewegte Pippas Lover meinen rechten Arm auf und ab wie einen Pumpenschwengel und versicherte mir, wie leid es ihm täte, dass er am Bahnhof so rüde mit mir umgegangen sei. Natürlich solle das sein schlechtes Verhalten nicht entschuldigen, aber er sei fast vierundzwanzig Stunden unterwegs gewesen, die Fliegerei von Australien nach Deutschland sei jedes Mal eine wahnsinnige Strapaze, und er sei völlig übermüdet gewesen.

Ich verstand nur Bahnhof und fragte blöde, was er da für einen Schwachsinn verzapfe. Worauf er mir wieder versicherte, dass sein Name Leo Polter sei und sein bester Freund Sven ihm an besagtem Abend freundlicherweise seine Bude überlassen habe. Weil es doch nicht so einfach wäre, mit Pippa alleine zu sein, denn Pippa wohne schließlich mit ihrer Mutter zusammen und er sei für die Dauer seines Aufenthalts vorübergehend bei seinen Eltern untergebracht. Da sei Damenbesuch auch nicht so prickelnd. In diesem Moment dachte ich noch, dass Pippa sich tatsächlich in einen Typen verliebt hat, den sie im Internet kennengelernt hat und der dazu komplett durchgeknallt ist, und dass mir so was nie und nimmer passieren könnte, denn mir fehlt dazu Pippas Naivität und Offenheit.

Schließlich versuchte mir Pippa zu erklären, dass die blonde Schönheit, die jetzt mit Paul und den anderen fluchtartig das Haus verlassen habe, Svens Tochter und Paulis Freundin sei.

ooo

Das kann doch alles kein Zufall sein?

Was ist denn nur mit 22.44 los?

Was dann noch kam, bringe ich auch mit ein paar Stunden Abstand nur noch bruchstückhaft zusammen, nur eines fühle ich ganz deutlich: Schmerz.

Samstag, 26. Dezember, 8.12 Uhr

Heute Morgen geht es mir etwas besser. Inzwischen habe ich das Telefon abgestellt. Schon beim Aufstehen klingelte es ohne Unterlass, und immer, wenn ich kurz davor war, abzuheben, verstummte es.

Ich bin nicht fähig, in die Kolpingstraße zurückzukehren, und meiner Schwester Maria möchte ich bei Gott nicht erklären, weshalb ich im Elternhaus schlafe und unsere Eltern nicht da sind.

Nein. Ich. Möchte. Einfach. Meine. Ruhe.

Nervös streife ich durchs Haus, lege mich auf die Couch, koche Tee, setze Mutters fürchterliche Hutkreationen auf – doch egal was ich auch tue, die Erinnerung kreist in meinen Gedanken – unaufhörlich und grausam.

ooo

Fassungslos sah ich Becks-Sven-Steeny an.

„Du ...? Du hast mich im Supermarkt angequatscht, mir deine Telefonnummer gegeben und mich mit falschem Namen geködert, du ...?"

Mir fiel kein passendes Schimpfwort ein und ich presste hilflos die Lippen zusammen. Er nickte schuldbewusst und schüttelte dann den Kopf.

„Valeska, nicht ganz ...", versuchte er zu erklären. „Das war mein Einkaufszettel und Becks ist mein Lieblingsbier, das ich nicht vergessen wollte. Die Nummer ist echt, das kannst du ja bestätigen!"

„Ja, danke auch. Wenn wenigstens die Nummer echt war, freue ich mich wirklich", würgte ich.

Sven Steenbeeke stand da und ließ die Schultern hängen.

„Es tut mir leid, ich wollte es dir sagen, ich glaubte doch ..."

Seine Worte drangen kaum zu mir durch, so heiß wallte die Wut in mir, wieder einmal betrogen, belogen und verarscht geworden zu sein.

„Verdammt! glauben heißt nichts wissen ...", schrie ich. „Wie konntest du mir das nur antun! Du hast mich ausgehorcht, dich an meiner Unsicherheit geweidet und dich über meine Blödheit lustig gemacht. Und das nach alldem, was ich dir über mein Leben erzählt habe! Und wahrscheinlich hat jeder hier Bescheid gewusst!"

„Nein!", stammelte Pippa entsetzt. „Ich nicht. Bitte reg' dich nicht so auf. Es wird alles wieder gut."

„Nichts wird wieder gut!", nuschelte ich und schon liefen mir die Tränen übers Gesicht. Unaufhaltsam. In Strömen.

Sonntag und Montag, 27. und 28. Dezember

Die nächsten zwei Tage verstaue ich Weihnachtskrippe und Kugeln in Schachteln. Während ich die Kartons auf den Dachboden räume, entdeckte ich in einer staubigen Ecke meine Lieblingspuppe mit süßem ferkelgleichen Kopf und weißblauem Kleidchen. Als Kind habe ich dieses hässliche Püppchen geliebt. Meine Nena, du bist immer noch nicht schöner, nicht lebendiger, aber von dir wurde ich wenigstens nie enttäuscht. Der Dachboden ist nicht dein Ort! Klemme sie mir unter den Arm und entdecke meinen alten Kleiderschrank. Beim Öffnen der Türen finde ich die wenigen Dinge, die aus meiner Kindheit übrig geblieben sind. In einer vergilbten Schuhschachtel, mit einem lila Bändchen zusammengebunden, die Briefe meiner Vergangenheit. Eine Ansichtskarte, auf der ein Esel mit Sonnenbrille ein Zebra küsst, mit fetten Buchstaben bedruckt: „Lügen ist nur dann ein Laster, wenn es Böses stiftet, dagegen eine sehr große Tugend, wenn dadurch Gutes bewirkt wird."

Wie konnte das alles nur passieren?

ooo

„Nichts wird jemals wieder gut!", wiederholte ich und drehte mich um. Den grauen Versace-Mantel erkannte ich erst wieder, als ich die Dreckspritzer am Saum entdeckte.

„VALESKA, hilf mir!"

Gute Güte! Meine Mutter! Der Himmel schien es nicht gut mit mir zu meinen an diesem Abend. Sie stand mit zwei Reisetaschen in der Wohnzimmertür und in ihrem Gesicht spiegelte sich helle Panik.

„Dein Vater ist weg ...", schnaufte sie.

Sie streckte mir einen weißen Umschlag entgegen.

„Nach Südafrika, der Flug geht ..., er hat mir auch ein Ticket, oh mein Gott, ich habe ihm nicht zugehört, habe ihm nie zugehört, dann habe ich den Umschlag geöffnet und da ... er war schon weg und ich war zu beschäftigt, um es zu bemerken." Trotz des verheerenden Verlaufs des Heiligen Abends, musste ich ein bisschen grinsen.

Mein Vater. Machte sich in der Heiligen Nacht auf und davon und überließ es meiner Mutter, die richtigen Schlüsse daraus zu ziehen, oder auch nicht. Was für ein schlauer, alter Fuchs!

„Valeska ...", meine Mutter sah mich bittend an.

Ich überlegte nicht lange. Wenn ich schon nicht glücklich werden sollte, dann sollten wenigstens meine Eltern eine Chance erhalten, das Beste aus der sich bietenden Situation zu machen. Außerdem schien es meiner Mutter wirklich ernst zu sein.

„Ich ziehe meine Jacke an, dann fahren wir. – Nein, ich habe keinen Prada-Mantel, Mama, nur diese alte Jacke."

Sven griff nach meinem Arm und versuchte, mich festzuhalten.

„Valeska, draußen schneit es wie verrückt! Du kannst jetzt nicht fahren. Lass mich das machen! Flughafen, wohin müssen Sie denn?"

„Sag du mir nicht, was ich kann oder nicht", fauchte ich ihn an und riss mich los.

Minuten später kämpfte sich „So alt-So gelb-So praktisch-So voller kleiner Dellen" durch eine stürmische Heilige Nacht über die Autobahn zum Münchner Flughafen. Ich hatte das Radio angedreht und wieder dudelte ein Kinderchor eine Strophe von „Ihr Kinderlein kommet".

„So nimm unsre Herzen zum Opfer denn hin;
wir geben sie gerne mit fröhlichem Sinn;
Und mach sie heilig und selig wie deins.
Und mach sie auf ewig mit deinem vereint."

Meine Mutter schwieg. Sie starrte wie gebannt auf das Schneegestöber, das uns durch die Windschutzscheibe schweigend entgegenbrüllte. Im Schneckentempo krochen wir über die eisige Fahrbahn und ich kam mir vor wie in einem Endzeitfilm. Außer uns war kaum ein Fahrzeug unterwegs und nach einer Stunde fragte ich mich nicht mehr, wann wir wohl ankommen würden, sondern ob.

„Meinst du, wir werden es rechtzeitig schaffen?"

Die bange Frage meiner Mutter riss mich aus meinen Gedanken und ich zuckte zusammen.

„Ich weiß es nicht. Wäre es denn so schlimm, wenn wir es nicht mehr rechtzeitig schaffen?"

„Dein Vater hofft nicht darauf, dass ich komme. Aber ich weiß, er würde sich freuen. Er rechnet schon lange nicht mehr mit mir. In seinem Leben spielte ich keine Rolle mehr. Egal, wie ich das Ganze drehe und wende, wie sehr ich darüber nachgrüble, ich erinnere mich nicht mehr, wann wir uns verloren haben. Aber eines weiß ich genau, wenn ich ihm jetzt nicht folge, werde ich furchtbar unglücklich sein. Es gibt keine weitere Chance mehr. Dein Vater hat das erkannt, und ich liebe ihn, aber ich war zu beschäftigt mit allem anderen, um es ihm immer wieder aufs Neue zu zeigen, im Laufe dieser langen Zeit."

Vor Überraschung hätte ich beinahe die Kontrolle über die Lenkung verloren und „So alt-So gelb-So praktisch-So voller kleiner Dellen" schlingerte bedrohlich.

„Ich hoffe so sehr, dass wir es schaffen", flüsterte meine Mutter und schlang ihre Finger so fest ineinander, dass ihre Knöchel weiß heraustraten.

Mir war nicht klar, ob sie ihre Ehe oder unsere Fahrt meinte, und so sagte ich: „Alles ist möglich, du musst nur fest daran glauben, Mama."

Dienstag, 29. Dezember, 9.44 Uhr

Unruhig wälzte ich mich im Bett. Wenn ich die Augen schließe und mein Blick nach innen gleitet, kann ich nichts mehr sehen. Mein Herz fühlt sich wieder einmal wund an. Die Wunde, über der sich eine feine Haut gebildet hatte, blutet wieder. Ein lautes Seufzen dringt aus meiner Brust. Allmählich wird mir klar, dass man tatsächlich an gebrochenem Herzen sterben kann.

Ich spüre noch einmal jede Minute. Auch jetzt noch habe ich das Gefühl, dass es mich gleich umhaut, obwohl ich sicher in meinem warmen Bett liege.

Erneut ertönt die Musik des Radioweckers, und dann folgen Nachrichten.

„Hamburg: Beinahe Katastrophe beim Landeanflug eines Lufthansa-Airbus A320. Flugzeug ..."

Ich kann es einfach nicht hören und presse mir beide Kissenenden auf die Ohren. Wieder kreisen meine Gedanken.

ooo

Schon lange hatte ich sie nicht mehr Mama genannt. Unruhig streiften ihre Finger über den Fellkragen, als sie vorsichtig fragte:

„Und was ist mit dir und diesem Sven?"

„Das ist eine lange Geschichte, Mama. ‚... nach uns wird kommen: nichts Nennenswertes'."

„Kluger Mann, dieser Brecht. Mein Schatz, sei nicht so stur wie ich."

Ihr liebevoller Blick ließ den Himmel für einen Augenblick etwas heller erscheinen.

Wir schafften es gerade noch rechtzeitig. Sie gab mir ihre Hausschlüssel, lächelte mich an und hastete mit ihren beiden Reisetaschen ins Flughafengebäude. Kurz vor der Glastür drehte sie sich um und winkte mir strahlend zu. Und für diesen kleinen Moment war sie wieder die Mama meiner Kindheitserinnerungen. Die Mama, die sich lachend am Strand auf Sylt drehte, ihren wehenden Rock festhielt und sich die Haare aus dem Gesicht strich.

```
Mittwoch, 30. Dezember, 11.05 Uhr
```

Auf dem Gang tönt Lillis helles Lachen und Seppo näselt:

„Ah ... Lilli ... Musst du immer so dumme Witze macke über meine geschwollene Nas? Ist fei ganz greuslicke Gefuhl mit so Wattedingsda in de Naselockern ...!"

Es herrscht einen Moment Stille, dann höre ich Lillis Stimme vor meiner Zimmertüre.

„Die Geschichte mit dem Heesters und Pippa und der Frau vom Boris in Hamburg ist doch ein affenscharfer Zufall."

„Ja, aba die Pippa ist wirklick der Knall. Uberall blute Menschen um sie rum und sie erzählt seeleruhig ihre Leo-Geschickte. Die hat Nerve! Mei Nas, guck bloß, tut immer noch so wehhhh! Eine Nasebeinbruck, is doch srecklich, oder?"

„Seppo, sei nicht so wehleidig", zieht sie ihn auf. „Ich habe mir schon dreimal die Nase gebrochen und definitiv nicht so gejammert wie du!"

„Schließlick wusstest du, dass das passieren kann, weil beim Boxe das halt passiert, aber i wusste nickt, dass es wieder auf die Nas geht."

Die beiden sitzen vor meiner Zimmertür auf der Treppe und ich weiß auch nicht, wieso ich den beiden widerwillig beim Süßholzraspeln zuhöre.

War ich noch vor Kurzem überzeugt, mein ganzes Leben wieder ins Lot zu bringen, so hatte die Heilige Nacht alles verändert. Eben war ich noch glücklich, dass es die Menschen um mich herum gibt, glücklich darüber, dass es sich mit den anderen so gut anfühlt. Und dann, im Glanz des wunderbaren Weihnachtsbaumes, werden Erinnerungen wach, Schwindel aufgedeckt und für mich ist kein Platz mehr. Für einen kurzen Moment hoffe ich auf Becks und stelle fest, dass es „Becks" nicht gibt, sondern nur einen Mann, der nicht mal hörbare Fußtritte hinterlässt. Fast so wie der Mann, der nicht zu meiner und seiner eigenen Hochzeit kommt.

Wie lange schon habe ich die Stimmen von Lilli und Seppo nicht mehr gehört?

Fünf Tage!

Fast kann ich es nicht glauben, fünf lange Tage habe ich mich im Haus meiner Eltern verkrochen, bis auch das Letzte *Ihr Kinderlein kommet*" im Radio verklungen und das „Fest der Liebe" zu Ende gefeiert war.

Wieder lang anhaltendes Lachen von Lilli.

„Und dann der Witz über den Heesters von Leo. Ich hätt'

mir beinah in die Hosen gepisst."

„Was'n für Witz? Abe i nix mitkriegt."

Lilli klatscht begeistert in die Hände.

„An der Türglocke bei Johannes Heesters klingelt der Tod. Jopi Heesters öffnet und schreit: Simoneee, für diiich!" Ich bin drauf und dran, ebenfalls laut loszuprusten, leide aber sofort wieder leise vor mich hin. Was fällt den beiden ein? Ich will sterben und die erzählen sich Witze vor meiner Zimmertür! Krampfhaft halte ich die Luft an, sodass mir ganz schwummrig wird.

Kichernd näselt Seppo.

„Uiihhuiihhh, das ist aber gemein. Tut das weh! Meine Nas, bitte Lilli, net, net so lacke ..."

Ich ziehe mir meine Decke über die Ohren, damit ich das Kichern der beiden nicht mehr ertragen muss. Mir schießt der Verdacht durch den Kopf, dass sich Seppo und Lilli absichtlich vor meiner Tür amüsieren, damit ich mich noch schrecklicher fühle, als ich es schon tue. Es mag ja wohl sein, dass sie mich durch ihre gute Stimmung von meinem Dilemma ablenken wollen, aber stattdessen macht es mich noch unglücklicher.

„Meinst, sie schläft nock?", flüstert Seppo so, dass ich es hören muss.

„Neihein ... sie schläft nicht mehr", stöhne ich laut und zerre im Sitzen an meinem Schlafshirt herum.

„Gut", findet Seppo. „Sie ist wack, lebt und ist wieder zuhause. Bei drei brecken wir Tür auf und ziehen ihr die Ohre lang."

„Okay! Auf drei! Eiiiiiins ..., zweiiiiiiii ...!"

Ich verdrehe die Augen und schreie: „Nein!"

„Na, bravo", meint Lilli trocken. „Walli, du benimmst dich wie ein vergessener Streichkäse im Kühlschrank. Der Schimmel kommt schneller, als du denkst."

Anklagend stimmt Seppo an: „Non c'è peggior sordo di chi non vuol sentire!"

Was ich zunächst nicht interpretieren kann, aber Lilli übersetzt zügig. Ich wusste nicht, dass sie außer Boxen auch noch Italienisch kann.

„Es gibt keinen schlimmeren Tauben als den, der nicht hören will. Meinst du doch, Seppo, oder?"

„Ah, du bist ein kluges Mädle. Meine Mamma würd' di drücke. Ganze feste ..."

Noch während ich darüber nachdenke, zitiert Seppo weiter: „Uccello in gabbia o canta per passione o canta per rabbia, heißt: Vogel im Käfig singt aus Liebe oder aus Zorn, verstehst, Walli?"

„Du Poet, du! Ich finde dich so sexy!", flötet Lilli.

Gleich wird mir schlecht!

Stille. Muss ich jetzt annehmen, dass sich die beiden vor meiner Tür küssen? Donnerwetter, die haben sich aber schnell getröstet! Das Schlimmste an dem ganzen Drama ist, dass sie damit auch noch Recht haben. Sie machen einfach das Beste aus der Situation.

Gedankenverloren fixiere ich einen imaginären Punkt und es wuchtet mich wieder in die Vergangenheit.

ooo

Der Weihnachtsabend.

Völlig leer, ausgepumpt und mit schmerzender Nackenmuskulatur kam ich gegen Mitternacht zuhause an. Im Wohnzimmer schimmerte nur noch die Weihnachtsbaumbeleuchtung.

„Hallo? Jemand da?"

Aus der Dunkelheit löste sich unvermittelt ein Schatten und ich konnte nur mit Mühe einen Schreckensschrei unterdrücken.

„Psssst. Ich bin es", flüsterte es und eine Hand berührte mich leicht an der Schulter.

„Adam, was machst du noch hier und warum flüsterst du?", zischelte ich unbewusst leise zurück.

„Vesna ist auf der Couch eingeschlafen. Ich glaube, die ganze Aufregung war ein bisschen viel für sie."

„Na danke, mir wäre weniger Aufregung auch lieber gewesen, das darfst du mir glauben!", sagte ich bitter und ging in Richtung Küche. Dort schenkte ich mir ein großes Glas Cola ein und hoffte, das Rumoren in meinem Magen würde nachlassen. Müde stützte ich mich an der Arbeitsplatte ab und massierte mir den Nacken.

„Na, wieder Kopfschmerzen?" Adam war unbemerkt in die Küche gekommen.

„Lass mal sehen." Mit routinierten Bewegungen massierte er meinen schmerzenden Nacken und die verkrampften Schultern.

„Valeska ..."

Auch er nennt mich immer Valeska, wie Becks.

„Valeska, es tut mir leid, dass ich dir wehgetan habe. Das mit Vesna, es war ... es ist ... also mit Vesna ist es ..."

Seine Hände massierten fester, er strich über meine Schultern und unwillkürlich entspannte sich meine Muskulatur. Ich hielt die Augen geschlossen und versuchte, nur einen Moment lang, alles zu vergessen.

Nur einen kleinen Moment.

„Wir beide haben uns verloren. Wir haben unsere Liebe verloren. Alles, was wir uns erhofften. Alles, was wir für unser Leben planten. Es gab keine Zukunft. Das habe ich gefühlt, als ich Vesna das erste Mal getroffen habe. Es tut mir so leid. Ich hätte es dir sagen müssen."

Seine Stimme klang heiser.

„Valeska!"

„Nein, Adam! Sei still!"

Ich spürte seinen Atem an meinem Ohr, seinen Körper dicht an meinen gepresst, hörte eine neue Weichheit in seiner Stimme, aber in mir regte sich nichts.

Alles ausgelöscht. Vorbei.

Tief atmete ich ein, öffnete nicht die Augen, als ich sagte: „Das Leben gibt dir noch eine Chance, Adam. Ich finde, du hast sie nicht verdient, aber ich bin mir sicher, Vesna gibt dir die Gelegenheit, ihr und eurem Kind zu beweisen, dass in dir mehr steckt. Verlässlichkeit, Geduld und Liebe. Lebe endlich deine Zukunft, Adam! Pack es an und bring etwas zu Ende."

Ohne ihn noch einmal anzusehen, ging ich in mein Zimmer. Ich packte ein paar Sachen in eine kleine Reisetasche und es schien als ticke die Uhr langsamer als sonst.

Ich spürte: Adam liebte ich nicht mehr.
Es war aus und vorbei.
Wundersam schwindelfrei hatte sich das Bild unserer Vergangenheit ausgeknipst, wie eine Nachttischlampe.
Ich schloss meine Zimmertür ab und verließ die Kolpingstraße in der Heiligen Nacht, um in meinem Elternhaus zur Ruhe zu kommen.

°°°

Warum erinnere ich mich wieder an den Spruch von Fried? „Für die Welt bist du nur irgendjemand – aber für irgendjemand bist du die Welt."
Das Wissen, dass alle unter einer Decke gesteckt haben, brennt wie ein glühender Pfeil in meinem Herzen. Alle haben es gewusst, dass Sven Steenbeeke Becks ist. Nur ich nicht.
Der Schmerz darüber, wieder einmal verloren zu haben, schüttelt mich. Wirre Gedanken rauschen mir durch den Kopf und der Kloß in meinem Hals schwillt auf die Größe eines Golfballs an. Ich zwinge mich, ein paarmal trocken herunterzuschlucken, bevor ich meine Tür leise öffne.
Oha, die küssen sich wirklich!
„Das ist ja widerlich. Küssen! Und das auch noch vor meiner Tür. Ihr seid wirklich das Letzte!"
Sie sehen mich amüsiert an und Seppo nimmt verschämt die Hand von Lillis Brust.
„Möchte wetten, du hättest vor Weihnachten nicht zu träumen gewagt, dass du irgendwann mal an Lillis Möpse darfst."
„Ich auch nicht", lacht sie.
Sie sieht ihn an, als würden sie sich schon Jahre kennen, und mir schießen die Tränen in die Augen. Von allen Männern, die ich kenne, ist ausgerechnet Seppo der, der am sensibelsten auf Tränen reagiert. Er springt auf, umarmt mich, streicht durch mein Haar und jammert auf Italienisch, und wie immer, verstehe ich nichts.
„Ach Walli ...", sagt Lilli tröstend und fasst mich liebevoll an den Schultern.

„Er hat gesagt, er würde mich lieben! Aber ich glaube ihm nicht eine Sekunde lang!", schluchze ich nun hemmungslos.
Der Fusselteppich verschwimmt vor meinen Augen.
„Ich habe ihm vertraut und er rammt mir ein Messer ins Herz!"
Seppo ergreift meine Hände.
„Da abe i aber ein ganz andere Gefuhl. Ein unglaublick gutes Gefuhl!"
Überrascht sehe ich ihn an und frage schniefend:
„Aber irgendetwas läuft doch bei uns total schief?"
„Nix läuft schief! Die Liebe findet scho den Weg. Ist so, Walli, glaub mir. Schau dock, wie bei Lilli und mir. Uns at sie au gefunde!"
„Derwischt hoat's uns!", jubelt Lilli und strahlt wie ein Honigkuchenpferd.
Aber wie Seppo das eben gesagt hat, als gäbe es eine sich erfüllende, Prophezeiung. Unter Tränen muss ich lächeln. Dann lege ich den Zeigefinger auf meine Lippen und ins obere Stockwerk hinauf.
„Ich werde ihn fragen, ob wir zusammen frühstücken!"
Seppo sieht mich mitleidig an.
„Sven ist weg! Adalbrand und Paul auch. Du warst fünf Tage wie vom Erdboden verschluckt. Hätte uns Pippa nicht mitgeteilt, dass dein kleines gelbes Auto vor deinem Elternhaus parkt, wären wir vor Sorge beinahe umgekommen", erklärt Lilli.
„De Sven glaubt, dass du ihn nimmer liebst und mit Adam alles wieder gut wird. Er meint, du ast an Weihnackt wieder mit Adam in der Cucina rumgemackt. Und dann warst du weg, mit de Adam und so ... Und dann is das mit Brandy und Pauli passiert und dann ..."
„Und dann ...? Was ist mit Pauli und Brandy passiert?"
Ein unangenehmes Gefühl macht sich in mir breit.
Angst?
„Du solltest vielleicht mal alle deine Nachrichten auf deinem Handy abhören. Wir sagen nichts mehr, sondern gehen jetzt in die Küche und machen Frühstück."

Zwei Augenpaare auf mich gerichtet, schalte ich mein Handy auf Mailboxnachrichten und frage mich, wie 22 Nachrichten in so ein kleines Telefon passen.

Ich beginne bei Nachricht 1 - 14.
Pippa: *„Muss ich mir Sorgen machen? Wo bist Du?"*
Lilli, Seppo, Hatice mit ungefähr demselben Wortlaut in unterschiedlichen Stimmlagen. Jeden Tag hatten sie an mich gedacht.
Ich lächle. Nachricht 15 vom 27.12. um 19.00 Uhr
Adalbrand: *„Liebe Walli, es gibt etwas zu berichten, melde dich bitte, du fehlst uns, wir brauchen dich."*

Nachricht 16 vom 28.12. um 8.58 Uhr.
Paulis Stimme hört sich ein bisschen an wie die des zwölfjährigen Jungen, der seiner Mutter das letzte Geleit gab und mich fragte: *„Tut Alleinsein eigentlich weh, Walli?"*
Das gleiche Beben in der Stimme.
„Walli? Wir sind in einem Flugzeug nach Hamburg und sollten eigentlich gleich landen. Aber ..."
Rauschen.
„Hallo, Walli, hallo, ich wollte deine Stimme hören! Du, ich glaube, wir stürzen ab! Es weht wie verrückt und wir bekommen keine Landeerlaubnis. Sven meint, die Situation sei kritisch ..."
Rauschen. Stille.
Ich zittere. Verstehe gar nichts mehr. Sven?
Oh mein Gott!
Nachricht 17 vom 28.12. um 9.03 Uhr.
Ich drücke mir die Hand auf meine Brust und lausche Pauls aufgeregtem Atem.
„Walli, wo bist du nur? Du bist doch meine Familie, und Familie verschwindet nicht einfach. Hörst du! Stell dir vor, er ist mein Opa!"
Ein ohrenbetäubendes Pfeifen reißt mir den Hörer vom Ohr.
„Brandy ist mein ... Ist der Papa von Hendrik, weißt schon, das Bild, Hans-Hendrik, den wir gesucht haben. Walli?"
Wieder reißt die Verbindung ab.

Meine Überraschung wandelt sich in Entsetzen. Hektisch drücke ich weiter.

Nachricht 18 vom 28.12. um 9.11 Uhr.

Lautes Knistern in der Leitung.

„*Schlechtes Netz, Walli!? Wegen dir geprügelt, da lästerten so Honks ... über dich, endzübel ... von der Band haben Hatice ... Mann dich vor ... Standesamt sitzengelassen ... alte Jungfer ..., so wie Schwester Rabiata ... Sven ist ein toller ... kein Arschloch ... Tochter Sina, du weißt ja – meine Freun... ähm, bitte nicht, ...*"

Wieder ist die Verbindung unterbrochen.

Meine Gedanken drehen mich schwindlig, das Herz hämmert wie verrückt gegen die Rippen. Allmählich setzt sich aus den bruchstückhaften Nachrichten die ganze Geschichte zusammen.

Nachricht 19 vom 28.12. um 9.22 Uhr.

Aus dem Hörer rauscht es laut, und ich habe Mühe, Brandys Worte zu verstehen.

„*Walli? Walli? Ach, blöder Anrufbeantworter! Wir konnten dich nicht verständigen und sitzen nun im Flieger nach Hamburg. Pauli hat gerade noch einen Termin bei meinem Professor bekommen, weil ich annehmen muss, dass er die gleiche Krankheit hat wie meine Frau und sein Vater Hendrik. Es ist Schneesturm, Landung nahezu unmöglich ... Walli, ich glaube, es bumst gleich so richtig und Elisabeth erreiche ich auch nicht. Wie verhext auch ...!*"

Blankes Entsetzen macht sich in mir breit. Panisch drücke ich die nächste Nachricht her.

Nachricht 20 vom 28.12. um 9.29 Uhr.

Lautes Summen und Pfeifen. Kein Wort. Nur mühsam unterdrücke ich ein hysterisches Schluchzen.

Oh mein Gott!

Die Nachrichtenmeldung aus dem Radio dröhnt in meiner Erinnerung: Flugzeugkatastrophe in Hamburg ... ein A320 ...

Bitte nicht.

22.44

Nachricht 21 vom 28.12. um 9.44 Uhr

„*Hallo Valeska! Muss ich annehmen, dass dir Adam weiterhin den Rücken kraulen darf?*"

Es durchfährt mich heiß und kalt. Mir ist schwindlig und mein Hals fühlt sich rau an.

Sven. Endlich.

„Na, wenigstens habe ich diesen Vogel nicht geschrottet und wir sind alle heil hier in Hamburg gelandet. *Pauli und Adalbrand sind auf dem Weg in die Klinik, aber zurückkehren werden wir erst am 30. Dezember. Ähm, vielleicht bist du da? Ich ... Ich vermisse Dich.*"

Meine Gedanken drehen mich und mir ist genau in diesem Moment so klar wie noch nie zuvor – mein Leben wäre leer ohne ihn.

Ich lächle.

22. 44. Alles wird gut.

Nachricht 22 vom 30.12. um 11.44 Uhr

Ich räuspere mich nervös und bin erleichtert, als ich Brandys dunkle Stimme vernehme.

„*Hallo Walli! Die Untersuchungen sind sehr gut verlaufen. Etwas müssen wir uns noch gedulden, aber es sieht so aus, als könnten wir Entwarnung geben. Heute Abend werden wir ein Schlückchen auf die grandiose Landung von Sven trinken, Elisabeth meint auch, wir hätten uns das verdient. Wie? Ja doch, Elisabeth, ja sage ich ihr.*" Brandy räuspert sich verlegen. „*Wir lieben dich Walli.*"

Mir ist so, als hätte im Hintergrund eine Frauenstimme gelacht. Es knackt und dann herrscht Stille. Ich lege auf.

Atme tief durch.

An meiner Zimmertüre klopft es leise.

Jetzt öffnet sich langsam die Tür und Pippa Rumpler steckt den Kopf ins Zimmer. Behutsam setzt sie sich neben mich und zieht mich zu sich heran.

Schon bricht es aus mir heraus:

„Jaaaa! Gott sei Dank! Den dreien geht es gut, es ist ihnen nichts passiert. Stell dir vor Pippa, Brandy war der Besitzer vom „brandigen Herd" in Hamburg! Solche Zufälle gibt es doch nicht, oder? Ist das nicht unglaublich? Und Pauli hat einen Opa und Adalbrand einen Enkel."

„Ja, Walli, so ist es", meint Pippa und lächelt.

Zwischen Herz und Magengegend macht sich wieder dieses seltsame Kettenkarussell-Gefühl breit und diesmal genieße ich es. Rasant drehen sich die Schicksale und ich bin mittendrin.

„Hans Hendrik Hansen. Mensch Pippa, Paulis Vater hatte zwei Vornamen und trug den Mädchennamen seiner Mutter! Darum konnten wir ihn nicht finden."

„Wundersam", bestätigt Pippa und rollt sanft eine meiner Haarsträhnen nach oben und steckt sie mit einer meiner Perlenhaarnadeln fest.

Wir erschrecken nicht schlecht, als meine Zimmertür aufgerissen wird.

„Abe i es dir nickt gesagt? Alles gut mit de Sven und dir. Ah ... Du bist so eine verruckte Frauesimmer!"

Zu Lilli gewandt schießt Seppo eine feurige italienische Salve ab, die ich mittels seiner gestenreichen Bewegungen und dem Rollen der dunklen Augen als Ausdruck seiner Verständnislosigkeit gegenüber „Frauesimmer" wie mir interpretiere.

Mitten hinein in die südländische Kanonande, die lediglich Lilli versteht und kommentiert, dröhnt mein Handy Mambo Nr. 5. Lilli und Seppo verstummen und heften ihre Blicke auf mich.

Ganz leise höre ich Svens Stimme: „Bis bald, Walli! Ich liebe dich, mein Stern!"

Heiß durchfährt es mich.

„Ich liebe dich auch, Sven, hörst du? Bitte, komm schnell zu mir zurück! Für die Welt bist du irgendjemand, aber für mich bist du die Welt."

Meine drei Freunde betrachten mich breit schmunzelnd.

„Dich hat es aber ganz schön erwischt", meint Lilli lachend und schmiegt sich an Seppos Schulter.

„De iste verliebt wie eine italienische Jungefrau", witzelt Seppo. „Und da kenni mi aus ...!"

Pippa betrachtet mich wissend.

„Wie hat Paul eigentlich herausgefunden, dass Adalbrand sein Opa ist?", will sie dann wissen.

Lilli streicht sich die blonden Locken hinter die Ohren und erklärt:

„Nachdem Walli", strafender Blick auf mich, „nachdem du fast auf Sven losgegangen wärst, Seppo eine blutige Nase hatte und keiner sich für Brandys Essen interessierte, ist doch die ganze Meute samt den Weihnachtsköstlichkeiten ins Kinderhaus abmarschiert. Dort hat Paul Brandy sein Zimmer gezeigt und unser guter Adalbrand hat natürlich sofort seinen Sohn erkannt, der dort gerahmt an der Wand hängt."

„Tatatataaaaa", kräht Seppo näselnd dazwischen. „Sag' i dock, das Schicksal findet uns immer."

„Brandys Frau Elisabeth war sehr krank, Fatal Familiar Insomnia, du weißt, Pippa, ich habe es dir erzählt."

„Oh Gott ja", haucht Pippa betroffen und drückt die Hände zwischen die Knie.

„Und was ist mit Hendrik?"

„Adalbrand übergab das Restaurant Hendrik, um Elisabeth die beste Pflege zu ermöglichen. Er erkannte zu spät, dass sein Sohn an der gleichen Krankheit litt wie seine Mutter", berichtet Lilli weiter. „Es war eine klirrend kalte Nacht, als er in die Elbe gestürzt ist. Die Polizei schloss Fremdeinwirkung aus. Es gab keine Abschiedszeilen für seinen Vater, nur den Anfang eines Briefes:

„Liebe Sylvia ..."

Eine Weile ist es ganz still im Zimmer. Nur unser Atem ist zu hören, dann haucht Pippa fast ein wenig verzückt:

„Er hat Sylvia, Paulis Mutter, nie vergessen. Wie romantisch."

„Tragisch trifft es wohl eher", meine ich und wische verstohlen ein paar Tränen fort.

„Auf einmal war Adalbrand allein. Von heute auf morgen."

„Seine Elisabeth muss eine wunderbare Frau gewesen sein", seufzt Pippa, beginnt nervös, meine Küchenschränke nach etwas Essbarem zu durchsuchen, und fördert schließlich eine Riesentafel Schokolade zutage. Schnell bricht sie ein großes Stück ab und schiebt mir die Hälfte davon in den Mund.

„Und weil er Elisabeth nicht vergessen kann, spricht er noch heute mit ihr?", will sie kauend wissen, während sie sich geräuschvoll die Nase putzt.

„Ja."

„Dann ist er in die Kolpingstraße 44 gezogen!"

„Genau! Da war bereits de Lilli und Sven und ganz zum Schluss biste du gekomme, Walli. Erst dann ware wir completto wie eine ricktige Familia."

Ich heule los.

„Sven war der Pilot der Schreckensmaschine nach Hamburg, die fast von der Landebahn gefegt worden wäre. Beinahe wären Adalbrand, Sven und Pauli ums Leben gekommen, mein Gott, ich darf gar nicht daran denken!"

Beruhigend streichelt Pippa mir den Rücken und flüstert: „Die Engel haben sie gehalten, Walli. 22.44."

Es piepst und eine SMS-Nachricht erscheint auf dem Display meines Handys.

„Mein Stern! Sitzen im ‚Schellfisch', in Hamburg. Alles ist gut. Wir landen 22 Uhr 44 in München. Ich freue mich auf dich und lasse dich nie wieder los. Becks"

Epilog

Interessiert betrachten drei Augenpaare die neuen Gäste, die soeben den Schankraum betreten.

Allen voran ein großer alter Mann mit schlohweißem Haar und tiefblauen Augen. Dicht hinter ihm ein gut aussehender Junge, der dem Wirt grüßend zunickt. Den Schluss bildet ein ebenfalls großer Mann mit einer markanten Nase. Sofort steuern die drei den letzten freien Tisch an und lassen sich aufatmend auf die Eckbank fallen. Wie aus dem Nichts steht der Wirt mit Pils und Schnaps vor dem Tisch.

„Na, meen Jung, Hambuich lässt dich niet los? Letztes Mol warst mit zwee Deern hier, wenn ich mich recht erinnern tu."

Ungefragt schiebt er jedem ein Pils und einen Schnaps hin.

„Und? Habt ihr gefunden, was ihr gesucht habt?"

Der Junge strahlt über das ganze Gesicht und nickt.

„Haben wir, darf ich vorstellen: Adalbrand Petersen, der Koch des ‚brandigen Herdes'. Mein Opa", fügt er stolz hinzu.

Der Wirt nestelt am Geschirrtuch über der linken Schulter und kneift ein Auge zu.

„Waste nich sachst, meen Jung! Dat Leben is doch ein seltsam Ding."

„Wie groß er geworden ist!", flüstert die blonde Frau und betrachtet den Jungen liebevoll. Der Mann neben ihr drückt fest ihre Hand und zwinkert verlegen ein paar Tränen weg. Keiner der Gäste nimmt von ihnen Notiz. Sie stehen dicht beieinander neben der Theke, über ihnen ein blinder Spiegel, in dem sich das schummrige Licht verliert.

Eine blonde Frau, ihr dunkelhaariger Begleiter und eine zarte ältere Dame. Sie schwankt unsicher und die beiden anderen halten sie fürsorglich am Ellenbogen.

„Auf dich, Sven, unseren Helden der Lüfte, meinen Enkel Paul und die Liebe, die uns nie verlässt!"

Mit diesen Worten hebt der Mann namens Adalbrand sein Pilsglas und prostet in die Runde.

„Auf die Liebe", sagt der Pilot ernst und nimmt einen tiefen Schluck. Er fährt sich vom Nacken her mit den Fingern durchs Haar, blickt dann auf seine Uhr und tippt hastig eine SMS.

„Auf die Familie", ruft Paul freudig und boxt seinem Großvater liebevoll gegen die Schulter.

Der Mann mit der großen Nase, Sven, schaut auffordernd in die Runde und deutet dem Wirt noch drei Pils mit den mittleren Fingern der linken Hand an. Liebevoll betrachtet Paul seinen Opa.

„Das war so ein Zufall, so viel Glück, dass wir uns gefunden haben", flüstert er glücklich.

Sven nickt und sagt:

„Ich glaube nicht an Zufälle, nur an Schicksal, nichts geschieht zufällig auf der Welt. Da bist du also quasi über Nacht Opa geworden, Adalbrand. Glückwunsch!"

Der alte Mann nickt lächelnd.

„Das ist wundervoll, ich kann es noch nicht fassen, aber am Wichtigsten ist, dass Paul gesund ist. Der Professor hier in Hamburg konnte mit seiner Blutuntersuchung für Paul eine relativ sichere Prognose geben."

„Gut!" Aufatmend lehnt sich Sven im Stuhl zurück, sieht Adalbrand prüfend an.

„Als deine Frau gestorben war, was hast du gemacht, so ganz allein, so übrig?", will er dann wissen.

„In Hamburg konnte ich nicht mehr bleiben, ich reiste von einer Stadt zur anderen, quer durch Europa, arbeitete und schlief. Bis es irgendwann nicht mehr so wehtat. In Friedberg wollte ich einen alten Schulfreund besuchen. Beim Kauf einer Flasche Wein im Supermarkt habe ich Seppos Karte entdeckt. Und damit fing alles an."

Die drei neben der Theke und der Wirt nicken lächelnd.

„Und alles wurde gut!", ergänzt Paul fröhlich.

Sven erhebt sich und klopft auf den Tisch.

„Kommt Männer, lasst uns gehen! In ein neues Leben. Zu meiner Liebe."

„Aber bitte schwindelfrei", schmunzelt Adalbrand.

In der Tür dreht er sich noch einmal um.

„Es geht mir gut, Elisabeth. Du weißt schon ... hier", er tippt sich gegen die Brust.

„Herzwärts."

Eine Herzensangelegenheit der beiden Autorinnen

Wir danken Siggi Feldmayer dafür, dass er tatsächlich alle Manuskriptseiten durchgelesen und nachkorrigiert hat. Denn wie menschenverachtend peinlich wäre es, wenn Pauli immer noch in Hamburg auf dem Balkon stände und von keinem hereingeholt worden wäre, wenn es Siggi nicht aufgefallen wäre.

Wir danken Kurt Idrizovic, Buchhändler aus Leidenschaft, dass er uns unverblümt den Spiegel von Wahrheiten vorgehalten hat, uns deutlich aufgezeigt hat, wie „fast unmöglich" es wäre, für das „Drehbuch" ("Oder was soll das sein?"') einen Verlag zu finden. Trotz alledem wälzte er sich durch mindestens fünfzig Seiten unseres Skriptes und setzte mit Hinweisen wie: „Was soll das? Klischee!" entscheidende Zeichen. Er hat uns „moralisch" angespornt, mit seinen für uns nicht immer umsetzbaren literarischen Wortdefinitionen einen Weg gezeigt, den wir mutig angetreten sind und es zu Ende gebracht haben. Danke, Kurt, für deine Worte: „Das habt ihr euch mit Zähigkeit, Temperament und der nötigen Distanz wirklich verdient." Wir fühlen uns geehrt und sind stolz, mit dir als literarischem Wegbegleiter eine Welt betreten zu dürfen, die sich nicht jedem erschließt.

Herzlichen Dank dir, Claus, dass Du uns in „XING" entdeckt, das ganze Manuskript begutachtet und dabei erwähnt hast, dass es sich deiner Einschätzung nach um keinen „Groschenroman" handle. Danke für deinen Riecher, dass wir bei Der Kleine Buch Verlag richtig „liegen" könnten und dass du unbeirrt an uns geglaubt hast. Danke, dass du uns nun als Freund und Berater zur Seite stehst und uns mit unglaublichem Feingefühl durch die Höhen und Tiefen dieser Erstveröffentlichung begleitet hast.

Sehr geehrte Frau Lauinger, sehr geehrte Frau Roin! Wir haben uns auf Ihrer Couch in Ihrem Verlag sehr wohl gefühlt und danken Ihnen recht herzlich für das Angebot, auf dieser auch übernachten zu dürfen, wenn mal „Not an Frau" ist.

Gisa sagt Danke

Ich danke all meinen Freunden für ihre großartigen Geschichten, dass wir sie „versteckt" verwenden dürfen und für den positiven Zuspruch beim Entstehen dieses Buches.

Besonders danke ich meiner Freundin Annette, einer außergewöhnlichen Logopädin und großartigen Undercoveragentin, die mich immer bestärkt hat, nicht an meinem Dialekt zu verzweifeln, sondern mir Mut zusprach, indem sie sagte: „Rede so, wie du es immer tust, und hör nicht auf zu schreiben, das kannst du wirklich gut."

Ich drücke meine Kinder, Sabrina, Mario und Isabella, ganz fest, dass sie mich immer mit dieser Erkenntnis angespornt haben: „Was soll eigentlich die ganze Schreiberei, wenn da nie ein Buch draus wird!"

Ich danke meinem Vater dafür, dass er mir folgendes Angebot machte: „Sollte das Buch niemanden interessieren, kaufe ich die komplette Auflage und verschenke sie an alle."

Und nicht zuletzt ein Danke an meinen Ehemann, „den Wolf", der es mit mir seit fünfundzwanzig Jahren aushält. Der mich bestärkt hat, noch vor meinem Fünfzigsten endlich etwas auf die „Bahn" zu bringen, damit er sich endlich mehr als einen Ford Ka leisten kann, und danke, Schatz, für deine großartige Begeisterung, als unser „Projekt" vom Verlag angenommen wurde: „Oh wirklich, die verlegen euch! Ich schlafe ab jetzt mit einer Autorin!"
Dankeschön.

Andrea sagt Danke

An alle, die Gisa und mich auf unserem Weg begleitet und unterstützt haben.

Dankeschön

An meinen Mann und meine beiden Kinder, die immer an mich geglaubt haben, die mein Leben bereichern und mich aus einer Fülle von Erlebnissen, Geschichten und Erfahrungen schöpfen lassen.

Mein Anteil an diesem Buch ist allen Übriggebliebenen gewidmet.

Es lebe die Liebe – die Liebe, sie lebt.

Weitere Bücher, erschienen bei
Der Kleine Buch Verlag

Erben
von Martina Bilke, Oktober 2012
ISBN: 978-3-942637-18-3

Geheimsache Luther
Roman von Birte Jacobs, Oktober 2012
ISBN: 978-3-942637-16-9

Hippie High – EINE BADISCHE REVOLUTION
Roman von Daniel Bittermann
ISBN: 978-3-942637-07-7

Wie im Märchen
Roman von Roberta Gregorio, Oktober 2011
ISBN: 978-3-942637-06-0

Fünf Puzzlestücke – Füge alles zusammen
Eine kafkaeske Erzählung von Cihan Aydin, Oktober 2010
ISBN: 978-3-942637-01-5

Kopieranstalt – Schule ist ein Irrenhaus
Band I. Satirischer Lehrerroman von Joseph Maria Samulskie, Oktober 2010
ISBN: 978-3-942637-00-8
auch als Hörbuch erhältlich, gelesen von Jannek Petri
ISBN: 978-3-942637-10-7

Psychoknast – Und täglich winkt der Wahnsinn!
Band II. Satirischer Lehrerroman von Joseph Maria Samulskie, Oktober 2011
ISBN: 978-3-942637-05-3

KRANKE PFLEGE 'N' LEICHT
Kurzgeschichten von Birgit Jennerjahn mit Illustrationen von Libuše Schmidt
ISBN: 978-3-942637-04-6

Mordsküche: Eiskalt um die Ecke serviert
Krimi-Anthologie, Oktober 2012
ISBN: 978-3-942637-15-2

Krimis aus der Hexenküche
Krimi-Anthologie, Oktober 2011
ISBN: 978-3-942637-08-4

www.derkleinebuchverlag.de